看不见的线

赵和平◎著

天津出版传媒集团
百花文艺出版社

图书在版编目（CIP）数据

看不见的线 / 赵和平著 . -- 天津 : 百花文艺出版社 , 2023.5
ISBN 978-7-5306-8493-1

Ⅰ . ①看… Ⅱ . ①赵… Ⅲ . ①中篇小说—小说集—中国—当代 Ⅳ . ① I247.5

中国国家版本馆 CIP 数据核字 (2023) 第 060343 号

看不见的线
KAN BU JIAN DE XIAN
赵和平　著

出 版 人：薛印胜
责任编辑：魏　青
装帧设计：書點文化
出版发行：百花文艺出版社
地址：天津市和平区西康路 35 号　**邮编：**300051
电话传真：+86-22-23332651（发行部）
+86-22-23332656（总编室）
+86-22-23332478（邮购部）
主页：http://www.baihuawenyi.com
印刷：四川科德彩色数码科技有限公司
开本：880 毫米 ×1230 毫米　1/32
字数：275 千字
印张：11
版次：2023 年 5 月第 1 版
印次：2023 年 5 月第 1 次
定价：86.00 元

如有印装质量问题，请与四川科德彩色数码科技有限公司联系调换
地址：成都市郫都区成都现代工业港北片区港北二路 551 号
电话：028-88451797　邮编：610021

和平佳作最宜秋

——叶文玲

“落霞与孤鹜齐飞，秋水共长天一色。”

脑海中突然冒出来王勃的这两句诗，倒也并非出于偶然——一直以来，我最喜欢的人间四时莫过于秋。清爽宜人的秋色，常常会让我心情更宁静，更舒畅。

再加上此时此刻，面前摆着三部我非看不可、同样也是能够让我读完格外神清气爽的作品：《香火》《抱琴》还有《看不见的线》。

按我现在的状态——年已八旬而又久病缠身——其实并没有足够的精力，能够很快地看完这几部书，并为之作序。然而这三部作品的作者，不是别人，而是相知多年的老朋友——和平。这就让我无论如何也要拼尽全力，为他完成这一嘱托！

因为从我们相见相知开始，到现在一晃十多年过去了，我心里始终把他看成自家兄弟姐妹一般。

和平爱好写作，时常在各处报刊上发表文章，记得他刚来省作协上班的某天，我悄悄地跟他说：“前几天我看到了你的一篇作品。”他一听，愣了一下：“啊？我没有想到，你还会看我的这篇小东西？太不好意思了！……”

这不过是个小插曲，可能他也早已忘了，而这种淡然处之的态度，就是他一贯的作风，就像他的名字——和平一样，极其自然、平和。他总是不慌不忙、有条不紊地做好一切工作，而表面平静的同时，他将自己内在的力量都深深地藏在心里，从不锋芒外露，从不张扬！

从常情说，作家作为一种职业，和其他工作并没有什么大的不同——至少，我是这么想的。但是从个性来说，我见到的大部分作家却都各不相同，大部分还是比较强的那种。

前些年，有相当一部分人是不愿意到作协工作的：地方小，事情却不少，大事小事，事无巨细都得管……在这里当书记，着实是件不容易的事！然而和平从文化厅调到作协担任书记以后，我却从来没有看到他对人发过一次火，永远都是安宁与平和地处理着每一件事，就像他的长相一样：亲切自然，波澜不惊，心平气和；在处理各项杂事的过程中，他也始终都是平等待人，让每一个人都对他心悦诚服。

而他自己的写作，同样也是静悄悄地完成，等到日常的工作忙完之后，他才慢条斯理地写下去，日积月累，竟然已经写出了这数十万言的作品！

我年纪比和平虚长十来岁，但他对我却称得上是“关爱有加”，对于我想做的那些与写作相关的事，他一直都是尽己所能地给予大力协助。

那一年，当我的大故乡——台州，专门在当地图书馆的3楼，为我开设了1000平方米的“叶文玲文学馆”。开馆之日，前来参加的老领导和朋友众多，和平代表省作协参加，并留下他题写的字：“闻其声而知其人”。我很喜欢其中的意蕴，后来就把这幅字挂在了文学馆的第三展室，放在众多好友们送我的字画当中。

我想，和平这句话，同样也适用于我对他的文章的观感：正所谓“文如其人”，他的文章与他的相貌一样，自然、平和、生动，带着一种与众不同的帅气！

后来不久，他又一次去了我的故乡——玉环楚门，参加了“文玲书院”的开馆活动，但因为事务繁忙、会议缠身，开馆仪式一结束，他就匆匆忙忙地离开了。

我突然想起来，我与和平相聚相识这么多年，也曾多次一起去北京等地开会，同来同往，却好像从来没有一起吃过饭和聊过天。直到他后来退休，我虽知道他的住处所在，却因为忙，也因为身体差，跟他相见基本等于是个“0”。

说起“0”，我又想起一句话：“0”是一个特别的数字，既是一个封闭的圆，也能变成花环——而和平的作品，在我的心中，就是最美的花环！

年事已高之后，我慢慢发觉：人的一生，很多事都是难以诉说的深情，而回忆日趋遥远，更让我有种“说不尽、理还乱”的无奈与感慨。

刚收到和平的三部作品时，我满心都是惊喜，不敢用“大”字来简单概括，而只是慢慢、细细地品读老朋友的作品，像我自己现在老了走路的样子。

但是，和平，这一次你真的让我吓了一跳！

没有想到的是，我从收到书稿之后，竟然一口气连着读了三个晚上！而粗粗翻阅一遍之后，对比和平的成果，我又觉得惶恐与惭愧——我真觉得我现在不会写东西了。

阔别十多年，和平竟然不声不响地写出了那么多的故事！

内容涵盖古今，故事类型多种多样，充满吸引力，让人欲罢不能……我“何德何能”，可以为和平的新作写序呢？

仅仅是这三部作品的题目，就有着强大的吸引力！而文章的叙事风格，如同他那永不改变的性格，从头到尾娓娓道来，自然生动，圆润流畅……字里行间似乎透出一种强烈的魔力，让你不得不看下去、读下去——这，就是真正的作品！真正的小说！

“纸上得来终觉浅，绝知此事要躬行”——对于这些作品，我只能用我最喜爱的陆游的诗来描述，来分享给每一位正在打开这本书的朋友，更转送给我的老朋友和平。

如果你喜欢写作，如果你还喜欢真正的有趣的故事，那就请你清清爽爽、细细地阅读和平的这本新作吧！

2022 年 10 月深秋

目 录

香 火

从何说起呢，此时，夏日的午后，突然来了一场大雨，雨水在玻璃窗上流淌，望出去，景物变得朦胧，不停地变幻着。可只是瞬间，地还没下透，雨就停了。太阳依旧。知了的鸣叫依旧。这一刻，苏格摆脱不了头顶上飘忽不定的乌云，心情和天气相仿，时雨时晴。他回到家，刚进门，就听见厨房里有人哼歌，不像吴妈的声音，咦，奇怪了，会是谁呢？进去一看，是位留着长发的妙龄少女，询问后知道，保姆吴妈家里有急事，赶回去了，托她代几天。他问，我爱人知道吗？

她两眼望着他的前额，笑吟吟地回答道，她不知道我能来吗？她穿着蓝色短袖衬衣，咖啡色裤子，都洗得发白了，偏紧，好像是几年没穿，刚从箱底翻腾出来，脚上鞋子倒是新的，是双黑布鞋，脚背上有条带子扣着的那种，这样的装扮，让人有种急急忙忙临时搭配出来的感觉，怎么看都不像保姆。她系着围兜，修长的身材，细腰满胸都显露无遗，旧衣服里裹着的是青春的魅力，背后看，像他的初恋情人顾及，这不禁让他想起了她，他俩同校读研，在篮球场边相识，纯属一见钟情。他喜欢吃黄瓜，她就做出多种式样，多种味道的黄瓜来，让他大饱口福。他夸她是黄瓜大师，世界第一。她夸他是黄瓜品尝大师，世界第一。她原来不爱吃黄瓜，由于他的缘故，她也喜欢上了。6 年前，他们毕业时，苏格的父母不同意他留在当地，他父亲当过市里领导，说是已经给他找好了前途光明的工作，非要他回去不可。顾及呢，父亲已经去世，母亲多病，不想女儿离她远去。就这样，俩人抱头痛哭后，只好各奔前程。记得分开后的最后一次通话，她和他说，近来很烦躁，过几天再和他联系，可一直没有等到，之后，他打过许多电话，都说停机了，估计她已经开始了新的恋情，怕他打扰，换了号码，就这样，俩人失去了联系。

时光在她转身中飞逝，她望了他一眼，目光又停留在前额上，使他的回想中断了。需要我帮忙吗？他站在她背后说。她说不需要，你先歇着，饭做好了我叫你。他应了一声哦，来到客厅，在沙发上坐下，因为她两次看他的前额，他疑心上面有异物，用手抹，没有！拿镜子照，还是没有！但是，他仿佛看见了前额被她眼光扫过的痕迹。他闭起眼来思索，觉得这个保姆来得蹊跷，吴妈家里有急事，半点征兆都没有，说走就走了。依他判断，她不是当保姆的，哪怕再装也不像，看她粉红的指甲，发着丝绸般的亮色，如果不是生活条件优越，十分注意保养是不可能达到的，由此怀疑她来当保姆是另有所图，但图在哪里呢？

前些时候，他接到一个署名“试验田”发来的信息，对方说，你结婚 5 年没有孩子，我愿意成为你的试验田，坚信你会在这块试验田里发芽、开花、结果的！他回信问她是谁，对方回答，你别问我是谁，从见到你开始，就喜欢上了你，我不想要任何名分，只想让你来种植。请告诉我你同意还是不同意，只要你同意，我立马告诉你我是谁。苏格没有胆量说同意，但又好奇，他打电话过去，都说关机，他找熟人去电信查，也查不出这个号码的主人是谁。每过两天，他都会收到试验田催他决断的信息，还说，只要见到我本人，你一定会喜欢的！他要求通话。对方不予回复。他把事情告诉妻子，让她帮助排排看，到底会是谁。妻子毫无兴趣，说这种事情只有你自己最清楚。他妻子叫周静，是电视台的新闻主播，剪着短发，往后梳，露出耳朵，瓜子脸上还有两个浅浅的酒窝，显得庄重大方，有点甜。在当地很有知名度，走在热闹处，总有人会朝她望。俩人出去，他是配角，人家介绍起来，总说这是周静的丈夫，他感到特别无味。婚前，周静的爱慕者多，不乏求婚的，都没成功。那天，周静父亲带她去拜访他父亲，他正好在家，有眼缘，便开始交往并走向婚姻。过了 3 年，周静的肚子毫无变化，人们开始议论纷纷，说东道西的。俩人约好去医院检查，苏格担心周静是公众人物，万一查出点什么，说起来难听。就决定还是他先去查，要是问题出在他身上，她用不着去查，要是他没有问题，她更不用去查，犯不着给人话柄。检查结果，他患了少精症，看来，问题就出在他身上。事情很快就传开了，弄得他脸面全无。周静说，我咨询过医生，少精症不等于不育症，要是生不出孩子也无所谓，我原来就不想要孩子，这样正好。他非常清楚，她父母希望能够尽快生个儿子，好后继有人，周静也特别盼望，有同事生了儿子，羡慕得很，经常老远跑去看望，抱在身上多久都不觉得累，还学会了哄孩子，孩子再怎么哭，只要她一抱，就安静了。她最大的愿望，就是想生一个这样的儿子。床对面挂着的男孩像就是她的期盼，这张像是他俩同去新华书店选的，男孩光着身子坐在床上，两只手举在半空，高兴得手舞足蹈。周静靠在床上，每天都会凝视片刻，苏格查出患了少精症后，她原想把男孩像揭掉，又怕刺激他，让人看不到希望，便把画保留了下来，自己给自己出了一个难题，不去看，忍不住，但必须要忍，要表现得视而不见，才不会触动他的敏感神经。周静爱苏格，爱得深，深入了心底，她交过3个男朋友，没有谁能比得上，和他在一起，她浑身舒坦，这样的感觉，只是和他才有！她怕他想不开，把母亲也动员出来。她母亲对苏格说，放下包袱，轻装上阵，不要太那个。他听了心里暖暖的。她还说，你知道我是个直筒子，嘴上说的和心里想的没有两样，我不用担心没有后代，周静还不知道，她那个混蛋弟弟周倜，常做些恶作剧的事，于高考不顾，把女同学的肚子搞大了，费了大劲才得以解决。苏格心里明白，她说这番话的目的完全是出于好心，是想告诉他，即使不生育也没关系，不用担心后继是否有人的问题，周倜在，自有后来人。他笑笑不语。

近几天，苏格总感到不顺，市里的首富，在全国能排进富人榜的李贵，在周静工作失意时，忽然有了火样的热情，把他的心又搅乱了。不久前，周静在播新闻的时候，忍俊不禁。新闻说的是，有个3岁的女孩给一个患白血病的8岁男孩捐钱，倒出储蓄罐，发现里面有条口香糖，爷爷叫她拿回去，她说不，哥哥吃了口香糖，病就会好的。万万没想到，周静会被这句话笑翻。苏格知道，李贵是个不择手段的聪明人，懂得在她不如意的时候献媚，他约周静吃晚饭，被周静婉言拒绝，说是要和苏格去看电影。不出半小时，苏格接到通知，说是副市长晚上要向他了解情况，让人纳闷，他只不过是个市环境保护局污染控制处的副处长，副市长从来没有直接找他了解过情况，去了以后，局长也在，副市长是学数学的，刚分管，就要数据，还好他熟记于心，报出了所有的数据。他曾怀疑，副市长要了解情况，是否与李贵有关，观察后觉得不像。但是，周静还是被李贵约走了。吃饭时，李贵送她一只手包，打开来看，是鳄鱼皮制的，包盖下端还有用白金琢成的周静的名字。周静当时就退还给他，明确告诉他，不要他的东西，她不喜欢。李贵表示知道了，手包他先保管着。李贵请周静吃饭是有目的的，想邀请她去集团当副总，这样他们就有了正当的接触机会。这件事，李贵没有说出来，他感到今天时机不对，估计会出现拒绝的惯性，提什么她都不会同意。按李贵的条件，什么女人没有，却偏偏喜欢由来已久的周静。李贵和周静的父亲周有理有交情，是家里的常客，周静结婚前，他曾两次向周有理提出想娶周静为妻，周有理都装作没有听见，李贵因为有过不光彩的过去，对自己缺少自信，只有眼睁睁地看着苏格把她牵走。现在的李贵不同了，牛了，呼风唤雨了，熟悉他的人大多知道，他是个不达目的不罢休的人，他的口头禅是：只要有心，世上无难事。他相信总有一天，他会把周静拥入怀抱的，哪怕是长久的等待，因为他的眼里只有她，非她不娶！他心底里的想法，周静不清楚，回去与苏格说，李贵还算是个正人君子。

大多时候，周静都不在家吃晚饭，今天回来了，她身着浅蓝色小碎花的短袖衫，配条浅蓝色裙子，清清爽爽的，苏格接过她手里的包，拥抱的时候用手在她的背上拍了拍。周静今天的心情不错，她问，这个保姆怎么样？苏格说，不像保姆倒像演员。停顿了片刻后，他看看厨房，把周静按在沙发上坐下，轻声说，我怀疑她有什么企图。周静说，不会吧，你多疑了。苏格笑笑，他太了解她了，她看所有人都是好的，全世界没一个坏人，毫无戒备心。他不再往下说，转过话题，问保姆叫什么名字。

叶也。

太奇怪了，听起来像爷爷。这种名字绝对是胡编的，女孩子哪会这样叫。

不会吧，有那么严重吗？不管她叫什么，叫的应就是。

叶也知道周静回来了，就开始上菜。苏格洗完手，来到餐桌前坐下，忽见她俯下身时，有只挂件从领口掉出来，她急忙塞回去，已被苏格看在眼里，那是枚长方形的西瓜碧玺，下端碧绿，上端鲜红，他见过无数西瓜碧玺，没见过这般质地的。他更加坚定了原先对她的判断，他在心里琢磨，她到底是为了什么？

叶也做的菜比吴妈好，周静夸她，她露出雪白的牙齿笑笑问，还有什么喜欢的菜吗？苏格说，可以增加点黄瓜。叶也一怔，问，你喜欢黄瓜？周静说，他是黄瓜迷。

她和吴妈不同，吴妈住在他们家，吃在他们家，叶也不是，她既不吃又不住，神秘兮兮的。晚饭后，叶也打理好厨房走了。周静说父亲刚从欧洲考察回来，要去看看。他们同住在一个小区里，这里都是独栋别墅，共 182 栋，依坡地而建，错落有致。当时她父亲买了 4 栋，本意是自己一栋，苏格的父母一栋，两个孩子各一栋，后来，苏格的父母不愿意搬进来过寄人篱下的生活，就把它退了。她父母的别墅在湖中央，四面环水，只一条路进出，约 7 亩地光景，别墅被绿树环抱着，安安静静的。周静的父亲叫周有理，见到苏格很高兴，俩人话能说到一起去，十分投缘，周有理对苏格有好感，夸他有脑子，会思考，俩人谈得拢，有事会一起商量。周有理喜欢与有脑子的人交往，让他受益匪浅，当年，是李贵建议周有理投资煤矿的，那时候，煤价低，赚不了钱，连拍卖都没人要。但李贵判断煤价迟早会上升，周有理相信李贵的判断，也明白他是由于喜欢周静才尽心尽力帮助自己的，他下决心拍下了两个煤矿，摇身一变，成了煤老板。拿到煤矿后，李贵建议他做两件事：先是借钱提高机械化开采程度，通过技改，增加资源回采率；再就是资源整合，扩大规模，提高生产能力。后来，煤价扶摇上升，不出几个月，借来的钱就还完了。在这件事上，周有理是非常感激李贵的。苏格成了他的女婿后，他觉得苏格也是个有脑子的人，就带着他到矿里转了一圈。在回家的路上，苏格说，看了煤矿，很担心安全问题，建议卖掉一个，还说了些理由。周有理本来就有此念，一拍即合。问卖哪个矿？苏格说卖以他的姓命名的周家矿，原因是周家矿听起来比较招摇。结果，周家矿卖出了好价钱。不出半年，矿里发生了瓦斯爆炸，死了 5 个人。周有理庆幸自己听了苏格的话，避免了灾难，说苏格是他的福星。曾经有矿工说他，煤黑心也黑。他和苏格商量后，找到这个人，给了他一个红包，说，谢谢你的提醒，我不想做黑心人。那人身材魁梧，皮肤乌黑发亮，听后泪流满面说，我们都是黑命人，你的心是什么颜色，我们的命就是什么颜色，我们要的就是你的这句话。说完，红包也没拿，向他鞠了个躬就走了。这件事，深深地刺激了他，让他静下心来反思，有一点，他始终闹不明白，钱越赚越多反而心里越来越空落落的，他试着去花钱也难填补。他问苏格，苏格想了想说，也许是花钱没有花对地方。这句话，让他想了很久。拿到了卖矿的钱后，周有理出乎意料地用部分钱去投资林业，从加拿大引进曼地亚红豆杉 500 多万株，还种了大片名贵的中药材。他想换条路子走走。周有理打开一瓶红酒，倒半瓶在两头翘的船形醒酒器里，待片刻，再分入水晶高脚红酒杯中。周静晃荡着酒杯问，妈呢？

去看越剧了。

丈母娘不在，苏格轻松了，就担心她提“那个”，尽管是劝他，但也会使他与不会生育的事情联系起来。他抿了抿酒，说，这酒不错。

周有理有点得意，他说，这是1982年的法国侯伯王古堡干红。

噢。苏格应了声。这个牌子的红酒他没有听说过，瞎猜猜也不会便宜，其实，周有理对红酒一窍不通，只是附庸风雅而已，哪个贵就买哪个，喝酒喝不出味道，只喝牌子，要的是名气，人家说酒好就高兴，觉得脸上有光。苏格曾要周静提醒她父亲，没必要买太贵的酒，过得去就行，他请人喝酒没人会讲差的。周静说，随他去吧，花钱买高兴也值得。

从周静父母家出来往回走，他们家就坐落在东头的湖边，相距不到200米，道上，路灯幽幽，微风阵阵，周静把头靠在苏格肩上，苏格一手搂在她的腰间，走起来啪啪响。在经过玫瑰花园的时候，周静仰头望着苏格说，我看你好像有心事，魂不附体的。

是的，老在想叶也，她太可疑了，会不会是试验田。

不会吧。你俩原先不认识，怎么可能呢？

我越想越有可能，一个当保姆的，怎么可能佩戴如此顶尖的西瓜碧玺。

可能是假的，有时候假东西看起来比真的还好。

不可能，看珠宝，我不会走眼，再加上碧玺掉出来之后，她那副慌乱的神态，极不正常。

如果她是试验田，你岂不有艳福了。

人家心里烦得要命，你还开我玩笑。他弯起指头，反手在她头上轻轻一叩。她蹲下身子，咯咯咯地笑着说，我不敢了。哎，你不是怀疑你们单位的方萍是试验田吗？

我只是怀疑，没有说她就是试验田。

怀疑这个怀疑那个，接下去就怀疑到我了。

绝对不可能，再怀疑也不会怀疑到你头上，因为你没有动机。

错，要说动机，我是有的，我用试验田的办法，就会知道你对我是否忠实。

你就喜欢打岔。

我是怕你累，整天疑神疑鬼的。算了吧，管他试验田不试验田，我都不在乎，你在乎干什么。

没有脑子，试验田不会那么简单，说不定就是奔着你来的。

试验田和我有关系？

当然有关系！我怀疑叶也的出现与李贵有关系。

不会吧。

你想想看，李贵从山里出来，一无所有，能做到现在的样子，有他的道理。熟悉他的人都知道，只要他看准的东西，不达目的是不会罢休的。现在，他看上你，追你，肯定会不择手段。可以分析出来，他让叶也进到家里来，是想让我喜欢她，种她的试验田，这样，既破坏了我们的感情，又达到了他的目的。他就能够顺利地把你从我身边抽走。

周静默不作声。她记起，上次李贵请她吃饭，曾讲起过保姆的事，按她当时的理解，李贵是怕她做家务辛苦，要给她找个保姆。她告诉李贵，家里已经有保姆了。李贵说，这样就好。

就再也没有提保姆的事。这时候，她分辨不出苏格说的保姆和李贵说的保姆是不是一回事。

说着话，转眼就到了家，打开前院栅栏门，苏格说，你先进去，我在外面待会儿。周静知道他要吸烟，她对烟味过敏，闻到喉咙就难受，在家里，特别是和她在一起时不能吸烟。好在他烟瘾不大，偶尔玩玩儿，只在想事情的时候抽几口。他转身往前走，是大片波光粼粼的湖面，倒映着天上眨着眼睛的星星和弯月，远处，不时传来蛙声，打破了夜晚的宁静。他靠着湖边石栏杆点上烟，狠狠地吸了一口，感到心里乱，想静下心来梳理梳理，透过喷出的缭绕烟雾，他好像看见湖面上方缓缓升起了与床前挂像一模一样的儿子，他揉揉眼，定神再望，儿子不见了，像是和他在捉迷藏，他叹口气，往回走。

周静身着象牙白的丝绸睡衣，靠在床上看书，等着他回来。她坚信他们会有孩子的，医生说了，少精症不等于不育症，为了增加苏格对床的依恋，她动了许多脑筋，把床铺得舒舒服服的，漂漂亮亮的，时常更换床上用品，颇显情调。苏格刚上床，周静便把大灯关了，剩下隐隐约约粉红色的小灯，这时的周静，躺在苏格怀里，头枕在他的手臂上向后倾，眨着期盼的眼睛，里面好像有钻石在闪烁，这是她最为迷人的时刻，苏格汹涌澎湃，激情万丈，搂着柔软细滑的娇妻，他有的是感激，感激她始终把最温柔最妩媚的一面奉献给他，他知足了，哪怕是耕种一辈子，颗粒无收，也乐意。

夜深了，周静含着微笑，发出轻轻的呼声。苏格心里掂着叶也的事，睡不着，想到厨房看看，他蹑手蹑脚下楼来，推开厨房门的时候他想，吴妈是从来不关厨房门的，叶也不同，她进出都随手关门，防止厨房里的味道飘出去，可以看出她的细心。他走进厨房，月光从窗户透进来，方方正正地躺在地上。这时，他闻到了带着甜味的茉莉花香，这是他最喜欢的味道，月光下，他发现灶台上有朵茉莉花，香味来自这里，他心里咯噔了一下，难道她知道我晚上要到厨房来寻找蛛丝马迹？难道她知道我喜欢茉莉花的香味？或许都不是，只让人增加一点好感而已。他环视厨房，台面整洁，热水瓶的把手朝外，位于最方便拿起的角度，他想，她是一个做事用心的人，这样的人如果被利用去完成某件事，思维缜密，容貌迷人，连鬼都会被她骗上岸。此刻，他突然想到，应该向吴妈了解了解让叶也代她的过程。他回到房间，见月光从窗帘的缝隙挤进来，横在周静扔在被面的睡衣上，知道她没有醒过。她痴迷睡觉，曾说，无论怎么美容，都没有睡觉效果好。他钻进被窝，彻夜迷迷糊糊，一边听周静细细的呼吸声，一边不断地问自己，如果叶也是试验田，我该怎么办？

在别墅门口，苏格望见叶也迎着朝阳，轻盈走来，手臂上挂只小包，脚蹬平底黑色圆口皮鞋，裸着脚背，晨风吹动了她的长发。擦身而过时，闻到了淡淡的茉莉花香，他主动打招呼说，你早！她微笑着回应说，看你昨晚没睡好。他住脚回身，见她头也没回。

到了办公楼，方萍把一袋早点塞给他。她已等久了，看到他仍然满腔热情。他说，你别这样，局里人多眼杂，影响不好。她毫不在乎，说，这有什么，我喜欢！她的性格大大咧咧的，敢作敢为，从她的样子就能看出来，脸庞略方，男性装扮，头发剪成短短的，像日本漫画里的男孩，多了几分清秀，多了几分男人味。说来也怪，她考进来不到半年，又不在同一处室工作，却喜欢他，原因是他篮球打得好，1.85 米的个头，弹跳起来能够把球扣进篮，在空中还能耍耍花样，弄点技巧，特别是身着篮球背心的时候，露出结实的肌肉，让她几近疯狂，从而怀疑医院的诊断，不相信他生不出孩子，她私下说过，只求拥有，不求名分。他明确答复，想法不现实，要求不可能，何况，还在试用期里，要是处理不好，连工作都难保。这点，她好像听进去了，收敛了许多，但都是表面现象，心底无异。难怪他自然而然地把试验田和她联系在了一起，通过几次交谈，他不能确定方萍就是试验田，有时像，有时不像。

中饭后，方萍打来电话，说有要事相告。苏格有午休的习惯，让她午休后再说。她说，你还有心思午休，有麻烦了。听起来如同出了天一样大的事。这几天，处里事情本来就多，水体呀，大气呀，土壤呀，噪声呀，光污染呀，都沾边，眼下，正在实施全市新的污染物排放总量控制计划，已经够烦了，她还来添乱。她找到苏格，悄悄告诉他，李贵与周静约会了，还被人拍了照片。消息来自她所在的建设项目管理处，都知道她喜欢苏格，当成好消息告诉她。反而把她搞得六神无主了，平心而论，她毫无幸灾乐祸的成分，更多的是同情，是鸣不平。她望着窗外问，你是否有所察觉？

他看了她一眼，不回答。没想到周静就和李贵吃了一顿饭，消息这么快就传开了，李贵这个人什么事情都做得出来，他在社会上口碑不好，说他赚钱不要命，什么钱都敢赚，什么事都敢干，什么人都敢追。有人说，从李贵的身上可以看到，现在社会上，做好人赚钱难，做坏人赚钱容易，因为坏人只顾自己不顾他人，围绕赚钱，五花八门什么事都会想出来，李贵在苏格的心目中形象极差。李贵出生在贫困山区，到镇上要走 5 小时的山路，父亲在山外做泥水小工时与母亲相爱，带回家生下李贵后，母亲实在忍受不了山窝里的苦日子，就离开了。之后，父亲以酒消愁，变成了酒鬼。李贵人聪明，学习成绩优异，高考分数全省第二，被北大录取，可是家里穷，供不起，他就铤而走险去偷金铺，偷到后，人还没回家就被抓了，判了3年有期徒刑，他的大学梦就这样成为泡影。出狱后，村里有个叫李莫的人，在市里做建筑包工头，把他带出来做帮手。他相貌堂堂，脑子好使，几经倒腾，赚了不少钱，受到器重。特别是他帮李莫打赢了一场看来几乎不可能打赢的官司，当年，李莫买下一栋办公楼，欠款近200万元，开发商把李莫告上了法院。李贵接手后，拼命寻找开发商的漏洞，发现了逾期交房，逾期办证的问题，由于逾期交房的诉讼时效已过，李贵就抓住了逾期办证向法院起诉，过了几天，判决书下来了，适用法律正确，说理充分透彻。原告付被告房款及违约金，被告付原告逾期办证违约金，两项相抵被告付原告50万元。这个判决，令李莫对他更加刮目相看，欠钱还钱是天经地义的事情，他欠人家的钱，碰面都要低三下四赔笑脸，每逢过年过节还要请客送礼，判决一下来，他的气就粗了，腰杆子也硬了，心想，懂点法律真好，他把李贵当成了自己的心腹。后来，他又为李莫拉来笔业务，说是有位俄罗斯富商要建大别墅，先垫资，验收合格后一次付清。李莫问他行不？他说肯定行！李莫相信他，与俄罗斯富商见了面，签了合同，就全权委托给他。谁知道，别墅盖好了，过了8个月仍迟迟不见富商的影子，在建筑行业里，拖欠建筑款是常事，李莫要他抓紧催，他总是露出十分过意不去的样子，说一定努力催。又过了些时日，他突然告诉李莫，说俄罗斯富商出车祸去世了。把李莫吓了一大跳，说马上把别墅卖掉。李贵说，这别墅还不能卖。李莫质问他怎么回事，他没有办法，只得老老实实把事情坦白出来。原来，他是早有预谋的，俄罗斯富翁根本就不存在，前来签约的是他找的替身。建别墅完全是个骗局，他看中饮用水开发，认为前景广阔，苦于没钱投资，就编造了俄罗斯富商的故事。别墅刚建好，他就找好关系，私下把别墅抵押给银行，贷出款来征地建厂，等事情彻底败露的时候，他的家底已经不菲，又抵押了厂里的部分资产，并用高于银行利息的5倍，归还了欠款。后来，房价开始不断上涨，别墅得益于绝佳的地理位置，被看好，结果，他把别墅卖了，从中又赚了一票。

在苏格眼里，李贵是个不走正道，厚颜无耻的人，对周静有那种想法已经多年。苏格努力让自己安静下来，要抓紧理出头绪，绝对不能让李贵的幻想得逞。想了许久，他对自己说，还是从吴妈的突然离开开始吧。对吴妈离开的事，他曾问过周静，周静说的极其简单，家里有事，回去一趟而已。他想，把这件事问问清楚，应该不会复杂。他拿起电话就打，对方关机，打了几遍还是那句话。吴妈在时，从不关机，回去后，手机都关了，难道是她被利用，其中有隐情。电话不打倒没事，一打再打都没通，他认定，吴妈是故意关机的，心里就有了疙瘩，幸好留有吴妈家里的电话，拨通了，是她丈夫接的，他说请吴妈听电话。对方愣住了，说吴妈没有回家。苏格大吃一惊，忙问，家里不是有什么急事吗？对方说，没什么急事，家里都好，谢谢关心！放下电话，他感到了事情的复杂，心里有了莫名的恐慌，不禁让他联想到了李贵，而后，又联想到了叶也。他问自己，如果托方萍去了解叶也的情况是否可行？依他判断，要把事情搞清楚，叶也是关键。

球场上，不见了苏格勇猛灵活的风采，连方萍都觉得没劲，只有她清楚，他心里端着碗，有力使不出。散场时，她把纸巾递给他，他大步离开，怕被人看见，说，别这样，要被人讲闲话的。

这有什么呀，本来很正当的事，从你口里说出来就变成不正当了。

你还在试用期，要注意影响。

这有什么呀，前怕虎后怕狼，我的事，心里明白得很，你不必瞎操心。

都是为了你好，如果当成耳边风，非吃亏不可，你初来乍到，真不知晓机关里有多复杂。俩人站在楼底车库，他边擦汗边和她说，要是让人感到我们过于亲密，对谁都不好。

我以后小心就是。

不只是小心。

什么意思？要我不和你接触？

他不想伤害她，瞧她满脸惊愕，他说，没有这意思，我还想请你帮忙呢。

用得着的地方你尽管吩咐。

苏格想了想，把对叶也的疑惑告诉她，还特别说了联系不上吴妈的事。

谢谢信任，我会帮你搞清楚的。说话间露出满脸的笑容，她说，你怎么谢我？

没有反应。

握握手？

还是没有反应。曾经有过一次了，想起来，让他感到浑身不舒服。早些时候，她看中一套衣服，请他当参谋，结果进了商场，她像情侣般地拉起了他的手，他毫无思想准备，真不知该如何是好，眼光如做贼般地左顾右盼，生怕被熟人撞见，这时，他看见了周静的弟弟周倜，跟在留长发女生后面，从不远处穿行而过，苏格心惊肉跳地甩开了她的手。害得他一连几天不得安宁，后来还好，毫无动静，说明周倜没有发现他。

估计她也想起了那件事，不满地说，小气鬼，连握手都不同意？那就算了。

感觉好像做买卖一样。

去你的，小气鬼！说完，她扭头就走。

回到家，苏格见叶也正在擦拭博物架的艺术品，说，这些东西不脏，不必常擦。

谢谢你！我是喜欢，边擦边欣赏。她用感激的目光望着他，指着一只小碗说，这只松石绿地粉彩九秋图碗，最好别放出来，损坏了可惜。

这碗好吗？

我不大懂，看样子不错，是从哪里来的？

是岳父给的，10多年前，他就喜欢古董，稀里糊涂地拍了一些回来，真的假的都有，这只碗，连专家的意见都不一致，我喜欢它，内施白釉，外施松石绿釉，清新淡雅，且不论它真假，我都喜欢。

依我判断，这只碗，应该是真的，你看，釉质多么均匀，绘画多么精湛，九色花卉布局多么合理，色彩多么绚丽，整体多么和谐自然，是典型的乾隆年间官窑精品。摆在这里令人好不放心。

价值高吗？话音刚落，他感到自己太俗气了，忙把话头转出去说，你怎么会懂这个？

凭感觉，我对好东西特别有感觉。要不要讲给你听听？

那就谢了!

这只碗的画面取自清代画家钱维城的九秋图，她说，上面描绘的是秋季开放的 9 种花，你看，有菊花、桂花、海棠、百里香、长春花、紫茉莉、紫雪花，这黄色的是蜀葵和龙胆。有硕果累累，九秋同庆的寓意，是皇家喜爱的装饰图案。你千万不要小看它。

他不懂了，就一个直径 11 公分的小碗，会那么好？更让他不懂的是，一个保姆，竟然会识别古董的真假，他闹不明白她给他说这只碗的目的是什么，是想说明她对主人负责呢，还是想说明她有本事，他认为都不是，倒有点像要说明她不是保姆，这样的话，岂不更能证明他对她的怀疑不是凭空瞎想的。这时候，别墅被夕阳悄悄地拥抱在通红的怀里，透过落地玻璃窗望出去，有只低矮的石盆，雕有精致的纹饰，被用来当作鱼缸，里面养着游来游去的金鱼。石盆置放在前厅的花园里，周边是五颜六色的月季花，在微风中，蓬蓬勃勃挺立着。苏格翻完报纸，去卫生间冲澡，听到有人敲了两下门，没等他回应，门突然开了，进来的是叶也，俩人都傻了，面对面地站着，她眼光落在他肚脐边的胎记上，哇地哭了起来。按理说，要哭的应该是他，刚想叫她出去，还没出声，她已双手捂住脸，跑了，连门也顾不上关。

等苏格冲好澡，她还在哭，尽管他对她的行为十分反感，还是安慰她说，别往心里去，我不怪你。她还哭。他想了想说，是不是我吓着你了？她瞥了他一眼，嘴角勉强露出瞬间消逝的笑容，抽泣着不语，她满脸泪水，把几根散落下来的长发粘住了，怎么看她，都是一副楚楚动人的样子。他抽出餐巾纸递给她，她说，谢谢！说话时，笑了，看得出来，她的笑，是从心底发出的。

本来，苏格准备要把冲澡发生的事告诉周静，见面后，却开不了口，怕说不清楚，反而会产生误会，就不说了。他和周静说，给吴妈打了无数个电话，都关机。她问他找吴妈干什么。他说想通过她了解叶也，总觉得这个人来路不明，心里疑惑重重，断定她是有目的而来。

不会吧，近来，你往心里放的东西多了，有些事情随它去，周静说，关于我的事，你不用操心，我会处理好的，今天，李贵又来约我，被我回绝了，都是聪明人，回绝他几次，还会不明白？

按理说，李贵早就应该明白了。事情不是你想的那么简单，你听我说，我给吴妈家打通电话了，你猜怎么着？吴妈根本没有回家，家里根本没有急事！

是吗？周静吃惊了，问道，那她去哪了？

天知道，估计和李贵有关，什么人啊，你说缺德不缺德。

随它去，他爱干什么是他的事，用不着生气，我有数就是。周静握着他的手说。在苏格眼里，她是柔弱的，想不到还有硬朗的一面，苏格更坚信她不会变心。

手机响了，是收到信息发出的提示声，苏格刚入睡被惊醒，是方萍发来的：叶也肯定不是当保姆的人，有辆宝马跑车接她，住的是净庐。看完信息，他的睡意全无，更加确定叶也是带着目的来的。他下楼来，先去厨房，与昨日相同，灶台上仍有茉莉花，他弯下腰，把鼻子凑上去，闻了闻，没去动它，怕留下印记。走出厨房，他顺手带上门，没开灯，拉开客厅的窗帘，望着满天的星星，进入了沉思。真是应该好好地梳理梳理了，近些时候出现的事情，令人烦恼，按时间顺序排列，开始，是少精症，接下来是李贵追周静，再接下来是试验田，之后又出现了吴妈不知去向，突然间冒出了谜一样的叶也。如果方萍的信息无误，他就不明白了，她竟然住在净庐。说净庐，当地人几乎都知晓，坐落在风景最美丽的古山脚下，是座国民党名将遗留下来的别墅，后来被人租下用作私人会所，据说是顶级珠宝的鉴赏之地，从未听人说起主人是谁，难道她就是那里的主人？难怪她会有这么好的西瓜碧玺。但是，他无论如何都分析不出来，她为什么要来当保姆，难道试验田真的是她？她和李贵是什么关系？还想干什么？要达到什么目的？他苦思冥想，还是理不出头绪。他靠在沙发上，迷糊了会儿，院子里传来了鸟的啼鸣。

晚上没睡好，整天昏昏沉沉的，无精打采，到下午上班仍未见方萍的影子，而且连个信息都没有，不知何故。要在平时，她早就在他眼前晃来晃去了。好不容易听到信息提示音，拿起来看，原来又是试验田的，催他给个明确的答复，到底是要还是不要，看口气，好像有点不耐烦了。其实，这件事情说简单也简单，明确告诉对方说不要就是，好让对方死心，可他偏偏好奇，想知道试验田到底是谁，他又不想欺骗对方说同意，从而达到揭开谜底的目的。说起这个试验田，也真是奇怪，碰上一般人，早就知趣地终止了，这人不同，不依不饶，非要有个明确的答复不可。他认为，试验田已百分百地进入了视野，不是方萍就是叶也，两者必居其一。他还曾想过，难道还会有另外的人？立马就被否定了。他已无心上班，找个借口先走，想早些回去，和叶也面对面地进行交谈，看看是否能找点破绽出来。回到家，叶也在为月季花修枝，一脸阳光，见到他，笑了，如同灿烂的月季花。她说声你回来了，便把他迎进屋去。他刚在沙发上坐下，还没开口，她就问，是不是我也坐下来？说完，满脸通红。他迟疑了一下，说是的。她选了个与他形成直角的位子，用手指指他面前的茶杯，请他喝茶。他用手指碰茶杯，滚烫，心里有点发慌，他告诫自己，这是个狐狸精，连提前回家，都被她预测到了，还叫他喝茶，很明显，是在告诉他，我知道你会提前回来，茶水都准备好了。对这样的人，千万不要掉以轻心。为了避免谈话过于严肃，他信口瞎编说，你像我同学的妹妹。

是女朋友吧？她眨着眼睛，认真地问道。

是女朋友。他思考后说。

说话吞吞吐吐的，临时瞎编的？

谁瞎编了？他的脸红了起来，想掩盖，忙用手去搓，说，你不相信我？

我信你。你爱她吗？

当然。

她叫什么名字？

叫，他怔住了，过了会儿说，不便告诉你。

也行。她含笑说，有什么要问，直说好了，不用绕来绕去。

我绕弯吗？他的脸又红了，说，你之前做过保姆吗？

没有。是不是我做得不够好？

想多了，你做得很好，我都注意到了，就连博物架上东西的摆放，都选了最佳的面相，而且错落有致，同样的物件，不同的摆法，味道大不一样，这是你的细心之处，做得很好，我十分满意。他顿了顿说，我想问你的是，你为什么要来我家当保姆？

不为什么，想来就来了。

没那么简单吧。

看你眉目不展，忧心忡忡，可以明确地告诉你，我不是让你忧心的人，昨天的事纯属偶然，你放心吧，或许，我会提出什么要求，但决不会强求，一切都由你说了算！

一切都由我说了算！他在心里说，我清楚了，她就是试验田！叶也的话点到了他的神经，已经毫无质疑，在他看来，试验田开始浮出水面。他问自己几个为什么，最后的根子，还是落在李贵身上。他小心翼翼地问，你是怎么认识李贵的？

李贵，哪个李贵？我不认识！

他是这里的首富，你不认识他，可能吗？

谁说富了就得认识，你以为我是谁呀？

你说你是谁，能告诉我吗？

迟早要告诉你的。

你要告诉我什么？是不是要告诉你有宝马跑车？

啊。她傻了，问，从哪来的消息？

众目睽睽地上下车，以为别人都不长眼睛。我就是想知道，你来当保姆是否有目的？

能先不说吗？

最好能告诉我，实事求是地告诉我！

好的，那我实事求是地告诉你，我是有目的的！

你究竟想干什么。

放心好了，我想干什么，刚才说了，迟早会告诉你的。

我想此刻听你说。

对不起，还没有到时候，要说时，我会请你吃饭，望能赏脸。

真不知你葫芦里卖的是什么药。

你别想复杂了。

今天我请你吃饭，能告诉我吗？

不行，肯定不行，那顿饭，还一定得我来请。

她的话让人难以捉摸，他暗地叹了口气，她不想说，是她的自由，总觉得此人太神秘了。

周静不回来吃晚饭，他独自用餐，想邀她共进，被她拒绝。他看桌上的菜中没有黄瓜，就问，怎么没有黄瓜？她笑笑说，昨天做了两个，好像你并不喜欢，也许是我做得不好吃。对昨天的两个黄瓜，他真的毫无印象，连味道都记忆不清。但他还是说，好吃。她看了他一眼说，你能说出味道吗？咸的？甜的？辣的？他说，都有都有。她不再追究下去，直截了当地说，看你吃饭心不在焉的样子，并不是黄瓜吃不出味，估计所有菜都吃不出味。他一愣，心想，难道她知晓我的心思？她接着说，有些事情自己最了解，不要偏听偏信。

你指的是什么？

困扰你的根子是什么，我指的就是什么。

听不明白，我有什么根子？

你怎么没有根子？她两眼盯着他说，那目光和昨天看他赤身裸体时一模一样，好像又被她看到了什么。他仿佛受到了污辱，脸红如猪肝，真想拍桌而起，后来还是忍了。她见此模样，连忙说，不好意思，我没有恶意。她还说，你不要没有自信，不必责怪自己，我不相信你有什么不好。

安慰的话，谁都会说，自己的事情自己最清楚，他慢慢安静下来后，脸色恢复了正常。她把那番话清清楚楚地留在桌面上，就离开了，让他细细地去品味。这时，他接到了方萍的电话，让他赶紧过去，有要事相告。他告诉叶也有事要出去。她从厨房里探出身子，叫他扒拉几口再去，带着埋怨的口吻说，我烧的再不好吃，你也总应该吃几口吧。他边走边回答，你想到哪里去了，我真的是有急事。

与方萍见面的地点在茶楼，她如饿死鬼一般，正在大口大口吃面，对面也放着一碗面，苏格知道是给他的，吃了几口就不动了，感觉没味道，无食欲。她喝掉最后一口汤，放下碗，带着兴奋的口气说，我告诉你，有重大发现。

你快说吧，别卖关子好不好。这时，他收到了一条信息，是试验田发的，催他作决定，像是最后的通牒。看她正在手机上翻看什么，便问，信息是你发的？

什么信息，我就坐在你对面，用得着给你发信息吗？

把手机给我看看。

不行，任何人都不行！

知道试验田吗？他望着她，压低声音问。

试验田，种什么的？

看她的样子，像什么都不知道，他不相信，她连在试验田上种什么都还不清楚，假兮兮的。他想，她或许是想用这种方法让自己隐藏得更深。他说，言归正传吧。

真的弄不明白，你脑子里到底装了多少乱七八糟的东西。告诉你，我之前给你提供的信息还算准确，叶也 26 岁，和我同年，是个小富婆，净庐新主人，有个五六岁，最多不超过七八岁的男孩，今天刚从外地接过来，也许你打破头都想不到，你说无法联系上的吴妈，竟然在净庐！

吴妈在净庐？苏格自言自语地说，太意外了。

回去的路上，苏格接到周静的信息，说在父母家，李贵也在，让他去接她。到了周静父母家，见李贵正和周有理说说笑笑，苏格对他们的性格十分了解，他俩在一起，必定有事情要谈，谈正事之前，总会先互相取闹一番。只要有周静在场，李贵的兴致就高，见到苏格，不管他阴着脸，说，你这个岳父呀，是个活宝，我们这次去欧洲，空姐问他喝什么，他听不懂，想喝茶，就来问我，茶怎么说？我告诉他叫“替”。结果他怎么说？因为要喝热茶，他一本正经地对空姐说，我要热“替”。把空姐说得云里雾里，人家从来都没有听说过这个词，什么热“替”，空姐不懂，只有干瞪眼。他也急了，手忙脚乱地比画着说，就是那个茶嘛。搞得空姐更糊涂了，原来里面还有个“替”能听懂，现在连“替”都没有了，更听不懂。周有理哈哈大笑，李贵更来劲了，他说，还有呢，上次去澳洲，有个喂奶比赛，选 3 个人，他在其中，每人一个奶瓶，主持人哗啦啦说了一大通，倒数数宣布开始，结果他闭眼昂头，快速把奶瓶塞进嘴，当时在场的观众无数，都在为他欢呼，那个喊叫声呀，一浪盖过一浪，他咕噜咕噜喝完奶，睁开眼，把手高高举起来为自己庆祝胜利的时候，他傻了，看那俩人拿着奶瓶还在喂羊，才知道自己的奶瓶塞错地方了，那只没有喂到奶的羊，两只眼直直地盯着他看，它们都是训练有素的，就不明白，这个人为什么不用奶瓶喂它。周有理忙着抢话说，还好，都是鲜羊奶，本来就是可以喝的！他怕丢面子，辩解起来语速很快。周静想忍住笑，最后还是扑哧笑出了声，她一笑，苏格也忍不住哈哈笑了。周有理用手指着李贵说，你怎么老提这件事，为什么不说说我们晚上遇到劫匪的事。李贵故意想了想说，记不住了。周有理说，滑头滑脑，我出丑的事记得那么牢，我出彩的事情却记不住了。苏格连忙接上话题问，哦，你们还碰到劫匪了？意思是让他说说出彩的事。周有理的兴致上来了，露出一副自豪的模样说，那天晚上真的很危险，我俩聊天聊到快 12 点了，出去吃消夜，那个鬼地方，店很多，人很懒，到了下班时间，有生意也不想做，都要回去玩儿。害得我们走了很远都找不到吃消夜的店，在回酒店的路上，碰到了3个小青年，浑身黑色的服装，边上并排停着3辆摩托车，叽里呱啦地说了一通，我们听不懂，他们用手指着腕部，意思是问几点钟，李贵把手伸过去让他们自己看，还好我脑子清楚，立刻把手伸进衣服里，他们怔住了，我们才得以脱身，要是当时我也去看表，说明我们毫无防备，肯定会把我们的手抓牢，对我们下毒手，好就好在我把手往衣服里一插，嘿嘿，他们就搞不清楚了，衣服里面到底有什么东西，也可能是刀，也可能是枪，他们不敢轻举妄动，让我们逃过了一劫。李贵听了不服气，说，吹牛不脸红，你以为我不知道，你是因为害怕，浑身发抖，感到冷，才把手插到衣服里去的。难道你没有看见我那个站姿，抬头挺胸，两脚分开，看上去就是很有力量的人，谁敢动，谁就非吃苦头不可，要不是这样，他们会摆摆手让我们走吗？苏格听他们的对话，既投机又有趣，预测他们今天要谈的事情会顺利。

让苏格感到庆幸的是，丈母娘不在家，去合唱团排练了，苏格松了口气。周静的弟弟没去学校夜自修，一闪身就不见了，满脸不高兴，苏格喊他也不应答。周静说，随他去，再过个把星期就高考了，他要全力以赴去准备，尽管心思用不到学习上去，也得努力一把，或许会有希望。她把苏格拉到沙发转角处，问道，你刚才收到试验田的信息了？苏格大为震惊，说，你怎么知道的？

我是神仙嘛，回家告诉你。

那现在就回家。

别急，等李贵走了咱们再走。苏格皱了皱眉头说，他给你添的麻烦还小吗？周静附在他耳边说，起码的道理，你别忧心忡忡的，他不会对我怎样。周静说的也对，他只有耐心等待，他连自己都感到奇怪，刚才一提到试验田，他脑子就糊。如果能知道谁是试验田，他就有了方向，就会知道试验田是否与李贵有关。

周有理和李贵聊起了林业，让苏格说说红豆杉，他晓得岳父想炫耀，便说，红豆杉是250万年前第四纪冰川时期遗留下来的古老树种，是植物的活化石，从中提炼的紫杉醇是当前世界上最有奇效的抗癌药物之一。苏格心里想着试验田的事，讲得有点心不在焉，但是，李贵听进去了，特别是对抗癌有效感兴趣，说，现在投资林业正是好时机，让我入股，岂不是把肉割给了我。

明白就好，兄弟一场，我什么时候把骨头给过你。

我了解你，还有什么事，你就直说吧。他非常清楚，周有理不是会轻易割肉的人，如果割肉给他人，必定另有想法。

到底是好友，李贵把他的心思都摸清楚了，确实，他还有想法。近段时间，他多次梦见早年去世的父母，激发了他的思念和感恩之情，许多场景历历在目，令人难忘。他从小爱吃鱼，父亲原先不会钓鱼，就去学着钓，不论刮风下雨、天寒地冻都去，那时，他不懂事，以为父亲是因为爱钓鱼才去钓鱼的，没想到是因为儿子喜欢吃鱼才去钓鱼。连续几天的梦，让他回到了从前，回到了父母身边，回到了乡亲们中间，那些爱他的爷爷奶奶和亲人，在他心里挥之不去。他对李贵说，我父母去世早，做儿子的时候不知道珍惜，他们相继走后，才感到做他们的儿子是莫大的幸福，父母把你捧在心头，有多温暖呀。现在，我最想做的事，就是做儿子，做不了父母的儿子，就做做老人们的儿子吧，像他们把儿子捧在心头一样把他们捧在心头，让他们高兴，他们高兴了，我也高兴。

李贵感到周有理动情了，也被感染，问道，你想怎么办？

想在家乡办个敬老度假村，免费吃住，让老人们轮着来享享福，孝敬孝敬他们，你要是愿意，我们一起做，不愿意，我自己做。

周有理的意图李贵已明了，是想通过他在那里当市长的好朋友予以帮助，尽管是件积德的好事情，他也有心加入，但他怕周有理的醉翁之意不在酒，以此名义征地捞好处。他说，我赚了这么多钱，也想做做好事。办敬老度假村，好的！我举双手赞成，但你不能有半点私心杂念，要实实在在为老人们做点事，做他们的好儿子，这样的话，我愿意跟你做，估计还有人会加入。

感谢你的信任，周有理的眼睛都红了，他说，你想得细，放心好了，这回，我围着人转，绝不围着钱去转。地的问题，我想这样，不再另外征用，可以免去许多麻烦，敬老度假村就建在我租赁来的山林里，你给说一下，他同意了，我们就这样去做。

我去说没问题，可行性也并不是没有，你要想好，我知道你那块山林的大概方位，建度假村，要进入到腹地才行，这样做，投入会非常大，光是道路通进去就需要很多钱，我先听听意见，咱们再做计划好不好？

只要能实现都好。

另外，要和你讲清楚，我俩合做这件事，你割给我的肉，我不能要，否则，连我自己都会觉得目的性不明确，别人就不用说了，会认为是得了好处才做的。

这样也好，一切随缘。周有理说。苏格觉得这件事有意义，他们提及“儿子”，就像鼓槌击鼓一样令他震动，他几次想插嘴都没插上。俩人围绕敬老度假村，越谈越投机，李贵坐到11点才走，告别时，握着苏格的手，热情地拍了拍他的肩膀说，不好意思，延缓了你回去的时间。苏格在心里骂了句，厚颜无耻！每次见面，苏格都没有给他好脸色看，他不在意，人家都有丈夫了，他仍然不在意，想干什么照样干什么，这样的人，能不恨吗？要不是看在岳父的面子上，理都懒得理他。送走李贵，苏格眼里的岳父和以前有点不一样了，他说，你们谈的我都听明白了，这是件大好事，我马上做个设想方案出来。

不用着急，有些事情不是想象中那么简单，周有理说，李贵心思活络，没人搞得清楚他到底是怎么想的。现在是好事不一定好，坏事不一定坏，有人说我黑心，想改变颜色，也难。你要赚钱，有人在乎，你要做慈善，有人不在乎。有些人是顺着钱走的，赚钱的事，钱往里走，人也跟着往里走，就聚在了一起，因为中间有块肉，眼睛都盯在上面，盯紧了，或多或少能分到点；不赚钱的事呢？钱往外走，人也跟着往外走，因为中间是块光溜溜的石头，连根毛都没有，没甜头，人家不愿意围着你转，剩下的只有孤独的自己。……我为什么要找李贵来商量此事，是因为他有成事的人脉关系，能对付，红道黑道路路通，他不参与，要成事会比较难。但是，话又得说回来，即使他参加了，还是不能有太高的指望，你想想，他自己的事，也有摆不平的，那个房产项目，他没有采纳下属提出的转手方案，让有些人失望了，原因是，他们的收入除了底薪外，要和盈利挂钩，眼看这个项目要亏损，没了吸引力，连房产公司总经理在内的一拨人都走了，他们的眼里只有钱。我们做善事，也得面对现实，不确定因素始终存在，要有不成功的思想准备，方案什么时候做，还要看李贵的进展情况，如果行不通，也就没必要去费心思，不过，可以先想想，我肯定，总会有地方接受这个项目的，东方不亮西方亮。听了这番话，苏格觉得奇怪，心想，难道要做好事也那么难吗？应该不会吧。

俩人告辞出来，上了路，苏格等待周静说出谁是试验田，她没开口，好像忘了。他忍不住催道，你说呀，谁是试验田？

就这么急吗？

那当然，这家伙扰得我不安宁，恨死我了。

这样严重？她停下脚步，望着他说，没必要吧。

还没必要，难道你愿意我去种试验田？

两码事。她说。回到家，洗漱完毕，周静脱掉衣裤，拉着他的手，自己先躺下，细语温情地对他说，请上试验田。苏格愣了好一会儿，说，是你？真的是你吗？

不相信？记得我前几天和你说过，我也有可能是试验田，因为要考验你的忠诚度。她笑着说，看上去不那么自然，好像是临时决定来承担试验田责任似的。她说，好了好了，事情已经清楚，你就不要再往心里去了。

晚上，爱事不理想，简直是乱七八糟。责任在他，原因是他对谜底有怀疑，反而感到事情更复杂了，连周静都在掺和，他相信周静不会和李贵有瓜葛，只坚信她爱他胜过了一切，李贵对她的举动，她都及时告诉他，这点，他心存感激，他们的心是紧紧连在一起的，有句话说得好，夫妻同心，黄泥变金。但是，他感到头痛的就是这个但是，它经常从脑子里跳出来，有时候，他会想，我是不是把简单事情复杂化了？如果能够都放下来，会是什么状况？但是，他放不下。

说来也怪，苏格早上出门，几乎在昨天的地点，见叶也挺胸迎风走来，她身着淡黄的短袖衫，文胸依稀可辨，脚穿中跟银色凉鞋，露出白净的脚趾，阳光下，显得别样鲜嫩。她的装扮变了，令他眼睛一亮，心里有阳光照射进去，当他闻到了茉莉花香时，眯起眼睛道，你早！她朝他笑笑，轻轻飘过。他回转头的时候，正好她也扭过头来，四目相对，羞得她脸上泛起两朵红晕，与此同时，他的心弦被她拨动了，顿时感到有些自责，有点对不住她，因为他曾怀疑她是试验田，怀疑她是李贵安插进来勾引他的。现在看来,应该不是！难道她和周静有关？又不像，但是……

到了办公室，发现桌子上有只红色的保温瓶，打开来看，是冒着热气的燕窝，知道是方萍送的，便打电话过去，叫她快来拿回去，他不吃这玩意儿。她不高兴了，大声说，你必须吃掉。他想不到她会这样大声说话，怕影响不好，马上说，好，我吃我吃。对方笑出了声，说，昨天，我看你瘦了，一脸憔悴，只想让你进点补，快趁热吃吧，吃了我高兴。他搁下电话，索性把燕窝吃了，心想，她反正不是试验田，用不着那么戒备。

今天，开了一天会。上午市里进行创建国家环保模范城市动员；下午局里完善实施方案，处长去党校学习了，还得以他为主汇报，他告诫自己，千万不要分心，怕方萍老给他打电话，就把手机关了，这样一来，让他安静了许多。等他开机时，已是下午 5 点，正如他所料，方萍给他打了 21 个电话。除外，还有一条叶也发来的信息，同条信息发了两次，内容是这样的：苏哥，明天吴妈回来了，我这几天有做得不好的地方，敬请谅解！晚上，周静姐不回来吃饭，我请你，不要推托。我在你家等候，还想搭你的车。他连读了两遍，特别注意了，她在“我这几天有做得不好的地方”中，把“不好”两个字用了黑体。其中意思十分明了，是因为她看到了不该看到的东西。他在心里骂了句：狐狸精！

又是方萍的电话，叫他回办公室，她要见他。他说已经离开了。她着急，说，我的保温瓶怎么拿出来呀。他说，你怎么放进去就怎么拿出来。确实，他的车已经开出去了。他认为，方萍是个不错的女孩子，令他担心的是，她在他身上注入了过多的热情，怕她难以自拔，对她造成不良影响。

听到喇叭声，叶也知道苏格回来了，她站在门口，手放在额前，遮挡刺眼的阳光，看他掉好车头，连鞋后帮都没有穿好，就登上车去，坐在副驾驶的位置上。

你说要请我吃饭，我还以为只是说说而已，没想到你那么当回事。苏格说，是不是要向我赔礼道歉？

去你的，我才不给你赔礼道歉。

那为啥？

别急，你迟早会知道的！

神秘兮兮的，你好像是特务出身。

随你怎么想，我反正不是特务。她笑笑瞥了他一眼说。

能告诉我你为什么要来我家当保姆吗？

一定会告诉你的，要不我请你吃饭不是白请了。

哦。苏格不再强求。一路上，他发现她时常偷看他，清澈的大眼睛望过来的时候，有光芒。

到了净庐，停好车，俩人下来一起往里走，叶也说，你好像是特务出身。苏格突然想起，是呀，她上车后没有说去哪儿，就把她送到了。他解释说，我想，如果开错地方你肯定会指正的，你没说，我就一直往前开，开来开去就开到这里了。

狡辩。别以为我不知道，你还找人了解我的情况，那人是不是向你提供情况说我有个五六岁，最多不超过七八岁的男孩，刚从外地接过来，都是我告诉那个人的。那人不认识我，说是受人之托，情况了解到我头上来了。苏格的脸烧得厉害，这个方萍也太不会办事了，不知她是托了哪个窝囊废去探听的，让他感到无地自容。见此模样，她说，好了，我不会怪你的，相反，我还要感激你对我的关注。她停顿了一会儿，走进院门时，她说，反正你也已经晓得，吴妈在我这儿，快去看看她吧。说完，用手指了指厢房。他怕她还会说出其他尴尬事来，正想脱身，就直奔过去，吴妈正跷着腿坐在沙发上津津有味地看电视，见了他，很吃惊，忙起身让座，被他重新按下去，问道，这几天还好吗？她说，好！好！托你们的福，想不到这辈子还能过上这样神仙的日子。苏格明白，叶也是有意空出时间让他和吴妈独处，便于他了解一些想知道的事情。他放低声音问，你和叶也原来就认识？

不认识，吴妈说，就几天前在菜场买菜时才认识的。

那怎么会代替你去当保姆呢？

她说我太辛苦了，叫我休息几天，怕你们不同意，就叫我说家里有急事要赶回去。不好意思，骗人了。

没事的，不要往心里去。他说，叶也对你好吗？

好，很好！什么活都不让我干，还有人服侍，她待我太好了，比亲闺女都好。这几天，我太满足了。

苏格听叶也苏哥苏哥地在外面叫，明白她不想让他在吴妈那里久待。他应声出来，跟着她走到院子当中的银杏树下，那里摆着一张方桌，三条方凳，中央的方凳上坐着个身穿短袖海军装的男孩子，两条腿悬着，时不时地晃荡，正在翻看西游记连环画。叶也对他说，恰恰，叫叔叔。恰恰晃动着身体，对着他叫了声叔叔。恰恰的眼睛很像叶也，乌黑乌黑的。苏格说，叶也，你好福气哟。

你叫我妈爷爷？恰恰笑他说，哈哈，你叫错了，女的怎么能当爷爷呢。

你妈的名字就叫叶也。

不是，她叫丹丹。

丹丹？他看着她重复了一遍。她笑而不语，转身问恰恰，你要吃什么？

我要吃黄瓜！恰恰大声说。

他一愣。因为恰恰喊出了他同样的最爱，距离顿时拉近了，在他眼里，恰恰是个生活幸福，无拘无束的阳光孩子。趁她不在，苏格问他，今年几岁了？他回答说，妈说了，叫我不告诉你。他想了想又问，你爸爸呢？

好像点到了他心里最神圣的东西，他眨着眼睛轻声说，妈说了，他就要回来了。苏格听得出来，恰恰提到爸爸，心里有伤感，只不过他不知道什么是伤感罢了。这顿饭是他们三人一起吃的，她拿出自己酿的葡萄酒让他品尝，怕他说开车不能喝，就告诉他已经找好代驾了。葡萄酒有点涩，酸酸甜甜，几杯下去，脸红了，看她，没红，敬她两杯，还是没红，可是，他看她，越看越好看，特别是她用手指整理被风吹乱了的长发时，他的心里痒痒的。恰恰叫他靠近他坐，问苏格喜欢不喜欢吃黄瓜。他说喜欢。恰恰就把好多黄瓜装到他碗里去。苏格心里热了，在他脸上亲了一口。恰恰一边擦着他亲过的地方一边说，谢谢叔叔！当她再次敬酒时，恰恰向他招招手，他把身子倾过去，恰恰把手圆成喇叭状，附在他耳边慢慢说，这酒很厉害的。

丹丹问他说什么。他嘻嘻笑，对苏格说，这是秘密，不要告诉我妈。她问，这个叔叔好不好？恰恰说，好！她说，你要不要给叔叔唱个儿歌？恰恰说，好的。

唱什么？

花开歌，好不好？

好的欢迎欢迎。她把恰恰抱下来说。

恰恰选择好位置，把手背到身后说，我给你们唱个儿歌，题目是花开歌：一月水仙清水养；二月杏花伸出墙；三月桃花红艳艳；四月杜鹃满山冈；五月牡丹笑盈盈；六月栀子带头上；七月荷花浮水面；八月桂花腌蜜糖；九月菊花迎秋风；十月芙蓉斗寒霜；十一月山茶花开放；十二月蜡梅雪里香！

听着恰恰脆嫩的声音，苏格不知道为什么特想哭，或许是酒喝多了容易感动，或许是对孩子的强烈期盼，勾起了他的父爱。恰恰唱完，歪着头说，就这样了，嘻嘻。

是谁教你的？苏格问。

妈教我的。

苏格心想，我小时候有过这样的日子，给父母唱儿歌，大概也会是如此的模样。

酒喝完，她无变化，他却不对了，酒越喝越甜，就想哭，嘴里丹丹，丹丹叫个不停，说还要喝。她说没有了。他说小气鬼。她知道他酒喝醉了会哭，此时正好，欲哭还未哭，恰到好处。吃好饭，恰恰黏着苏格，要他教认字，他发现恰恰已经认识许多字了，西游记里的有些句子，已能读全。与孩子在一起，苏格十分快乐，丹丹看他们玩儿得起劲儿，便催苏格回去，她不想让苏格玩儿够。她对苏格说，原想写封信给你，现在来不及了，我会发到你邮箱里去的，看后，要给我回话！他说，一定！一定！

银杏树下的晚餐把彼此间的距离拉近了，透过丹丹自酿的葡萄酒，苏格看到的是花样年华，是活泼纯真，是其乐融融。他把这份感觉一直带回了家，见到周静，像是受了委屈的孩子，抱住她痛哭，他说，我真想有个儿子。周静心想，他喝醉了。

请如实告诉我，你到底是不是试验田？

还不相信？

不相信，绝对不相信！

再过几天告诉你行吗？周静说完，发现苏格倒向一边睡着了。她去榨了杯黄瓜汁，摇醒他，叫他喝了，问他有没有听见她讲话。苏格懵懵懂懂地摇摇头，喝掉黄瓜汁，觉得清醒了许多，他记得提过试验田的事，原因是不相信周静说的自己是试验田，眼下，曾怀疑过的对象都被排除了，剩下的，非李贵莫属了，只有他最具备动机。

这几天，李贵没有邀请周静吃饭，估计是下属地产出问题的缘故，她播到过有关他的新闻，说的是有个楼盘建在原来的农药厂上，民工挖地时出现了头晕和呼吸困难等不良反应，他立刻赶去工地，确实闻到了味道，送土化验后，发现地下 8 米处污染物仍超标，他断然决定停建，对已建的要拆除，还要修复土地。有人给他算过账，这样做，楼盘亏大了，分管的副总曾向他提议，把地转手掉算了，有两个下家愿意接盘，要是能成，既省心又赚钱。他没同意。听人传，他有可能增补成为市政协委员，或许是故作姿态，捞点资本，树点形象。不管怎么样，这件事的处理，出乎许多人的预料，其中包括周静。

晚上，俩人靠在床上，让灯光把他们涂成隐隐的粉红色。苏格给她讲晚饭的事情，讲到叶也的名字叫丹丹，儿子的名字叫恰恰，讲到他怀疑葡萄酒不是她自己酿的，或许掺了拉菲，还讲到丹丹要给他发一封信。说到这里，苏格跃身起床，打开电脑，看看是否收到丹丹的信，结果真有一封，信是这样写的：

苏哥：

先给你看一篇没有落款的日记，是我偶尔得到的，日记写在笔记本的中间，或许是想藏在他人难以发现的地方，结果还是被我翻着了。

6月6日　星期六　多云转晴

今天是我和他第一次在一起的日子，那种感觉简直太奇妙了。他说他爱我！我也一样！他说我身上有茉莉花的香味，是他最喜欢的味道，说我是为他而生的！我爱他，太爱他了，我爱他身上的每一寸肌肤，爱他肚脐边的胎记，他是我的阳光，他是我的雨露。我们是在球场边认识的，那天我去食堂吃晚饭，路过球场，有个球向我飞来，是他奋不顾身扑球，免我一砸，但他摔破了膝盖，从那次开始，他扑进了我的心里，我成了心里有人的人，缘分就是如此的奇妙，我相信一见钟情，我们就是！

先发这些，我想睡了，明天接着给你发。祝晚安！

看完日记，苏格感动不已，泪水在他眼眶里转，他肯定，日记的主人，毫无疑问是顾及，这篇日记仿佛又一次让他回到了校园，回到了和顾及相处的日子，他们把欢乐留在了彼此的心田。几年过去了，他还会时常回忆起那段意气风发的学生经历，那段爱意绵绵的纯情，那段她为他买黄瓜而奔波的辛勤。如果不是父亲一定要他回来，如果不是顾及的母亲一定不让她离开，他们肯定会幸福地生活在一起！但是，没有如果。苏格的心里酸酸的。他回复：谢谢丹丹，日记唤起了我难忘的记忆，想知道你是如何得到的，期待下一篇！望尽快发给我，再次感谢！

早上醒来，周静问苏格是否收到邮件？苏格说没有。他不想让周静看到这段文字。昨晚，他做了个梦，梦见顾及和丹丹是同一个人，他问丹丹是否整过容了？丹丹两眼望着他笑笑不语，他恳求着，她反问说，有这个必要吗？他是带着这句话醒过来的，天还麻麻亮，想把梦接起来，没能如愿。他带着这句话去上班，见方萍拿着早点在等他时，差点把这句话甩给她。方萍要跟他去办公室，为了她好，不想她陷得太深，被他拒绝了，他说，你还不明白，要注意影响，我无所谓，你有所谓。

我无所谓。

苏格还是看出了，方萍嘴硬，心里拎得清，她止住了步。他到办公室的首件事，就是打开电脑，发现有丹丹的邮件，内容是这样的：

苏哥：

再给你发一篇日记，这篇，要不要发给你，很犹豫。现在发给你的目的，是想让你了解主人当时的想法，如给你带来不快，请原谅！

3月22日　星期四　晴

窗外阳光明媚，可一想到我曾经深爱过的人，心里就布满了云层。我是多么地爱他，可他呢，曾经山盟海誓的他呢，曾经被我装进在心里的他呢，在我最需要的时候离开了我，远远地离开了我，连头都没有回，像鸟一样飞走了。不！不像鸟，如果是鸟，总会迷恋生活过的地方，会飞回来看看，哪怕只是一眼，但他没有做到。每次电话，满嘴是甜言蜜语，我感受到了他的虚情假意，很多时候是在应付，我受够了，我承受不了了，我不想再继续下去了，哪怕他在金山上向我招手，我也已经没有热情，没有力气上去了，何况，完全没有这种可能。我中断了和他的联系，换掉了手机号码。真想不到，人会变得如此的虚伪，他糟蹋了我的人生，我恨他！

这篇日记带来的是震惊，简直不相信是顾及写的，两篇日记，一热一冷，一个天上一个地下，想不到她对他还有这般强烈的不满。他回复道，我的离开，的确给了顾及很大的伤害，我们曾经手拉手去看大海，并在海边发过誓，我承认我无能，没有给她带来幸福。在她面前，我是罪人，请求她的宽恕。希望你能把这段话转告给她，或者你告诉我她的联系方式，由我向她说明。

眨眼工夫，又收到了丹丹的邮件，内容是这样的：

苏哥：

读了你的回复，为彼此间的不幸流泪，从中，我读到了你的真情，先替顾及谢谢你！你托我带信给她，可以的，我一定带到！可是，还得几天时间。她现在没有手机，我没有办法向你提供她的联络方式，还是由我来转告吧。

下面，说说我。有人会告诉你，我今年 26 岁，其实不然，我不想给你小小年纪就有孩子的感觉，想得到我的年龄，请当面问，便于向你解释。高中还没毕业，我的亲人相继离我而去，我觉得天都暗了，加上我有了孩子，真不知道该怎么办，好在家里给我留下了两套房子，我靠出租房子生活。当年，我考上了地质大学。毕业时，我有条件保送读研究生，为了孩子，为了生活，最后还是放弃了。我喜欢上了五颜六色的宝石，卖掉了房子，开始经营高端珠宝，有了自己的品牌，许多名人都成了我的客户，使我有了新的转机。我向你唠叨这些，并不是要向你显才能，显财富，讨你同情，讨你赞美，只是想让你了解我。写到这里，心里有些难受，过会儿再给你发。

苏格回复：理解你此刻的心情，谢谢你的信任，我太想知道下文了，盼！苏格等到中饭后仍不见邮件，直到 3 点整，苏格收到邮件，内容是这样的：

苏哥：

不好意思，让你久等了。下面和你讲讲恰恰，他是一个聪明懂事、悟性极高的孩子，幼儿园的小朋友都喜欢和他玩儿，他爱看小人书，会说许多小朋友爱听的故事，他 4 岁时，有次我生病，是他为我端水拿食物照顾我，还抹桌子扫地，站在床前背诗给我听，把我感动得热泪盈眶。现在，恰恰衣食无忧，只是在安静下来的时候，他会想爸爸，不知多少次，他问我，我爸是什么样子的？我告诉他，你爸很帅，很有智慧。他说太想太想见爸爸了。我说，你爸去了国外，他一定会回来的！在幼儿园，他和小朋友比爸爸帅，小朋友都没有见过他爸，他说要多帅就有多帅，好不容易争得了爸爸第一帅的荣誉。恰恰渐渐长大，对爸爸的期盼日益增强，当小朋友说起爸爸带他们去看电影，去游玩的时候，他会悄悄走开，因为他爸爸还没有回来，不可能带他去。他和我说，他不妒忌，等爸爸回来，一定会带他去玩儿的！他就盼啊盼，终于盼到了这一天，让我苦苦寻找了几年的他，也找到了，那个他，就是你！！！我找到你，真不容易，也许是命中注定吧，很偶然的一次机会，我在你同学吕斌家里看见了你和他的合影，你的前额，简直与恰恰是印出来一般，我当时就震惊了，把猜测给吕斌说，他直摇头说不可能，和你三天两头打篮球，从没发现过蛛丝马迹。你们隐藏得太深了，害得我无从下手。见了你的照片后，我用手机拍摄下来，带着它，按照吕斌给我的线索找到了你，本意很简单，就是想通过当几天保姆，看看你，再找找你和恰恰的共同点，如果是血脉相通的，肯定会有。那天，我不知道你在洗澡，原想去拿个拖把，没想到会看见眼前这一幕，也许你不信，事情太凑巧了，其实，我不是粗鲁之人，即使想知道你肚脐边上是否有胎记，用不着这样，只要问问你就是了。那件事，让我羞愧不已，我向你赔礼道歉，说声对不起！期望谅解。现在，我想做的事情做好了，其目的是想让恰恰有妈妈的同时还有爸爸！

另外，我还有件事要告诉你，恰恰的亲生母亲叫顾及，生他时难产，医生问她，遇到万一，是保她还是孩子，她流着泪恳求医生保住孩子，结果她去世了。

顾及是我的姐姐！

也许，你会觉得突然，觉得不可思议，我理解，不必马上回复，什么时候想明白了，什么时候告诉我。

读完邮件，苏格情不自禁地落下泪来，心里堵得慌，真想放声痛哭一场。顾及的身影出现了，含着笑向他走来，她总是那么的靓丽，他好像握住了她柔软的带着体温的小手，她飘逸的长发被轻风吹动，拂过他的脸颊，痒痒的，这样的感觉，仿佛就在昨天！他含着泪回复：顾及的去世，让我悲痛不已，我肯定，她是带着我的爱离去的。我深深地怀念她，带去我迟到的哀悼。这些年，你把孩子拉扯大，让他幸福成长真不容易，让我感动万分。此时，我心里非常复杂，恰恰的事，容我静下心来好好想想。

接到丹丹的电话，说已告诉恰恰，他就是他爸爸。恰恰哭了很久，拿出个本子，上面写的都是“爸”，他想爸爸了，就在本子上写“爸”，已经写了厚厚一本。苏格听了，有些心酸，脑子里浮现出恰恰在看西游记，两条悬着的脚在晃荡的画面。

他是带着幸福感回家的，在迈进家门的那一刻，就觉得氛围不对，原来和周静约好去外面吃饭，现在连人影都不见，平日里，她会早点回来，在家迎候。他心里一紧，知道她生气了。当时，他看完丹丹发给他的邮件，觉得这件事太大了，周静迟早会知道，也应该让她知道，就把邮件和回复都发给了她。此时，他感到自己草率了，要是亲口对她说，或许会好些。吴妈见苏格回来，用吃惊地口吻问道，你们吵架了？

没有哇。

她是哭着离开的，带上换洗的衣服去父母家了。

知道了。他应声说。他们结婚以来，没有吵过架，周静柔情似水，天生不会大声嚷嚷，有了委屈，只是闷声流泪，因为生气，躲回父母家，尚属头回。苏格掂出了事情的严重性，转身就去她父母家。一进门，望见她和父亲还有李贵，凑在一起看笔记本电脑，立马明白是怎么回事。看见李贵，他气不打一处来，大声说，李贵，你来干什么？我家里的事情用不着你插手。

李贵吓了一跳，满脸严肃说，你放尊重点好不好，我是你岳父请来的客人。

你不是客人，你是苍蝇！苏格怒了。通常讲，苍蝇叮有缝的蛋，这只苍蝇，蛋还没缝就来了。

我看你已经失去了理智。李贵装作平静地说。

还说我失去理智，为什么不说你失去理智。苏格如同野兽，用发红的眼睛盯着他说。周有理和周静从来没有见过他这般发怒的样子，担心发展下去会引起肢体冲突。周静感到害怕，在一旁流泪，被周有理拉上楼去，他想，还是避开为好，谁也不得罪，但又放心不下，他打开电脑，和客厅的电脑联通，可以清楚地听到他们的对话。

李贵还算镇静，他放低声音说，你别激动，有话好好说，请告诉我，我失去什么理智了？既然话都摊开，希望你能开诚布公地说出来，省得你见我像见仇人似的，我保证打开心扉，让你看到我的内心。

那我问你，苏格的声音低下来了，他说，你知道周静结婚了吗？

废话！李贵就是这样的人，见苏格的势头下来了，他就要往上爬。

你讲不讲道德？苏格是个怕软不怕硬的人，你硬他更硬。

什么意思？直说好了。

你能说清楚吗，为什么要缠着周静不放？

可以十分明确地回答你，我很喜欢周静。李贵看苏格想插话，举了下手说，你先听我说完，在你们还没认识之前，我就喜欢她了，因为不光彩的过去，让我极其自卑，她是我心目中的女神，怕玷污她，一直以来把她放在心中，都快10年了，初衷未变，但我始终不在她心里，她的心里只有你，坦白地说，我仍然在等待，曾有过许多幻想，想想总可以吧，期盼有一天，她能成为我的妻子，哪怕等到天荒地老，白发苍苍，我心依旧！说这些话的目的是要你善待周静，你也用不着生气，一有事情，我就会出现在你们面前，你要想明白。

你还想抢人啊，你！

抢不抢人完全取决于你，只要你们相爱，我不会动她半根毫毛，你可以问周静，这么多年来，我是否对她有过非礼，是否对你们有过妨碍。如果你不珍惜，或者周静觉得你不值得她爱，我会坚定不移地站到你们中间来，哪怕是决斗，我也会和你拼到底！

你大言不惭！你明目张胆！你敢！

不信，你试试看。

奉陪到底！

好了，我们不是小孩，用不着斗气斗嘴，要用事实说话，想想自己的过去，你瞒到现在，知道对周静的伤害有多大吗？李贵的口气放缓下来说。

你在教训我？

不是教训，是提醒。

那我明确告诉你，我没有隐瞒，和顾及处过朋友的事，周静是知道的。

儿子呢？

苏格用眼睛望了李贵片刻，想说什么又咽回去了。

不好意思，让你难堪了。

没什么好难堪的。

其实，你对周静的好，我是知道的，要不，你们走不到今天，我羡慕你，也钦佩你。

算了，我不想听你的奉承话，假的要命，浑身不舒服。苏格说。气氛明显缓和下来。

你爱周静是全身心的。

用不着你说，知道你在我心目中是什么形象吗？简直就是一匹狼，一匹死死盯着猎物的狼，换位想想，如果我这样对你，常盯着你看，你会是什么感觉，你舒服吗？你尊重不尊重人家的生活？碰上谁都会烦的，你为什么要去做让人烦的人？

言重了，只是关注而已。要是过分了，对你产生了不良影响，我道歉！说实话，你还是给了我一些感动的。

又来了，我没让你恨就不错了，怎么可能感动你呢？苏格不再那么激动，把背靠在沙发上说。

上次，你去检查，情况我都知道。

什么检查？什么情况？

你明明有生育能力，却一定要医生写成少精症。

苏格想阻止李贵往下说，已经来不及了。他火了，大骂一句，混蛋！

你知不知好歹。李贵被骂晕了，气不打一处来，说，我在讲你好哇。

你这样说对周静伤害有多大？

她也听不见。

大笨蛋，他们在楼上比我们听的还清楚！

明明知道他们听见，你还讲得这么响。

苏格才意识到，忙捂住嘴，可惜迟了，周静晕厥了过去。

等周静醒来后，她已经躺在医院的病床上，见到苏格，把脸转过去说，你让我安静几天。苏格明白其中原因，好理解，换成他，或许也一样，让她马上接受她不会生育和他有儿子的两个残酷事实，是做不到的。出乎他预料的是，当他再次赶到医院时，发现周静已经离开了，连医生都不清楚去了哪儿，给周静打电话，通了，是她柔弱的声音，叫他不必寻找，要是还爱她，按李贵说的做。又是李贵，令人咬牙切齿的混蛋，事情到了魔鬼手里，只会越来越糟，这样的代言人，绝不会有好事。他说，放心好了，你怎么说我就怎么做。

李贵约苏格来到他朋友开的会所，泡了壶茶，玻璃窗外是湖面，能望见大片的荷花，阳光在上面穿行，留下块块金光。在足有 50 平方米的房间里，就他们两个人，显得很安静。苏格告诫自己要克制，千万不能和他闹翻，因为他代表着周静，手里捏着周静的爱。许多人都知道，李贵的特点是笑眯眯地使坏，而且坏到骨子里，坏在他人想都想不到的地方，在商海里，有人深受其害，连杀他的心都有，后来呢，有的反而又成了他的朋友，不明白他用了什么办法，把人拿捏在手心里，让人毛骨悚然。李贵笑眯眯地瞧着苏格，说，不好意思把你请到这里来，路上都还顺利吧。

咱们免去客套好不好？要是想客套，为什么不说由于你这张臭嘴，害得周静住院了，为此深表歉意之类的话？

我用行动来表示，李贵收住了笑，从袋里掏出几页纸说，你拿去好好看看。

苏格接过来，是份离婚协议书，心里的怒火一下子就蹿上来了，说，你给我这个？李贵满脸得意，笑着回答，是的！苏格使出浑身的力气，冲上前去，给了他两个耳光，留下了清晰的指印。李贵练过武，举拳砸在苏格脸上，俩人扭打起来，直到发现衣服上都是血才松开，血是从苏格的左鼻孔流出来的。李贵说对不起，连忙拉过椅子，扶苏格坐上去，叫他抬起头，用面巾纸叠成条，塞进鼻孔，沾些凉水在脑门上拍。俩人许久无语。

血止住了，苏格洗去脸上的血迹，与李贵面对面地坐着，阵势有点像要开斗的公牛。太阳已经下山去，天渐渐转暗，服务员进来开灯，见此模样，大吃一惊，刚想说什么，被李贵摆手止住，等服务员退出，他把离婚协议书装入信封，放在茶几角上。苏格见了，气稍稍消去，眼光变得柔和起来。李贵是个善于察言观色之人，像了解自己一样了解苏格此时的变化，他清了清喉咙，说，我刚才下手重了点，向你道歉。李贵十分了解苏格吃软不吃硬的性格，认为这样开场会好一些。

苏格看了他一眼，没出声，方才，李贵把离婚协议书收起来，让人感到意外，搞不清真正的意图是什么，也难说清是好还是坏，这时候，最容易落入他的圈套，必须要提高警惕，闭上嘴，静观对方那副嘴脸的表现，不想再和他说一句话。

我知道，在你眼中，我是一个没有道德的人。李贵说，我承认，为了上大学，偷过金铺，坐过牢，创业时，用过不正当手段，有人把我看扁了，其结果，利了己并没有损人，我把别墅卖掉后多出来的差价，折股如数给了李莫，公司上市后，他从中得到了很多好处，现在，李莫对我只有感激没有怨恨。不过，想起来也后怕，要是当时投资失败，我就太对不住李莫了，这是不幸中的幸事。

苏格又看了他一眼，心想，你给我说这些标榜自己有什么用，做了婊子还要立牌坊，这样的人，谁都不会有好感。

也许，你会想，一个人的好与坏，不是自己说的，我没办法，因为我的负面传闻太多了，对有些人，我不会在乎他们怎么看，对你，我在乎，所以要说明。你应该很清楚，周静什么事情都为你想，很少为自己想，她让我来做这件事的目的，是想成全你，通过我来把你推上去，她认为，你和顾丹组成家庭，对孩子特别重要，对你也好，既有妻子又有儿子，有了一个完整的家。和她在一起，你缺少了做父亲的快乐。

这是周静的想法吗？苏格忍不住问。

她的性格你应该最了解，还质疑吗？李贵说，其实，她的想法很简单，就两条，要么和她过，要么和恰恰过。

如此说法，让苏格吃惊，平时，周静什么都依着他，他怎么做都行，这次，她这么坚决，意识到自己没有从她的感受去考虑问题，心里惶惶的，问道，必选其一吗，和恰恰在一起，她有心理障碍吗？

我怎么知道。李贵不想告诉他，周静曾说过，难以接受她的爱人与别人生的孩子。

你怎么认为？

我当然巴不得你和恰恰过，这样，我就有机会了。

苏格愣住了，脸涨得通红，正要骂他厚脸皮，最终还是忍了下来。他说，如果你是男子汉，实话实说，我问你，你是不是从中搅局，周静受了你的影响？

你也太幼稚了，谁会说自己在搅局的，但我实话实说，保证没有搅局。李贵说，依我看，还是把孩子接到家里来好。

对李贵的看法，苏格是满意的，听得出来，他没有想把他们拆散的表露，也没有从自己如何能够得到周静去设计。李贵是个十分狡猾的人，或许是表面现象，嘴上说的和心里想的不一样，要是这样，不小心便会落入圈套，那就太令人生畏了。苏格试探性地问道，你觉得应该把儿子接过来？

换成我，一定！我问你，想还是不想？

没想过。苏格不想把真实的想法告诉他。其实，他怎么可能没想过，可爱的恰恰非常非常讨他喜欢，但从未想过要和丹丹走到一起去，他离不开周静。

没想过？李贵说，你也太假了。我发现你近来脑子稀里糊涂的，简简单单的事情都难以了断。

还不是被你闹的。

和我有什么关系，八杆子都打不着，我喜欢周静，只不过是喜欢喜欢而已，没有碰过她一根手指头，有错吗？李贵停了片刻，把身子往前倾，接着说，对待周静，你不应该有任何隐瞒。

我有吗？

问你自己吧。

还是不明白。

我问你一句，恰恰是你生的吗？

是的！怀疑我的生育能力？

绝对相信你有生育能力，但恰恰不是你的！我清楚你的意图，丹丹已告诉恰恰，说你是他的爸爸，你不想伤害他，想隐瞒所有人，把恰恰当成自己的儿子，给他一个温暖的家。你的想法令我敬佩，但是，你为了保护恰恰，却忽视了周静，并不是你把真相告诉周静，就会影响恰恰。

什么意思？

你应该明白，再不明白，就是傻瓜。李贵眨了眨眼说，你为什么不明明白白地告诉周静，恰恰根本就不是你的孩子！还怕周静不接受他？很明显，李贵的话里有诱导成分，提醒他为了周静，善意撒个谎，不要承认恰恰是他的孩子。

我做不到！我要对去世的顾及负责，对恰恰负责。

那就好，我有机会和你竞争了，要是周静继续选择你，我没办法。如果周静选择我，请别恨我！说完就疾步走了。

看着李贵的背影，苏格在心里骂道，这只狐狸！

屋外有蟋蟀在叫。苏格闭眼靠在沙发上，李贵走了，人慢慢安静下来，他想到李贵此时肯定正在去医院的路上，心里七上八下的，感到十分无助，不知道会对周静说些什么，这时候，她什么主张都没有，人家说什么都会相信，极好骗，他说的话会起到关键性的作用，要是他不安好心，从中挑拨，眼下便是他得到周静的最好时机，多年的爱慕，有望实现。

想到这里，苏格的心情急躁了，起身在房间里走来走去，不时地看时间，只觉得时间过得太慢，他拿出手机，摁出周静的号码，为要不要拨出去，犹豫了片刻，心里盘算着，李贵离开已将近两个小时，和周静有再多的话要说也应该说完了，实在忍耐不住，摁下了通话键，瞬间就接通了，没等他开口，便听到周静抽泣着说，苏格，我爱你！你快来吧！她把所住的医院和病房号都告诉了他。

苏格赶到医院，见虚弱的周静身着病号服，站在门口，人靠在门框上，她的弟弟周倜在旁边扶着她，苏格知道她是在等他，他感动不已，真有一日不见如隔三秋的感觉，想必周静也是。他疾步上前，把周静搂在怀里说，周静，我爱你！

周静依偎在他的胸前，舒了一口气，嘴上露出了微笑。苏格把她抱上床。俩人的亲密动作，让周倜显得不自在，眼睛忽东忽西，不清楚该往哪儿看。明明可以回避出去的，他偏不，好像他也是主角，离不开他。苏格坐在床沿，望着周静，要说的话很多很多，不知从何说起，俩人对视着，怎么看也看不够。

姐夫，周倜不合时宜地叫了一声后，许久没有下文。苏格见他耸着肩，哭丧着脸，问他什么事。过了片刻，他才支支吾吾地说，你要先答应我，我说了，你别发怒。苏格的脑子里突然蹦出了“试验田”三个字来，便在心里问自己，难道是他？！不禁怒火燃起，从望着他的眼睛里喷出。周倜打了个冷战，从冒火的眼光里，他认定姐夫已经猜到了。他感到害怕，缺乏说出来的勇气。这件事，纯属巧合，那天，他在商场卖女装的地方，看见姐夫和一个女孩子拉着手。他想，姐对姐夫那么好，全身心地投入，姐夫反而和女孩拉着手在逛商场，他的心里失衡了，便萌发了试验田的想法，只是为了试探姐夫是否对姐忠诚，没想到把姐夫搞乱了，成了心病。他看见姐和姐夫如此亲密无间，觉得没必要再提姐夫和女孩拉手的事。那天，周倜在发信息，被周静抓了个正着，没想到试验田会是自己的弟弟，周静既意外又生气，当时，和苏格刚通完话，手机正捏在手中，就往他头上砸，下手过重，砸出了一个包，还好，没出血。之后，她心疼了，去他房间探望，周倜说，这点小包没事的，不要妨碍我学习。周静为了不影响周倜高考，又想及早解除苏格的心病，只好承认试验田是自己所为。周倜知道后不依，说自己已经是个男子汉了，自己做事自己当，他要当面向姐夫讲清楚。结果呢，转眼便无了踪影，他不是怕苏格骂，而是怕讲不清楚，要是说漏嘴，还添乱，就偷偷溜了。在回家的路上，给苏格发来一条信息：姐夫，实在对不起！

是他吗？苏格把收到的信息给周静看后问。

嗯。周静点头应道。

苦笑后，苏格用手指帮她把散落在额前的刘海撩到一边去，说，我还怀疑是李贵，没想到是这小子，总算都过去了。

这件事难为你了，为周倜的高考，害得你多受了几天折磨，哎，我告诉你，周倜说考得还不错。周静含情脉脉地望着苏格，手搭在他的脖子上说。

是吗？

嗯。

有些事情，现在回想起来，真像梦境一般。

最终还是美好的吧，你看，突然间，我们有儿子了。周静轻声说道，嘴角带着微笑，露出了酒窝。

万万没料到，周静会说出这句话，特别是“我们”两个字，把他心里的疑虑都解开了，一时间，苏格心花怒放起来。

抱琴

1

这一年，乾隆二十八年。我从酒鬼成了县令，当了不到三个月，就有人发誓要杀我，为了保命，我带着书童阿卡往深山里跑，像树叶，被风吹起，在半空打着转，吹落在古道西岭。

古道西岭是个村庄的名字，在古道岭头的西面而得名。这条古道，很早以前是盐道，有一段两边悬崖峭壁，道从山腰通过，阴森森的，经常有人在此拦路打劫，后来没人敢走，地面长起青苔，杂草丛生，便废弃了。倒是古道西岭的村名被保留下来，而且声名鹊起，不是因为盐，而是因为酒，因为村子里的一百多家酒作坊。

我们落脚的时候，已经后半夜，借着月光，走进茅草亭子歇脚，看见匾上写着“三杯亭”。

我坐下来，靠在柱上，几天的奔波，人疲惫，想打个盹，睡不着。阿卡叫我抬头望，望见了满天的星星，还有一轮弯月，离我们很近，好像伸手就能触到，阿卡很兴奋：我们来到了天上。说完点上一根香，叫我闭起眼睛，许一个愿。我说你知道我要许什么愿，你就代我许愿好了。眼看天渐明，鸟已叫，我睡意全无，索性抚琴。

说来也奇怪，琴声扬起，原先有的鸟叫都停了，山坳里变得安静。我抚的是阮籍的《酒狂》，在三弦和五弦间轮着打挑，呈现醉态，再出现的撮音，酣畅淋漓地表达“我醉，我是王！”我想在古道西岭，这个有酒流淌的地方，就应该抚阮籍的《酒狂》。一曲下来，觉得浑身舒畅，身处酒村，抚琴的感觉确实不一样。我想，可惜阮籍那时没有古道西岭，要是有的话，他的《酒狂》一定会更狂。

太阳刚露头，我和装扮成瞎子的阿卡沿着石子路往村里走去，迎面碰见一个戴笠帽，穿草鞋的老农，他挽着裤腿，背着犁，牵着弯角老牛过来，身后跟着一个大嫂，包头巾，背着竹篮，腰间绑了根绳子，别着割稻用的镰刀，估计他们一个去耕田，一个去割草。见了我们，大伯朝我们笑笑，大嫂好客，问我们五更饭食了没。我们随口说食了。和他们相遇，让人感到亲切。我们走进村子，往四周看，才发现，村子坐落在圈椅背的山坳里，三面环山，正南面开阔，近处池塘，远处笔架山，有妇人在塘边的石板上洗衣服，旁边蹲着小狗。这里的天，蓝蓝的，白云在天边飘游。

我们来到登高阁，登高阁是村里最高的屋子，青砖黑瓦，飞檐高挑，里面雕梁画栋，牛腿上雕着神话人物；登上楼去，四面格扇，塑关公；再往上，塑文昌帝，施八角藻井天花，垂莲柱，木栅围起，让人感到敬慕。我叫阿卡合掌与我同拜，让我们在村里行好运。出了登高阁，我们在村里转悠，望见的多是砖墙和石头墙的屋，配小木窗木门，房屋排列整齐，弄堂里铺石板，上面有独轮车留下的凹痕，弯弯曲曲，由东向西，呈

“廿”字走向，他们把弄堂叫作街，在街的两端设有院门，上面施彩绘。这里的人，离太阳近，肤色黑里透红，我和阿卡脸白，一看就知道是“洋里”人，他们指的“洋里”人，就是从山下来的白脸人。他们见了，对我们很客气，都会问声五更饭食了没，还让我们进到家里坐，这里的房子，大多厅堂紧凑，摆八仙桌和雕花椅，天井采光，门和窗上雕着花。我们想知道村里事情，有意和他们东拉西扯，听说了好多村子里的人和事。我拉着阿卡，来到一家青砖黑瓦屋前，站在门口望，里面没人，我看见墙角挂着一张琴，琴的两侧为对称的波浪曲线，是张“落霞”琴，顿生好奇，往屋里喊，有人吗？

有。应答的声音从背后传来。那人是屋里的主人，一个光头，叫严有根。我问他，你喜欢抚琴？他歪起头，用袖子擦脑门上的汗，跟我们说，他不会弹琴，那把琴，他还没生出来就挂着了，是他祖上用过的，相传明朝的时候，有个好酒的道士，跑到村里来，建了茅草屋作琴堂，他卖琴，也教人弹琴，村里有好些人家有琴，会弹琴的也不少，后来，茅草屋被风吹倒了，道士不知了去向，琴慢慢被冷落，现在早已听不到有人弹琴了。我听了心里偷着乐，这个古道西岭，和我太有缘分了，我好酒好琴，村里全有。

严有根很热情，还陪着我们出来，在他家边上，我们发现一块破倒屋基，有几只鸡在用爪子刨地觅食，一只猫躺在高处晒太阳，我看猫的时候，突然眼睛一亮，发现了自己梦寐以求的宝物，直往心里钻，好生欢喜，不禁呼出声。阿卡在我肩上使劲拍了一掌，我顾不上问缘由。我问严有根，屋基是谁的。严有根说是他的。我提出要买破倒屋基。严有根问我们为啥要买破倒屋基。我说喜欢。严有根想了好一会儿，把这件事推给了严宽行。

严宽行何许人？是村里的族长，顶有威望的人，村里有两个甲长，也只是个摆设。我们走了几户农家，都提到了他，他会看相，都叫他“严半仙”。严有根要我们去找严半仙，村里卖屋，他不点头谁都不能卖。我们去找严半仙，向一个刚从池塘洗衣回来的老妇人问路，打听严半仙的家怎么走。她问我们找严半仙干啥。我说有事。她把我们拉到一边，轻声说，你们能不找他就不要找他，要是没有办法，找他说事的时候，要多几个心眼，他是算命看相的，很会算计，诸葛亮都算计不过他，加上嘴巴会讲，被骗的人还不晓得被骗，讲起骗功，统天下的人都不如他，能把水鬼骗上塘，还要拜他当师傅。村里蛮多人吃过他的苦头。她告诉我们，严半仙的屋就在转弯处的祠堂边。我知道老妇人是好心，给我们提个醒。想不到村子里会让这样的人当族长，这么要权，这么会算计的人，和村子里的氛围不搭。

在去找严半仙前，我和阿卡把铜钱鼠尾辫梳得光溜溜，带顶小瓜帽，身穿城里流行的紫色马褂，显得体面一些。我们在严半仙屋里的厅堂见到他，厅堂里还算清爽，正中挂着松鹤的画，两边是“知足是人生一乐，无为得天地自然”的对联，角落里叠着几只方形竹箧筐，两根扁担倒在地上。我看他，留着山羊胡，满脸皱褶，有零零散散的麻子，背还有点驼，花白的鼠尾辫梢带弯钩，我们的辫梢能入铜钱孔，他的不行，要是入进去，会把铜钱给钩住。他和我想象的不一样，没见族长的威风，也没见诸葛亮的气势。见了我们开口讲，郭富望先生，阿卡先生，欢迎你们来。我感到奇怪，他怎么会知道我们的名字，便脱口问，你怎么知道我们的名字？

我还晓得你们想买严有根的破倒屋基。

我知道了，我们的情况是严有根和他说的。

严半仙没坐上位，和我们面对面，他眼睛细如缝，不仔细瞧，还真不知道眼睛看在何方。听说他上过朱熹曾经讲学的书院，常把“心静明理，貌恭进德”挂在嘴边，讲起话来也是文绉绉的，轻声慢语。他请我们喝茶，开口问，你们为啥要买严有根的破倒屋基，一堆破砖碎瓦残梁柱，买去有啥用？阿卡把竹竿抱在胸前，说，喜欢那个地方。严半仙喝了口茶，轻轻放下来讲，你们要老实给我讲，你们想买破倒屋基，看中了啥？

没啥。

你自己要灵清，你是书童，就要有书童的样子，不要抢着开口讲话，我没问你，我问的是郭先生。

就是爱喝酒，想在这里落个脚。

爱喝酒，在啥地方都能够喝，为什么非要落脚下来喝。

我们喜欢古道西岭。

你们要是喜欢这里，村里有现成的屋，倒不如买现成的，还不用重新建，可以省去很多麻烦事。

我清楚，严半仙在试探我，看破倒屋基在我心里的分量，再确定破倒屋基的价钱。我说，我们发现村里有古琴的知音，想建个琴堂，现成的房子用不上。

严半仙脸上露出一丝笑，我猜他得意了。他讲，你要在村里建琴房，选对头了，这里很早的时候就和琴有缘，有些人家里还留有老琴，要是你把琴堂建起来，村里和琴的缘分就能续上了，是件好事。但是呢，我要和你们讲讲灵清，我们古道西岭可不是一般的村子，除了琴以外，这里祖祖辈辈酿酒，有许多家酒作坊，现在还留有唐代酒作坊的旧址，你们识字，知道李白，他就是喝了这里的酒，写下了《客中行》：“兰陵美酒郁金香，玉碗盛来琥珀光。但使主人能醉客，不知何处是他乡。”

阿卡哈哈一笑：你别唬人，你怎么证明李白是喝了这里的酒写出的诗，他开头就说是“兰陵美酒郁金香”，说的是兰陵。

你这就不懂了，还爱瞎讲。严半仙顺手拿起一册书，手指蘸着嘴里的口水，“啪啦啪啦”翻开来讲，你看，这是李时珍的《本草纲目》，上面讲得清清楚楚，这里的酒即金华酒，古兰陵也。你过来看。

阿卡正要上前，被我一把拉住，我说，李时珍会不会搞错？严半仙拉着脸讲，我看你模样是识字的人，讲话没轻没重，你应该晓得，李时珍写《本草纲目》用了20多年的工夫，会搞错吗？我讲给你听，有故事的，唐开元27年，任浙东御史大夫的吕延之是这里人，他用这里的酒招待李白，李白喝了酒后，写下了《客中行》，我查过史料，李白那年45岁。

我没有考证过，不好强辩，和阿卡都不作声，我们对《客中行》是不是李白喝了这里的酒后写的，不像严半仙那样在乎，他是要通过《客中行》来说事，好提高破倒屋基的价钱。

严半仙看我们不吭声，继续讲，你们讲讲看，这样的酒村，在历史上有位置不？我再和你们讲，郭先生喜欢喝这里的酒，说明识货，汪颖有本《食物本草》，里面讲，这里的酒，很早就出名了，入药用最佳，即使醉了，头不痛，口不干，不会腹泻，原因是这里的水好，比其他地方的水要重，即使用相同的方法酿酒，其他地方也酿不出同等的酒。这本书我现在手头没有，能找到，找到以后给你们看。

我和郭先生都没说这里的酒不好。

你话太多，得改。严半仙把眼睛移向我，继续讲，再讲严有根的破倒屋基，原来可是一等的宋代建筑，正儿八经的青砖黑瓦，是那个朝代村里最好的屋，绝对的风水宝地。你能看中这块地基，说明有眼光。他讲完，沉默了一会儿，然后开价

60两银子。吓了我一跳，真是狮子大开口，这破倒屋基，竟把价开到60两银子。阿卡不乐意了：人家在京城买四合院也就80两银子，在你山里头，又是破倒屋基，竟敢要60两银子。

这有啥敢不敢的，在这里就这个价，严半仙讲，觉得贵了就不要买。可以买现成的，30两银子就可以。我说，现成的我买了没用，还是买破倒屋基。严半仙问，60两银子？我点点头。严半仙不答话。我感到自己刚才答应得痛快了，给了严半仙有可乘的缝隙，老妇人曾和我说得清楚，提醒我对严半仙要多几个心眼，因为太想得到破倒屋基了，忘了老妇人的话，不知严半仙会出什么鬼花样。

严半仙不动声色，眨眨眼讲，要想在历史上都有名气的村子里落脚，没有那么容易，不是有钱就可以，光有钱还不够，还得有本事，听说你弹琴好听，可是会弹琴的人多，不算本事，我还要掂量掂量你。我知道，他说的掂量，其实是在拖延时间，腾出时间再去察看破倒屋基，找值钱的东西。严半仙把身子倾向我讲，近些时间，村里出现了两桩奇怪的事情，一桩是严有根家养了20多只羊，近些天来，神不知鬼不觉，被偷掉了3只，估计今晚还有人要偷羊。二桩是严有新家的酒，价格翻了一番。究竟是怎么回事，给你7天时间，请你帮助搞清楚。搞清楚了，破倒屋基归你，搞不清楚，请你走人。

这时候，阿卡用探路的竹竿戳地，说严半仙欺负人，叫我别买破倒屋基，根本都犯不着，这种事肯定难，人家连偷3只羊都发现不了，一定是坑，千万不要往里跳。说完拉起我往外走。我不动，试试看。阿卡在一旁着急，前额都出细汗了，见我这般坚持，不再劝我。

我们离开的时候，听严半仙在背后讲，只要用心，这件事没有你们想的难。

为破倒屋基，我的心一直悬着，怕严半仙变卦，怕他发现我看中的东西。问阿卡，严半仙会不会发现我要的东西，把它拿走？阿卡不以为然：放心吧，隔行如隔山，在你眼里是宝物，在他眼里可能就是废物。但是还得像老妇人说的那样，要多几个心眼。现在，他已经感觉到，60 两银子的破倒屋基，你没有感到贵，再加上你还愿意为他做事，更让他感到破倒屋基在你心里的分量。他这个人和狐狸一样狡猾，以前走街串巷，给人家看相，见多识广，我猜严半仙还不会罢休，还会试探你，到时候，你要稳住，千万不要着急，可以顺着他的意思，不要给他找到缝隙。阿卡说得有道理，我听明白了。

羊的事情，确实让我费解，我们了解到，每次羊丢失都在晚上，还关在羊屋里，羊好像长了翅膀，毫无动静地没了。我和阿卡来到羊屋，观察得仔细，没有发现破绽。

到了晚上，我们点着灯，坐在羊栏边守夜。羊的主人严有根特意过来说，叫我们不用守夜，丢羊没关系，让我们别管这件事情。我感到，我们来守夜，严有根还不乐意，好像我们是偷羊贼，不符合常理呀，觉得事情蹊跷。阿卡叫我别管，连严有根都不想咱们管，咱们不如回去睡觉。我看在破倒屋基的份上，不怕事情蹊跷，再蹊跷也想搞清楚。

一晚上下来，我们没闭眼，结果天亮清点羊数，还是少了一只。正在我们束手无策的时候，有人丢了个纸团进来，提醒我们把屋里的稻草翻出来看看。没想到，这一翻，还真是发现了门道，发现墙边有个洞，屋外有板挡着，屋里稻草盖着，不去翻还发现不了。知道了这个洞，到了晚上，跟着羊走，很容易就发现了羊的去处——严有新家，我们终于搞清了严半仙提出的两件事，其实是一回事。

守夜的两个晚上，把我和阿卡折腾累了，急于回客栈睡觉。客栈和严半仙家中间隔条街，开客栈的叫严有球，红光满面的，逢人点头哈腰。听人说过，他是村里最有钱的人，希望家家户户都开酒作坊，没钱，可以向他借，只要是开酒作坊的，有求必应。他有他的想法，和村里人反着来，别人开酒作坊，他却做解酒的药和解毒药。他家偌大的院子分成两半，一半做客栈，开门迎客，一半做药，大门紧闭。他开客栈，是为买药人提供方便，在客栈，吃好住好，熟门熟路，一手交钱一手交货，传闻皇宫里的人也要到这里来买药。严有球走到哪儿，手里总是捏着两个核桃，“呱啦啦”不停地转，人没到，“呱啦啦”的声音先到，只要听到这种声音，肯定是严有球来了。他有个儿子，叫严天赋，18岁，人长得高大，拜师习武，整天弄枪舞刀，走火入魔，经常打来打去，既伤别人，也伤自己，曾被人打得头破血流。他不想儿子习武，习武的人，武功越高，越有可能被人灭掉。他听过我的琴，特意去买了一张，希望严天赋能学琴。他来找我说，你的琴好听，酒村里应该把古琴恢复起来，有了琴声，酒就有了自己的声音。他说自己不酿酒，但好酒，想在家里听到琴声，想让我教他儿子弹琴，要是可以，我们在客栈的吃住可以免，还有，听说我喜欢酴醾酒，村里有几十家作坊酿酴醾酒，他这里都有，能让我品尝。

严有球手里转着核桃，等我点头，我看看阿卡，没见反对的表情。我感觉到，严有球对儿子学琴，是愿意下本钱的，免客栈吃住，我不稀罕，能喝遍村里的酴醾酒，我动心，问他，你让儿子学琴，他愿意吗？严有球说，肯定不愿意，但让他学，他不敢不学。我说，那好办，我要在晒场选学生，你让他来参加。

严有球咧着嘴笑，离开前塞给我一颗解酒药丸。阿卡有些不高兴：小气鬼，明明有两个人，就塞给你不塞给我。

也好理解，反正你看不见。我这样说，阿卡“扑哧”笑出了声：说句良心话，他不小气，可是，你别高兴得太早，估计他儿子学琴，不会那么容易，这种生意人，不会做亏本的买卖。阿卡言之有理，不过，有挑战，让不想学琴的人学琴，我想看看会有什么样的结果。

选琴生的地点放在晒场上，没有想到，村子里想学琴的人还不少，年纪多为16岁上下的。我身带小葫芦，看中的，放一个，我放了3个：

严欣欣，有双大眼睛，出名十里。持蓝琴，琴上只剩一根弦。我叫她弹一下，她说这根弦已断过几次，再断，就不够长了，她不敢。我想她不敢就算了，阿卡把我拉到一边，告诉我，村里最好的酴醾酒“蓝氏花”就出自她家。

严天赋，严有球的儿子，不想学琴，苦求我说，大哥，拜托了，千万别选我。阿卡用竹竿在他面前指指：这个可以选。严天赋怒气冲冲地说，你看都看不见，别乱说话。阿卡对他一笑：恭喜你了！

严菁华，做着抚琴手势，我看见她纤细的手指，令我想起内人袁婉柔，她们的手指很像。她和我说，郭先生，我特别想学琴，求你教教我。

阿卡叫有小葫芦的人往前走，结果上来的只有2人，严天赋把小葫芦丢给了旁人，小葫芦轻，没丢到。我指了指严天赋，他耷拉着脑袋走上来。

我和阿卡把他们带到三杯亭。这个亭，位于村子和古道的中间岔道，登20来个石阶，便至此亭。三杯亭，是因为古道西岭的人送客在此饯行，对饮三杯而别，就把亭子叫作三杯亭。我们把这里当作临时琴堂，阿卡把探路的竹子放在一边，拿出一包杭州回回堂的琴弦给严欣欣，叫她把琴弦换上，要她多摸摸琴，拍拍琴，让这张琴渐渐苏醒过来，把它搞清爽，让它开心，这样，你抚它，它就欢快。说完，叫严天赋上来，要摸摸他的手，意思也清楚，只想感觉一下习武人的手，严天赋跳起来，一副高兴的模样，他是习武之人，手劲大，他想趁机使劲握阿卡的手。这样，他肯定如愿以偿被赶走，再也不用学琴啦。阿卡看上去软弱，严天赋握手的时候使了狠劲，想不到阿卡反握他的手，用脚一扫，严天赋仰天倒地，好长时间起不来。严欣欣忍不住哈哈大笑，他瞪了她一眼，一个鲤鱼打挺，从地上跃起，向阿卡抱拳鞠躬，他清楚，阿卡的功夫远远在他之上，他变得老老实实。眼前这一幕，大家看呆了。严天赋盘腿坐下，耷拉着脑袋，闷声不响。阿卡拍拍身上的衣服：严菁华，先生说你有适合抚琴的手，并不说明你就能抚好琴，得用心才是。阿卡边说边走动，眼看要撞上柱子了，没人提醒，阿卡伸手触及柱子，吸口气，把头扭过来，用手指划出一条平线：你们都是什么人啊，见我要撞上柱子也不吱声。我忍不住笑了，用手撑着膝盖站起来说，你们应该感到荣幸，能被选上不容易，希望你们要珍惜。我给你们说说阿卡，虽然眼睛看不见，但心里都明白，能抚一手好琴，还会打谱，以后你们在一起，只要用心，肯定会有长进。现在，我征求你们意见，是不是都愿意留下来学琴，有不愿意的，可以走。严天赋忽地站起来，看看阿卡，又坐下。

这头，我选学生。那头，听说严半仙带人去翻了破倒屋基，用了大半天，翻了个遍，除了破砖碎瓦残梁柱，还是什么也没有发现。

古道西岭的天，蓝得和水一样清透，阳光没有磕磕碰碰就下来了，几天工夫，我的脸被晒脱皮变黑红色，成了“山里”

人。阿卡不同，怎么晒都不黑，还是“洋里”人。

到了村里以后，我心里惦着酒，最想去的当然是“蓝氏花”，阿卡叫我先别去，还是留在心里，有个盼头。我想也是，先走了几家酒作坊，知道这里的酒和“洋里”的酒，酿酒的方法大同小异，但说法不一样，“洋里”叫三白酒，白米、白面、白水，这里叫五清酒，米清、面清、水清、气清、心清。他们对我客客气气的，见了我，都会问句食了没？我连忙回答说食过了，食过了。这是村里人见面时的口头话，见了谁都会这样问，有不同只是时间不同，分五更饭、午饭、夜饭，特殊的日子还有半夜点心，不同的时间，问出不同的话，说起来是这样的：

问，五更饭食过没？

答，食过了，食过了。

问，午饭食过没？

答，食过了，食过了。

问，夜饭食过没？

答，食过了，食过了。

问，半夜点心食过没？

答，食过了，食过了。

一问一答，笑脸迎往，问食过没？是客气，连答两句食过了，也是客气，大家见了面，客客气气的，气氛祥和。有时，也会碰到脑子里想其他事情的人，日头都下山了，也会问出五更饭食了没？这个还好，反正不管什么饭，回答食过了不会错。但也有不上路的，想捡人家便宜，在“食过没”前面加上不能食的东西，会问，××食过没？问的人问得快，答的人成习惯了，也答得快，答，食过了，食过了。等感觉到不对头的时候，话早已说出去了，能让人恶心好多日子。听说严半仙就碰到过，问的人问得快，严半仙讲话算慢的，慢条斯理地讲，食过了，食过了，想止住都来不及。所以他现在的问话，和人家不一样，他会这样问，五更饭呢？午饭呢？夜饭呢？这样问，别人不会答错，答得放心。让人感到顶头痛的，是有人上门来，问他食过没？他说没食过。既然他没食过，意思就是要烧给他食，还没有地方好叫苦，因为都是自找的，不问这句话，人家就不会回答没食过，一般人上门来，都讲礼节，要等主人先客气一句，再好意思说出不客气的话，极少有人没等主人开口就说自己没食过，要是有，那肯定是饿死鬼。但是，现在村里大家都是这样问的，是前辈们留下来的传统，别人问，你不问，会觉得不客气，不会做人。我听说，村里人感到顶麻烦的是过年，古道西岭是富裕村，穷亲戚都会来拜年，大多用糙纸包的斤头，上面压了条红纸那种，四面吊麻绳，中间打个节，勾在手指头上就来了。这时问食过没？准说没食过，本来就是来食的。按照村里的风俗，来客都得食荷包蛋，这个时间，鸡生蛋根本来不及，还得借蛋。还听说，严半仙家亲戚多，好在他有面子，能借到鸡蛋，一个年过下来，起码要有 5 家的鸡为他生蛋才够用，他家年后光是还鸡蛋都得还上好多天。

开头，我们觉得村里人见面时这样的问答十分好笑，有时候，我和阿卡之间也会故意来一句，然后哈哈笑。几天过去，也习惯了，与他人见面，也会问食过没，人家问了，也会客气地答，食过了，食过了。一问一答和村里人一样熟。

几天后的下午，严半仙差人来叫我和阿卡去他那里，来人神神秘秘的，一路上神情紧张，不停地东张西望，到了严半仙家，随即把台门关上。我想严半仙是急于知道羊的事，见到他后，我告诉他事情已经搞清楚，正要往下说，被严半仙阻止，不让我往下说。

这事和你有关，我还得说，我一脸严肃地说，严有新偷羊，是经过你点头的！

是，是我点头的。

啊！我们还以为严有新乱说，既然是你点头的，为啥还要让我们去搞清楚。

严有新没有乱说，但是，我请你们去搞清楚，是有原因的，我不说，你这么聪明，也应该想到。

我想不到！

现在不和你讲这个，我要先和你讲另一件事，要是你答应，破倒屋基就可以归你。通过这几天的观察，我发现你是人才，想请你当村里的调解人，因为你是外来的，不存在偏见，按道理来评判村里的事情，就从羊后面的事开始。

不行！阿卡说，我们不想掺和村里的事情。

没和你讲话，别插嘴，一点规矩都没有，我问的是郭先生。严半仙看了阿卡一眼，口气不硬。

我愣了会儿，严半仙突然冒出这件事情来，我一时拿不定主意，说，容我再想想行不？

再想想可以，但我要和你讲清楚，调解人和破倒屋基是连在一起的，你不做调解人，就得不到破倒屋基。要是你同意做调解人，我还会找人来把破倒屋基上的废物清理掉，免除你很多麻烦。

严半仙太会算计了，我不同意做调解人就拿不到破倒屋基，要是同意做调解人就找人把破倒屋基清掉。他的话把我逼到了屋顶，上不去下不来，左右不是。我看阿卡，脸上一点表情也没有，我接受上次教训，先把自己稳下来，说，反正我现在也没给你钱，破倒屋基我们不要了，你讲得对，爱喝酒，在哪儿都可以喝，不必在这里落脚，我们到邻村看过，与这里一溪之隔，过座木头桥就到了，我们去那里落脚。严半仙听了好像无所谓，不讲挽留的话。这时候，阿卡开口了：郭先生，算了吧，我看还是这里好，省得另起炉灶。村里让你当调解人也是看得起你，当就当了吧。我不急于说话。严半仙看着我。我把头偏向一边。屋里沉默了，只听见外头的麻雀叽叽喳喳地闹。过了好一会儿，我对严半仙说，谢谢你想得周到，为我清理破倒屋基，但是，清理的钱，我们是不出的。严半仙脑子灵清，知道我让步了，他也让步，讲，要么这样，你不愿意出清理的钱，那就你们自己去弄好了。

我说，既然我同意做调解人，你总要把缘由和我们说清楚，省得我们没头没脑。

严半仙开心地笑起来，把来龙去脉讲了。

原来，严有新作坊的酒，不好喝，他一直想改变，苦于没招。碰上有乞丐上门乞讨，不经意中提到了白羊酒，说这种酒很好喝，强身健体，还满口留香，要是这种酒做成了，酒钱能翻倍，还说他有这个本事，会做白羊酒，但只在村里留一宿，明天就得赶路。这可把严有新乐坏了，可是，他凑不齐买羊的钱，时间紧，去哪儿弄羊，想到村里严有根养羊，便托人上门去借，严有根死活不肯。严有新没辙，就去找严半仙，把原委讲了，提出偷羊。严半仙觉得尽管做法邪门，但机会难得，属救急，还能出好酒，便点头许可，但有两个条件，一是听说他从乞丐手里买了一幅米芾的字，要看一看；二是偷一只要还两只，只限偷一只。严有新当面都认的。严有根丢羊后，严半仙登门安抚，讲定丢一只赔两只，所以，严有根对丢羊的事不在意，丢的多赔的也多。严有新的白羊酒压出后，真的如乞丐所说，满嘴留香，人人叫好。他就如法炮制，继续偷羊，因为严半仙点过头，就好像名正言顺，严有新还建起羊栏，以前酿酒的时候偷，现在严有新改变了办法，不酿酒的时候也偷，偷来先囤养着，也就是要把严有根羊屋里的羊，转移到自己羊栏里去。严有根一共 20 多只羊，按照严有新的办法，很快会被偷完。严半仙差人去提醒，严有新就是不听，严有根呢，也不管，反正说好丢一只赔两只，结果让严半仙做了难人，他太了解严有新了，他是村里出名的无赖，让他赔得越多，越不容易，必须让严有新停手，这回着急的是严半仙，纸团也是他叫人去扔的，只想把羊的事情早点了断。

2

眼下，严半仙要我调解的就是这件事。我想，反正已经到了这一步，便同意当调解人。其实，严半仙就在等我这句话，他已经有所安排，随即把严有根和严有新叫来，当面宣布我是村里的调解人，羊的事情由我调解。我没想到会这么迅速，便说，说起来也简单，之前，都已经讲好，偷一只赔两只，一共 5 只，7 天之内，要赔严有根 10 只羊，拖一天增加一只。

我同意赔，但要讲清楚，严有新说，我不是偷羊，是借羊。

你不是偷羊是什么？咱们从小就是好朋友，你还好意思偷我的羊。严有根忍不住说。

听见没有，说你偷不冤枉的，我看了他一眼说，族长为了救急，同意你偷一只羊，羊又不是他的，他只同意你偷羊，没权利同意你借羊。

严有新的眼珠转了转，同意了偷羊的说法，但有个请求，不要和他女儿严菁华说羊是偷的，要不，她在外婆家就更不肯回来了。

原来严菁华是他女儿。我摸摸下巴说，只要你按我说的做，那就这样私下了了，要是你做不到，我不仅要和你女儿说，还要和全村人说。严有新听我态度这么坚决，怕丢面子，便拍胸脯说，不用 7 天，3 天就够了，你刚才说，拖一天增加一只羊，那么，我少一天能不能减少一只羊？

严半仙开口讲，话已经给你讲清楚，对你够宽容了，羊一只都不能少。我问你，你偷了 5 只羊，酿酒用了 2 只，还有 3 只去了哪儿，你得说清楚。

我赔不就得了，羊去了哪儿和你没有关系。

有关系，你得讲清楚。

一下子记不起来了，容我再想想，行不行？

你少来，是不是那 3 只羊的去处让你失面子？

没有的事，那 3 只羊的去处和面子没有关系，等我想起来了，立马告诉你。

严半仙没有继续追问。我猜那 3 只羊的去处触及到了严有新的痛处，不可能问出来。严半仙喝了口茶，放杯的时候放得重，发出“嗵”的一声，吓了严有新一跳。他说，你是真的想不起来还是有苦说不出。

是真想不起来。

那你再想想，但必须说清楚。

我都答应赔了。

事情没那么简单，要是偷羊的还另有其人，如果不搞清楚，村子里不安全，因为会偷羊，必定还会偷其他东西。严半仙停顿了会儿，讲，还有，我得提醒你，之前，咱们说好的事情要算数，不能赖皮耍滑头。我听出来了，他说的话，不止针对羊，还包括了要看米芾的字，可以感觉到，严半仙对那幅米芾的字很在意，或许，要是没有米芾的字，他不会同意严有新去偷羊。严半仙叫我和阿卡留下，让其他人散了。我说，正好还有事想问你。

是我讲得不清楚？

你讲清楚了，但我不明白，你为什么会同意严有新偷羊，是不是因为想看米芾的字，与他做交易？

是又如何？

如果是，我拒绝当调解人。

那破倒屋基也不要了？

是，我宁可不要破倒屋基，也不想蹚浑水，我估计你让我做调解人并不那么简单，我猜测羊的事情调解好后，说不定还会有米芾那幅字的事情。

很好！我没看错你，是个明白人。原先，我答应严有新，这件事情不和别人说，我承担点责任，给他留点面子。可是现在你把我看邪了，成了是非问题，我得澄清一下。严有新偷羊的事情，不是我同意他偷羊，他去偷羊，而是他已经偷了羊，来和我说同意他偷羊，我已经知道严有新偷了严有根的羊，还杀了，他在我面前，都闻到羊臊味了。我揭穿他后，他求我替他做主，为他保密，我才提出想看看那幅米芾的字。严半仙讲明白了，可是，我心里好像还是不明白，特别是米芾的那幅字，严半仙能够为此帮严有新承担责任，说明严半仙特别在意米芾的那幅字。

你这样说，我可以理解，我看着严半仙的眼睛缝说，羊的事情，我来调解，要是涉及米芾的字，不要让我调解。严半仙哈哈笑起来讲，你别把事情分得这么清楚，羊的事情都已经摆上桌面，一清二楚，没什么好调解的。我让你做调解人，主要是为了那幅字。

你想要米芾的字，让我出面调解，为你谋利？

我没有你想得那么坏，让你做调解人，是我知道你审过案子，有这个能力。

他的这句话，让我吃惊不小。看阿卡，无动于衷。我的心被提得老高，心想，难道他知道我的事情，便接着问，我审过什么案子？

你审过什么案子我不知道，只知道你审过案子。严半仙晃着头讲，看样子有些得意。

听严半仙说不知道审过什么案子，我被提得老高的心开始慢慢回落，辩解说，你这个半仙也有搞错的时候，我从来没有审过案子。

审过案子也不是丢人的事，有必要隐瞒吗？

我真的没有审过案子。

好吧，你说没有审过案子，那就当我没有讲过，你拒不认，说明你有苦衷。但是，我想告诉你，为民做主，秉公办案的官，大家都是喜欢的。我这样讲，你不必吃惊，知道我为什么能当族长吗？就是因为我会看人，而且八九不离十。严半仙得意地讲。阿卡在一边偷笑。我觉得阿卡今天有些反常。严半仙讲，你也不用奇怪，只要你把米芾那幅字搞清楚以后，我会讲给你听，还有阿卡的事。

阿卡有什么事？

阿卡有两件事，第一，装扮瞎子；第二……我知道他会说什么，不想他往下说，插嘴问，你根据什么说阿卡装扮瞎子？

不瞒你讲，早些年，为了生计，我也装扮过瞎子，走村串巷，一手竹竿一手小锣，“叮当叮当”敲一路，给人看相算命，没想到第一天就被人识破，我犯了和阿卡同样的错，拿的是新鲜的绿竹竿，以后，那个村子我就再也没有去过。阿卡的事情，我经历过我晓得，别人不会晓得，我不讲，阿卡继续装扮瞎子，很好的，如果大家都觉得阿卡是瞎子，那就会成为你的眼睛，能够看到很多别人看不到的东西。

阿卡装扮瞎子被严半仙揭穿，应该感到震惊，但阿卡没有，显得平静，和没事一样。严半仙讲话直来直去，那我也直说，你告诉我们这些，是要挟，还是另有所图？

没有的，只要求你当调解人讲公正，讲道理就行，把事情搞清楚，也许我的想法是错的，你也不必向着我。对严有新那幅米芾的字，老实讲，我心里没有底，因为到现在都没有见过，几次提出要看，严有新都推托。严半仙好像闭着眼睛在讲，以前，我祖上留下一幅米芾的字，写的是王维的《送元二使安西》，为了这幅字，祖上盖房子的时候，还专门做了夹墙，用来藏东西，米芾的字就藏在里面，门是暗门，外人难发现，还上了锁。阿爸去世前，只告诉我一人。奇怪的是，两年前，这幅字不见了，严有新家却冒出了一幅米芾的字，写的也是王维的《送元二使安西》，他讲是从乞丐手里花一百两银子买的。我知道严有新拿不出一百两银子，怀疑那幅字就是我家的。但是，我至今都不明白，那幅字是怎样被偷走的，和变戏法一样神奇。现在，我已经把底都托给你了，请你当调解人，主要目的在此。你也为我想想，祖宗留下来的宝物，在我手里丢了，会有多难过，换作你，会无动于衷吗？这件事像块石头，一直压在我心上，害得我喘不过气来，要是找不到那幅字，还真无颜面对祖宗。这是我真实的感受，你不必有过重的负担，两年都过去了，也不差时间，只要把字拿出来看，是谁的，那幅字自己会讲话，什么都能讲清楚。

你的意思是你家那幅字上有标记?

对呀，是我爷爷重裱的时候标上的。

什么标记?

这个不能说，不是不相信你，是为了减少不必要的误会。我估计严有新说愿意给我看那幅字，肯定会赖皮，他就是个癞皮狗，他以前立过字据都会赖掉，要是他再赖皮，就更能说明我的怀疑是对的。

我明白了，反正你没有时间要求，对于米芾的字，我同意做调解人。接下来，我的时间会比较紧，我要马上清理屋基建琴堂。

好理解，忙你自己的，为了避嫌，我就不帮忙了。

正合我意，你不帮忙就是帮忙。

和严半仙聊得开诚布公，解开了我心里的疑虑，让整个事情明朗起来。严半仙拿出一根旧竹竿，指指竹竿底讲，这可是一步一戳摩擦出来的底，就看这根竹竿，没人会起疑心。递给阿卡的时候，严半仙提了个要求，能不能给他吹曲箫。阿卡接过竹竿说，我只会抚琴，不会吹箫。严半仙用怀疑的眼光看着阿卡讲，会吹箫的人不吹会很难受的。我怕出现尴尬，打岔说，原来看竹竿，不止看新旧，关键还要看竹竿底，领教了。我作揖告别。严半仙讲，我还想麻烦你。我不知道他还会说出什么话来，警惕地看着他。他接着讲，我这里有两小坛酒，能不能帮我品一品，哪一坛酒好。这个要求令我费解，哪个酒好，因人而异，他自己就能品出来。阿卡说，郭先生品酒在行，可以的。

既然阿卡都这么说了，我只能同意，但我有一丝感觉，好像阿卡是严半仙的帮衬，他们是一伙的。严半仙叫他媳妇拿酒上来，由她来给我倒酒。他媳妇热情来劲，嘴和麻雀一样，叽叽喳喳说个不停。她自己调侃自己，说她嫁到严家，是因为自己不值钱的缘故，小时候裹小脚没裹好，人家裹出三寸金莲，没有三寸有四寸，那是银莲，可是她呢，四寸以上了，最多只能算上铁莲。严半仙叫她别讲这些。她偏要说，因为这个意思是严半仙上门说亲时，亲口对我阿爸姆妈说的，把我说的不值钱，只给了我家一两银子，还好像我家捡了大便宜似的，我现在想起来，都觉得对不住阿爸姆妈。严半仙说，好了好了，我承认，但是，你过门以后，我发现你很值钱，是我捡到宝了，你现在权力有多大，家都让你当了。

当家有啥用，你也不疼我。

不疼你，疼谁？严半仙讲完扭头走开。听说严半仙和媳妇经常这样斗嘴取乐，媳妇没有媳妇的样子，说话的口气与声调都像男人，听说酒量不错，喝酒和牛饮水差不多。她见严半仙走了，说兴未尽，和我们说，今年村子里的酒作坊不景气，和乾隆皇帝有关系，他查阅账目，发现有次接待外国人的御宴上用酒 200 多斤，便下圣旨，皇宫一年用酒不超过 800 斤，不得超支，不知道他是怎么算的。这样一来，皇宫用酒大减，再加上皇宫里自己酿酒，那些酒贩子就来的少了。这个乾隆皇帝也不为古道西岭想想，他自己呢，下江南，传说在小有天园，吃吃茶写写诗，还差人去寻找一个在街上吹箫的女孩，貌若天仙，艺名叫“吹落月”，他要见她，听她吹箫。

在严半仙家，时常会看见白脸人来来往往，五花八门什么传闻都有，我问严半仙的媳妇，你说的这些消息可靠吗？阿卡抢过话头：可靠的，我也听说过。

偌大的皇宫，每天只摊到两斤酒，连烧菜都不够。

没有办法，皇帝说了算，他说多少就是多少。

那我再问你,你不是也在街上混过,有没有见过“吹落月”?

从来都没有听说有“吹落月”这个人。阿卡一副疑惑的表情说。

这就对了,你说话不过脑子,我一听就知道,肯定是瞎编的。我说话的时候,严半仙的媳妇笑笑。严半仙从外头进来,用手指指媳妇讲,少“口舌头堵”,讲些没有头脑的事。媳妇反击说,你自己才“口舌头堵”呢,从五更到夜里“哆天哆地”。我听得明白,“口舌头堵”和“哆天哆地”是土话,都是指乱说话的意思。他媳妇想了想对我说,我这个公公,老是要我向婆婆学习,我怎么可能向她学,她是三寸金莲,我是五寸铁莲,学不到一起去的。严半仙咳嗽两声讲,又“口舌头堵”了,向婆婆学习,和脚没有关系。他媳妇说,怎么没有关系,向婆婆学习就要从脚开始。她指着严半仙继续说,他为了羞我,把“铁莲”当作名来叫。严半仙挠着头皮讲,叫你“铁莲”有什么不好,从你进门起,在我面前,你就没有吃过亏,我叫你“铁莲”,你叫我啥了?严半仙对我讲,村里只有她做烧酒,你知道她取了什么名字,叫“麻子烧”,还觉得不过瘾,把严字也添进去,变成了“严麻子烧”。铁莲不听严半仙讲话,在赶一只芦花鸡,这只鸡很怪,铁莲走到哪儿跟到哪儿,赶都赶不走。严半仙用手指指鸡讲,你看,连鸡都知道你是当家的,跟着你有东西吃,可怜兮兮的,别赶它了。铁莲鼻孔出气说,讲得比台上的小生唱戏都要好听,就想做好人,连鸡的好人都要做。严半仙不理她,偏过头来和我讲,我这个媳妇,玉米饼烤得和纸一样薄,里面夹上咸菜豆腐,特别好吃。他叫铁莲去烤玉米饼。铁莲说,嫌我烦,又让我做生活了。

看他们斗嘴,很好玩儿,感觉得到,他们家的许多乐趣,都是从严半仙和铁莲嘴里逗出来的，他们把我也给逗乐了。

不一会儿，铁莲来了，一手一盘玉米饼，一手一碗咸菜豆腐，都摆上了桌。严半仙讲，你是神仙呀，这么快就弄好了。铁莲哈哈笑着说，我就晓得你会用这招，早准备好了。她给我夹了一个玉米饼，让我品酒前先垫垫肚子。我说，还是先品酒，品好酒再吃。铁莲说，你怕先食饼口味重，妨碍你品酒，没事的，食完饼，喝口水在嘴里"咕噜咕噜"就好了。严半仙也说没事。阿卡也跟着说没事。我当时有感觉，他们的想法难得这么一致，好像是联手对付我的。我吃了饼，说老实话，味道一般，饼和咸菜豆腐都是凉的。铁莲又拿来一个玉米饼给我，这个饼没有夹咸菜豆腐，但很香，拿在手上还热。铁莲说，是刚从锅灶膛里烘烤的，饼上涂了猪油和盐花。这个饼好吃，咬在嘴里脆脆的，"咔咔"作响。吃完饼，铁莲拿碗水来，让我"咕噜咕噜"，我"咕噜"好以后，铁莲开始为我倒酒，此酒入碗的时候，没有声响，呈琥珀色。这时，我总感到氛围有点异样，严半仙和阿卡都站着不说话，由铁莲独自张罗。我看看他们，心里带着疑虑，还是把酒喝了，喝完直呼好酒。此酒纯度高，酒气回肠，辣味足，但不冲，我以前喝过这种酒，知道酒入瓮之后，需要置于密封的房子里，用碳火烤上几日，用此办法，消去些酒中的水分，让酒更醇厚。我告诉她，此酒是火迫酒。我在酒里，看到了时间的颜色，喝出了时间的味道，估计此酒已存了10年以上。铁莲想了会儿，说，在我嘴里听到了新鲜的话语，的确是这样的，时间本来无颜色无味道，但在酒里，它就有了自己的颜色和味道。你还能把陈了多少年的时间说出来，太厉害了。她嘴上说我厉害，但总觉得她并不在意我把酒品出来，只是随口荡荡。她接着说，下面品第二种酒，先给你提个醒，这种酒比较难品。说完，她换酒换碗，倒满。我用水“咕噜”后，端起酒来品。这种酒，进到嘴里很奇怪，从来没喝过，说不上是什么酒，才喝半碗，人就迷糊了。那晚，我和阿卡就宿在严半仙家。天亮的时候，想离开，却发现门被反锁了。我和阿卡说，严半仙这样做，是不是调虎离山，把我喝醉，好去客栈翻东西。阿卡说，不会的，估计严半仙是好心，为了我们的安全才上的锁。劝我不要多想，再等等。结果一直等到太阳升得老高，严半仙才急急忙忙跑来开门，一句话也没有，好像我昨天品酒品成那副模样很对不住他似的。

从严半仙家出来，我们就去了客栈，房间里没有被动过的痕迹，便放下心来。我和阿卡提起严半仙家里那幅字被盗之事，觉得很奇怪。阿卡说，没有什么好奇怪的，只要知道什么地方藏着字，根本都用不着找暗门，因为到处都是门。真是隔行如隔山，阿卡说的话，我听不懂。我叫阿卡把精力放在教琴上，我呢，要建琴堂。阿卡说，这回好了，你称心如意了吧，拿到了想要的东西，破倒屋基里明明有好东西，明摆在光天化日之下，严半仙还是没有发现。我把食指竖在嘴上，叫阿卡不要说。阿卡说，我懂。说完就要去三杯亭给学生讲琴，还拉我同去。

在岔路口，严欣欣已经候在一边，怕阿卡走石阶不方便，特意来引。阿卡说，你倒是个细心人。严欣欣一手捂在嘴上，乐不出声。严菁华站着，严天赋坐着不动。我们走进三杯亭，我先看了他们的琴，严欣欣的琴精致，面上用八宝灰胎，有梅花断纹，其琴身隐隐约约绕着青藤，是把老琴，让人沉静，龙池上有小篆“越亮”二字，我问严欣欣是什么意思。严欣欣说，听阿爸讲起过，他也是猜的，有两个意思，是琴越弹越响亮故取名“越亮”，还有是和“月亮”同音。阿卡在一边说，我也猜个意思，唐代与雷威同时期的斫琴高手还有吴地的张越，琴声激越而润；闽中的郭亮，琴声雄厚沉细，会不会是后人崇拜他们，结合之长处仿制，才取名“越亮”。我听了，觉得有些道理，连前人也不会想到，“越亮”两个字，会被后人做出了有如此诗意的解释，不论哪种解释，都令人心旷神怡。我忍不住抚几手。

接着，再抚严菁华的琴，还行，只感到岳山还不够硬，换掉即可。问题比较大的是严天赋的琴，做工粗糙，上下两面过厚，低音不佳，高音短促。我建议严天赋要换张好一点的琴。严天赋看看我，默不作声，不知道他心里怎么想。我看完琴，让阿卡讲琴，我退在边上。阿卡显得开心，点上根香，便问大家，你们该怎样称呼我呀？

严天赋：阿卡。

严欣欣：小先生。

严菁华不吱声。

还有一个没说，没事，大胆说，我今年 18 岁，年纪比你们都大，我教你们抚琴，你们该叫我什么？严天赋说，如果叫名字不妥，那就叫大哥。严欣欣说，你不要什么都叫大哥。阿卡说，我听你们的，你们觉得怎样称呼我合适，就怎么称呼，但要统一。

严菁华说，我觉得叫小先生比较合适，和先生略有区别。

好的，我没意见，那就叫我小先生好了。阿卡叫大家坐好，边说边走动：要是我快撞上柱子的时候，请你们提醒一下。今天先给你们讲古琴十四宜抚十四不抚。在讲到十四不抚的时候阿卡犯难了，只讲了十三不抚。严欣欣站起来说，小先生，我知道还有一个，是“醉酒后”，我听阿爸讲起过，但是，不能一概而论的，在咱们酒村，醉后抚琴可是乐事一桩，这个可以去掉。此时，我清楚，严欣欣是专门为我解释的。阿卡一抬头，把耳朵对准严欣欣说，言之有理，那以后我们抚琴，就按照十四抚十三不抚了。下面你们都要认真听好了，把手放在琴上，我说基本指法的时候，你们可以在琴上练。先说散音、按音和泛音。散音呢，是分散的意思，右手弹岳山和一徽之间，左手不碰弦，哦，对了，我听出来了。说按音，很好理解，就是用手按，在右手拨的时候，左手要按下琴弦，好，也对了。再说泛音，从字面上来理解，就是漂浮，泛音的抚法有好几种，常用的有“蜻蜓点水”和“粉蝶浮花”，前种弹法用左手触动徽边琴弦，右手轻拨弦；后种抚法，左手对徽浮点琴弦，右手拨动琴弦时，会波及左手。这两种抚法，都会出现泛音。我们抚曲子，大多会从泛音开始，开头很重要，要重视，我听见有人弹得很潦草，心里浮躁。

严天赋知道阿卡在说他，不想再往下听，问道，抚琴用哪几个手指头？

你明知故问，我们之前一起抚过，我告诉你好了，除了小指，其他四指都用。严欣欣先是鼻孔出气，然后说。说来也奇怪，严天赋在她面前会脸红，感到不好意思。

没错，严欣欣说对了，但是，也有人用小指的，咱们的郭先生就用，你们不必向他学，左右手各4个指头用上就足够了。

没错，阿卡说得对，我说，用小指是我的个人习惯，你们不用学。

阿卡接着开始教打“蝴蝶”和“蜻蜓头”小结，还告诉他们要多和琴玩儿，多多和它亲热，把琴擦拭干净，不能有灰尘，还要记住用桃树脂往岳山方向擦，要是桃树脂太干就加点水，要是太湿就用干布擦干，上了桃树脂后，会感到琴弦光滑，声音也会清晰一些，凡是和琴在一起，都要用心，只有这样，你才能懂琴，反过来，琴也会懂你。阿卡喝口水接着说，过几天咱们要到近处的几个景点去走走，激发一些灵感，写出自己的曲子，你们不要奇怪，琴还不会抚，就去写曲子，自己写曲自己抚，反复抚，对熟练指法很有好处。写曲，关键要有故事，抚琴也一样，要抚故事。我听说，到村里来的文人墨客多，把这里的山水玩儿透了，取了些景名，比如“谷峰捧月”“灵溪拾星”“枫桥夕照”“屏上樵唱”，还有三杯亭外的“孤松听风”，这些地方都是有故事的，写成曲子，会好听，不要有负担，用心把感觉抚出来即可。

大家听说去景点玩儿，也高兴，严天赋在一边撸袖子。

阿卡不按常理教琴，一开始就让学生自己写曲自己抚，其实就是乱抚，反复抚自己写的曲，通过这样的方法来练指法。我知道阿卡是用自己学吹箫的办法来教学生，听袁婉柔说过，阿卡刚学吹箫的时候，别人不肯教，多个人会吹，就多个竞争对手，阿卡只能自己乱吹，吹着吹着，吹出了调子，吹出了韵味，属于无师自通。由此看来，这样的教学办法还是可取的，用不着我担心。真正让我担心的，是严有新到底会不会赔严有根 10 只羊，到底会不会给严半仙看那幅米芾的字。

3

到了古道西岭后，袁婉柔老在我眼前浮现，特别是到了晚上，洁白的月光透过窗户照在床沿，如白天，这样的夜晚，城里是没有的，会想起袁婉柔，要是她也在，该有多好。不知她此时在何方，不知她过得好不好。我非常想念她。这样的时候，往事如板灯笼，一节一节地在我脑子里浮现出来。

提起如花似玉的袁婉柔，是城里出名的琴家，听说有一次，她抚琴的时候，有鹤飞来，静立琴边。数不清多少人上门提过亲，她一概回绝，眼看 20 岁快要出头，还不嫁人。她名气大，家门口经常有些后生集聚，等着一睹袁婉柔芳容，有人为她发疯，有人为她每天写诗，她就是不动容。家里为她着急，外人为她惋惜，说花无百日红，貌美也如花，再不嫁人，好时光就过了。无独有偶，我是个不想娶亲的人，都 22 岁了，在城里也出名，是出名的酒鬼，平时，腰间吊着酒葫芦，无酒不欢，整天醉醺醺的东倒西歪，除了喝酒就是抚琴，我的一些少年伙伴早都有了孩子，阿爸姆妈为了我感到无脸见人。那年春天，湖边的桃花开得艳，与袁婉柔在湖边相遇，像是命中注定，我突然冒出奇想，壮胆与她私语，想不到，她回去和家里人说非我不嫁。

就这样，一个不想嫁的琴家，一个不想娶的酒鬼，在一起拜了天地。如此的结果，对我俩来说，正好。我和她拜天地的时候，像做梦一样。我其貌不扬，还不干正事，尽管家里开绸缎庄，但和袁婉柔家没法比，她家除了开绸缎庄，还开绸厂，光工人就有几百人，是城里的老大。论相貌，论家境，我都自感不如。

婚后，我们天天在一起，玩儿得开心，琴声不断，笑声不断。袁婉柔原先不喝酒，嫁过来后，学着喝，让我高兴。但她喝酒身上会起红的云头块，痒得难受，就不喝了。可是，却喜欢上了闻酒，遇上好酒，同样爱不释手，倒在酒杯里，用手转着，让酒香逸出来，凑近鼻子，拿手轻扇，酒香飘浮，令她陶醉，晚上睡觉的时候，她也会在床头放杯酒，闻着酒香入睡。

我舅舅家里是开酒作坊的，还经营酒肆。酒肆里有很多好酒，特别是古道西岭的酒，价钱贵，味道不一般，贵宾们常喝。袁婉柔要我陪她去古道西岭，我告诉她，古道西岭是深山里的一个村庄，路途遥远，从这里去，马车跑 3 天都到不了镇上，再从镇上到村里，走山道，得翻两座山头，连舅舅都没去过。她被我吓着了，说不去也行，反正有了古道西岭的酒。我们会经常选些酒回家，她对酴醾酒情有独钟，这是酒肆里价钱最高的，名叫“蓝氏花”。说起酴醾，是酒名，也是花名，有荼蘼等称呼。酴醾花开在夏天的山里，香味浓郁，古道西岭漫山遍野都是这种花，多少文人墨客为此花着迷，宋代诗人黄庭坚就写过《酴醾》：“汉宫娇额半涂黄，入骨浓熏贾女香。日色渐迟风力细，倚栏偷舞白霓裳。”

听舅舅说，村里人把 7 分开的花摘回来酿成酴醾酒。这种酒，在《二如亭群芳谱》里有记载，意思是荼蘼色黄如酒，固加“酉”字作“酴醾”。

因为我好酒，袁婉柔随我。除了闻，还去舅舅的酒作坊，看他们酿酒，对做酒曲饼有兴趣。做酒曲饼是细心活，要把苍耳、蛇麻和辣蓼捣得稀烂，放到瓮里煎熬好多天，再加杏仁，用虎跑水和面，压实晾干，全过程 10 多天，她天天去，乐此不疲。我和她说，我以前经常来这里玩儿，也做过酒曲饼，我会在里面添加磨成细粉的木香、官桂、川穷、胡椒，选我自己喜欢的味道，药和面搅拌时，会把面粉涂在脸上去吓人，把别人吓一跳就特别开心，弄得衣服上都是面粉，闹完，干起活来，心里安静，水慢慢加，搅拌到面能握得住，拍得散，不结块，再用筛子筛过，用手把面按结实，盖布到次日用模压成曲饼。舅舅说我做的酒曲饼是玩儿出来的，里面有快活，味道不一样。有舅舅的鼓励，我做酒曲更加认真，用我的酒曲酿出来的酒，喜欢辛辣口味的直呼过瘾，喝的人还不少。舅舅说我对酒的感觉灵敏，让我帮他品酒，酒好酒坏我说了算，如有重要贵宾到酒肆用膳，舅舅都会让我选酒，我选得最多的是酴醾酒“蓝氏花”，益气养血强筋骨，入口醇厚顺滑，可以满嘴留香到次日。我说这话的意思，是告诉她，我喝酒成精了，难怪舅舅叫我酒神。她笑笑不语。

那段日子，我们玩儿花样抚琴，一人用右手，一人用左手，同抚琴，甚是和谐。袁婉柔是个琴痴，恨不得抱着古琴睡觉。她还热衷斫琴，苦于没有好的老桐木，两个人出去寻了好些回，她的脚都磨出泡，出了血，仍跷脚在找，最终还是没有如愿。她斫不了琴，就和阿卡一起做琴弦，还叫我帮忙。说到做琴弦，有讲究的，琴弦要用柘树叶养的蚕丝来做，而且这种柘树，不能长在盐碱地，盐碱地里的柘蚕丝，发脆，容易断。用好的柘蚕丝做琴弦，要比桑蚕丝更结实牢固，音色也更亮丽。做琴弦，全是手工活，打弦、缠丝、加明胶煮、晒弦，工序多，一道工序都省不得。之前，我一直用杭州回回堂的丝弦，这种丝弦做工考究，1、2、3、4 弦还绕丝。用了袁婉柔的丝弦后，感觉比回回堂的还要好。

袁婉柔有我和阿卡陪着，心情舒畅。阿卡是个弃儿，人聪明，有灵气，无论什么一学就会。原先，在街上吹箫，讨几个钱，当时在街上吹箫讨钱的人有好些个，就数阿卡的钱讨得多，还经常被有钱人家叫到家里去吹箫。阿卡就是这样被袁婉柔叫到家里来与她合作的，阿卡的箫伴着琴，配合得天衣无缝。有次，阿卡发高烧，感觉好像快要死了，就托人找袁婉柔，求她救治，袁婉柔叫人把阿卡抬回家，请了名医，把病治好了。袁婉柔怕阿卡风餐露宿，旧病复发，就让其留下来。阿卡也乐意，从此，街上不见了阿卡。

过了一段时间，我发现自己酒喝少了，婚前，我酒葫芦不离手，一天到晚晕乎乎的，现在呢，真的不一样了，脑子有了清醒的时候。有天下毛毛细雨，袁婉柔要我陪她去看雨中的湖，我俩一人撑一把油纸伞，她撑着红伞，惹人看过来。这时候，见湖面上起雾，随着毛毛细雨飘过来，湖面好像披了细纱，添了些朦胧，细心听，有船“叽里嘎啦”摇橹声，由远及近，从雾中穿出来的，是只小木船，摇船的，是戴斗笠、穿蓑衣的老者，他摇着橹，将“细纱”扬起。袁婉柔说，朦胧有朦胧的妙处，能让人感觉到，看湖不如想湖，你看，我们在这里，只能看到隐隐约约的桥，就会唤我们去想，在记忆里寻找它的模样，联想到更多的人和事。她这么说，我确有同感，记起了当时湖边的桃花，记起了穿粉色衣裳的她。的确，飘扬着“细纱”的湖是令人着迷的。从那以后，下毛毛细雨的日子，她喜欢，我也喜欢。

走在湖边，毛毛细雨淋湿了她的鞋。我背上她，同撑一把红纸伞，慢悠悠地往回走。她好开心，说，咱们这样走，走出了一路江南。想不到你这么健壮，能背得动我。我自己也感到奇怪，现在，背上袁婉柔还不觉得吃力。阿爸姆妈知道后，也替我感到高兴。我自己也开心，有了男人的模样。之前，我得知袁婉柔不愿嫁人，是因为怕生孩子，她的亲娘就是生她时死的。那天看桃花相遇，我和她说，我也是个不想娶亲的人，咱俩到了这个岁数，不结婚家里着急，还不如咱们把婚结了，做假夫妻。袁婉柔夸我聪明，愿意和我拜天地，进洞房。我们在肉体上是假夫妻，在精神上是真夫妻，相比那些同床异梦的夫妻而言，还不如我们这样异床同梦。

想到这里，袁婉柔仿佛出现在我的面前，我越想越清醒，翻来覆去睡不着，索性起床，披上衣服，带着酒葫芦，沿着石子路，走在月光下，这条路，石子已经磨得发亮如银。这时候的古道西岭，躺在洁白的月光怀里，安静地熟睡了。我走出村子，白天太阳留下的热气已经被风吹去，还原了山里的清凉，我举酒葫芦喝酒，一口又一口，就着轻风，如同甘露。这是山里的夜晚呀，这般静谧，整个天空成了镶满宝石的玉盘，月亮点着灯，风洗着尘，酒在我的血管里燃烧，感到浑身轻松舒坦，人飘飘然，我没有醉，却曲着膝，迈起久违的麻花醉步，路边的蟋蟀在欢叫，伴着我脚下的踢踏声，是那么惬意，那么美妙。我张开双臂，拥抱星空，这是属于我的星空，如此宽广，满目璀璨，这样的时候，怎么舍得不喝酒而去睡觉呢。我来到三杯亭旁的孤松下，举头望着明月，看见松针把月光掰碎了，跌落一地。突然间，我透过松枝的缝隙，看见了笑吟吟的袁婉柔，她在上面看着我，我张开双臂，她一步步朝我走来，就是到不了跟前，我知道是幻觉，不禁一声叹息，两行泪。

是啊，回想起来，有太多的回想。要不是丈人插手，我和袁婉柔现在还会在一起，那会有多开心。可是，好些事情是由不得自己的，丈人是为我着想的，都是为了我好。当时，我无所事事，丈人让我跟他学做生意，我不想学，因为我不是这块料。丈人觉得我总应该做点事，和我家里商量，说出 1000 两银子，可以给我买个县令，比较划算，一年有 40 多两银子的俸禄，20 多石大米，更多的还有养廉银。没想到袁婉柔高兴，极力促成。我呢，有自知之明，根本不是当官的料，我连衙门都没进过，更不清楚县令是干什么活的。我完全看在袁婉柔的面上，答应去当县令。丈人知道我愿意去当县令，语重心长地对我说，咱们这个县令是用银子买来的，得好好当。我听出了弦外之音，他是生意人，好与不好，用银子说话，要我好好当的目的，是提醒我不要把官当亏本了。

在我要去上任的前一天，袁婉柔对我说，她要中途离开，归隐山水之中。我很奇怪，当县令是她促成的，要不是她高兴，我绝对不会答应去上任，我和她情真意切，为什么要离我去远行，我设想过多种可能，都说不通，知道其中必有缘故，但琢磨不透。她去意已定，我留不住。明天就要分别，不知道什么时候能重逢，袁婉柔恋恋不舍，随手抚了一曲《与君别》，俩人久久相拥哭泣，湿了衣襟。这时候，我感到离不开她，真的离不开她。在我的记忆里，和我同欢乐的人，数不过来，和我同哭泣，泪水流淌在一起的，唯有袁婉柔。对情感来说，欢乐是兴奋物，泪水是黏合物。我们难舍难分，她提出晚上要做夫妻，那一夜，令人难忘。

与袁婉柔分别时，她坚持把阿卡留给我当书童，还要管着我，不让我乱喝酒。她只身一步三回头地离去。我心如刀割，她的离开，给我留下了不解的谜。

我到任后，县令当得窝囊，不想被人认出，进出衙门不坐轿子，不鸣锣开道，也不举牌。因为我刚到任，就好像剃头匠碰到了瘌痢头，不知从哪里下手，懵里懵懂地就被人浇了盘冷水。在那里等待我的是件凶杀案。我的前任，正是由于这个案子辞去了县令。案由是杜菜花杀死了老公樊阿狗。我提审杜菜花时，她对杀老公供认不讳，请求我行行好，尽早把她砍了，再这样拖下去，她受不了。我问她是怎么杀的樊阿狗。她颠来倒去讲不清，后来说是从地上捡起石头砸的，砸在他头上，他就倒地死了。她这么说，就对不上了，据案本里的描述，她老公不是被砸死，而是被打死的。我感到这件凶杀案很诡异，怀疑有隐情。我叫人把衙门的一面外墙敲了，再用竹竿拦起来，有意把竹竿之间的缝隙留大,从外面可以看到我在里面干什么。

不出所料，果真有人经常来往里面瞄。我找了替身假扮成我，整天在那里喝酒，喝成醉醺醺的。私下，和阿卡分头出去打探。阿卡装扮成盲人，好减轻他人的警惕心。阿卡通乞丐行话，加上出手大方，很快和乞丐主“独眼龙”称兄道弟，他手下的乞丐路路通，形成一股暗势力，办起事来忠心耿耿，很快就打听出了事情的前因后果。原来樊阿狗是被杨储金打死的。这个杨储金，是县城出名的恶霸，听说后台很硬，为所欲为。樊阿狗家境小富，有50来亩良田，杨储金要霸占。樊阿狗不允，杨储金就喊人来，把他给打死了。但是，我就搞不清楚，杜菜花为什么要迫切地认罪？突然间，我想到一件事，问阿卡，杜菜花有没有孩子？阿卡说有孩子。我叫阿卡立马去看看孩子。结果阿卡没寻着，连邻居也说不清楚3个孩子去了哪儿，好像在人间蒸发了。后来，还是靠“独眼龙”，在一间黑房子里，发现了3个被锁着的孩子。

这样的结果，让我舒了口气，这就能对上了。应该是杨储金绑了3个孩子要挟，杜菜花为了保全孩子，认了罪，宁可自己被砍。

我有意把这意思露给杜菜花，想看看她的反应。她听后，“哇”的一声大哭起来，说她有天大的冤屈。我告诉她，会把事情搞清楚的。杜菜花摆摆头，劝我不必再查，说，只要你知道我是冤枉的，我就死也无憾了。前面的县令，也知道我冤枉，但杨储金的势力太大了，他无能为力，只能辞官。我没有考虑那么周全，觉得当官不讲理，官帽岂不白戴了。我把案情查清楚后，放了杜菜花，抓了杨储金，救了3个孩子。录好口供，就把杨储金押送去府里。当时，有准备，估计事情不会那么简单，让阿卡做了出逃计划。阿卡说我多次提到古道西岭，万一出事，就往那儿跑，躲在深山旮旯里，不容易被发现。

果真，杨储金一到府里就翻供，府里说证据不实，把人给放了。这回，幸亏“独眼龙”及时把消息通给了阿卡。我领教了杨储金的厉害，叫杜菜花抓紧带孩子逃命去。“独眼龙”告诉阿卡，杨储金发誓要杀我。我没办法，还是保命要紧，连马车都不敢叫，在“独眼龙”的护送下，连夜弃官抱琴带着阿卡逃跑。

回想起来，我的县令当得不如鞭炮，鞭炮还能蹦得老高，发出“嘭——叭”声。我呢，一点声响都没有。想到丈人的话，连自己都过意不去，他要我好好当官，我听得明明白白，这种事谁能料到，才两个多月，官椅还没坐过几次，我就得逃命，把本钱亏得一干二净，感到无脸见他，心存内疚。还好，我身边有阿卡陪伴，时常会宽慰我，叫我别多想，事情还没定数，或许会遇上清官，能官复原职。我不存这样的幻想，想想我这次官当的，掉进了窟窿里，到了有杜菜花没我，有我没杜菜花的地步，为主持公道，还差点丢了命，这样的官，还敢当吗？阿卡说好话给我听：百姓喜欢像你这样的官，你钱亏了，道理不亏，这个道理，才是千金难买的！听“独眼龙”说，百姓最怕当官的想发财，他发财了，会苦了一拨人。阿卡的话，说得有道理，当官是不应该想着发财的。根据我短暂的经验，说简单也简单，当官当的就是个道理，比如在杜菜花这件事上，要是我顺水推舟，也许会升官发财，但这样的官，这样的财，没有道理。倒不如做一回自己，做一回主！

这一夜，我把葫芦里的酒都喝完了，毫无醉意，靠着孤松未眠，把塞满脑子的这些事都梳理了一遍，觉得自己有袁婉柔，有阿卡，有道理在身，加上有好酒，便感到浑身自在。直到天边泛红，鸡叫三遍，炊烟升起，我才回到客栈，阿卡刚醒，见我回来，揉揉眼睛：你跑出去了？我说，这里的夜晚太美妙了，我都没舍得回来睡觉。

你去了哪里？

三杯亭的孤松下。

啊，算你运气好，以后千万不要独个人去，有猛兽的。听了阿卡的话，我感到庆幸，当时我确实没有想到有猛兽，要是想到，我不敢去，要是不去，我就没有了昨夜的星空。

阿卡叫我补觉，我没有睡意，躺下又会想些杂乱的事，还不如不睡。我要去琴堂，这些天，建得顺畅，听说严半仙去过，在我从镇里买回的6只大缸边转了几圈。这些缸，运到村里很费劲，雇人用独轮车，一次只能拉一只，把缸倒扣在独轮车上面，山路难走，得一人推，推的人，在两个把手间，连条宽带，背在脖子上，绕在手臂上，遇斜坡，把脚筋都蹬直了，还得有一人用绳在前面拉，这么大的缸村里没有，村里之前最大的缸，在严半仙家的天井里，用来接屋顶的檐头水养鱼。严半仙围着大缸转，说明好奇，也许想搞清楚，这些大缸是干啥用的。

大缸运到，让我松了口气。盖琴堂，专门有人管着，用不着我多劳心。令我头痛的还是羊的事情。已经讲得很明白了，严有新还耍小聪明，趁着月光把10只羊交给严有根的时候，严有根当场晕倒。严有新给他牵去了10只很小的小羊，还说，拜托严有根辛苦一点，小羊会长大的，10只羊都是大羊种，会长得比原来那些羊还大。这样的做法，不要说严有根要晕倒，我也差点晕倒，没想到会这样。我和严有新说，你的做法太掉价了，你自己应该有数的，去你家的那些羊，都是大羊，你现在还他 10 只小羊，全加起来也不足 1 只羊的重量。叫他牵回去，以后还回来的羊都要和原来的羊一样大小。严有新立着不动，我在背后推他，把小羊和他推回家。

这些羊到了严有新家，到处乱跑。严有新叫我看看，家里都变羊圈了。

只能怪你自己，你是个活宝，会想出这招。我板起脸说。严有新叹口气诉了些苦。原来，他拿不出这么多银子买羊，乞丐做的酒，真的很好喝，后来自己按照乞丐的办法酿出来的酒不行，膻味重。别人以为我发大财了，我好面子，有苦说不出。提到乞丐做的酒，我酒瘾上来了，问他乞丐做的酒还有没有，想尝一吊。严有新拿了个竹吊子去酒坛吊酒，看到他的手就难受，哪有抖得这么厉害的，担心他抖到最后，酒吊子的酒都被他抖完了。还好，他把吊子里的酒倒进碗里时有响声。我先端碗一闻，放着不喝，问他有没有弄错？严有新上前来看，连忙说，重吊。他换了个酒坛，这回，手抖得更厉害了，直到把酒倒进碗，递给我，手还在抖。我接过酒，看见了晶莹剔透的琥珀红色，有丝绸般的光泽，这样的色彩，我见过，但是存了近 50 年的陈酿，像这样新酿出来的酒，就能有如此色彩，我没有见过。我斜着碗，转一圈，酒已挂在碗边，脂香飘出，直往鼻子里钻，细闻，曲香、肉香混合其中，更有一种说不出的味道，在鼻子里打转，我便忍不住闭起眼喝上一口，酸、甜、苦、辣、咸平衡，瞬间味蕾全开，酒在舌尖上欢跳。我喝过白羊酒，没有到这个程度，这种酒可真是可遇不可求。我想，要是袁婉柔能闻上此酒，该有多开心！我问道，还有多少酒？严有新愣了愣说，只剩酒脚了。

我出银子，买你剩下的酒，够你买10只大羊，就算我助你一臂之力。我拿起酒碗在鼻前转，舍不得让香味跑了。

哎呀，你真是我的恩人。严有新千谢万谢，感动得眼睛发红。他问，你是现喝还是带回去。

带回去。我实话实说，因为是要留给袁婉柔。

要是这样，我这里正好留着一小坛，当时就上封了，方便你带回去。

那大坛子里的酒呢？

大坛子里的酒已经很浑浊。

要是我不嫌弃，给不给我？

你也不会在乎这点酒，就留给我作个念想吧。

这酒没有糊弄我吧，我指指放在面前的小坛说，看样子应该有3斤。

放宽心，是3斤。严有新搓着手，眼光飘移，说，你都这样帮我，我好意思坑你吗？

不是不相信你，我担心的不是量足不足，是你坛子里的酒对不对？

连这个都担心，你也太不相信我了，要不咱们现在就打开尝一尝。

那不必。我看严有新有些不高兴，反而感到有些难为情，说，那就谢谢你了，把最后这坛酒给我，要是你不说，我怎么知道还有这坛酒。

话说重了，要谢的人是我！你在我最困难的时候伸出援助的手，村里是没人会帮我的，他们巴不得我的作坊倒闭，也好少个对手。说起来也是我运气差，从老婆跑了以后，我的作坊除了乞丐酿的外，就没有出过好酒。我为什么要再三去严有根家牵羊，是因为我按乞丐的方法酿出来的酒，确实不行，没那个醇味不说，还膻。

要是你信得过我，咱们一起再酿一次试试？

我听说你是酒鬼，喝酒在行，喝酒和酿酒不是一回事。

你看不起人了对不，我告诉你，我会酿酒，酿过多种酒。我问你，你用的是哪里的米？

东阳米。

哪里的瓮？

诸暨瓮。

他用了东阳米、诸暨瓮，都是顶好的，没有问题。我又问了他一些问题，发现了乞丐酿酒和他酿酒不同的地方。比如拌麦曲的时候，他看见乞丐放进一把红色的东西，不好意思问，问了怕乞丐认为是对他不放心，结果，乞丐加进去什么东西，他不知道。还比如酿酒用的水，他用家门口的井水，乞丐用自己从外面挑来的水，水是从哪里挑来的，他不知道。再比如羊，乞丐用母羊，他用公羊，原因是公羊大，一陪二划算，连乞丐用了羊身上什么部位的肉，他也不知道。我感到他太懒，人家淘米，要担到溪里去，把米淘得不见白水，他呢，就是门口的井边淘，难以把米淘清。像他这样的人，酿出来的白羊酒怎会不膻呢。我想帮他，问他白羊酒的酿法。他不肯说，说我傻不拉叽的，这种话都问得出来，没有人会把酿酒的方法告诉别人。我说，我只是想帮你，我以前喝过白羊酒，也酿过，或许对你有用。严有新听到我能酿白羊酒，来了劲头。他说，你先说，你说了我再说。我就把酿白羊酒的方法一五一十地和他说，我开始酿白羊酒的时候，才 16 岁，感到新鲜，什么都想尝试，还花头多，和人家不一样。先说选羊，要选肥嫩的，一石糯米，最少要25斤羊肉。把羊肉放到锅里煮的时候，有讲究，羊肉要和冷水一起下锅，用慢火烧，水热后，表层会起沫，这时就要不停地撇，直到水滚，把这些沫撇干净。然后用大火烧，烧到用筷子能把羊肉戳穿，改用慢火，一直不把肉煮得稀烂，拣去骨头，捞肉出来，别人都是用锅铲碾成肉丝。我不同，沥干肉汁，肉汁汤留着待用，把羊肉放到石臼里捣，捣得稀烂，加酒浸泡一宿。另外，还要再选10个梨，清洗干净，连皮去核，也用石臼捣烂，入丝巾滤取汁水，和羊肉拌在一起，蒸饭的时候，撒在上面，待蒸软后，把肉汁倒到饭里搅拌，这时候，不能惜力气，要使劲，把肉汁搅拌均匀，然后继续蒸。蒸好后要焖透再起锅，把饭摊在案板上，边翻边用扇子扇，让冷热均匀，等手放上去不感觉烫了，拌入一斤麦曲和剩余肉汁，一直到凉透以后再入瓮。半月即可取酒。我和严有新说，这就是我的酿法，你的呢，也说给我听听。严有新看着我说，我好像已经记不起来是怎样酿白羊酒了。他不说自己怎样酿白羊酒，只对我的说法挑毛病，嫌我的方法麻烦，说乞丐的酒是10天就取的，我要半个月，取法不一样，酒的味道肯定不一样。他还对我说，酿酒不是闹着玩儿，是要做筋骨的。你说的方法在“洋里”可以，我们这里不可以，因为这里的梨，都是野梨和饭梨，野梨涩口不好吃，饭梨，像米饭，你可能没有吃过，就是那种用手掌压扁来吃的梨，汁水不足，这两种梨，都不适合酿酒，要是用来酿酒，酒会变味。

他这么说，其中意思我明白，他觉得我的酿酒法像小孩闹着玩儿一样，根本酿不出乞丐那样的酒，他瞧不上，也听不进，看他的笑，怎么看都是嘲笑。他这样自以为是，心不清，要酿出好酒来，是难的。我原想帮他一起酿的热情，瞬间散去。阿卡一直说要帮他，怎么帮啊，酿酒的路肯定走不通。我想，最好的办法，还是劝他停掉酒作坊。但是，他不酿酒又能做什么？阿卡有过想法，不知是否可行，我跑去和严半仙商量。

找到严半仙，他正在打瞌睡，双手被小孙子绑在椅背上，见了我，身子动弹不得，叫孙子松开，孙子说，帮我捉蜻蜓就松绑。严半仙笑了笑讲，好吧，我给你捉蜻蜓。孙子来帮他解绳子，解不开。我去解，绳子的接头打得紧，连我都费劲。我说，这绳子不是你孙子绑的，他没有这么大的力气。严半仙扩扩胸讲，是谁绑我，难道你不知道？我乐呵呵地拿只小矮凳，坐在严半仙边上，他让我等一会儿，先去给孙子捉只蜻蜓来。他从墙边拔根狗尾巴草，找着蜻蜓，就用狗尾巴草在空中划圈，说来也奇怪，蜻蜓就跟着严半仙手里的狗尾巴草转，转着转着，蜻蜓跌落在地，严半仙捡起来，用狗尾巴草在蜻蜓尾上打了个结，递给孙子，孙子举着蜻蜓一蹦一跳离去。

严半仙晓得我有正事要说，显得一本正经。我和他讲严有新的事情。严半仙听清楚了，问道，你把银子给严有新了？

没有。

讲好要给他多少？

他是这样给我算的，一只羊，有 70 多斤肉，每斤肉 50 文，大约每只羊，4 两银子，10 只羊，共 40 两银子。

他的话你都好相信，一只羊有多少斤肉，不是他说多少就是多少的，银子不要给他。

为啥？

你好心帮他，他不灵清，还想趁机赚一票，用不着这么多银子，我想这样，你就把银子直接给严有根，把这件事给了结了。再说他以后做什么好，我也觉得他不适合做酒，这些年，他老婆跑了以后，除了乞丐酿的酒以外，就没有出过好酒。

我和阿卡聊过，阿卡说像他这样的人，做点简单的事情比较妥当，比如做点下酒食物，像茴香豆之类，我舅舅的酒肆常年做这种豆，我也会，可以帮他。

这个想法好！严半仙直起身子讲，现在大家都觉得缺少下酒的东西，却没有人想去做，要是有了茴香豆，估计生意不会差，我肯定买，之前咱们说喝酒，之后，咱们说喝酒吃茴香豆，多了种味道。

还加上听琴。

对对对，喝酒、吃茴香豆，再加上听琴，这样更好，有酒村的派头。严半仙有点兴奋，他讲，我觉得阿卡是人才，这点子出得多好。

真可行？

当然。严半仙顿了一会儿讲，哎，又想到了米芾那幅字，我心里灵清，你帮严有新出银子买羊，是为了和他套近乎，方便以后办事，但严有新这个人不是你想象的那样好弄，他有需要的时候，什么都会答应，事情过后，说过的话会找出很多借口，不愿作数。你辛苦点，去把阿卡找来，有件事比较急，我们一起商量商量，看看下一步怎么办。

我感觉到了，严半仙有些着急，就沿着石子路快步往三杯亭去。从石子路拐弯上石阶，一脚两步向上蹦。山风迎面吹来，拂过发热的脸，感到清凉。我到了三杯亭，原先吵吵闹闹的场面，突然变安静了。他们都把眼光集聚在我脸上。我对他们说，阿卡有事，要离开一会儿。严天赋说，先生，你难得来，我们好几天没有听小先生抚琴了，能不能请小先生给我们抚一曲。

他把自己的琴放到阿卡前面。我接过话来说，我来吧，我给你们抚《幽兰》。

还是我来吧，严天赋叫我抚，满足他的要求，我抚完了就走。阿卡笑着说。看他们的神情，我知道其中必有缘故，便坐在一边听。阿卡先轻轻拨动琴弦，静思了会儿，然后开始抚琴，抚得很小心，一曲下来，脸都红了。我很是好奇，从来没有见过阿卡抚琴成这模样。阿卡抚毕，深深舒口气：你们在这里等我回来，我给你们讲讲孔子是在什么情景下抚出《幽兰》的。

在路上，阿卡告诉我，严天赋有了新苗头，他喜欢上了严欣欣，阿爸姆妈说不听的事情，严欣欣一说就通，发现她能镇得住他。可是，严欣欣不喜欢严天赋。阿卡还说，严欣欣叫我们去她家做客，我和她说了，过段时间再去。我嘴上应答，心里却在想严半仙要和我们商量下一步的事情，到底会是什么事情，他这个人头脑灵活，真不知道他的下一步会下在哪里。我把疑虑告诉阿卡，阿卡不以为然：随他下到哪里。

到时候，你说话得留点分寸。

没事的，反正我说出来的都是可以做到的。

又吹了。

不吹就不好玩儿了。

你把什么都当作玩儿。

就是你不和我玩儿。

又乱说了。

不是吗？你走得太慢了，严半仙要等急了。

果真，见严半仙在门口走来走去，一副等急了的样子，我感觉到有什么事让他着急了。

我们围着小方桌坐下，严半仙看着阿卡讲，在这里，就我们3人，你用不着装，我有件事需要你帮忙。

阿卡摊开双手：我能帮上你什么忙呀。

让你别装你还装，有件事，我有点着急了，还是那幅米芾的字，我今天叫人去提醒严有新，要他讲话算话，给我看字，他讲，字被人家借走了，等拿回来再给我看。随后，又有人来说，严有新正在找下家，要把字卖掉。严有新是个什么事情都做得出的人，要是不抓紧把事情办妥，心里不安宁。

我正想开口，阿卡估计我很难说话，就把话抢了：那你觉得该怎么做?

还真想不出好办法，原想找人去买字，先看看字是不是我家的。

如果是你家的怎么办？我说话的时候，阿卡瞪了我一眼，意思叫我别开口，免得打岔。

是我家的就拿回来。

拿不回来的，阿卡对着严半仙直摆手：严有新是个无赖，但他爱面子，如果他心不甘情不愿，让你知道字是你的，他宁可当面把那幅字给撕了，也不愿意还你。

那怎么办？严半仙要保证那幅字的完好无损，有些着急，讲话也不利落。他对别人，弄得雪清，羊是羊，银子是银子，碰上自己的事，就不一样了。

再着急也没用，你现在什么都不要做，更不要找人去买字，装作没事最好。阿卡掸掸衣服：这件事，就让我来处理好了，至于我怎么做，你别问，从今天开始不再催促我们，行不行?

晓得了，求之不得呀，听你的口气，我是小瞧你了。严半仙脸上见笑，拍了下手，站起来讲，要是你们把我这件事解决了，我唱道情给你们听，你们肯定没有听到过。阿卡乐了：要不先唱给我们听听？严半仙讲，道具不行，毛竹道情筒前面的猪油皮破了，长竹夹也被孙子玩儿丢了，都得补齐以后才能唱。

既然这样，无论真假，我们不勉强他。从严半仙家出来，阿卡急于去三杯亭。此时，我心里明白，阿卡在严半仙面前把事揽走，都是为了我，省得严半仙老向我提这件事，我又无能为力。阿卡建议我现在就去严有新家，把银子的事情和他说清楚。

也凑巧，严有新耷着脑袋在家门口太阳下睡觉，听我叫他，拿手挡在额前遮阳光，歪着头，睁一只眼看我，他见了我非常客气，几乎和我同时问，他问我夜饭食了没？我问他五更饭食了没？问完，我一愣，明显对不上，是严有新错了，五更饭食过不久，怎么就跳到夜饭去了。他说，食过了，食过了。我也说，食过了，食过了。严有新看上去有点难为情，说，刚才睡熟了，正在做食夜饭的梦，看见你，脑子还没清醒过来，就问你夜饭食了没。我说，没事的，就是你在做食半夜点心的梦，问我半夜点心食过没，也不要紧，我不也是说食过了，食过了吗？要错，咱们俩人都错。他说，难为情了，让你陪我错。他连忙端凳子，拿出黑瓦壶给我倒水。我见他情绪还好，喝口水便说，有件事要告诉你，羊的银子，按你说的付。我没说完，他就抱拳说谢谢！我说，银子不给你，我们直接给严有根。

那不妥当，你不给我银子，我怎么买羊还他。

羊不用你买，免得麻烦，直接把银子给严有根，让他自己去买，省得他说羊大羊小。

严有新叹口气说，要是这样的话，你用不着给这么多银子，给他一半就够了，我原来心里有个小九九，还想赚点银子，你这么一弄，把我的财路堵了，把银子给严有根，我连米汤都喝不到。

还说你米汤都喝不到，你不想想你吃了多少羊肉。

要是早晓得，我宁可要银子不要羊肉。

两回事，不能搭在一起说。我告诉你，我给严有根多少银子你不用管，从今以后，羊的事情就了结了。另外，我给你一个锦囊妙计，你酿酒不赚钱，可以考虑转行，酒呢，不要做了，改做茴香豆，也许会赚钱。

使不得，使不得！你怎么会给我出这样臭烘烘的计策，还锦囊妙计，不要以为自己很聪明，我告诉你，我只会酿酒，不会做什么乱七八糟的茴香豆，我连自己会的酿酒都不赚钱，做茴香豆更不行！

能赚钱也不做？

赚钱谈何容易，就几颗茴香豆能赚钱？

咱们商量一下，这样好不好，茴香豆我会做，我教你，要是赚钱了，归你。要是赔了，归我。

天下还有这样的好事情，没有蒙我吧，说话要算数的。

放心吧，肯定算数。

那我还是不放心，要在纸上写下来，还要按手印，不能反悔。

没问题，都听你的。

那你要先交30两银子的押金，这样我才放心。

你过分了，好坏都搞不清楚，我是在帮你！

口说无凭，你也不是不知道，我就是个小人，我只认银子不认人。

要是你不乐意，那就算了，我自己做。

那就谢天谢地了，以后，你千万不要用锦囊妙计来哄我，你说要帮我，不是这样帮的，你越帮，我越乱，拜托了，我叫你一声大爷好不好，求你别来烦我，我总算看清楚了，要想在你这里捡一点外快，难于上青天，明明说好40两银子，又变卦了，放着正道不走，要走这样的歪门，亏你想得出来。

你没良心了，我用40两银子买你3斤酒，就是变相帮助你，如果我不出这些银子，得你自己出，我帮你出银子还怪我。

唉，你知道吗，你这样出银子的方法有问题，按照原来的想法，先把银子给我，由我给严有根，堂堂正正的，也好让我有点外快，否则，我给你酒，我却一点好处也没有。

我帮你支付羊的银子，就是帮助你。

银子全都到了严有根的手里，其实，你根本不用这么帮严有根，他是个坏人，人家倒霉，他幸灾乐祸，还下黑手。说出来也不怕你见笑，那年我老婆跑了，我好面子，想让人家感觉到，我没有老婆也过好日子，在门后挂块火腿皮，出门的时候在嘴上擦一下，让人看到油光光的好体面，结果严有根偷偷在火腿皮上涂上墨，我擦上出门，村里人见了都朝我指指点点，害我出大洋相。我都已经这样了，他还这样！我现在连自己脸皮都不要了，告诉你这件事，是想让你知道，你把银子给严有根是错的！你要帮运气好的人，更应该帮我这样运气差的人。

他的话说得我直摇头，谁不知道，他的所有问题就出在算进不算出，这样的人，不可能有好运气，难怪他老婆跑了。我和他说，你想运气好，不要老想着自己，要想别人。比如你老婆，为什么跑了？严有新听我提到他老婆，把脸拉下来，火了，他说，你是不是猪呀，我老婆为什么跑，你问我，我哪知道，得去问我老婆。我和你真的没话好说，请你不要来烦我、害我，特别是做茴香豆。

说心里话，我真不想和严有新有瓜葛，他自己一路，难沟通。吃晚饭的时候，我把和严有新对接的事情跟阿卡说了。阿卡喝着菜汤，看我一眼：这样的结果出乎意料，你都说到这个程度了，他还不乐意，我想这样也好，我们自己先做，做好了再给他。

我糊涂了，说，为什么一定要给他呢？这样做没有道理呀。

是非面前要讲道理，有些地方要讲情，比如在家里。

严有新是无赖，不是家人。

不是家人，可以把他当成家人看呀，解决好米芾的字，还是要靠他的。

有关系吗？

有关系！我们得让他明白，我们是诚心帮他的，他心情顺畅了，事情做起来就顺畅，我也好办事。

你想用这样的方法来解决米芾的字，不可能，他不会和你讲情，原因是他没有。

那也得试一试，字的事，你就别管了，我会弄好的。有件事，你得帮我一下，说好要带学生去看景点，到时候，我会叫严有新去带路，你去我留下，便于去严有新家里遛遛。

行吗？

行！做这种事，我驾轻就熟，小时候，在街上混，要不到东西只能去偷，要不只能饿死，最难偷的都是我去的，这样和你说吧，反正别人家里的东西和身上的东西，和在我家里我身上没多大区别。

我知道的，你以前偷过袁婉柔家的祖传金佛。

是啊，但你肯定不知道，在东门街口，有个施粥铺，是我开的。那时，我经常做些劫富济贫的事。我就是为了施粥铺，去袁姐家偷金佛，那金佛很难找，只知道她家有金佛，但不知藏在哪里，结果在地下室下面还有个地下室，在那里被我找到。后来，袁姐救了我的命，还收留我，觉得很对不住她，是我自己和她说的，到那时为止，她家里还不知道金佛没有了。袁姐和我说，你能说出来就好，金佛没了就没了，不要紧的。袁姐这样说，我很后悔把金佛拿走。还好，卞家没有把金佛卖掉，我便拿回来归还原处。从此以后，我再也没有乱拿东西。但是，对邪门的人就要用邪门的办法去对付。

你这样做，要是被发现，岂不前功尽弃。

不用担心，退一万步说，就是发现了，我一个瞎子，什么都看不见，走错门很正常，还能拿什么东西？再说，咱们是做正当的事。

你有把握？

放心吧，但你要给我一整天时间，尽量带他们多看几个景点，时间拖得越久越好。阿卡这样说，肯定有自己的安排，我知道该怎么做。晚饭后，我和阿卡同去严有根家，把 40 两银子给他。这让严有根吃惊不小，他说用不着这么多银子。我告诉他说，原来这些银子要给严有新的，严半仙提出还不如直接给你好。严有根听了，向我们鞠躬，说，那我明白了，恭敬不如从命，银子我全收下。

从严有根家出来，我和阿卡去看在建的琴堂，刚动工的时候，村里人有提防，对 6 只大缸不理解，和他们说是盖琴堂用的，他们不信，盖琴堂用得着这么大的缸，分明是要建很大的酒作坊，与他们抢生意。一直到把 6 只大缸埋进地里，告诉他们还要在上面铺木地板，这些缸是用来增强抚琴声音效果的，他们才松口气。

4

看完琴堂，在回客栈的路上碰到笑眯眯的严有根，估计是拿到了银子偷着乐。我问他去了哪里。他说去了严半仙那里。

去谢他了？

是，你给我这么多银子，哪好意思都留，我拿一些给严半仙。

啊。严半仙收了吗？

收了。

收了多少？

20 两。

哎，我再问你，上次我用 60 两银子买你的破倒屋基，他给了你多少？

3 两。

3 两？

奇怪吗？破倒屋基就值这个钱，能拿到 3 两银子已经很满足了。严有根耸着肩得意地说。

我气不打一处来，忍不住骂道，严半仙是个鬼东西。

什么？你说严半仙是鬼东西？严有根把手摆得和拨浪鼓似的问。

难道不是吗？阿卡把我拉开，我随即要去严半仙那儿问个清楚。阿卡把我拦下：咱们不急，再想想，或许还有隐情，我和他接触下来，感觉他不坏。我接过阿卡的话说，这样的人还不坏，那世上就没有坏人了，他这种坏，是坏到骨子里去的。想想我们进村后，严半仙所做的事情，是不是都围绕着自己的利益在谋划，最大得益者就是他，他满脑子计谋，有这个本事和你绕圈子，把我们当工具使，绕来绕去把银子绕进去，接下去还要把字绕进去，你看，我们到村里，付出100两银子，破倒屋基并不是他的，羊也不是他的，结果77两银子去了他那儿，比严有根拿得还多，真是不择手段，唯利是图，你说这种人可怕不可怕，还好他没当官，要是他当了官，不知会有多少人吃苦头，他绕来绕去，把城门都会绕到他家去。阿卡好像比我想得开：你用不着这么激动，可能事情不是你想的那样，用不着急于去找他，还是静下心来多想想才是，也许能够想明白。

最终，我还是听了阿卡的劝阻，没有立马去找严半仙。回到客栈，阿卡主动提出让我继续品酴醾酒，我明白其中的意思，让我借酒消愁。我品酒的时候，听见“呱啦啦”的声音，知道是严有球，他进来边转着手里的核桃边笑嘻嘻地问我，这些酴醾酒如何？

我说，已经品过一些酴醾酒了，都还不错，好像缺了“蓝氏花”。严有球吃惊地问，你喝过“蓝氏花”？我说到了村里没喝，几年前喝过。严有球搓搓脸说，不好意思，“蓝氏花”被我喝完了，下次补上。我现在自己喝的都是“蓝氏花”，就好这一口。严有球告诉我，村里的酴醾酒有3种酿法，分别是浸泡、初酿和重酿。他不酿酒，但对村里的酒了如指掌，这家的，那家的，味道如何，都能说出些道道来。我让他看正在喝的酒，问他这酒如何？他凑近看了一眼，反问我觉得怎么样？

不错，酸得爽口。

对了，这家酒作坊的酒，妙就妙在卧浆上。

卧浆，我知道，就是酸浆水，用来浸米的，早时候酿酒要用，现在好像都不用了，我舅舅是开酒作坊的，他就没有用。

是，按老法说，酿酒最要紧的是浆，浆要是不酸，不可酿酒，酿酒以浆为祖。老话说，“看米不如看曲，看曲不如看酒，看酒不如看浆”。可是，现在有些人喝酒不喜欢酸，有的就不用了。他这家一直沿续下来，尽管卖得贵点，还是有些人喜欢。

对呀，我就喜欢。哎，我请教你，做卧浆，难不难？

怎么说呢，说难也难，说不难也不难。我看过他们做卧浆，做卧浆，最好在三伏天，用小麦煮成粥，入瓮发酵，瓮口白天不需盖实，但是晚上必须盖实，等浆发酸了，才能用。

要是三伏天做卧浆，做不了这么多，不够用还有其他办法吗？

办法多了，我看他们做过，用浸过米的浆，重新加水，加葱，加胡椒合煎，这种浆，只能在寒天用，使用的量要恰当，多了容易发臭。我还见过一种做法，如果要临时调做卧浆，就用醋加水，加葱，加胡椒合煎，也能用，但差点。卧浆的事，我说不清楚，你要是想看看，我陪你去，我晓得有谁还在使用卧浆酿酒。

是想去看看，我对酿酒有兴趣。

你是喝酒佬，当然会有兴趣。我和你说，今天对不住，缺了“蓝氏花”，我明天就去拿。

不用了，我自己会去。

真的不用？那我就不好意思了。

不好意思的是我，就不该提“蓝氏花”。

也好，你对酿酒有兴趣，就应该去看看“蓝氏花”，反正严欣欣跟着你学琴，要不是这样，她家的门还不好进。

你去过吗？

我当然去过，她家我直进直出，我也不酿酒，没有好忌讳的。哎，我在她家还听见严欣欣弹琴，弹得真好听。

这时，阿卡突然进屋来，告诉严有球，说好像有人在找他，把他给支开去。我听“呱啦啦”的声音远去，对阿卡说，我们聊得好好的，你为什么让他走啊。阿卡闭起一只眼，神秘地笑笑：我刚才就在门口，听他说到严欣欣，我就进来打岔，不想他再说，他再往下说，你会为难的。阿卡怕我听不明白，就把大概情况和我说了。原来严有球已有两个妾，小妾刚 17 岁，细腰柔如柳枝，在戏班子里唱戏，去年过年来村里唱戏，被严有球看中留下来，她戏唱得好，在台上口齿清楚，还顺畅，严有球很是欢喜，但她有个毛病，下了台，就闭口不说话，严有球和她说话，她只用大眼睛看着，微微笑，不作应答，严有球以为是听不懂或是害羞，没有在意，等把她娶进门，开口说话的时候，才发现她口吃得厉害，听她说话的人，没有一个不着急的，好在严有球没有嫌弃她，不方便开口说话就少开口。听说严有球有了新想法，今年想再找个不口吃的，能够说上话的人，好像在关注严欣欣。听阿卡这么一说，我倒为严欣欣感到担心。

严有球是个怪人，村里人都知道他花心，却没人说他不好，严半仙在村里总算有权威了，但说他不好的人不是一个两个，严有球就不一样，大都说他好。说他有菩萨心肠，村里的田赋都是他代交的，有钱的还给他，手头紧的不还也没事，他从来不提，和他没有出过钱一样。他平时经常在酒作坊里转，谁家需要钱，随时会提供帮助，村里人把他当财神。

严半仙和严有球走得近，阿卡告诉我，曾和严半仙提起严有球喜欢严欣欣的事，毕竟严有球的年纪比严欣欣的阿爸姆妈要大，说他们不合适。没想到严半仙讲，现在八字还没有一撇，你不要太在意，这种事由不得你我，反正不是偷鸡摸狗，严有球明媒正娶，他有本事，就是再娶十个八个也随他去，你别看他有三房，但他连个说话的人都没有，你相信不相信，每家都有难念的经，我给你讲也没事，他的大房，要和他讲事，讲得都是埋怨的话，严有球不想听。二房自从来了三房，什么话都不和他讲，三房呢，口吃这么厉害，想讲也讲不出，你想想看，他要找个能讲讲话的人，不过分吧。我和严半仙说，他找人说话不过分，找严欣欣有点过分，严欣欣还小。严半仙讲，小不是借口，她也不小了，这就要看严有球的造化了，这种事，不用咱们劳心。

听阿卡这么说，我明白了。严有球今天来，是有目的的，就是想和我套近乎，让我帮帮他。我觉得严有球的这种想法，和爬天空一样，太阳不可能从西面出来，严欣欣正是花样年纪，方圆十里有名，他儿子严天赋那么喜欢她，她都看不上，岂能看上严有球？对严有球，村里有许多人同情他，我也听到过，他娶了小妾，对他家来说，是件伤筋动骨的事。一妻一妾的时候，和睦相处，日子过得有滋有味，小妾来了后，打破了原有的平静和有序，没有了说话的人，连药丸都没人做了，原来，妻妾两个人做药丸，有头有道，严有球把药熬好，由她们搓成丸，包上棉纸，外头封蜡，盖上“严记”印，简简单单的活，变得不简单了，现在，她们懒得做，小妾不会做，只有干瞪眼。严有球没办法，还得雇外人来做。严有球家里有了一本难念的经，这本经是“心”经，不念好，心里不痛快，家里即使有金山银山又有什么用，带不来和睦快活。现在的严有球，好像走进了溪边的竹篷，难找到北，再娶一个，是没有办法的办法，结果会怎样呢，以前平静有序的日子还会回来吗？我为严有球感到惋惜，心里想，要是他没有娶小妾该多好，这样想着，我不知不觉地睡着了。

一觉醒来，天已大亮，阿卡已经坐在床边：也该醒醒了，昨晚，一直听你呼呼地睡，我几乎没有合眼，想了一宿，觉得还是和你说明白为好，这段时间，我和严半仙接触下来，觉得他并没有坏心思，你不必把他往坏里想。接着给我讲起严半仙请我品酒的事。

那天，阿卡发现有两个白脸人神情可疑，拿着画像比对找人，一看，上面的名字是郭富望，便着急了，跑去古道口，见有几个白脸人守着，阿卡知道他们要来抓人了，无奈之下，只有去找严半仙帮忙，严半仙想出了品酒的办法让我喝醉，避开风头，直到确认这班人走了，才把门锁打开。严半仙还和阿卡说，这件事先不要告诉我，免得我担心。我明白了，原来严半仙说我审过案，当过官是阿卡和他说的。我问阿卡，你装瞎子也是你告诉他的？阿卡说，这些事情我一点都没说，是他看出来的，怪我破绽太明显，不过，严半仙的眼睛很毒，说你的时候，我说了前半句，他听我说话支支吾吾的，就把后半句接上来了。这件事，还真亏得严半仙出招相助，他让人去客栈给白脸人下了药。阿卡说到下药，我不禁想起那次品酒，问阿卡，我是不是也被下药了？阿卡说，没有给你下药，问题出在第二坛酒，听说那种酒和其他酒混喝能提高酒劲。你喝迷糊后，铁莲夸你酒量不错，人家喝一口就迷糊了，你还能喝半碗，不愧叫酒鬼。另外还有，是你自己帮了你自己，画像上的人，是你找的那个替身，前额有条疤，他们的关注点就在前额的长疤上，我估计画师有意画他不画你。你主持公道，大家心里有数，在暗地里帮助你。严半仙也同样，我给他托底求助，他讲你是好人，叫我放心！他提醒我去找到你，先把你稳住，他会差人来和我接头，引咱们去他家躲避。

这件事，之前我一无所知。我说，严半仙帮助我，是好心。

但是，桥归桥，路归路，两码事，他把银子绕到他腰包里去，道理不正。

不过，听了阿卡的话，尽管我嘴上这么说，但心还是软了，淡了心里对严半仙的怨气，不再想马上去找他理论，确实，我也没有那么多的闲工夫，到现在，做茴香豆的事还悬着。

依阿卡的意思，严有新不愿做茴香豆，要找个人先做起来，等做好了，严有新想做，再转给他。阿卡见我发愣的模样，知道我不理解，便向我解释，我这么做，目的是要帮助他，或许你不明白，我是经历过的，像严有新这样的人，很需要有人拉一把，比如我，要不是袁姐收留，说不定我现在就是江湖大盗。如果严有新能明白我们的用心，或许会重新做人。

我对阿卡的想法不抱希望，严有新是一路走到黑的人，既然阿卡把让严有新做茴香豆看得如此重要，我只好按照阿卡的想法去找人，先把茴香豆做起来。我首先想到严有根，和他接触较多，了解他的为人，做事好商量，不会斤斤计较。结果和他一提，严有根用奇怪的眼光看着我，看得我身上的汗毛都竖起来，他不停地用手摸着光头，过了好一会儿，一副勉强的样子，说愿意先把茴香豆做起来。我知道此事让他很为难，说会给他银子补偿。他说不用，已经灵清，愿意帮助狗屁倒灶的严有新。他把“狗屁倒灶”这几个字说得特别重。我说，让你这样做，委屈你了，在村里，没有听到一个人说他好，到底是为了啥？

村里人都晓得他，怎么会说他好，他这个人吧，不爱干能够说给别人听的事，老爱干不能说给别人听的事。他以前不是这样的，有了相好后，人就变了。他的相好是邻村人，30 岁还没嫁出去，我不晓得她叫什么名字，只晓得别人都叫她“猫”，严有新都是被她带坏的。老话说，老公老婆一条心，黄泥都能变成金。他不和老婆一条心，倒和“猫”变成一条心。那时，严有新老婆还在，“猫”经常去他家赊酒，她把酒拿到自己村里卖，卖掉后，也不给钱，还是继续到他家赊酒，次数多了，严有新的老婆向“猫”讨钱，“猫”说已经给严有新了，严有新和“猫”做过说不出口的事情，有苦说不出，“猫”是他们村里有名的破菜篮，不要脸皮，什么事都敢做，村里有人看见严有新和“猫”从溪滩的竹篷里钻出来。有一次，我知道严有新老婆肚子不爽快，还痛，看见严有新，我把一个刚刚煮好的羊肚用老荷叶包好，要他带回去给他老婆，夜饭好食，后来，碰到严有新老婆，她是我表妹，从小就跟我一起玩儿，我也多仔细，问她羊肚是不是还硬，要是硬的话，可以切成丝，加点姜再炖，这样暖肚。表妹听不明白，她说没看见过什么羊肚。我当时就在肚子里喊不好，我瞎蒙都晓得，严有新没有把羊肚拿回家，这下啰唆事来了，表妹现在已经晓得，我有羊肚给严有新，要他带回去给她食。还好我灵清，猜到严有新把羊肚拿去和“猫”同食了，就赶去溪滩竹篷，果真他俩躲在里面，拿柴刀割羊肚下酒，羊肚已经被他们食的差不多了，只剩下一小块，我连忙把荷叶包上，拉着严有新出来，和他讲了碰到他老婆的事。严有新责怪我多嘴，要我抓紧补上。我已经没法补了，就是立马杀羊都来不及。没办法，只能拿着一小块羊肚给我表妹。严有新还一定要拉上我，意思是让表妹晓得，我给严有新的就是这么一小块，我表妹看见这样小的一块羊肚，就把羊肚推到一边去，她没嫌羊肚小，只说，你家好一点的荷叶也没有？我猜她心里肯定在怪我，还表哥呢，还对我好呢，这么小气，连张荷叶都是七孔八洞的。她怎么可能晓得，这一小块羊肚，也是我从他们嘴里夺回来的，荷叶就更不用说了，我当时还真挑过，挑了张顶好的，没想到会被他们弄成这样，比老鼠咬过还不如，搞得我在表妹面前没有面子，难为情死了。我只好对她说，你先食点试试，要是好的话，我下次再送过来。严有新不入调，马上接嘴问我，下次是什么时候，明天？弄得我里面外面都不好做人。表妹嫌我小气，严有新嫌我多事，连我自己也嫌自己没脑子，为什么要给严有新去做挡箭牌，我又不是替死鬼。为了那个羊肚，想想我表妹可怜，还真的在第二天又杀了一只羊，把羊肚送到他家，交到表妹手里，严有新晓得我对表妹好，从小就喜欢她，他就故意说，你杀了一只羊，羊腿也不带只过来。他这么说，想想也是对的，带只羊腿给表妹，可能会让她快活一点，当时没想到，脑子糊里糊涂的，回去拿，也不对头，即使拿来也不讨好。我原来想，有过羊肚的事情，严有新应该多多为我表妹着想，可是他没有，好像被灌了迷魂汤，三天两头和“猫”在一起。我为了表妹，还去“猫”家找严有新，她家一进去，就闻到臭味，那个八仙桌上乱七八糟的，香的臭的，什么东西都往上摆，我就搞不灵清了，“猫”和我表妹根本都不好比，我表妹穿土布都是清清爽爽的。“猫”穿绸缎都是脏兮兮的，衣襟上可以刮下油来，人又懒，懒得要出虫，鞋子乱丢乱穿，几乎没有穿同一双的，鞋后跟也懒得拔起来，总是穿半只鞋，严有新也不是不知道，这个臭蛋，像被鬼迷了一样，被“猫”牵着走，“猫”的胆子也越来越大，不停地在严有新家赊酒，把严有新家的酒看成了自家的酒一样，随来随拿，表妹向她讨钱，每次都说已经给了严有新。表妹感到不对劲，有一次，看她又拉着独轮车来拿酒，就和“猫”说，你不给钱就不给酒。“猫”拿不到酒，你晓得后面会出什么怪事？我不说，你想破脑袋都想不到，“猫”在表妹那里没有拿到酒，严有新晓得了，瞒着我表妹，偷偷担了两坛酒过去。结果把我表妹气得半死。说“猫”太坏了，拿他们家的酒，还拿他们家的人。她受不了，就跑了。为这事，我和严有新翻脸了，他也太不把我表妹当人看了，当时真想给他一脚头，把他踢到十万八千里外去。

严有根的这番话，听得我气愤，气不打一处来，感到严有新这个人不是东西。我说，要是碰上我，我也会给他一脚头，踢得比你更远。我这么说，是给严有根出气。严有根又接着说，这些事，我说给严半仙听过，他听了也生气，找过严有新，给他提个醒，叫他不要和“猫”勾搭在一起，离她远点。结果这个不入调的严有新，把严半仙和他讲的话告诉了“猫”，当天夜里就有人向严半仙的屋顶丢石头。严有新的脑子已经坏掉，被“猫”搞得神魂颠倒，吃尽了“猫”的苦头。原以为，老婆跑了，“猫”会来和他过日子。没想到严有新自己酿的酒，不好喝，“猫”拿去卖，没人要，就不再来了。严有新厚着脸皮去过几次，都被她赶出来。这时候，严有新才晓得，家被“猫”搞破了，气得去上吊，绳都挂上了孤松，恰逢雷阵雨，让他惊醒过来，有人看见，他被雨淋成了落汤鸡，手里拿着上吊用的绳子，弓着身子回家，让人感到可怜。就这样一个招人恨的人，再可怜，都不会有人愿意帮他，如果就对严有新，说实话，他这样对待我表妹，我只想一巴掌劈死他，绝对不愿意帮他，我一百个不愿意，一千个不愿意，一万个不愿意，但是想想严菁华，她实在太苦了，哪个孩子离得开姆妈，哪个姆妈舍得离开孩子，要是没有天大的委屈，会离开吗？事到如今，她姆妈还不晓得是死是活，阿爸又是这么个臭蛋，我看在严菁华的面上，不忍心不帮他。

严有根说完，我心里出现了一道坎，这道坎，连我自己都难跨过去。严有根愿意帮严有新，我不愿意了，这种人，畜生不如，根本不值得帮，村里这么多人，帮谁不好，唯独要帮严有新。我的脸涨得通红，叫严有根不要帮严有新的话，含在嘴边，稍张嘴就出去了，最终，还是被我逼回去。想着阿卡的坚持，想着严有根已经愿意帮助严有新，要是再退回去，估计村里没有人会这样帮严有新，茴香豆的事肯定就泡汤了。我慢慢让自己的心情平静下来，想想严有根，将心比心，他能这样做，很不容易，换成我还做不到。他有这般好心，帮我了了一个心事，说明我没有看错严有根。我把严有根愿意帮忙的事告诉阿卡，阿卡手舞足蹈起来，叫我马上列出清单，好去镇上买。我在纸上写了：新鲜蚕豆，大小茴香，辣椒干，桂皮，酱油，盐，糖，茶油。

阿卡把这些东西买回来的时候，日头还没下山。没想到比我回的还早，我带大家去看景，走得筋疲力尽。一路上，见学生兴致高，严有新也开心，感觉值得。阿卡坐在床沿，显得有些得意：我和你说，今天在严有新家的梁上，找到了米芾的那幅字。阿卡叫我放心，对于那幅字的下落，先不告诉我，免得万一出现纰漏说不清楚。我对阿卡，一百个放心，觉得这样挺好。

在古道西岭，最惬意的是夜晚，月亮含着笑，星星点着灯，清风扫着地。阿卡今天取米芾的字得手，兴奋劲儿不退，抱琴拉我去望月，说，今晚月儿圆，咱们去抚琴，你抚琴我打谱。我捂住阿卡的嘴说，别乱说，瞎子怎么能看见月儿圆。阿卡做个鬼脸：知道了，你在前面带我走。

俩人披着月光，来到三杯亭旁的孤松下，这棵松从岩石里斜着崩出来，树干被挤得弯曲，苍劲有力。我俩对坐着，我问阿卡，你那天怎么会把《幽兰》抚得那样费劲?

你都看出来了，是不是觉得我很反常，为什么我不让你抚琴。你不知道，严天赋使坏，他那天第一个到，我到的时候，看见他用碎碗片在琴底下割弦，反正在他眼里我就是个瞎子，他一点不忌讳，割了 1 弦又割 2 弦，这样割过的弦，不能抚，一抚就容易断。所以我没让你抚，我呢，知了根底，抚琴的时候要避开 1 弦和 2 弦，只靠其他 5 根弦，所以费劲。

听阿卡说后，我清楚了，说，看来这个严天赋还是抗拒学琴。

没事的，他弄来弄去就这么几招，过去就好了。那天晚上我没有想到，他把琴弦换了，我看过他的琴，很不容易的，他把雁足上所有弦都松开了，重新上了一遍。令我开心的是，他还把音调好了，在 3 个学生中，我估计只有他能够把音调到这个程度。从这点看，严天赋对学琴是有天赋的。

这是个好现象，这个人你多费点心，我选他的目的并不是完全为了免吃住和酴醾酒。

知道你的用心，想通过他学琴看古琴的魅力。

我们又想到了一起。

那是，能和你想到一起的人，除了袁姐就是我了。

牛吹大了，不过，我不否认。

嘻嘻，否认也没用。哎，先生，你看，月亮在看着你，来，抚一曲。我整整衣服，叫阿卡点上香，琴放置膝上，眼望明月，抚了一曲。

听得阿卡满眼含泪：此曲生情!

你听到了什么?

是在想袁姐了吧，阿卡停顿了好一会儿，作思考状：此曲的名字我都想好了，叫“寄月”，我用正调，明天就把谱打好给你。要是袁姐能听到此曲，不知道会怎样。阿卡突然变得吞吞吐吐：有件事，几次想问你，都没有问出口，今天皓月当空，袁姐也在上面听着，我想问你，我这个人怎么样？

挺好的！

真心话？

真心话！

那你没有表现。阿卡看我一眼说。我顺手摘了朵小野花递过去。阿卡拿到花，用两指捻，让小野花转起来，并不见开心，说了句，花正时，无人问。

什么意思？

难道你不知道？

我真不知道。

那你得好好琢磨琢磨。听见没有，好好琢磨。阿卡的口气有些不一样,我知道是不开心了。我连忙说,我琢磨,一定琢磨！

阿卡起身回去，一路上闷声不响，走到半路，偏过头来，“唉”了一声，想吓唬我。阿卡的一声“唉”没有吓着我，倒是铁莲，在背后叫了声“吹落月”，把我吓了一大跳。还好我反应快，叫阿卡别回头，要是回头就露馅了。铁莲追上前来说，你们出去玩儿了，以后出去，把我也带上，公公老说我粗鲁，要是我也抱琴出去，看他还敢说我不？她陪我们到了客栈，关上房门说，你们听说了没有，严有新又偷了严有根的一只羊。我公公要我给你捎口信，建议按照原来偷一赔二的方法处理。我还没有反应过来，她已经溜了。

严有新是个可恨之人，不知他到底要折腾到什么时候才肯罢休，我感到进了他们的圈套，他们联手做羊的文章，从中得好处。我把整个事情连起来看，结果是我出银子，严有新吃肉，严有根和严半仙收银子。眼下，还要再来一次偷一赔二，他们三人又可得到好处，我不甘心。阿卡说，能用银子解决的事情就用银子来解决好了，在严有新那里，你不可能拿到银子，大不了再出 4 两。对于银子，你不用发愁，袁姐给了我很多，够用。要是我们出这点小钱，能买个顺畅，比什么都划算。

我不是小气的人，要不，我也不会出那些银子。但不是这个道理，感觉被人欺负了。特别是严半仙那个老滑头，说起来高尚，做起来卑鄙。只有他能想出再来一遍偷一赔二。我找到严有新，他当着我的面，破口大骂严有根没良心，要不是他这样辛辛苦苦去偷羊，还谈了这么高的赔偿价，严有根不可能得到这么多银子，这家伙就是个白眼狼，不懂得感谢。严有根曾从他家门口走过，连句话都没有。他是在忍无可忍的情况下，才去再次偷羊，按道理，严有根应该自觉地给他送羊，多的不说，一只总应该要的吧，但他没动静，只有他自己去拿，否则心里过不去。严有新说得理直气壮，但他不想想，他偷羊，让我多委屈呀。现在变成了，他偷羊，我付钱。而且他还不念我的好，怪我老是与他过不去。还说我不理解他，不知道他有多苦，运气有多差。好处都被别人拿走，好像所有人都对不住他，就连用来酿酒的糯米也对不住他，说前些年，米价疯涨，最高到了 5 两银子一石米，这样高的成本，伤了他元气，尽管现在回落到 2 两银子里头，家底厚的酒作坊能把气缓过来，可他家底薄，一蹶不振，是个“黄连树上挂猪胆——苦上加苦”的人。他老说自己运气差，只怪别人，还说我没有善心，不同情他。我问他，怎么才能算有善心。他说，很简单，给银子，把银子给我，再由我把银子给严有根。我说，我给严有根的银子，并不是全部落入他的口袋，他还给了严半仙。

他给严半仙是应该的。

你是不是也有银子给严半仙？

我哪有银子呀，要是有，我肯定也会给他。严有新说得轻松，我听起来并不轻松，好像把银子给严有根不应该，反而给严半仙是应该的，要是他有银子，也会给严半仙。我想，这里的人被严半仙换脑了，都想屁颠屁颠地给他送银子。我和严有新讲清楚，这次的银子，我按原来的价钱，原来的办法支付，希望他以后不要再偷羊，要是再偷羊，我不会再顾及他的脸面，只能告诉严菁华、告诉村里人，说严有新老是偷羊，是个偷羊贼。我说的话起作用了，严有新是个好面子的人，他自己也说，他好面子，可面子不好他。像严有新这样的人，什么事情都围着自己想，他偷羊，我应该替他瞒着，不替他瞒着，就是没有善心。我趁机敲打他说，你答应严半仙的事情，要做到的！

我答应严半仙什么了，我什么都没有答应过。

你答应给他看米芾那幅字。

不可能的，他做梦去吧，以为我是呆子，你看他的心有多凶，一门心思想把我的字抢走。听严有新的口气，他只是嘴上答应，心里根本没有想给严半仙看字，我说，你说话得算数，你答应给严半仙看字的时候我都在场。严有新一声冷笑，说，你在场有啥了不起，让你当个调解人，尾巴就触到天空顶了，你不要成为严半仙的狗，跟在他屁股后面乱跑乱叫。

你说话老不算数。我话没说完，严有新就接上来说，我哪里老不算数了。我说，你和别人立字据了，都不算数。

你晓得我和谁立字据，立了什么字据？

不晓得。

不晓得就少放屁，这样的字据碰到谁都不会算数。你不晓得，我告诉你，和我立字据的是严有根，他不是人，脸皮比粪缸板还厚，我说给你听。他一脸怒气，把和严有根立字据的事情说给我听，“哩哩啦啦”说了一大堆，我理了理，大概意思是这样的：他和严有根从小就开始一起玩儿，成了打铁不离火星的朋友，村里人都晓得他俩顶要好，好到恨不得穿一条裤子，还说不仅他们要好，讨了老婆后，下一代也要好，要是有儿有女，就结为亲家。要是一人没讨老婆，一人讨了老婆，生了女儿，这个女儿长大后，就要嫁给没讨老婆的人当老婆。当时想想，这些都是不可能的事情，闹着玩儿，就把字据立了，还按了手印。之后，严有根铁了心和他作对，他老婆是严有根的表妹，严有根一直喜欢她，好在他年纪比严有根大，懂事早，就娶了他表妹，听说严有根心痛了，哭了一整天，好像身上被人咬了一块肉。从那开始，严有根就使脸色给他看，因为有字据在手，就是不肯讨老婆。他又不凑巧，偏偏生了女儿。严有根天天放羊，等着他的女儿长大。严有新还责怪严有根只顾自己舒服，不顾别人。你看他一个光头泡，头不用洗，辫不用梳，多舒服，但别人不舒服，他走出去，也不晓得在头上包块布。

为什么要包布？

你看他那个头，你应该看到过，羊肉吃多了，油光锃亮的，在太阳下反着光哩，刺别人的眼睛，我就被他刺到过，眼睛比吹进胡椒粉还难受，我现在只要看见他那个光头，就会感觉到眼睛里有胡椒粉，说到底，他就是没有把村里人当人，光着个头，在村里乱撒胡椒粉。

我笑笑不接他的话茬。严有新还告诉我，有次严有根提起字据的事，严有新叫他把头发长长好，再来说。严有根还和他狡辩，说字据里没有立头发的事，谁能保证自己以后不是光头，光头和娶亲没有关系。严有新急了，托媒婆给严有根找老婆，找来个寡妇，人长得标致，严有根说不要二婚的。像严有根这个年纪，能有二婚就上上签了，还不满足。那个寡妇严有新也喜欢，老婆跑了后想找一个，结果那个寡妇说，她要找头婚的。寡妇的事情没成，不晓得从哪里漏了风，村里人在传，严有新想娶寡妇，寡妇不肯，失了他的面子。后来，严有新又托媒婆给严有根讲了个头婚的，严有根嫌那女的年纪比自己大，又不要。严有新说他一个光头泡，还挑来挑去，以为自己是皇帝呀，这样的人，这样的事，要被城隍老爷知道，都会被他给气死。

严有新看我听得认真，问我说，要是你碰上这种事情，你会算数吗？

我说，我不会碰上这种事。严有新听我没有态度，说，我跟你说这么多，总想你评个对错，不料你，屁都不肯放，说起来还是村里的调解人，我看你连蚂蚁都不可能调解好，还有脸来调解羊，调解人。你中了严半仙的毒，和你讲不出头。他不再理我。

从到了古道西岭后，我为了严有新的事，被羊牵着走，严有新想着要严有根感谢他，却没有想到要感谢我，我是为他付银子的人，在他这里还不讨好，他把我当作严半仙的狗，是来帮他抢米芾那幅字的。严有新不理我，我也不理他，懒得和他计较。

严有新的再次偷羊，搞乱了我的计划，茴香豆的事情也耽搁了。严有根已在家门口搭了小铺，好多人来看过热闹，他催着我做茴香豆，说，小铺搭好了，没东西卖，常有人有事没事故意过来瞧瞧，看我笑话。我给严有根4两银子，本意有对这些牢骚的安慰。再想想，觉得窝囊，我忙来忙去，结果呢，严半仙要我当的这个调解人，就是个破玩意儿。严有根把银子捏在手里，还没有捏热，要还给我，说我这样出银子比窦娥还冤，坚决不收我的银子。我向严有根解释，谁让我是调解人呢，没有办法，是严半仙的意思，他要按照原来的偷一赔二处理，严有新死猪不怕滚水烫，要他拿出银子来，比登天还难，不如我先了结了。严有根听说是严半仙的意思，不多说了。我叹口气，也没往下说，眼下还是做茴香豆要紧。

做茴香豆是个细心活，特别是开头。我和严有根去寻山泉，把蚕豆洗干净。回来晾干，用酒浸泡两天，再入山泉，加料煮透后捞出烘干。开张的那天，放鞭炮，热热闹闹，还可以试吃。阿卡在硬纸板上写了“茴香豆暖胃，越吃越有味”，吃过的除了严有新以外，都说是越吃越有味。就是严有新嚼着茴香豆说，什么鬼味道，甜不甜，咸不咸，香不香。结果试吃最多的是他，右边的上衣口袋都鼓起来了。

茴香豆的生意不错。听严有根说，严有新每天都去，但不买，只拿起茴香豆瞧，不停地用手摸，他的目的是把茴香豆的味道沾在10个指头上，回到家里，吮着指头下酒。由此看来，严有新虽然嘴里骂茴香豆，但还是非常喜欢这味道的。严有根不让他摸，他不摸，但还来转悠，估计是来闻味道的。

5

不几天，严有新来找我，也要求做茴香豆。对严有新，我知根知底，见别人赚钱眼就红。他一个劲儿地怪自己有眼无珠，不知好歹，再三恳求我教他做茴香豆。我不理他，扭头就走。我知道他不肯就此罢休，还会来找。我去和严有根说严有新想做茴香豆的事。严有根说什么时候给严有新都可以，但不会教他做茴香豆。他不愿教严有新做茴香豆，情有可原，他不教，我来教便是。我顺便问起和严有新立字据的事。严有根摸摸光头说，其实，立的字据，我当日就撕了，没有告诉严有新，是想在他无法无天的时候，压压他。

原来是这样，从我和严有根交往来看，他想得开，有事找他能帮得上忙，他能做到这一步就已经很难得了。我又去和阿卡商量，阿卡说得明确，叫我别同意，让严有新自己去找严半仙。我听懂了，阿卡这样做，还是为了米芾那幅字。我真搞不灵清，对严半仙如此贪心之人，阿卡还要一心为他着想。阿卡看我表情不对劲，劝我说，心中有疙瘩，不要闷着，半生不熟的你难受，我也难受，应该去找严半仙，把事讲清楚。

我也已经感觉到了，和严半仙在心里继续别着也不好，我有道理，完全可以理直气壮地说出来。眼前的问题是，什么时候去比较合适。阿卡性急，提出立马就去。

到了严半仙家，没等我开口，严半仙哈哈笑着对我讲，你来找我这个鬼东西，是不是晓得严有根又把 2 两银子给我了，跑来兴师问罪？你别开口讲话，先听我讲，有听不灵清的地方你再讲。严半仙把为什么要收银子的事，细细讲给我听。他要我回想一下村貌，能有这般模样，不是天上掉下来的，都得靠自己做，村里有孤寡老人要养，有专门扫地的，打更的，再看村里的道路，一直铺往古道口，下雨天在村子里走，鞋都是干净的，这样的村子，找不出第二个。还有祠堂，刚修好，这些都需要银子，这些银子哪里来？都靠大家凑起来，当然也包括他自己凑的，表面上看，这些银子是到他那里去了，但没有进他的口袋，全部装在村子的口袋里，所有账目清清楚楚，一目了然，随时可以查。我付出的银子，除了给严有根的以外，都是以我郭富望的名字记录在账目上，也就是说，我不知情，却已经给村里捐了近80两银子。严半仙告诉我，他捐的银子比我多，还有人捐得比他多，问我心里能不能过得去。

严半仙这么一讲，是我之前没有想到的，心里当然过得去，气开始渐渐消去。还亏得他叫我别开口讲话，要不，这时候会尴尬。我在心里转了个弯，想缓解眼前的气氛，我对严半仙说，我们来找你，有一件事情要和你说，严有新提出想做茴香豆，我们和他说清楚，想做茴香豆，要你点头才行。严半仙讲，我晓得你们的良苦用心。他的话音刚落，正瞥见严有新往门里探望的脑袋。我猜严有新着急了，想马上做茴香豆。严半仙向严有新招手，叫他有事情进来讲。严有新看我们也在，说，是他们让我来找你的。他把想法讲了。

你想得美，不可以！严半仙拒绝了严有新的要求，他讲，开始让你做，好像别人要害你一样，现在严有根做得这么好，你眼红，又要做了。你这个人，讲话不算数，一点诚信都没有。

严有新听出了其中意思，满脸堆笑，弯着腰，说，我晓得你的意思，那幅字，别人借走了，等拿回来，我立即给你看。严半仙提出先看字，然后同意他做茴香豆。严有新不高兴了，怪严半仙不相信他，扭头要走。被严半仙叫住，问他怎么做才满意？

让我先做起来嘛。

你先做起来并不是不可以，但总不能老往后推吧。严半仙说话的口气软了，他讲，我给你一个月时间。

两个月！

严半仙叹口气，愣了一会儿，点头同意。

离开严半仙家，阿卡在路上和我说，严有新这个人太野了，他要两个月时间，是想先做起来试试，要是茴香豆赚钱了，他会把字给严半仙看，要是不赚钱，他就不做茴香豆，字也不拿出来，耍无赖。不过，没关系，已经走到这一步，相信他会回心转意。

阿卡把严有新看高了，像他这样的人，做事没有底，哪懂得什么叫作回心转意，要是他都能回心转意，那么，雄鸡就可以下蛋了。

接下来的日子，少了些疙疙瘩瘩的事情，过得安当。我们搬进了琴堂，试琴效果十分理想，由于缸的缘故，像进入聚汇声音的山坳，琴声一出，怡声下气，山鸣谷回，特别亮丽。我们准备年后再招学生。在现有的三个学生里，阿卡告诉我，有说头的是严天赋。之前，严天赋喜欢严欣欣，经常给她带吃的东西，严欣欣却不喜欢他，倒是严菁华暗地里喜欢严天赋，严天赋没有感觉到。严天赋老是去讨好懒得理他的严欣欣，严菁华实在看不下去，骂他是贱骨头，结果俩人打起来，抱成团，一同摔倒在地，倒地以后，两个人突然变得异常安静，严天赋先起来，拍拍衣服，伸手把严菁华拉起来，严菁华起来后，踢了严天赋一脚，轻声骂了句野人。严天赋不动手不还嘴。之后，他们好上了。意外的是，严天赋在喜欢上严菁华的同时，也喜欢上了古琴，他创作的《曲溪晨唱》听得严菁华眼圈发红。前些天，严天赋和严欣欣闹翻了，原因是严天赋传说村里人的闲话，说她家的酒好喝，是因为她阿爸挤姆妈的奶汁酿的，他俩现在不说话了。阿卡还告诉我，没想到严欣欣发现了阿卡装瞎子，有天雨夜，阿卡打伞提灯笼去三杯亭，她质疑说，既然你看不见，为啥还要打灯笼？阿卡向她解释，打灯笼的目的是为了不被别人撞上。这个说通了，但她还说，她看见阿卡从路上拐进三杯亭岔道上的石阶时，是三步并两步蹦上去的，她在远处看得一清二楚，瞎子是不可能这样走路的。阿卡回忆有这事，当时以为没人看见，大意了。我说，即使发现也没事，反正他们迟早会知道。

琴堂开出来后，经常会有人来看热闹，听阿卡讲琴，听学生抚琴，人来人往，没想到严半仙也来了，他到琴堂不听琴，只是围着琴堂转，我和阿卡不解，他到底在找什么。我问他，你是不是找东西？严半仙讲，就转转。阿卡走到他面前：就转转，我都看见几次了，你是不是心里有疑问想搞清楚，有什么疑问直说，我来告诉你。

你既然这样讲了，反正琴堂也已经盖好，能不能老老实实地告诉我，你们买破倒屋基到底是看中了什么宝物？

你怎么老是认为破倒屋基里有宝物呢？

听人讲，郭先生刚看见破倒屋基的时候，连呼过两声“宝物”。

哦，原来是这样，就几根残梁，郭先生你自己说，对不对？。

我连忙说，对对对。

那也是宝物？严半仙将信将疑。

你别不信，郭先生把几根残梁看成比宝物还宝物。

比宝物还宝物的东西是什么？

是情物！

情物，还有这种物？

有啊，郭先生心里就有。我这样和你说，这几根残梁，是老桐木，可以用来斫琴，根本不值60两银子，是因为他心里的那个人喜欢，他就不顾一切想得到。你放心好了，破倒屋基你卖得一点都不亏，最亏的是他，既出钱，还要为你出力，害得把我也搭进去。阿卡用手指着我：这是个大呆子，吃大亏还偷着乐。

严半仙讲，不能这样讲你先生，郭先生大气，不像你小里小气，把60两银子看得比山还大，反正吃亏不吃亏，都在村里，也不会到村外去。我看得出来，严半仙来了兴趣，他讲，我当时是看出来了，破倒屋基你是非得不可的，开出60两银子后，就很后悔，说不定我开600两银子你都会买。心里一直放不下，总以为有什么稀世宝物，生怕把破倒屋基卖便宜了，对不起村里人。你们应该可以理解，当家不容易呀，方方面面都要顾到。

我对严半仙说，现在已经和你讲清楚，我想起来了，当时见到破倒屋基时，有只猫趴在残梁上晒太阳，我见了老桐木是说过两句“宝物”，肯定是我说宝物的时候，严有根听到了，他又去告诉了你。这些老桐木，我还专门放在一间屋里，要不要去看看？

不看了。严半仙转身就走，背对着我讲，该回去了，迟了铁莲又会讲我死到哪里去了。

琴堂开出来以后，渐渐有了名气，外村的人来了，镇里人也来了，还来了城里人，这人叫袁桐，是袁枚的侄子，有名气的画家，是个琴痴，字琴南，号琴甫，又叫琴居士。他在镇上画山水，听说古道西岭有琴堂，就雇了独轮车，坐着独轮车进山来，他年近60岁，花白的山羊胡，人还硬朗，他想不到在深山里会有琴堂，进了琴堂，见了琴就迫不及待地抚起来，我是在琴堂的外面听到琴声的，知道来了好手。我进去一看，见他闭着眼睛抚琴，抚的是《潇湘水云》，我静立一旁，听他抚完，不禁呼好。他呵呵笑，说遇到知音了，夸赞琴堂的提声效果好，琴音亮，问我用了几只缸。

你知道琴堂里置放缸了？

听琴声就知道。

我置放了6只。

你把缸置放哪里了？

地下，你现在坐的下面就有缸。

难怪了。我在南屏山的小有天园里抚过琴，聚音效果还没有这里好。

袁先生提到的小有天园，我跟丈人去过，是名气最大的私家园林，建在南屏山慧日峰山腰，登上山顶，可揽尽西湖风光。我在那里也抚过琴，的确不如琴堂。我和袁先生说，我们这里，靠得不仅仅是6只缸，在6只缸以外，还有一只更大的缸。

还有更大的缸？在哪里？

我引袁先生到琴堂外，指着一圈青山说，你看，这就是更大的缸。

好一个大缸！你真会选地方，难怪了。袁先生摸着胡子直乐呵。我和袁先生有缘，有说不完的话，我已经很久没有和城里人交谈了，人窝在山里，消息封闭，听他讲城里的事情觉得新鲜。这时，我见阿卡在门口闪过，叫了声，没回音。我追出去，见阿卡反常，不理我，一直向前走，我追上后，见阿卡把手指放在嘴上，意思叫我别出声：这个人怎么还没走，你叫他走。

你刚才见过他？

不用见，听琴声我就知道是袁桐，我去过他家，给他配过箫，他能认出我。

你以前和现在完全变了，你是男人，又是瞎子，他不可能认出你。

真的?

真的!

既然我这么肯定，阿卡就跟我去见袁先生，边走边用竹竿发出“嗵嗵”的响声，生怕别人不知道她是瞎子。我把阿卡介绍给袁先生，他见了，眼睛就没有离开过，问阿卡会不会吹箫。阿卡面朝他，我只会抚琴，不会吹箫。袁先生说，天下竟然有这样像的人，连说话的声音都像。我问他，阿卡像谁?他说像城里第一箫“吹落月”。阿卡笑声朗朗，还有这种事情，太好奇了，我要是去城里，一定要去找吹落月，让人家看看，我俩到底像不像。我突然感到，把阿卡拉过来是错的，袁先生是什么人?是画画的，画画的人，对人的相貌特点抓得准，阿卡再变都会被他看出来。我连忙说，下次去城里，我带你去，咱们一起去找吹落月。我转移话题说，袁先生琴抚得这么好，算得上城里第一琴了。

算不上，算不上，城里好手多了去，要说最好的，那是我的本家，叫袁婉柔。

我说，没有听说过这个人。袁先生说，我也长久没见她了，以前，我们会在一起抚琴，听说她嫁了个酒鬼，酒鬼买了个县令，她跟着酒鬼走了。

阿卡来了精神：你有没有见过那个酒鬼?

有没有见过记不清了，只听说这个酒鬼，经常从早喝到晚，两个人能喝一坛（30斤）酒。

阿卡还想说什么，被我阻止了。不能再说下去了，袁先生的话，都围绕在我身边，再往下说，言多必失。

天黑下来的时候，袁先生说，我辛辛苦苦到你们这里来，你们到现在都还没说那句客气话。我说，你也知道我们这里有客气话？

我听镇上的人提起过，你打算什么时候问？我感到这个老人蛮好玩儿的，便问，夜饭食了没？他连忙接上来答，没食过，没食过。答完发出爽朗的笑声，说，这样就接上了，出门在外，饭没着落心里慌。

我和阿卡陪袁先生去了客栈，食了夜饭后，阿卡当着袁先生的面，向我提议，袁先生坐独轮车太吃力了，咱们雇轿子，明天早上把先生送回镇里。袁先生听后吃惊了，我看得出来，他原本没有打算明天走，既然阿卡这样说了，他也只好顺着说，好，好，你们费心了，明天早上，明天早上。

次日早上，我和阿卡去客栈为袁先生送行，送他一小坛地黄陈酿。轿子都抬起来了，他还问我，你有没有见过袁婉柔？我很肯定地说，没有！袁先生的轿子走了，阿卡松了口气，走了就好，要不，像你这样大意，非出事不可。我说，奇怪了，他临走前还问我有没有见过袁婉柔。

为什么问你，还不简单，咱们放在琴桌上的琴，琴弦是袁姐做的，估计他也用过袁姐的琴弦。

袁先生脑子这么清楚，可不是一般人。

那是，他挺聪明，山水画得好，爱好也广，琴棋书画印都会。

你常去？

没有，就去过一天，他人大方，给了我5两银子。

是够大方的，你给袁姐配箫，她给你多少？

不知道，她给我一张银票，反折的，没看见，就是银子再多，我也不会拿。因为偷了袁姐家的金佛，她又对我这么好，心里过意不去。

那时候，你也有心软的时候。

我就是个心软的人，不像你。

这个时候，阿卡把话转到我身上，我还是不说话为好。

事隔两日，袁先生差人从镇里给我送来一封信，里面有他画的米峰风光，米峰是这一带最高的山峰，我看他的画，瀑布曲曲弯弯，悬崖苍松茅草屋，小桥和腰间吊着酒葫芦的老翁，仿佛能听到里面的风声和水声，我很喜欢。除外，还有一封信，看了信，让我大吃一惊。信里的大概意思是，他这次到古道西岭，主要是听人说，那里有琴堂，琴堂里有个人长得像吹落月，他出于好奇，因为吹落月已经不见踪影有些时日了，就是想知道她的下落，所以不怕路远山陡，到了琴堂，抚《潇湘水云》，是因为吹落月为他配过箫的，就是这首曲，见到阿卡后，就认定她是吹落月，人无论怎么变化，有些特征是掩盖不了的，他看人比较仔细，吹落月耳背有颗黑痣，人长得像，但痣不会像。另外，他也知道我是袁婉柔的丈夫，也就是那个“酒鬼”，他喝过我们的喜酒，见过我，他在我们面前说酒鬼，提袁婉柔，是故意的。可惜的是，他没有见到袁婉柔，我们就把他“赶”回镇里。至于我们为什么会隐居在古道西岭，必有缘故，他不问。也请我们放心，他不会与人说，回镇后，有人问他，古道西岭的琴堂里，那个像吹落月的人是不是吹落月，他说，长得像，但不是吹落月。他还说，谢谢我送他地黄酒，此酒很养人，这幅画就是喝了地黄酒后画的，腿稳手不抖。还有，吹落月的箫，要我劝劝她，千万千万不能丢，丢了实在可惜，他还盼望有机会再与她合作。最后说，他要回城了，这辈子不可能再到古道西岭，若有缘，城里再相见！下面敲了一方闲章：书不尽言，言不尽意，寸心千里，云山万重。

袁先生的信情真意切，我也想回到城里和他再相见！他在信中提到了袁婉柔，激起了我的思念，我在想，袁婉柔的心里，肯定不会忘记曾经提起过的古道西岭，不会忘记酴醾酒，她会到这山旮旯里来吗，要是能来，该有多好！不知阿卡会怎么想。

6

严欣欣再次和阿卡说去她家做客，自从在客栈没有喝到“蓝氏花”后，就一直惦记着。我对“蓝氏花”有浓厚的兴趣，不仅仅因为酒好，还有村里人对“蓝氏花”的传闻：男人喝“蓝氏花”，越喝心越花。意思是男人不应该喝“蓝氏花”，女人应该反对男人喝“蓝氏花”。这句话流传甚广，都说是严有新先说出来的，因为他说得最起劲，没料到，适得其反，反而把“蓝氏花”传热了，添了好奇，喝后都叫好，不但男人喜欢，女人也喜欢，此酒能够强身健体，更好地融合夫妻感情，让日子过起来有想头。

我和阿卡同去严欣欣家，就是出于好奇，没有其他想法。严欣欣特意到琴堂来接我们，她的家在村子的最西头，在她家门口，我们看见她的姆妈，笑吟吟地，披一脸阳光，她快40岁了，风韵犹存，说话也得体，她说欢迎我们，说她姓蓝，我们可以叫她蓝姐。我说，蓝姐好，我们来给你添麻烦了。她说，你们是严欣欣的琴师，是我家的贵客，请还请不到呢。我听了舒服。

我们走进院子，这个院子很大，里面有一棵我抱不住的樟树，太阳西照，上面五颜六色的，停满了鸡，这些鸡和鸟一样，会飞，树上树下来回飞。树旁有个亭子，两边柱子上刻了两句宋代诗人郭敦儒的两句词，一边是“不是酴醚相伴”，另一边是“如何过得黄昏”。我们就坐在亭子里，围着石桌坐下，鼓凳也是石头的，上面置放厚草垫，坐上去软软的。我坐蓝姐对面，她这个人，严半仙和我提起过，是外县人，原来会酿酒，方法奇特，之前，没有酿过酴醾酒，结果用她自己的方法，酿出来的酴醾酒和村里的不一样，严半仙讲她的时候，竖起大拇指。我左看右看，不见严欣欣阿爸的影子，听村里人说过，叫他默度（傻子），他们4兄弟分家，祖上有21间房，他自己提出只要1间，把琴和书给他就行。他现在的房子是婚后盖的。后来，随着“蓝氏花”出名，说什么的都有，哪怕再难听，他都笑笑，不生气不多口角，好像不是说他的。村里人羡慕他，傻人有傻福，娶了个绣花一样酿酒的好老婆，酿酒的事，不用他插手，平时晒太阳、看书、喝酒、放鸡。

严欣欣给我们倒水，壶里没有放茶叶，我们边喝着水边聊天，通过聊天，让我觉得蓝姐大度，不计较别人怎么说，她认为，别人怎么说都好理解，毕竟在一个村子里，她的钱赚多了，别人就少了，让感到吃亏的人说几句话总是应该的。这些年，她得到了村里人的帮助，包括那句“男人喝‘蓝氏花’，越喝心越花”，这句话不是严有新说的，是她老公说的，他觉得老是让别人说三道四，倒不如依了他人的好奇心，自己想一句朗朗上口，能够引路的话来说。当时，她觉得这句话很冒险，老公说没事，想想自己，想想别人，谁没有好奇心呢，来句正话反说，也许能对上。结果这句话一出去，传得飞快，很多人会说这句话。

后来，说“蓝氏花”的越来越多，越来越难听，她老公说，让他们说说也好，这些话不是酒，但有酒的功能，窃窃耳语，说的人爱说，听的人爱听，随他们说去。提起她老公，说他不是小傻，是大傻，有了点钱，要为村里做好事，别人都是捐银子，记录在册，年底在祠堂公布。他不一样，不要记录，不想让别人知道，村里的石子路是他们出钱铺的，东西长近6里，而且铺的精致，有几处还用不同颜色的石子镶了图案，村里人都说好。这件事，除了严半仙外，没人知道，说起来都是严半仙做了好事，现在，严半仙见到她老公都是点头哈腰的。她老公还和她说，选个黄道吉日，把“蓝氏花”的配料也告诉大家，免得大家瞎琢磨，试来试去试不好，费时费粮，倒不如都说了，让大家晓得，同等酿酒，这样甚好。我问，如果你把配料告诉大家，他们能酿出“蓝氏花”一样的酒吗？她说，很难，要看造化，他们说我像绣花一样酿酒，一点不假，说到底，就是要用心。

说话间，蓝姐叫严欣欣拿酒来，请我品尝“蓝氏花”，这时，我才明白，为什么严欣欣不给我们上茶而是上水，原来上水是给我们清口的。她为我和阿卡斟上“蓝氏花”，用的是白玉杯，正好斜阳照在上面，淡淡的黄，晶莹剔透，反着光，如宝石。我看着酒，好生奇怪，别人的重酿酒都厚，挂杯，她的酒不同，似水，晃一晃，只留湿印不挂杯。蓝姐提醒我，喝的时候，酒最好在嘴里过一圈。我喝了一小口，还没动，味蕾便已开放，满嘴生津，咽下去的却是一大口，感觉清爽喷香，比舅舅酒肆里喝过的酒还要好。她和我说，这种重酿酒挂杯容易，不挂杯难，挂杯的酒，入口会感到黏乎，要想不黏乎，得花工夫，要过滤多道，再充分沉淀，酒瓮上的取酒孔也开得高些，所以“蓝氏花”酒不厚，但味厚，酒不挂杯，但挂齿。她说到挂齿，我用舌尖沿牙齿上下转，感到牙齿特别顺滑，味和香同时迸出，想不到齿间不但留味，而且还留香。蓝姐还和我们说，现在，城里有人喝“蓝氏花”，喝出了仪式，他们会先抚琴，清去脑子里的杂念，再清口，灭香，开窗，不让屋里有杂味，面前一杯酒，先观后闻再喝，乐此不疲。

她说的话，我相信，是有这样的玩家，遇好酒，会玩儿出些花样来，用这些花样来助兴，成了喝酒的一部分，我以前和袁婉柔喝酒的时候也玩儿过。我看着杯中的酒，忍不住端起来喝了，舍不得酒气跑掉，连忙用双手捂住嘴。蓝姐看见了，一怔，叫我捂住不要动，自己去屋里叫来她老公，她老公出现的时候，腋下夹本卷着的书，天还不冷，双手插在袖筒里。他见我捂嘴的样子，直呼，舍不得，舍不得，终于找到你了。我蒙在鼓里，不明白他说的“舍不得”是什么意思。听了他的解释，我才恍然大悟。原来，他们在寻找表现“蓝氏花”珍贵的形式，想过很多种，都不理想。见我捂嘴，答案找到了。他对我说，你这个双手捂嘴的动作很值钱，把“蓝氏花”说清楚了。

我懂了，蓝姐说的观酒、闻酒、喝酒和我捂嘴的动作比起来，都只是个铺垫，捂酒，才是“蓝氏花”的境界，“蓝氏花”喝在嘴里，捂呢？在心里。捂酒，能出味，道出了“蓝氏花”的本来。这时，我细细感觉，嘴里还真回味不尽。看着眼前的他俩，我心里想，真是一对绝配，一个动手酿酒，一个动脑酿酒。我看着严欣欣为我续酒，心里想起了严有球的事，不吐不快，又不知怎么说为好，等严欣欣走开，我问蓝姐，严有球近些天来过吗？

我晓得你们今天来会提这件事，不瞒你们，他让媒人来过了，严有球是大好人，严欣欣不想做小，我得给他留面子，不能说不肯，我没让媒人把话说完，就和她说，你走错门了，严有球让你说的不是这门亲。媒人心里灵清，不再啰唆，闭上嘴就走。就在你们来前，严有球来过了，给我作揖，话没说明，意思都灵清，这件事情算过去了。

听你这么说，我们就放心了。

你们到底是严欣欣的老师。

我看阿卡，好像有话要说，张了张嘴，又闭上。

临走前，蓝姐送我一小坛酒，口上蒙着的红布已经褪色，看得出来，是有年份的陈酿。估计是对我捂嘴的奖赏。我把酒抱在怀里，心想，这酒袁婉柔肯定会喜欢。

在严欣欣家里，阿卡一句话不说。出来后看看我：你这副模样，完完全全像个情痴，抱着酒和抱着袁姐差不多。她的话，把我的脸说红了。我说她不正经。她呵呵笑：好吧，那给你说正经的，刚才我一直对上树鸡有兴趣，就在琢磨，“蓝氏花”里会不会有鸡？我说，肯定有鸡！我原来以为“蓝氏花”的奥妙在酒曲饼，今天感到错了，“蓝氏花”的奥妙在鸡身上，你看那些鸡，鸡冠火红，羽毛亮得流光溢彩，神气飞扬。能养出这样的鸡，玄机在饲料，有些料，不会直接入酒，而是通过喂鸡转化，让鸡吸收，用鸡酿酒，再用这种酒来酿酴醾酒，就成了“蓝氏花”。我和阿卡说，这是我的猜测，估计并没有这么简单。阿卡突然脚步慢下来：你这个脑子，用在酒里好使。言下之意是用在其他地方不好使。我抱着“蓝氏花”，很开心，随她说去。

时间过得快，到了十一月。十一月对古道西岭来说很要紧，因为有个十一月十一，村里人叫双十一会，说白了，是酒集市，也是订酒日，村里会做很多馒头，烧大块肉，来订酒的人可以随便吃。从前年开始，十一月十一已不全是定酒会，村里就不再做馒头，烧大块肉，因为来的人太多了，集市里掺入了很多东西，吃的、玩儿的、用的，牛羊猪狗鸡鸭鹅都有卖，比镇上的集市还热闹。今年的集市和去年又有不同，酒作坊开始在晒场上设酒摊，让人品尝，对好酒的人来说，也是个蹭酒的好机会，毕竟在这里可以品尝到多种酒，村里人眼尖，分得清订酒、蹭酒的人，他们会准备两种酒，让订酒的喝好酒，蹭酒的喝差一点。整个晒场人声鼎沸，来了很多白脸人，尽管集市的时间不长，食了午饭就渐渐退市，但对村里人来说，已经心满意足。

严有根教会严有新做茴香豆，运气好，赶上双十一会，卖得好，订的多，严有新做茴香豆初见银子，就停了酒作坊，一门心思做茴香豆，生意不错，镇上人也赶过来买。严有新把小聪明用上了，陆续做了茴香花生，茴香豆腐干之类。

不久，有人从镇里来，劝严有新把铺子开到镇上去，这样才能做得更好。严有新早有离开村里的想法，一拍即合，把茴香豆铺子开到了镇里。临走前，他把我们叫到严半仙家，当着我们的面，把那幅米芾的字交给严半仙，说，不好意思，这幅字是你的，是我叫乞丐偷的，现在还给你！

接过字的时候，严半仙看上去有些激动，毕竟遗失了的祖宗宝物又回来了。他小心翼翼地把字打开，人一惊，字“吧嗒”落地，他说，这幅字的大小和内容都相同，但不是我祖宗留下来的那幅。严有新坚持说就是这幅字，不会错！前些天，我说字被人借走了，是骗你的，字没有离开过我家。严半仙把字卷起来，还给严有新，说，字已看，你讲过的话也算话了，但字不是我的，我不能收。严有新急了，说，千真万确，我敢对天发誓，这幅字是你家的。有一次，你拿这幅字给人看的时候，我在边上，很眼红，就想，家里要是有一幅这样的字，能摆噱头，有面子，就让乞丐偷了。

这时，阿卡与严半仙咬耳朵，严半仙猛抬头，对严有新讲，好，为你的老实高兴，这幅字我收回来了。严有新向严半仙鞠躬说，你收下我就放心了。还有一件事情想说，我要到镇里去了，房子空着，村里用得着就借给村里用，听镇里人说，在咱们村里开家酒肆生意会好。这些年，我都没向村里捐钱，这样也算是我对村里尽点力。还有，严有新对我说，对不住了，我之前卖给你的酒，是假的，乞丐酿的酒已经卖完，为了银子，没办法，现在想换也没法换，我给你的小坛酒，还是扔掉好，要是你喝了，准骂我。我向你坦白，求你原谅。严有新能说出这些话来，是我没有想到的，好像不是从他嘴里说出来的。他说话的口气也缓和了，不像以往放鞭炮似的，感觉谁都欠他的债。看来，是银子在他身上起了作用，银子能把人变坏，也能把人变好，它真的很神奇，愿意跟着勤劳的人跑。我过去拍严有新的肩说，有你这句话，就比什么都强。严有新向我抱拳，然后一一抱拳，精神气十足，一副英雄的模样离去。严半仙又叫住他讲，你人都要离开了，那 3 只羊到底去了哪里，应该讲了吧。

你到现在还记着 3 只羊，我都已经忘记。严有新说话的时候人都枯了。

忘记了，就算了，走吧。阿卡出来解围说。

严有新听阿卡说了这句话，扭头便急匆匆离开。阿卡看着严半仙：你有时候挺坏，哪壶不开提哪壶。

这不叫坏，事情没搞清楚，心里老悬着，落不了地，想到就不舒服。

你那么想知道 3 只羊的去处？

你知道?

当然。

那你告诉我，免得我老惦着。

先不告诉你。

你要玩儿我了? 不讲就算。严半仙把手中的字扔给阿卡问，我的那幅真迹呢? 我知道，严半仙又开始担心了，那幅字，已经由严有新手里到了阿卡手里，要是阿卡要起赖来，肯定比严有新麻烦多了。阿卡踱到严半仙身边：放心吧，已经在你家里了。

在什么地方?

你别急，我肯定会告诉你。

严半仙看看阿卡，又看看我，话题一转讲，想不到严有新有了钱，还会这么开通，不只是把字还给我，还让村里在他家开酒肆。要是真能像他所讲，在他家开出酒肆，村里就有“活水”，用不着办点事都要凑钱。郭先生，你是村里最有能耐的人，要不你辛苦一点，把酒肆开出来。

不可取，不可取，我做不了这种事。我连忙摆手说。我晓得严半仙为什么突然转话题，是因为阿卡没有告诉他字在什么地方，就对我使劲，好让阿卡说出字在什么地方，换取我可以不去做酒肆。阿卡不以为然，看着严半仙：你可能还不清楚，我为什么已经取到那幅字了，还要放一幅假的回去，人都是一样的，我们需要的是真情实意，严有新把字拿回来，字假不要紧，要紧的是真心，严有新把字还给你是真心的。如果他知道我们硬把字“拿”回来，他既然有本事把字“拿”走，就有可能把字再“拿”走。

别自己吓自己，他要再“拿”走，没那么容易。严半仙摆着头讲。我不作声，饶有兴趣地听他们扯。阿卡哈哈笑：别不信，我给你看样东西。阿卡扬手向空中一抓，凑到严半仙眼前，慢慢把手指头张开，手心上是个金元宝，严半仙看见铭刻着三角形的金元宝，脸都吓白了，这是他密藏的金元宝，拿到此物要比拿到字难多了，金元宝同样藏在他家夹墙里，但大盒子套小盒子，总共套了 4 个盒子，每个盒子都加锁。阿卡说此法叫作隔空取物，问他要不要告诉他盒子里还有几个金元宝。严半仙连忙起身抱拳讲，大仙，大仙，讨饶了。我以前听说过有隔空取物，还以为是说说的，没想到今日亲眼见了。他告诉我们，这些金元宝是他祖上留下的，媳妇们都不知道，求我们别说。

你别叫我大仙，我根本就不是大仙。阿卡随手一挥，把手张开给严半仙看：金元宝放回去了，我们走后，你自己开箱数数。严半仙点头称好，讲，刚才是我糊涂了，郭先生不用去做酒肆，我会另选人的。

那好，我现在就告诉你，阿卡停顿了一会儿：那幅字已经在夹墙里有些日子了。

能告诉我是怎么放回去的吗？

这件事，连郭先生都不知晓，我会告诉你，但不是现在，什么时候告诉你，要听郭先生的。

我也不是坏人，用不着对我留一手。

你有时候很坏。

我什么时候坏过？

刚才。

哦，那是因为你不告诉我那幅字在哪里，着急呀，只是想用此办法来激你，要是郭先生有难处，着急的肯定是你。但是，没想到你棋高一着，以后只要你在，我就不会为难郭先生，要是你不在，难说。我听出来，严半仙在讨好阿卡，看他得意的样子，我有意敲他说，要是这样，你就不可能知道字是怎么放回去的。严半仙听我这么说，立马改口讲，我任何时候都不为难你，行了吗？

这时候，铁莲来了，脸上笑成花，估计她偷听到了金元宝的事。她要留我们吃饭，对我说，帮她品尝“严麻子烧”。她看我犹豫，靠近我说，上次是上次，这次是这次，放宽心，我还会把“严麻子烧”的秘方说给你听。她说要告诉我“严麻子烧”的秘方，我有兴趣，便留下来。她和我说，“严麻子烧”刚出来时，因为出酒量少，卖的比其他酒贵，还辣嘴，买的人少，现在不同了，有人喝，还支酒（预定），连皇宫里都有我们的酒。她说，我现在就告诉你，“严麻子烧”和其他酒不一样的地方。阿卡叫她别说，说出来对自己没好处。铁莲说，没事的，做酒和烧菜一样，同样的料，不同的人烧出来，味道就不同，我有这个本事，用不着担心别人学。

要不这样，我先喝，喝了我来说，你再来判定我说得对不对？

好的，这样喝酒会用心，有喝头。铁莲说完就出去了。过了好些时候才回转来，拿出几只红酒杯。严半仙吃惊了，用手指着讲，也不是过年，你把这种酒杯拿出来干吗？

今日是个好日子，我不仅用红酒杯，还把火腿开了，取了火腿心，再加笋干炖老鸭，闻到没有，香气都出来了。

你脑子坏了，今天没有好日子的讲法，让你当家，胆子也太大了，去年过年，叫你开火腿你不开，今天没过年没叫你开火腿，你自说自话，把火腿开了，这不是当家，是败家。

不管你怎么说，家里开不开火腿，是不是好日子，我当家，我说了算，我说今天是好日子就是好日子。铁莲瞄了瞄严半仙说。就是这一瞄，瞄得严半仙脸色发白。是不是好日子连我都知道，更何况严半仙，他哪会不知道，今日根本没有好日子一说。我估计严半仙也猜到了其中原因，私藏的金元宝暴露了。铁莲乐颠颠地说去看看炖老鸭。铁莲走后，严半仙也闷闷不乐地离去，只听“吱呀”一声关上房门。阿卡重重地咳了两声，让严半仙在房里听见，吓吓他，然后捂着嘴笑。

严半仙从房里出来，见阿卡叫了声大仙，他讲，看见米芾的字了，那幅是对的。

因为背面隐隐约约有“严龙夔”3个字?

不愧是大仙。还有，我已察看过，金元宝已经放回去了，一个不差。严半仙把纸包着的东西给阿卡，他讲，你别嫌弃，请你收下。阿卡知道里面包着的是金元宝，便把严半仙的手推回去：你不用给我，如果需要，我自己会取的。严半仙“啊”了声，嘴半天没合下来。我知道阿卡是和他闹着玩儿，同时也给他一个提醒，只要你不为难我们，我们也不为难你。严半仙朝门外看看，把金元宝夹在腋下。正好这时候，铁莲端着瓦盆炖老鸭进来，香气扑鼻。她把老鸭放上桌，回过头，去哈严半仙痒痒，严半仙抬臂，纸包着的金元宝“吧嗒”落地，铁莲拾起，走了。严半仙讲，我这个媳妇比鬼还精，被她偷听到有金元宝，乐得她忙着去开火腿炖老鸭，等待着收取金元宝。

不一会儿，铁莲提着酒壶进来，坐在我边上，先为我们盛鸭汤，说不晓得味道好不好。我闻到了香味，说，味道好的。

汤都还没喝，怎么晓得好的?

郭先生吃东西吃的是情谊，在他这里，最好的味道就是情谊，有了情谊，吃糠如肉，没有情谊，山珍海味如蜡嚼。味道好不好，心里最知道，他刚才没喝汤就说味道好，说的就是这样的味道。

阿卡为我说话，我真是这样的人，但她说的话，连我自己都说不出来，她说出来了，说明她在意我，会悟，懂我。铁莲说，还是阿卡说得对，这盆老鸭，的确是真情实意的。她说完为我倒酒，满了还倒，酒高过杯，形成一个弧形不溢。我不禁叫了声好酒！端起一干二净，咂咂嘴，哈口气，说，我喝出来了，的确和村里的酒不一样，你的酒，同时用了红曲和麦曲。

对。你告诉我，是用什么酿的？

粮食。

粮食肯定是粮食，是什么粮食？

芦际。严半仙插话讲，你就告诉他用的是芦际，不要老是叫他猜，有什么好猜的。

芦际？什么是芦际？

我们叫芦际，“洋里”叫高粱。严半仙讲，还是我来给你讲，这种酒，还是有讲究的，前发酵 7 日，后发酵得百日，发酵后，要连酒糟一起蒸馏取酒，然后，装坛存贮，至少 3 年。严半仙讲完，扭头问铁莲，我没讲错吧。铁莲说，没错，你本事大，抢我的话说。严半仙呵呵笑而不答。铁莲说，你有一点漏了说，这酒很刁，它的“劲”藏得很深，别人很难察觉，不过，迟早会被人尝出来。

连我都听出来了，铁莲话里有话。严半仙清清嗓子，对铁莲讲，你有话就明说，我藏什么了？

我刚才捡了什么东西你就藏了什么东西。你让我当家，我说你藏私房钱你还不承认，现在怎么说？

实在不应该，阿卡管不牢嘴了：我知道他藏了多少东西，我告诉你。严半仙拍了下桌子讲，你敢！铁莲连忙接过话，不用怕他，有我在，他不敢对你怎样。

看样子，阿卡真的不怕严半仙：他藏了 4 个金元宝。严半仙露出一副凶相，用手指着阿卡讲，你这个没良心的，我帮你瞒了这么多事情，又帮了你大忙，你还这样待我。

别生气，阿卡劝严半仙：都是一家人，东西放谁那儿都在家里，更何况铁莲有钱还不都是用在你身上。我说出来，也是为你好。

放你的臭屁。

你不是讲自己是个文雅的人吗？怎么把话讲得这么难听。铁莲好得意，对严半仙说，待会儿，就把金元宝都交出来。严半仙用手指着阿卡，叹口气，摇摇头。当时，我就在想，严半仙到底会怎么办。没料到，严半仙说，交出来就交出来！铁莲哈哈笑说，还算识相。她给阿卡倒酒，阿卡说不会喝，她不依。严半仙叫媳妇把酒杯倒满，对阿卡说，今天你有“功”，这杯酒一定得喝！阿卡说，要是我不喝呢，你喝！我根本没有想到，严半仙讲，我喝就我喝。讲完，把酒喝了，然后无了影踪。

7

吃完饭，铁莲换上干净的衣裳，送我们回琴堂，她在路上说，快过年了，缺什么和她说，她都会办妥的。我心里清楚，铁莲这么说，是出于对阿卡的感谢，一下子多出 4 个金元宝，财大了气也粗，晚上睡觉都会乐。我们回到琴堂，意外发现严半仙已在，铁莲挺身挡在我们前面对严半仙说，你还想干吗？要寻事？走走走，回家去！拉起严半仙就往回走。我对阿卡说，你惹麻烦了，严半仙都找上门来了。

你不知情，严半仙是来感谢我的。阿卡直乐：我帮了他一个大忙。我听不懂了，阿卡把严半仙藏了多少金元宝的秘密都泄露给铁莲了，亲眼看见严半仙都发怒了。

他那样对我是假的，好像吃大亏似的，只是做样子给铁莲看，在他心里，偷着乐呢，感激我还来不及。

我云里雾里理不出所以然。阿卡关上房门，把前因后果和我说了。原来，严半仙藏的金元宝不止 4 个，总共有 20 个。阿卡想，既然已经暴露，严半仙不出点血，恐怕日子不安宁。严半仙有 4 个媳妇，都不是省油的灯，还得给他留有余地，万一闹起来，其他媳妇也要，如果拿不到平均数，严半仙日子不好过，现在就没问题了，即使平均分，也就 16 个，还可以留 4 个。要是铁莲嘴巴牢靠，那么剩下的金元宝还可以继续私藏，哪个媳妇称他的心，偷偷塞一个，谁还不说严半仙偏疼她。手里有把米，媳妇都着迷。

原来是这么回事，我发现阿卡脑子里弯弯曲曲东西蛮多的，对付严半仙驾轻就熟，要不是她，我还真不知会被有百般手段的严半仙折腾成什么样子。我问阿卡，你什么时候学的隔空取物，从来没听你提过。

你也相信？阿卡靠近我：在乞丐的圈子里，有这么几句话，叫作“眼见为虚，口说为假，耳听为偏”。意思是说，如果不是亲手经历过的事情，都会存在偏差的。比如你亲眼看见我隔空取物和隔空回物，但不是真的，我根本都没有见过严半仙的金元宝。但是我知道详情，是偷米芾字的那个乞丐告诉我的，你知道的，我到任何地方都不会离开乞丐圈，那里高手多，真真假假，什么人都有。偷米芾字的乞丐告诉我，是严有新叫他去偷的，在偷米芾那幅字的时候，也发现了标有三角形记号的金元宝和其他宝物，对乞丐来说，就像发现了宝矿，秘而不宣，存着，比放在任何地方都稳当，什么时候需要了，随时可取，取完了，主人还蒙在鼓里。乞丐原来想，要是严有新对他好，他就会再拿点东西给他。结果严有新说好给他一坛酒，拿到米芾的字后，给了乞丐一坛小的，说起来也是一坛，才 3 斤。乞丐不高兴了，没有再去拿严半仙的藏物给严有新。后来，乞丐听说严半仙同意严有新偷羊，觉得严半仙邪门，好坏不分，又想再取物，人都已经到村里了，幸亏被我发现，给阻止了。当时，我问乞丐是否还记得金元宝的模样，乞丐说记得，我就让他做了个假的。需要的时候还能镇镇严半仙，没想到今天用上了。我这样说，你应该明白了吧。她掏出假的金元宝给我看。我明白了，她只是显示了假的金元宝，即没取物也没回物，只是变个戏法而已。

你还有什么疑问？阿卡问。我说没有了。阿卡继续问，你就不想知道字是怎么放回去的？我说想。她就把怎样把字放回去的办法告诉了我。我听了，吸了口冷气，说，我现在清楚了，你还不抓紧告诉严半仙，要是被人发现，那些东西被取走，岂不麻烦。阿卡不以为然：没事的，就这么一条窄窄的弄，没人会进去。不过，我会尽早告诉严半仙。

之后，阿卡在房间里走来走去，犹犹豫豫欲说欲止的样子。我问道，你是不是还有话要对我说？她支支吾吾了半天，最后好像下了决心，还是说了。意思是腊月二十八是袁姐的生日，她想把她接过来。我高兴地跳起来，起初还不相信，听了阿卡的解释，我信了。原来，阿卡通过“独眼龙”一直与袁婉柔保持着联系，了解她的行踪。

阿卡对着我坐在床沿说，我都看在眼里，你对袁姐真好。我说，你对袁姐也很好。

没你好。你买破倒屋基，不惜投钱，不惜当调解人，是为了得到袁姐曾经寻找过的老桐木。你替严有新支付偷羊的银子，想得到袁姐可能会喜欢的酒，袁姐知道会很高兴。我说，可惜酒是假的。阿卡用手指指我：一点都不可惜，酒是假的，心是真的，我最看重的就是心，哪有比真心更珍贵的呢。也许，你可能还不知道，袁姐对你是一片真情，她做的许多事情，都是为了你，你还记得不，你和袁姐去找老桐木，一连几天，她的脚走出了血泡，你以为她真的是去找老桐木吗？真得自己斫琴吗？她一个大户人家的小姐，手无缚鸡之力，不可能自己动手斫琴，她想要什么琴，得到并不难。

听到这里，我傻了，袁婉柔找老桐木不是为了斫琴，我说，你怎么不早给我说，我还把破倒屋基里的老桐木当成宝。

老桐木当然是宝，它是你对袁姐真情的见证物，就像我和严半仙说得那样，是情物。我当时故意没说，就看你怎样对待老桐木，它的价值不在于多少银子，而在于多少情义。

既然袁婉柔找老桐木不是为了斫琴，为啥这样折腾自己？

你不是很聪明的吗，连这都想不到。她这样做，都是为了你，她怕你在家老是喝酒，把人喝坏了，拉你出去找老桐木，拉你做琴弦，还有去你舅舅的酒作坊、酒肆，去看湖，都是为了让你少喝酒，你后来喝酒少了，人也健壮了，袁姐别提有多高兴。

想不到袁婉柔会对我这么上心，我真的幸运，遇到了袁婉柔，还有遇到你。

你千万别提我，提了我难受。至于我，对你怎么样，你心里有数。可是，你是怎么对我的，我说花正时，无人问。你说听不懂。我要你琢磨琢磨。你答应我琢磨。结果一直没有琢磨。后来，我厚着脸皮把袁姐的意思和你说得明明白白，可你怀疑我说的是否真实。袁姐为什么执意要离开？你怎么就一点都想不到呢？她希望你有后代，享受天伦之乐，所以成全我们。可是，直到今日，你还没有碰过我。我们同住一个房间这么久，还同过床，你我之间早已没有要遮掩的肌肤，我曾怀疑你没有“狼”性，后来我发现自己错了！我这么主动，你就是不喜欢。

阿卡，你应该感受得到，我喜欢你，非常非常喜欢你！我碰上袁婉柔是缘分，碰上你也是缘分，你想啊，天下这么大，人这么多，唯独是你，随我走四方，从城里到县里再到这个深山旮旯，转转停停近千里路，你和我同吃同住，为了我，不知花了多少心思，帮我解决了多少困难，不说杜菜花，就说严有新，能有这样的结果，谁都没想到，你宁愿走羊肠小道，也要把他从污水中拉上来，还让严半仙祖传的字完璧归赵，事情做的得体，大家都开心。你和我的心，早已合为一体。我之所以没有碰你，是因为袁婉柔没有和我说过。还有，即使袁婉柔有这个意思，我担心你是为了报恩，你花正时，貌若天仙，连乾隆皇帝都想见你，可是像我这般模样，有自知之明，如果你不是真心喜欢我，岂不把你给害了。

我都给你说清楚了，袁姐没和你说，是我叫她不要说的，我当时逞能，想得美，不想因为袁姐和你说了，勉强你，只想让你自然而然地喜欢我，只有这样才好。再说，我是真心喜欢你，连袁姐都看出来了，袁姐的意思，其实就是我的本意，我愿意做小，我很想有个家，盼望做姆妈。没想到，大家都说琴是通情的，你这么喜欢琴，就是不通情，以前，我不相信有坐怀不乱的人，现在，我碰上同床不乱的，一个天下独有的呆子！阿卡说话时脸涨得通红。

听她这番话，觉得自己不知该如何是好，我喃喃地问，你说我该怎么办？

不用怎么办，反正袁姐要来了。

这样也好，当面说清楚，就名正言顺了。

我不在乎名正言顺，只在乎你相信我，让我最难受的，是你不相信我。再说，人的想法是会变化的。

你指的是谁？

还有谁，你我她。

她说你我她，我听不明白，问道，你能不能说得清楚一点？

她无语，瞥了我一眼，我心里不好受。

要过年了，村里热热闹闹的，农家里捣砸年糕，包粽子，切米花糖，忙得不亦乐乎。铁莲拿来刚刚捣砸出来的年糕，还有红糖和腊肉，年糕还热，她教我们用年糕蘸红糖吃。以前从来没有吃过这么糯软的年糕，热年糕蘸上红糖，红糖就化开了，吃在嘴里，没磕碰。裹起腊肉，满嘴流油，喷喷香。她说，今年可以缓口气了，不用再为鸡蛋发愁，以前，严有球都会请戏班子来做三天三夜戏，戏班子来了后，家里的客就多，连讨饭佬也来，那人一连来了好几年，人家斤头里包核桃、蜜枣、北枣，他包的是不值钱的油枣，不晓得你们怎么叫，就是用面搓成条，在油里炸过，外面粘糖粉那种，家里的小孩特别爱吃，一到过年就想他来，这个讨饭佬是个戏迷，看戏要从头看到脚，公公说过年时间不能赶人家。以前小孩盼过年，大人怕过年，怕就怕亲戚来看戏，拜年的还好，食一顿就回去了，看戏的就不一样，要食好几顿，亲戚带亲戚，还显摆，说他的亲戚多有钱，给自己撑面子，结果村里人要在家烧食给亲戚食，自己没空看戏，连夜戏都看不全，今年有人推说鸡蛋不够，严有球懂大家的意思，就不请戏班子了。

自从金元宝的事后，铁莲待我们和自家人一样，老想着我们，有什么话，会来和我们说，有好东西会叫我们去食。她悄悄和我们说，我从娘家带来一坛酒，年份比我还大，这么多年没舍得开，今年大年夜要开，我陪你们一起喝，那时，多了袁婉柔，喝起来肯定更来劲，郭先生得当心，说不定你这个酒鬼还喝不过我呢。阿卡听了她的话，有些反常，眼泪汪汪的，背过身去。

腊月二十八清晨，天下雪。阿卡起得早，要到镇上去接袁婉柔。我说我也要去，下雪了，你一人走山道，我不放心。阿卡说，你也有为我着想的时候。她不同意，说，你要去，那就你去，但你接不到袁姐。我没有办法，只能听她的。

去镇上前，阿卡拉我一起去严半仙家，和他说要去镇上接袁姐，并告诉他米芾的字是怎样放回去的。

严半仙半信半疑地问，你真要告诉我？不想再牵住我，给自己留后路了？

不留了，留了也用不着，我还要与你说，那件你心里一直悬着的 3 只羊。

啊，不愧是大仙。严半仙露出夸张的表情。阿卡一脸正经：我现在就告诉你，严有新的 3 只羊，还是与你的那幅米芾的字有关系。严有新让乞丐偷字，讲好要给他一坛酒，结果只给了一小坛。乞丐气不过，知道严有新在偷羊干坏事，就让女乞丐去严有新家，严有新见女乞丐有几分姿色，要与她“那个”。女乞丐说，要“那个”可以，但你还得再偷几只羊来。严有新又陆续偷了3只后，说好晚上要“那个”，结果被女乞丐下了药，她把严有新家里值钱的东西都拿空了，其中包括3只羊。这种事情，严有新哑巴吃黄连，有苦说不出。所以严有新提到3只羊，人就枯。这时候，我联想起严有新说自己是“黄连树上挂猪胆，苦上加苦”，终于弄清楚，原来，黄连树上的猪胆，是女乞丐挂上去的。

本来以为，严有新这种人已经无可救药了，严半仙讲，亏得你们想到了茴香豆，拉了他一把，让他重新抖起来。我接着说，我真不敢相信，严有新会有今天的样子，好像昨天还在地下，今天就去了天上。严半仙讲，他就是这样的人，见利讲话，不过，现在还真有点不一样，可能会是个好的开头。

我对他还是有些担心，像他这样心歪过的人，要完全正过来没那么容易，之前，我和镇上已接头，有人会看住他。

阿卡做事牢靠，为严有新做了件好事。村里人看不起严有新，他自己把自己弄得一点威势也没有，让他换个地方，把茴香豆铺子开到镇上去，都是阿卡暗中帮的忙，走了一招险棋，她找了个年纪大的女乞丐给严有新当帮手，这个女乞丐使起坏来比严有新还坏，是个厉害婆，能够把严有新管住。

好办法，严半仙讲，这就叫以毒攻毒，但你们还要多个心眼，严有新是不可能一下子就变好的。我说，有数，现在阿卡叫女乞丐管住他的同时，还要引导他，让他把老婆找回来，他老婆不回来，严菁华太苦了。阿卡对我摆摆手：好了，好了，别吹捧我，身上的鸡皮疙瘩都起来了，你曾对他说，要想别人。他现在有体会了，说运气是铁面无私的包公，你想别人越多，它就越和你好，他现在满脑子都在想别人喜欢吃什么，喜欢吃什么味道。

严半仙清清嗓子讲，难得听见你们互相吹捧。刚才讲到要严有新把老婆找回来，不用急，先让他把自己的事做好，只要严有新把事做好了，就有可能让老婆回来。你们也是晓得的，严有根不肯讨老婆，是因为心里没有放下表妹，他要等的就是这一天，至于以后会怎么样，要看他们的造化，顺意就行。

阿卡起身看着严半仙：我懂了，就按你的意思做。说完叫严半仙跟她走，这时，她突然看见铁莲的身影，叫我守住，千万不能让她跟着。还好，铁莲转了转就走开了。我回头跟上他们，走进严半仙家和邻居家中间的窄弄，阿卡把手扣进严半仙家的砖缝一拉，拉开了一扇窗，严半仙的密藏被开膛剥肚，宝物暴露无遗，东西比想象的要多，里面有瓷器和朝珠。严半仙讲，里面很多东西都是祖宗留下来的。话音刚落，他脚一软，一屁股坐在地上。我把严半仙拉起来，感觉到他的身子在发抖。他自己根本都不可能想到，他把宝物密藏在夹墙中，竟然“密”到这个程度。阿卡说，你这个地方得换了。严半仙头点得跟小鸡啄米似的讲，要换，要换，马上换。我对严半仙说，你的这些宝物，要不是阿卡，早没有了。严半仙对阿卡抱拳讲，谢谢阿卡，你永远是我的桌上宾。我咳嗽了一声。严半仙看我一眼接着讲，你也是。他看我们要走，拉住我的手，对阿卡讲，要过年了，你该送我一个礼。

刚才送给你的这个礼还不够大吗?

够大够大，我讲得不是这个礼。

还有什么礼?

你看啊，你装瞎子这么久，是不是已到被我“治”好的时候了。

我听明白了，他是想让别人知道，阿卡的眼睛是被他“治”好的。我问，你是不是想通过“治”好阿卡的眼睛赚名气?

明摆着的事，就是想赚点名气，只是个空名头。你们不用担心，我不会用名气来骗钱，我也不是钻铜钱孔的人，你们也知道，我把自家酒作坊赚的钱，都捐给了村里，加上村里人都晓得，我本来就会医治眼睛的，有自己用草药做的眼药水，消肿明目很灵的。

只要郭先生点头，我不反对。

你看郭先生不讲话，也不会反对。

我眼睛是被谁“治”好的？我不说，你自己说。

这样更好，这些话我自己会讲，有人去问你们的时候，只要不讲不是我“治”好就行。

我和郭先生都相信你的为人。阿卡边说边转身，她看雪花越飞越大，急于去镇里接袁婉柔。严半仙送我们出门，抱拳讲，谢谢你们！

从严半仙家出来，阿卡仍旧坚持一人去镇上接袁婉柔。雪下大了，我不放心，说，看看，地上都积雪了，你还要独自去翻山越这么高的岭头。阿卡眼睛不看我：这样的岭头，再高我都不怕。

你没有不怕的岭头了？

当然有，有一种岭头，很难翻。

是什么样的岭头？

明知故问，好了，你这个大呆子，我不和你说了。阿卡叫我放宽心，已经备好轿子，会把袁姐抬进来的。阿卡不让我去，没办法，但她一直拉着我的袖子不放，我看她的嘴动了动，声音和雪花飘落一般轻，也许就没有出声，看她说话的嘴形，我知道她对我说，送我一程。

不让我去镇上接袁婉柔，在这里送送阿卡也是很好的，我乐意。阿卡拉着我的袖子：我眼睛“看”不见，你牵住我的手好不好？

我牵住她的手，感觉她的手冰冷，和水塘里的冰块一样，我把另一只手也叠上去，把她冰冷的手夹在中间。我牵着她走，她走得慢，用鞋跟拖着地，我问她，你是不是人不舒服？

你放心吧，没有不舒服，你送我到三杯亭吧。

好的。我嘴里应答，心里却不明白为什么要送到三杯亭。到了三杯亭，望出去，白茫茫的一片，孤松已经变成了白蘑菇。阿卡从布包里拿出酒葫芦，还有两个酒杯，她斟满酒：今天，我和你对饮一杯。

你从来不喝酒，今天为什么要喝呢？

路上寒，喝一杯驱寒。

要是没有一点酒量，一杯下去人会晕的。

你怕我晕，那你先喝掉，我再倒给你，你代我喝，我只喝一点点。

我觉得这个办法好，就先把酒喝了，酒到嘴里，我喝出来了，是“蓝氏花”。由此来看，阿卡为了这杯酒，是用心的，提前做好了准备，我心里突然有些感动，待她喝了酒后，真想紧紧地抱住她。可是，她放下酒杯，一句话都没说就走了，而且走得飞快。我在后面对她喊道，小心脚下。她头也没回，一直急速朝前走。到了古道路口，她转过身来，望着我，然后向我挥手，我也向她挥手，许久，许久。

回到琴堂，我感觉时间过得特别慢，做什么都无趣，琴抚不好，书看不进，连喝酒都没味道，只有在琴堂里瞎转悠。雪越下越大，天渐渐转暗，我回屋点上煤油灯，把灯花剪了，让灯火更加亮堂一些。

这时候，听到了叩门声，打开来看，是袁婉柔，脸红扑扑的，没来得及抖落身上的雪花，就一头扑进我怀里，我们紧紧相拥，久久无语。忽然，我发现袁婉柔哭了。我说，你怎么哭了。袁婉柔推开我说，你这个呆子，我原以为阿卡已经怀上孩子了。

提起阿卡，我问道，阿卡呢？袁婉柔说，在客栈呢，她说不知你是不是想她回来。我连忙说，我想她回来。袁婉柔说，那好，我现在就去告诉她。我说我也去。我真不忍心让袁婉柔在这么厚的雪地里行走，还有，我要当面告诉阿卡，我想你回来！

我背上袁婉柔，同撑红色的油纸伞，走进雪地里。雪，越下越大，像酴醾花瓣在飞舞，不一会儿，就感到油纸伞变得沉重起来。我们到了客栈，找到阿卡歇脚的房间，里面空无一人，看见有火盆，碳烧得旺，桌上蜡烛台点着红蜡烛，边上是两碗冒着热气的面条，床上摊着红被子。我走近蜡烛台，下面压着纸条，写着：袁姐生日快乐！我走了。别找我。也许会回来，也许不回来。长寿面趁热吃。晚上就睡在这里吧，要比琴堂暖和。

看完纸条，我怔住了，觉得窗外的雪花都朝我心里飘来，此时大雪封山，阿卡会到哪里去呢？想到她冰冷的手和三杯亭的“蓝氏花”，我眼睛模糊了，前面突然浮现了阿卡的身影，这是我没有过的，以前，这般出现的都是袁婉柔，此时，是阿卡，第一次去严半仙家时的模样，脸是那样的白净，光溜溜的鼠尾辫，戴顶小瓜帽，穿着紫色马褂，手里拿着绿竹竿。我越想眼睛越模糊，止不住眼泪滚落下来，滴在火盆里，发出“嗖”的声响。这时，我隐隐约约听见严半仙家里传来的道情声：

砰喳，砰喳，砰喳喳，
今日唱阿卡，春来花正时，
砰喳，砰喳，喳砰砰……

看不见的线

星期六早上，太阳露头，一路之隔的金龙亭公园里，群鸟跳跃，在树梢上踩踏出清气，随风飘荡。这时候，朱杨身穿睡衣，一手酸奶，一手面包，站在阳台上吃早餐，刚把面包塞进嘴里，突然看见下面有个女生向他招手，意思让他下去。初升的太阳照在她脸上，红红的，显得朝气蓬勃。他用手指着自己，她点点头。

朱杨来到北京上大学不久，人生地不熟，这个女生，以前没有见过面，她会是谁呢？他走进阳光，来到了她面前。她说，我刚才敲门，你怎么不开呀？他一愣说，不好意思，我刚才在阳台没听见。她微微一笑，露出浅浅的酒窝，说，没有责怪你的意思，我想问一下，你是李奶奶的什么人？他说，李奶奶是我的房东。她有点急了，问李奶奶去哪儿了。他说李奶奶去养老院了。她拿出一封信，递给他，麻烦他把这封信交给李奶奶，还特别嘱咐说，这封信一定要送到李奶奶手上。他看着她的丹凤眼，感到有点清冷，像小学里的班主任给他布置任务。朱杨说，你放心好了，李奶奶也给我讲过，如果收到来信，一定要转交给她。

两个人交接后，她说还要回学校，就匆匆走了。

说来也奇怪，她走了，精气神却被朱杨留下来，连同那段照在脸上的阳光，那股拨动发梢的清风。

回想他们的见面，朱杨感觉到，自己当时的心情有些莫名其妙地乱，导致连姓名都忘了问。

对房东李奶奶，朱杨看房时见过，了解不多，只知道老奶奶以前是金龙亭公园的园艺师。他现在住的这幢房子就是金龙亭公园的宿舍，和公园一路之隔。朱杨坐在阳台的摇椅上，望着公园的一角，细细品味女生说过的话，突然对她送的信产生了兴趣，他朝着阳光，把信举到眼前，透过光，翻来覆去地看，总觉得里面是张白纸，什么字也没有。他好奇了，看信封，上面是：北京市西城区金龙亭胡同 127 号一单元 301 室，李沁同志收，杭州市北山路谢寄。朱杨不得其解，现在手机使用普遍，特别在北京这样的大城市，通电话、发微信，很方便，哪儿用得着通过信来传递信息。

就是这封信，燃起了朱杨的好奇心，一个杭州市北山路姓谢的人，给他的房东送来一封不见字影的信，在他的印象里，这样的信，只是在影视中搞地下工作的同志为了保密才用的，看起来没字，其实有字，需要涂上显影水才能看到。难道他们还在用这个办法？

原计划，朱杨要去学校听科技发展讲座，由于信，他改变了行程，急于赶去李奶奶那里，他猜想，李奶奶或许会知道送信女生的情况。

李奶奶的养老院，叫荷风养老院，坐落在北四环和五环之间，里面 10 多幢红瓦小楼掺和在绿树当中，围着花园依次排列，看上去，极像一个放大的“C”字。阳光下，安静的养老院，花朵开放，蝴蝶飞舞。

朱杨出现在李奶奶面前，她便急着问，是不是有信了？朱杨说，是。他把信交给李奶奶的时候，见她还是和上次一样，把自己收拾得清清爽爽，1米65左右的个子，穿一身蓝白相间的印花布居家服，白白的短发梳得整齐，背有点弯，反应还敏捷，看不出是个快要90岁的人。李奶奶迫不及待接过信，戴上挂在胸前的老花镜，对着信封，翻来覆去地看，把信凑在鼻前闻，然后抬起头来问，信是哪里来的？朱杨知道，李奶奶在信封上没有找到邮票和日戳，就把早上女生送信的事情说了。李奶奶听得仔细，问得也仔细。李奶奶说，估计去年送信的也是她，我不在，信是从门缝里塞进去的，我邻居见过，是不是剪短发，向后梳成一束，腮边有酒窝的？朱杨说对对对！她顿了会儿接着说，她把信送到我家里，估计是想见我的。你能联系到她吗？我想见见她。朱杨说，李奶奶，不好意思，我只听说她要回学校，估计是个学生，我当时什么都没有问，不知道她叫什么名字，从哪里来，到哪里去。

没事，要是下次，还是她送信过来，你就把我的意思告诉她。

没有料到，李奶奶也不知道送信女生的情况。对这封信，朱杨很是疑惑，李奶奶接信时是那么期盼，可是，她拿到信以后，只看信封，还用鼻子闻，却一直没有拆开来，直接把信夹到书里，放进抽屉了。

李奶奶，您怎么不看信？朱杨从来没有见过有人这样看信，不解地问。他想，难道信里真的就是一张白纸？那么，寄张白纸过来，到底是什么意思呢？

这时候，李奶奶看看朱杨，说，这是秘密，你不知道的。她眼前的朱杨，和前些天在家里见到的一样，剃了个寸头，圆圆的脸蛋，乐呵呵地让人觉得喜庆，容易让人记住的是他的嘴，笑起来略向右歪。

李奶奶很客气，拿出橘子和香蕉，还泡了西湖龙井茶。朱杨看李奶奶的房间，飘窗上有块海南黄花梨的老根，上面有枯了的杨柳枝，两头弯起来插着，中间配了几朵黄色的小野花，简简单单却也雅致，窗边横摆着写字桌，上面有笔记本电脑和手机，椅子上方的墙上挂着方形镜框，里面是彩照，在临湖的金龙亭旁边的杨柳树下，身穿白绸衫的一对男女在打太极拳，男的理平头，戴一副细边眼镜，女的剪短发，向后梳成一束，直愣愣的像把刷子。照片镜头定格在"手挥琵琶"的招式上，从中可以读到，是个晴朗有风的日子，他俩迎着朝阳，风吹皱了湖水，吹动了杨柳枝叶和他们的衣裳，阳光下，俩人的眼光对望着，情意绵绵。

不难看出，照片上那个女的是李奶奶，朱杨身子一颤，原因是他看到了当时的李奶奶和送信女生有相同的发型，更好奇的是，那男的有酒窝，也就是说，打太极拳的两个人的特征，送信女生身上都有！他问李奶奶，您有没有见过送信的女生？李奶奶说没有！

朱杨将两臂相交在胸前，手摸下巴，在房间里走动。发现床头边的银钩上挂着串珠子，很多颗上面写着数字，还用颜色作了标记。他问李奶奶，这串珠子我能看看吗？李奶奶说，可以的。她拿了双白手套递过来，顿时让朱杨感到这串珠子很珍贵，让他想起早些年，他爸喜欢玩儿古董，给他看稀罕宝物的时候就是这样让他戴手套的。他戴上手套，小心翼翼地屏着气，把珠子拿在手上，发现是串2厘米大小，已经有了包浆的老山檀香珠子，总共108颗，在很多颗珠子上面写有年月日，分黄色、红色、绿色，黄色为多，在黄色上一颗加红点，5颗加绿点，后面一段什么颜色也没有。朱杨看不明白，只觉得好玩儿，他把珠子挂回银钩时，珠子有点晃，奶奶过来用手按住，再慢慢移开。

离开养老院前，朱杨存了李奶奶的手机号码，叫李奶奶不要客气，有事尽管找他。朱杨赶回学校时，讲座已经结束，剩下卢晓晴在阶梯教室门口等他，她叫了一声哥，迎过来，递给他录音笔说，讲座还不错，抽空可以听一听。卢晓晴与朱杨来自山西，俩人的爸爸是商界朋友，他们从幼儿园开始同班，一直到大学，现在学的同是地理科学。朱杨不想卢晓晴在学校里叫他哥。卢晓晴说，我不管，已经习惯了，我就叫哥！卢晓晴叫他哥是叫在心里的，她模样靓丽，细细的腰肢，身材凹凸有致，喜欢她的人不在少数，可她都是冷冷的，不多说话，也不给笑脸，有意保持一段距离，男同学称其“冰美人”。可是在朱杨面前，她满脸堆笑，话也多，说起来没完没了。她从不隐讳，她就是喜欢朱杨，愿意和他待在一起。这样的想法，是从幼儿园过家家开始的，她就喜欢跟在朱杨的屁股后面玩儿，朱杨嫌她笨，比如教她玩儿捉迷藏游戏，朱杨躲起来，她也学朱杨去躲起来，结果，朱杨在稻草堆里躲到天黑，也不见她去找，以为她出事了，找到她家里去，见她正在吃晚饭，还啃着肉骨头。朱杨叫她傻妞，她不在乎，只要能跟她玩儿，怎么叫都行。后来上学，卢晓晴的学习成绩不理想，每次老师宣读考试成绩的时候，她都会把耳朵捂住。一直到了高中，为了跟上朱杨的步子，能够和他在一起读大学，她花了比别人更多的学习时间，功夫不负有心人，最后高考成绩比朱杨还高出了20多分，终于有了跟着朱杨选校选专业的条件。她望着朱杨说，哥，给你说件事，我也搬到你住的那幢楼里去了。

你有好好的别墅不住，干吗要搬到这边来？他撇了撇嘴，笑着说。朱杨不想让卢晓晴住过来，但没写在脸上。别人难从他的表情里看到其中意思，卢晓晴不一样，她闭着眼睛都能感觉出来。她说，哥，怎么了？你不高兴？

高兴，高兴，特别高兴。朱杨边转身边说。

其实，卢晓晴到这边来，是为朱杨考虑的，她把保姆也带过来做饭，让朱杨能够吃得好一点。保姆到来后，确实不错，她会做很多花样的菜，色香味俱全，可是几天下来，没有听见他说好。卢晓晴问他是不是味道不好，要是味道不好，就把保姆换掉，换到满意为止。朱杨不语。卢晓晴着急了，说，你说话呀，到底是为了什么？是不是我在这里你感到不自由？朱杨说，我们是来学习的，不是来过日子的。卢晓晴明白他话里的意思，说，那好吧，只要你开心，我后天就搬回去，但是，你切记要少吸烟，你能做到吗？朱杨点点头，舒了口气，笑了。卢晓晴也笑了。卢晓晴心里清楚，朱杨不想她住过来，就是因为他偷偷吸烟，还上了瘾。卢晓晴看见他吸烟要提醒，朱杨觉得烦，这样的事情又明说不得。还有一个原因，朱杨的妈与卢晓晴特别亲近，她喜欢卢晓晴，她们俩通电话的次数，比朱杨还要多，通过卢晓晴，他妈就能够了解朱杨在学校里的情况。

对朱杨，卢晓晴总是百依百顺，因为她佩服朱杨，哪怕他心里火冒三丈，也不会跑到脸上去，她就喜欢他那副波澜不惊的样子，认为最亲和，还有看头。因为喜欢，她把朱杨一直放在心上。可是，朱杨对卢晓晴没有那种感觉，他把她当亲妹妹。

卢晓晴不傻，心里明白，但不急不恼，她想，爱一个人，就应该和画画一样，留些空白出来。她把他当作风筝，让他自由自在地飞，不论飞得多高多远，她有自信，能够把他收回来！既然她把朱杨当作风筝，关键是线不能断。卢晓晴说，你不是要组乐队吗？可以放在别墅，反正3楼空置着，你可以随便用。这话说到朱杨的心坎上去了。

自打从李奶奶的养老院回来后，李奶奶照片里的柳树一直停留在朱杨的脑子里，他出于好奇，特地去了公园。公园很大，东西南北各有大门进出。相传乾隆年间，久旱未雨，地干裂了，乾隆皇帝祭拜求雨，有人见一条金龙飞来这里，当晚下了场及时雨。为了纪念这场雨，造了金龙亭。1950年，政府在此划地建公园，取名金龙亭公园。

金龙亭不大，四根柱子上绘了四条盘金龙，匾上“金龙亭”三个字，出自当年体仁阁大学士刘墉之手。亭子的梁上还绘有《彩菊》《八仙过海》《太白醉酒》和《刘海戏金蟾》，这些绘画和金龙亭的内容不是很搭，估计是后人把亭子当作休息用了，增添些趣味罢了。走出亭子，就是那棵杨柳树，据说在此种杨柳树是有寓意的，柳和留同音，意思是亭子要留住。眼下，这棵杨柳树仍然枝繁叶茂，他站在树下，感受他们在这里打太极拳的情景，心想，几十年就这么过去了，湖依旧，树依旧，风月依旧，当年风华正茂的主人，却已经成了老奶奶。朱杨这样想着，不禁一丝伤感涌上心头，他把手放在额前，抬头仰望，碧空流云，太阳往西落去，山后边的云海里，溅起红霞一片。

大学生活平静，朱杨过得自在，成绩中等，反而卢晓晴成了学习尖子，是班里的学习委员。朱杨不想被卢晓晴看笑话，暗地里用劲儿，空余时间也开始往图书馆跑。那天下雨，朱杨头上顶个包冲向图书馆，刚进去，听见有人“喂喂喂”地叫他，他定眼一看，原来就是那个送信的女生，心里一阵欢喜，看她身边跟着个鼻子高挺，剃锅盖头的帅哥，正在为她撑开雨伞，估计是她的男朋友。他顾不得拍去身上的雨水，微笑说，太巧了，你也在这学校？

是呀，我大四。

原来是学姐呀，怎么之前没见你。朱杨看着她说。

我们这学期实习为主。她说，我给你的信，送过去了吗？

我当天上午就送过去了，李奶奶说想见你！

见我？说为什么了？

没有说，我不知道为什么。

她说，我也想见到李奶奶，可是都不凑巧。

朱杨问，你之前有没有见过李奶奶？

没有见过！

去年是不是你送的信，李奶奶不在，你把信从门缝里塞进去。

是呀，是李奶奶告诉你的？

是。我想问你，你和李奶奶是什么关系？

送信的关系。

我感到这封信有点奇怪。

有什么好奇怪的。

朱杨放轻声音说，你有没有发现信里没有字？

你偷看了？

绝对没有！我只是好奇，对着阳光照了照。

我只负责送信，不关心里面的内容，我劝你好奇心不要太重。

朱杨点头称是。

他俩通过互换信息，朱杨知道她叫谢柳，是学环境工程的，来自杭州。俩人说好同去见李奶奶。

李奶奶得知找到了送信的女生，连声说好。朱杨按照与李奶奶约好的时间，穿上灰色西装，开辆旧的牧马人改装车，在校门口接上捧着一束百合花的谢柳。她一上车，朱杨说，姐，这花是送给我的吗？

谢柳瞪了他一眼，知道他明知故问，在开她的玩笑，不理睬，她系着安全带慢条斯理地说，你的名字，我想了好久，总感到很难叫，两个字都和动物名同音。

随便叫，不用那么讲究。

那么我就叫你的姓？

干脆叫朱弟好了。

这不行，我叫你朱弟，你叫我姐，我就变成朱的姐姐了。谢柳说，还真想不出两全的称呼，只能叫你姓了。

真难为情，我的名字让你费心了，请多关照。在老家，用土话说，我的名字和动物扯不上关系，在我们那里，能把“红红的太阳，蓝蓝的天”，说成“嗡嗡的太娘，男男的颠”就算是会说普通话了。到北京就不一样，字正腔圆，说起来，朱是朱，杨是杨，避不开，逃不脱，非要把我塞进动物圈。朱杨调侃自己说，别人的名字不好可以改，但我的不可以，爸姓朱，妈姓杨，我的名字就是他俩姓的组合，所以，我即不能改朱，又不能改杨，只有委屈自己成全他们。

谢柳觉得好玩儿，屏着嘴，不让自己笑出来。朱杨很是兴奋，嘴巴不停地说，还拿谢柳开涮，说咱们的名字好，要是生出孩子来，咱们可以不要姓，取我的杨，取你的柳，就叫杨柳。

谢柳捏起拳头在他眼前晃，说，你过分了啊，别再胡说八道，不要让我以为你的嘴里跑不出像样的东西。

姐，那我闭嘴行不？朱杨装出害怕躲避的样子，举起一只手说。

好好专心开车，或许还有救。

那我再说一句话，姐，你要救我！

谢柳忍不住，笑出了声。

到了养老院，李奶奶已经在门口等候，她接过谢柳献的花，没等朱杨介绍，就一手搭在谢柳肩上，目光从老花镜的上方透过去，她屏着气，盯着谢柳看。等李奶奶把眼光收回去的时候，她已经知道眼前的这个人是谁了，因为看见谢柳微笑时露出的酒窝，浅浅的，和谢宗泽一模一样，还有发型，和她当年梳的一模一样，她可以断定，眼前的谢柳就是谢宗泽的孙女。

进到李奶奶的房间，朱杨去看照片，看檀香珠子。他发现多了一颗写年月日的珠子，日期是他送信过来的那天，上面还涂了黄色，他好像悟到了，珠子上的年月日应该是收到信的日子，但是，为什么又涂上黄色，他猜不透。他扭头看谢柳时，谢柳拉着奶奶的手，亲得和多年未见的亲人一样，她问道，李奶奶，您都还好吗，我送信就是想看看您。

我都好的！李奶奶说，谢谢你这么有心，你们都好吧？

谢柳听得明白，李奶奶说的你们，其实，问的就是她的爷爷谢宗泽，只是没有着重点出来而已。谢柳说，您放心吧，我们都很好的，谢谢李奶奶，您的好心我都感受到了。李奶奶背过身去。朱杨看不懂，她们两个没有见过面的人，竟会如此亲切，像用心灵沟通似的。朱杨不想被她们晾在一边，就和李奶奶说，您能不能给我们说说珠子的故事？谢柳瞪他一眼，立刻接上来说，让李奶奶歇会儿，珠子没有什么故事。朱杨感到，谢柳知道珠子的故事，不想让奶奶说出来，就跳出来阻止。朱杨搞不清楚她们之间的关系，他瞎猜，难道有血缘关系？很快，他又否定了，有血缘关系不可能到现在没见面！

回学校的路上，谢柳说，朱，姐问你，你是不是在吸烟？

没有，我不吸烟。

老实说。

玩玩儿的，偶尔吸点。

老实说！

是吸烟，难道不行吗？

你吸烟不关我事，我只是想知道个事情。

想知道什么事？

不和你说，你的好奇心太重了。

我的好奇心从小就重，有什么需要改进的？

别问我，问你自己。我还有件事和你说，看你今天穿的这么正式，以后你穿什么最好要和我说一下，免得让人感觉，你很重视，我不重视。

好的，明白了。朱杨说，刚才我和奶奶说了，每个星期六都会去看她。

那你去就是。

姐，我和李奶奶说的是我们！

你也太不懂规矩了，你凭什么做我的主。

朱杨和谢柳在一起，感到蛮快活的，喜欢与她同行，便想出了这个不会拒绝的办法。谢柳不傻，这样的小把戏，她心知肚明，但不能由着他瞎闹，她说，以后，所有和我有关的事情，都要经过我同意，不能乱来，不能有坏心眼，否则，你就别再叫我姐。朱杨听她这么说，心里高兴，她刚才说要是乱来就别叫姐，意思是要不乱来，就可以叫姐了。

凌晨，下了场雷雨，“敲锣打鼓”，好不热闹，把城市在夜里惊醒，窗户亮起了一盏又一盏灯。朱杨睡意全无，起床来，望向窗外，黑咕隆咚的，听得雷声远去，雨点开始变小。他打开窗，一股带着泥土味的空气涌进来，又立马把窗关上。他洗好脸，就给谢柳打电话，谢柳过了好一会儿才接，朱杨说，姐，你说的话我都记着，就想告诉你，我今天穿T恤。谢柳立马把手机关了，什么乱七八糟的，她心里说了声捣乱，还真没有人这么早来吵醒她，然后翻个身，继续睡。打完电话，朱杨偷着乐，心里想，你不是要我告诉你穿什么衣服吗，我现在就告诉你，我今天穿T恤。朱杨躺在阳台的摇椅上，点起烟，抽了一口，突然记起谢柳问他吸烟的事，不知她是从哪里判断出来的，他吸不吸烟，到底和什么事情有关呢？他想不明白。此时外面的路上，已经开始有人跑步。

这场雨，把天冲洗蓝了，看上去，透明了许多。这样的清晨，泥土的味道已经散去，树上吹过来凉爽的风，在空气中浮动，人沉浸其中，感到舒畅。

从住地到学校不远，两站地，朱杨骑小蓝车，赶到食堂，买了包子稀饭，找座位时，看见谢柳和她男朋友一起吃早餐，便凑过去，在谢柳边上坐下，叫了姐，看了看她的男朋友，不知叫啥，就叫了声“姐夫”。谢柳正在吃馒头，被噎住了。朱杨看她的男朋友笑眯眯的，知道对他的称呼不反感。谢柳缓过气来，说，之前，只知道有满嘴跑火车，但火车无论怎么跑都是有轨道的，你呢，你知道自己嘴里跑的是什么吗？是拖拉机！在坑坑洼洼的路上“嗵嗵嗵”地颠，你一开口，我就担心你会翻车。

姐，不好意思，我向你保证，从今往后，肯定不会让你听到拖拉机的声音。谢柳的男朋友说，他已经明白，不会再把拖拉机开出来。朱杨问，我还能叫姐夫吗？他说，可以！谢柳说，不可以！朱杨有数了，以后单独和他在一起就叫姐夫，和他们俩人在一起就不叫姐夫。

被朱杨称为姐夫的叫郑恺瑞，爸爸是个国企的高管，和谢柳同班，钢琴弹得不错，爱打篮球，个子高打中锋，很帅气，有女人缘，来校几年，在谢柳前面已经有了3个前女友。其中一个的名字里也有柳字，叫刘柳，和谢柳同班，是个胖姑娘，皮肤白里透红，跟水蜜桃似的，没上大学前，在当地是出了名的校花，郑恺瑞看中的是照片里的她，老催她减肥，刘柳觉得他只知道叫她减肥，不考虑她的感受，认为他还没到值得她去减肥的份上。要说减肥，刘柳并不是没有减过，没有嘴巴说说那么容易，想吃的东西不能吃，饿起来难受得直冒汗，而且还不是短时间能解决的，经过权衡，她还是想做一个快乐的胖姑娘，宁可失去郑恺瑞，也不想减肥。后来郑恺瑞移情谢柳，刘柳和谢柳原先就谈得拢，她还在中间促合，一副没心没肺的样子，她说郑恺瑞除了花心，其他没什么不好，人长得帅，谈女友比别人多，也属正常，叫谢柳看着点便是。谢柳和刘柳从此无话不谈，成了最要好的闺蜜，有时她们聚，也会叫上郑恺瑞，吃顿饭，喝杯茶，嘻嘻哈哈，相互之间有分寸，大家不觉尴尬。

对朱杨的出现，郑恺瑞表面开心，其实没有好感。他根据自己的经验判断，对谢柳说，朱杨看你的眼神不对，里面有鬼，有可能以“姐”“姐夫”当幌子，另有企图，是个危险分子，提醒谢柳，和他交往时，不要被他迷惑。谢柳不这样认为，朱杨只是个满嘴跑拖拉机乱说话的小男生，而且认识的时间也不长，就那副傻样，没必要这么看他。郑恺瑞坚持自己的观点，他感觉到，谢柳对朱杨嘴里的拖拉机不反感，一旦习以为常，没有“拖拉机”反而会感到空落落的。

近段时间，卢晓晴忙着帮朱杨装潢乐队排练室，模拟舞台把 3 楼打通，内墙用隔音材料贴面，装空调，买沙发和演奏用的高椅。朱杨去买音响、架子鼓、贝司、键盘和吉他，着手组建“贝壳”摇滚乐队。乐队由 5 人组成，朱杨是节奏吉他兼主唱，还有主音吉他手、贝斯手、键盘手，尚缺一名鼓手。朱杨在网上招募，条件是在校大学生，结果来了位医学院的俄罗斯女生，叫维多利亚，金发盘在头上，穿短裤、皮靴、镶金属的牛仔衣，摇滚的派头，相比起来，朱杨他们在衣着上就随意多了，没作要求，只要不赤膊上阵就行。维多利亚看上去文绉绉的，面试的时候把大家都震惊了，她自带木制鼓棒，还有钢丝制的鼓刷和细木条捆成的束棒，一上架子鼓，完全变了样，神采飞扬，鼓棒在她手里变化无穷，看得眼花缭乱，她把鼓打得美妙动听，简直像个专业鼓手。朱杨满心欢喜，心想，乐队有了女生搭配，会更有情趣一些。

朱杨冲好澡，准备睡觉，接到卢晓晴的电话，说要去他那里，有事情和他说。朱杨叫她在电话里说，或者明天学校说。卢晓晴坚持要过去。朱杨怕麻烦，她来了，他得开窗通风，不让屋里有烟味。还有，她会用长辈的口气和他说话，要这样，不要那样，感觉是他妈派来的巡视员。

一进门，卢晓晴递给朱杨一串别墅的钥匙，所有房间的钥匙都在里面。她说想和他谈谈心。他讨厌和她谈心，因为她手里捏着他妈这张王牌，随时会炸，但又没办法。卢晓晴说，哥，现在外面在传，说你掉进了“酒窝”。

胡说八道，你听谁说的？朱杨心里明白，她说的酒窝，指的是谢柳。他说，就和她一起吃了顿早饭，当时她的男朋友也在。

当时她说你什么了？

说我嘴里跑拖拉机。

你说什么了？一句话也没说！还是那副笑眯眯的脸！哥，你犯贱了。如果是我说你拖拉机，你会这样吗？要是你不掉进“酒窝”，会她说什么就是什么吗？

之前都跟你说清楚了，她比我大，我叫她姐，弟跟姐顶嘴合适吗？

好了，事情已经过去，你以后不要和她来往就是。

不可能的，朱杨挠着头说，我们都约好了，每个星期六都要一起去看房东李奶奶。

狡辩。卢晓晴说，哥，你和女同学交往，是你的自由，但你不能犯贱，你犯贱我不好受。

如此的心情，朱杨能够理解，她把心思都放在他身上，他高兴她也高兴，他难受她会更难受。近来，朱杨学习成绩提高，考了个全班第二，她高兴，还给他妈报信。

这些天，朱杨妈几次给他打电话，说那个人的事，对那个人，朱杨没有好感，他妈管他叫那个人，他也跟着叫那个人。他和妈通话里提到的那个人就是他爸。他爸是个活宝，小时候做算术，超过 10 个手指头，要是不借别人的手来数，不论加法还是减法，答案准错。老师说他就知道赚钱，才 8 岁，就会买糖果来卖给同学，渐渐地有了名气，卖的东西越来越多，外班的同学也跑来买，学校的小卖部对他意见贼大。算术老师发现，他算钱分厘不差，就教他一个办法，让他在所有数字后面加上“元”，当钱来算。他一试，立竿见影，后来算术没有一次不是满分的。老师说有同学算术实现了零的突破，说的就是他！他从小就会玩儿钱，玩儿得溜，在当地出了名。朱杨把爸叫成那个人，是3年前开始的。当时有个高年级女同学，妖里妖气的，常去找朱杨玩儿，他叫她不要来，她不听，有一次，卢晓晴把她从家里拖出去，她还是来。家里觉得不对，就由那个人出面和她谈话，那次谈话后，没想到，妖女她妈来了一次反谈话，把那个人叫到她家去谈话。之后真相大白，原来妖女的目标不是朱杨，而是那个人，她们母女俩搞了个声东击西的阴谋诡计。那个人经不住20岁妖女的引诱，不幸中计当了叛徒。朱杨想不明白，那个人的意志怎么会如此薄弱，一点抵抗力都没有，他的竞争对手说得很难听，说他要是上战场，只要对面战壕里出来个女的，他就会缴械投降。

朱杨懒得去想这些事，肚子饿了，他去原味餐馆，见谢柳和郑恺瑞，刘柳和新男友岑放在一张桌子上吃饭。郑恺瑞眼尖，叫他过去。朱杨说，凑得这么巧，今天我请客。谢柳说，用不着，我们AA制，你要吃什么，你自己点，不要管我们。朱杨点了碗牛肉面，夹起面条用嘴吹。郑恺瑞说，你应该找个女朋友了。朱杨哈哈笑，放下面条，看了谢柳一眼。谢柳说，他和你说话，你看我干吗？朱杨说，我有女朋友的。他知道郑恺瑞说话的目的，是想让他找个女朋友，免得他打扰谢柳。郑恺瑞不信朱杨有女朋友，说，你要是有女朋友，就把她叫过来。朱杨拨通卢晓晴的电话说，你过来一下吧，在原味餐馆。说完就把电话挂了，那口气简直是在下命令。这时，岑放对郑恺瑞说，你就这个毛病，不相信人，还得让人家跑一趟。郑恺瑞说，你管得太宽了。他们两个在一块，不顺畅，经常斗嘴，起因在篮球场，岑放打后卫，每次抢到球，都不传给郑恺瑞，因为传给他，就和传给对方差不多，郑恺瑞拿到球，都要自己投，老投不中，球就被对方抢走了。岑放认为，不把球传给郑恺瑞就是胜利，郑恺瑞认为，不把球传给他就是妒忌。这样的关系，不适合打比赛，所以，他们已经很久不打球了，尽管平时会聚，却老是说不到一起去。

不多时，卢晓晴脖子上系块淡红黄色相间的丝巾，开着辆红色保时捷跑车来了。她不化妆，脸上的皮肤绝细，透着丝绸般的光。她一到就挨着朱杨坐下，说，哥，以后吃饭要早点和我说，我都已经吃过了。郑恺瑞眯起眼睛看看卢晓晴，再看看朱杨，说，你还有这么靓的女朋友。卢晓晴笑笑不语，她要了杯水，陪大家聊天。

很明显，刘柳的情绪不佳，岑放献殷勤也没用。原因是今天陪刘柳逛街，她看中一套衣服，岑放说，你要是真的很喜欢，那我陪你多看一会儿。刘柳想不到天底下还有这样的男朋友，她知道岑放得了一等奖学金，并不是没有钱，为此，她生气了，认为衣服事小，不肯为她付出事大。岑放来自农家，皮肤黧黑，容易联想到在太阳下劳作的人，他家里是经营养殖业的，不是很富裕。眼下，他的口袋空空，他有这个心，但没有这个钱呀，一套衣服便难倒了痴情汉。岑放在班里当班长，在刘柳跟前一点班长的样子都没有，反倒觉得刘柳是他的排长。岑放是个实在人，不像郑恺瑞那样要求刘柳减肥，他说他喜欢的就是眼前的刘柳，不论她变得怎么样，都认为是最好的。

还好，朱杨担心的事情被卢晓晴淡化了，她没有因为谢柳说朱杨嘴里跑拖拉机给她脸色看，反而聊得投机。奇怪的是，卢晓晴来后，郑恺瑞变得更活跃，还偷看她，好像他疑虑重重，朱杨这么个连嘴巴都笑不正的人，怎么会有这样的女朋友，要貌有貌，要情有情，一口一个哥，叫得令人羡慕。郑恺瑞问卢晓晴说，朱杨这个年纪才上大学，是不是留过级呀？卢晓晴听见郑恺瑞这样说话，不高兴了，只要有人说朱杨，她都不会高兴。她说，我哥没有留级，你才留级了呢。她对谢柳说，这样的人，你得好好管教。郑恺瑞伸了下舌头。谢柳一脸严肃。

又是一个星期六，朱杨在校门口接上谢柳，一同去养老院。谢柳穿了条绿底的碎花裙子，把两条长腿衬得特别好看。朱杨经不住赞扬说，姐，你不穿裤子真好看。

你又胡说八道，你会不会好好说话。谢柳用手指着他的太阳穴说，你曾保证嘴里不开拖拉机，今天却改成扔手榴弹了。

这绝对算不上手榴弹。

还有更厉害的？

不是不是。朱杨说，姐，我的意思没有错。

我知道你要说什么，你就说我穿裙子好看不就得了，你知道你说的那句话有多么难听吗？

姐，我知道了，以后不说了行不？

要长记性。

我已经长了。朱杨有意扯开话题，说，姐，你是不是爱运动？

从哪里看出来，是腿长？

光腿长没用，还得直，像你的腿在一条直线上，膝关节都不打弯，这样的腿，最适合跑步和跳跃。

看来你也懂一点。

得回答我，我说得对不对？

算对吧，谢柳说，我短跑还可以，在市里得过名次。

难怪我第一次见你的时候，就觉得你有运动员的活力。

所以呀，你以后得老实点，要是干了坏事，想跑都跑不掉。

我肯定不会给你抓我的机会。

但愿吧。

姐，我和你说，我也是喜欢运动的。

喜欢什么运动？

滑板。

哦，滑板，知道，年轻人玩儿得多，我没玩儿过，好玩儿吗？

看你怎么玩儿，我的玩法比较危险，曾摔断手臂，摔破过头，缝了七针，头上现在还有条疤。

干吗呢，这么疯。

那时候，刚上初中，我在当地玩儿滑板名气挺大，爱逞能，怎么危险怎么来，换句话说，叫作挑战高难度。我们的百货大楼边上，有条斜坡通道，用不锈钢管做成斜坡扶手，我要把滑板横着连人奔到扶手钢管上去，靠两脚保持平衡顺着钢管滑下来，经常摔得鼻青脸肿，还乐此不疲。

你这样的玩法，叫玩儿命。

是，那时，脑子一根筋，只要有喝彩，再危险也不怕。有一次，突然心血来潮，说要做全世界都没人敢做的事，要用黑布蒙眼，凭感觉来完成。亏的有人发现，给挡住了。

你说的有人发现，是不是卢晓晴？

是。

现在还玩不玩儿。

早不玩儿了。

还算聪明。

呵呵。朱杨有点得意。

今天，李奶奶有准备，已在院子的樟树下摆放小桌子，还拌了一盘水果沙拉。

阳光透过樟树的间隙，洒在桌面上，随着风，摇头晃脑。朱杨和谢柳已是第 6 次来看李奶奶，朱杨对李奶奶的好奇心没减弱，心想在樟树下听李奶奶讲故事该很浪漫，他叫李奶奶给他们说说照片里的故事。谢柳在桌下踢他一脚，谢柳平日穿旅游鞋，今天换了皮鞋，踢着特别痛，他咧着嘴，边搓边说，我的妈呀。李奶奶笑笑说去拿点瓜子。看李奶奶离开，他说，姐，你今天穿皮鞋也不和我说一声。谢柳说，你听着，以后不要叫李奶奶讲她的故事。不过，刚才你还没叫李奶奶讲故事前，我就想踢你了。

你干吗老想着踢我？

看你的坐相，跷着二郎腿。

你自己不也是跷着二郎腿吗？

我什么时候跷着二郎腿了？

那天在食堂，你说我嘴里开拖拉机的时候就跷着二郎腿！

我的天呀，这么久的事情还要拽来说，你是真糊涂还是假糊涂，我说的是在李奶奶这里，你见我跷过二郎腿吗？

在李奶奶这里是没见你跷过。

那不就得了，什么事情都要分场合，你在家里，跷着七郎腿，八郎腿，自己不管就没人管。谢柳指着他说，再看你现在的模样，手杵在桌子上托着脑袋，像一个考试答不出来题目的人。

我这不是疼嘛。

那你先疼着，疼好就把手拿下来。

哎哟哟，疼死我了，姐，你是不是练过武功，踢人那么有劲儿。

别装模作样了，适可而止吧。谢柳说，你记住了，别再让李奶奶讲她的故事，回去的时候，我讲给你听，把我知道的都讲给你听，行不行？朱杨说，那当然好了。今天还得怪你自己，你早给我讲，我就不会问了。

李奶奶的确是去拿瓜子的，挂在胸前的老花镜晃来晃去，在太阳下反着光，有人和她打招呼，叫她李指挥。李奶奶满脸笑容说，别忘了晚上排练。

听李奶奶说晚上排练，朱杨来劲了，问李奶奶晚上排练什么。李奶奶和他说了。原来在养老院，由李奶奶牵头组建了合唱团，李奶奶担任指挥，每个星期六晚上排练。开始组团时，有兴趣都可以来参加，结果不行，有些人跑调，还很卖劲儿，只怕别人听不到他的声音，唱得特别响，把调子都搞坏了，弄得一些原来没跑调的也跟着跑调。李奶奶没办法，又不能不让他们参加，只能再起炉灶，经过选拔，成立了室内混声合唱团，共 16 人，女高音、女中音、男高音、男低音各 4 人。剩下的还是一个团，在这个团里，可以尽情发挥，爱怎么唱就怎么唱，要把跑调的教成不再跑调，连音乐学院的教授都不敢打包票。合唱团本来就是图开心，强求不得。朱杨觉得李奶奶这件事做得有意义，他想，等乐队组好，有机会还可以合作一把。

还好，谢柳说话算话，在回去的路上，他们拐去了奥林匹克森林公园，这里有大片的树木和草地，他们坐在草地上，谢柳把她爷爷和李奶奶的事情，零零碎碎地拼凑在一起，说给朱杨听。朱杨听得出来，谢柳尽管在说的中间有些颠来倒去，但她还是想把事情讲清楚了。朱杨根据谢柳说的，梳理出来这样的故事。

照片上和李奶奶一起打太极拳的是谢柳的爷爷，也是李奶奶的前夫，叫谢宗泽，俩人同一年分配到金龙亭公园。李奶奶在园艺科当园艺师，爷爷在财务科当会计。爷爷每天清早，都会在临湖的金龙亭旁边的柳树下打太极拳，他穿一套白绸衫，在微风下，随着杨柳枝的摆动飘着，看他的一招一式，玉树临风，李奶奶连续几个早上，站在他背后看，看得入迷，渐渐产生了好感。后来，她鼓足勇气，来到他面前，提出要跟他学习太极拳。其实，李奶奶当年在公园很出挑，她有一副好嗓子，春节联欢会时，她上台唱《莫斯科郊外的晚上》，获得满堂彩。爷爷呢，也是个文艺爱好者，二胡拉得好。那时候，爷爷已经注意到她了，俩人一说即合。自那以后，李奶奶就跟着他打太极拳，她悟性好，学得快，把太极拳打得轻松柔和，特别是俩人同打的时候，就和风吹杨柳一样协调，让人看得羡慕。

不久，他们就领证结婚了，李奶奶的爸爸，也就是那个红色资本家，因为爷爷胡琴拉得好，俩人投缘，经常叫他们回家陪他喝酒唱京剧。他酒量不大，只喝黄酒，用锡壶烫上，就一小碟花生米，俩人对坐，“吧嗒吧嗒”品酒。酒后，爷爷拉京胡伴奏，他唱京剧，是马连良的《借东风》选段：

> 曹孟德占天时兵多将广，
> 领人马下江南兵扎在长江。
> 孙仲谋无决策难以抵挡，
> 东吴的臣武将要战文官要降。
> ……

他唱得陶醉，这样的日子，用他的话来说，是神仙的日子。

隔三岔五，他都会叫爷爷过去陪他喝酒唱戏，李奶奶去不去无所谓，爷爷必须去。女婿和丈人把日子过到一起去了。

幸福的日子，过得特别快，一晃就几年，李奶奶的肚子始终没有动静。爷爷的妈急了，爷爷是独子，传宗接代可是大事。有段时间，爷爷的电话多，当时，办公区接电话都在传达室，谁有电话就在广播里喊，都能听到。李奶奶见爷爷每次接过电话，人都不对劲，几次问爷爷是谁来的电话。爷爷搪塞说是朋友。

有天，爷爷接到加急电报，内容是妈病危，请速回。结果爷爷回杭州后几天回来，眼眶都陷下去了。李奶奶问他妈的情况，爷爷都说好的。李奶奶觉得事情蹊跷，去传达室的林大伯那里打听，问他有没有听见爷爷通电话的内容。林大伯说没听见，他从来不听人家电话。李奶奶说，知道你不能透露通话内容，那我问你答是或者不是即可。她问，电话是不是杭州打来的。林大伯说是。李奶奶早就有疑心，看来八九不离十。她继续问，是不是为了孩子的事，让他离开北京回杭州？林大伯说是。李奶奶什么都明白了。她去医院检查，结果发现卵巢有问题。李奶奶懵了。她知道爷爷是个大孝子，妈的话和圣旨差不多，虽然医生说不是绝对不能怀孕，随着医学技术的不断发展，经过治疗也许会出现奇迹。可她觉得这不过是医生在安慰自己而已。她为了不让爷爷有心里负担，提出了离婚，而且非离不可。爷爷坚决不同意，他俩情投意合感情深，怎么可能说离就离呢。爷爷说，我们可以不要孩子。他不同意离婚，容不得李奶奶再提。

那段时间，李奶奶的父亲带她看遍了京城名医，家里大包小包堆着药，房间里弥漫着药味，饭还没有药吃得多，一身的苦药味。李奶奶想尽最大的努力，治好自己的病。希望奇迹真的能降临在自己身上。这样又过了一年多，李奶奶的脸已经蜡黄，人走了型。爷爷看着心如刀割，劝李奶奶放弃，和她商量领养一个孩子。但李奶奶反对。爷爷想到李奶奶背着如此沉重的精神枷锁，晚上难以入眠，想着如何能够把李奶奶身上的精神枷锁解开，让她放弃继续吃药，否则人真的要被毁了，越想越怕，爷爷实在不忍心让李奶奶再受这般折磨，就去和她爸商量，共同劝她放弃，结果还是没有说通。李奶奶和爷爷说，我只要有一点点希望，就不会放弃，你想要我放弃，唯一的办法就是你离开。她心里已经完全没有了自己。李奶奶就这样逼着爷爷走。把爷爷逼得没有办法，权衡再三，万般无奈，不得不离开。

爷爷离开时，李奶奶送给爷爷一支“华孚”金笔，这支笔，是“华孚”笔的创始人周荆庭特地为她爸定制的，她转送给了爷爷，并有个请求，要爷爷每年给她寄一封信，为了不影响“新人”的情绪和他们的生活，信里不写字，就一张白纸，结婚的时候，在信封下方画红点，有了孩子画绿点。她不回信。她就是想通过这样的信，接收爷爷的信息。

爷爷回杭州后，学会了吸烟，烟瘾还不小，夹烟的手指被熏得蜡黄。当年，家里给他找了个儿科医生，还谈得来，他们定好日子，准备在北山路的新新饭店举办婚礼，婚宴安排妥当，请柬也送了，爷爷是个诚实人，为了避免产生误会，就把信的事情和她说了，结果，她难以接受，把婚宴给退了。她说，你之前的事情我不管，之后再拖泥带水藕断丝连不行，这种事，可不是篮子里的菜，别人说拿一点就拿一点，此事非同小可，问谁都不会同意。这时，爷爷的妈对爷爷说，凡事要讲个礼数，我们将心比心，李沁做了这么大的牺牲，想要一张白纸，这样的要求都不愿给人家，心眼太小了，她要是坚持不同意，宁可不结婚。后来，爷爷几次登门说明情况，加上旁人劝说，让她感觉到了爷爷的坦荡，是个正人君子，这样的人反而透明，不会藏着掖着，让人放心。俩人终于走到一起，他们开枝散叶，生育了 3 男 2 女，不再为信的事情纠结。事实证明，爷爷是负责任的人，说到做到的人，有时候，奶奶还会替爷爷寄信。再后来，有了谢柳，她的大部分时间跟爷爷奶奶住，她的名字是爷爷取的，她的发型也是爷爷教她这样梳的，爷爷说她梳成这样的发型最好看。谢柳见到李奶奶照片后，才清楚自己这个发型的出处。

至于那串檀香珠子，是谢柳爷爷家上辈的传物，爷爷托人转送给李奶奶的，当然，李奶奶至今也不知道珠子的真实来路，爷爷当时送珠子的目的，是想她烦躁的时候，可以数数珠子，让自己安静下来。后来，李奶奶把珠子用来记信，爷爷的所有来信，上面都有记录，还分别用颜色标记，红的是结婚，绿的是生孩子，黄的谢柳分析是李奶奶在信封上闻到了烟味，包括后来朱杨送的信。谢柳问朱杨是不是吸烟，就是根据珠子上标记的黄色判断出来的，是朱杨的烟味误导了李奶奶。

确实，谢柳已经把她知道的全盘托出，她的想法是尽量让朱杨听得明白一点，便于打消他的好奇心，免得乱问。因为和他在李奶奶那里，总感到提心吊胆的，他嘴里会说什么，心中无数。原来曾想不和他同去，又担心他更无所顾忌，乱说话，坏了李奶奶的心情。

谢柳趁机向他提出，要求他做到不问，不看。意思是，不要问李奶奶过去的事，不要老看李奶奶打太极拳的照片和檀香珠子。朱杨回答得轻快，说，姐，我也不是小孩，我懂的。但是，我还想知道爷爷和李奶奶后来有没有见过面？谢柳说，你还有完没完，我所知道的就这么多，以后，爷爷和李奶奶的事别再问我。

谢柳说的她爷爷和李奶奶的故事，听得朱杨心酸，这时，见边上有个小女孩在跳绳，问谢柳，你会跳绳吗？

什么意思？女生哪有不会跳绳的，谢柳看了朱杨一眼，缓过神来说，小学里有要求的，还要达标，我是优秀，一分钟跳 170 下。

这么厉害？我去借绳子给你跳跳试试。

不用，很久没跳，跳不动了。

朱杨说，你不跳，怎么知道。他大步奔跳出去，从小女孩那里借来绳子，得意洋洋，把绳子递给谢柳。谢柳试跳了几下，感觉还不错。绳，挥舞着，“啪嗒啪嗒”，有节奏，她已经几年未跳，没想到，感觉还在。朱杨在一旁鼓掌说，姐，我来给你掐时间，看看现在还能跳几下？朱杨叫她先停下来喘口气，然后说开始。

谢柳跳得快，中间绳子绊了两下，还跳了 172 下，想不到比小学时候跳得还多。谢柳来了兴致，把皮鞋也脱了，光着脚跳，结果跳了 180 下。谢柳哈哈笑，跳起来，拍了下手，说想不到荒废了这么多年，还能蹦几下。她放开了，朱杨没见过她这般疯样，平时接触，她都是正正经经小心翼翼的，和郑恺瑞在一起也一样，今天却完全变了，好像回到了童年，毫无束缚。跳了几次，她面若桃花，两朵红晕直往朱杨心里飞。她说再跳一次，争取跳出 190 下。朱杨叫她先歇口气。她说不用，就接着跳，结果跳了 198 下，连自己都不敢相信。朱杨说，再跳一次，估计超 200 下一点问题也没有。谢柳坐在草地上喘气，说，今天不跳了，以后有机会再跳，你小学也是跳过绳的，你也跳，我来给你掐时间。

我跳不好，跳起来和青蛙蹦似的。朱杨把纸巾递给她说。其实他跳绳很好，尽管个子高，但不笨拙，小学五年级的时候，一分钟跳过 200 多下，还会玩儿花样，如单脚跳，双臂交叉跳。在谢柳面前，他不想逞能，不想扫她的兴，就装着不会跳，他两脚并拢蹦，结果蹦不出 100 下。谢柳鼓励他说，男生能跳成这样，也不错，我们班里就有个男生，从来都跳不过 50 下，我教你一个方法，跳的时候不要那么用力往上蹦，膝盖微曲，脚尖落地，这样你跳个 150 下不会有问题。

好，记住了，我继续努力。朱杨吸了一口气说，你先歇一会儿，我去去就来。朱杨去小店买了 3 瓶矿泉水，要来食品袋，装着自来水回来。食品袋里的水是给谢柳洗脚用的，他蹲下身，把食品袋的一角撕了个小孔，说是移动的自来水，对着她的脚，水从小孔涌出，朱杨近距离看谢柳的脚，脚指甲粉红色的，在水里，和嫩藕的颜色差不多，觉得不忍心把冷水浇上去，他问，水冷不冷？谢柳说，我热着呢，水正好。

她洗好脚，穿上鞋，要站起来，朱杨伸出手去，想拉她一把，谢柳没有接，自己站起来。

去还绳子的时候，朱杨给小女孩一瓶水。她说不要，我妈说了，不能吃陌生人的东西。朱杨问，你妈呢？她说，我妈在加班，是爷爷奶奶带我来的。朱杨见边上的两位老人，知道是她的爷爷奶奶，朱杨前去问，要不要我带你们回去？我有车子很方便的。

小女孩连忙摆手说，不用的，不用的，我妈说了，不能跟陌生人走。谢柳哈哈笑，轻声和他说，看你这人长得，连做好事人家都以为你是坏人。朱杨说，那是小孩，换作你，总不会认为我是坏人吧。谢柳两眼望着天，大摇大摆地说，那还真说不定。看她那副样子，朱杨心里清楚，这才是真正的她，无拘无束，反正朱杨是弟，什么都听她的，用不着装着，端着，扮娴熟稳重。这样的谢柳，在校园里是不可能见到的。

乐队终于要试演了，卢晓晴提议邀请几位朋友参加，她是别墅的主人，她说了算。没想到受邀请的人是谢柳和郑恺瑞、刘柳和岑放。卢晓晴为客人准备了葡萄酒和点心饮料。刚接到卢晓晴的邀请时，谢柳并不知道是朱杨的乐队，她不喜欢摇滚乐，嫌吵，不愿去凑热闹，郑恺瑞想去，谢柳随了他。

晚上的别墅张灯结彩，卢晓晴身穿卡腰墨绿色长裙，脚蹬咖啡色高跟鞋，略施口红，在门口把客人迎上楼。

原先，乐队有过彩排，还印了节目单，朱杨却临时改变主意，不想用这份节目单了。卢晓晴充当主持人，向坐在沙发上的客人介绍了贝壳乐队的组建过程和乐队每个人的情况。卢晓晴退下后，朱杨说，下面演奏《小妹》。卢晓晴说错了，是《我的秋天》。朱杨说没有错。《小妹》是他特意创作的：

喊一声小妹声音清脆
看一眼小妹心潮澎湃
我愿为你憔悴
我愿为你喝醉
我的小妹
我的小妹
喊一声小妹声音清脆
看一眼小妹心潮澎湃

我愿为你雪上追
我愿为你北风吹
我的小妹
我的小妹

没想到《小妹》的演出之后，效果出奇的好。结束后，谢柳无语。郑恺瑞兴致颇高，对卢晓晴说，还是朱杨有心，特地为你创作了《小妹》。卢晓晴听了哈哈笑，对朱杨说，哥，这首《小妹》咱们婚礼上可以用！朱杨被她说愣了，这时候他才明白过来，今天请谢柳，是要给她传递卢晓晴是要和他结婚的。

热闹过后，郑恺瑞没有平静下来，原因是演奏架子鼓的维多利亚，这个小精灵，把他的心搞乱了。维多利亚表演时有个习惯，她非常注意观众，能对上眼的，她会飞媚眼，会用鼓棒指。在舞台上，也许不明显，近距离就很明显了，不止他自己看出来，谢柳也看出来了，她用鼓棒指郑恺瑞有好几次。

朱杨回到住处，想起卢晓晴说到的结婚，越想越不对劲，给卢晓晴打电话，说她怎么老是把结婚挂在嘴上，结婚不是幼儿园里过家家，结婚的“婚”字是由“女”和“昏”组成，“婚”的意思就是说女人发昏了。卢晓晴说，我又不是才发昏，从幼儿园过家家开始就发昏，早已习以为常，我就喜欢发昏。朱杨说，我求求你别老说结婚行不行？卢晓晴说，哥，你妈早把我当儿媳妇了，这个真的不行！我就是要让大家都知道。朱杨和卢晓晴通完话，他妈接着来了电话，给他说，要对卢晓晴好点，不要身在福中不知福。还提到那个人的事情。那个人和妖女有了戏剧性变化，妖女贪财，提出离婚，要分一半财产，明显是妖女和她妈搞的又一个阴谋诡计。他来和朱杨妈商量对策，说自己不出去野过，就不知原配的好。

才放下手机，意外接到了岑放的电话。朱杨在试演现场发现岑放精神不佳，二八侧分的头发也不像平日那样梳得整齐，他在电话里说的意思是朱杨年纪这么轻，就有了这么死心塌地的女朋友，他是来取经的，近来几日，刘柳对他不冷不热，估计马上会分手，他想留住这份感情，请教应该怎么办。朱杨对他有好感，但是他没有哄过女孩，卢晓晴用不着哄。他说，看女孩对你有没有好感，很简单，就看她对你有没有柔情，它是连着俩人的线，柔情在，线就有弹性，就有活力，要是没有了柔情，线就老化，要断了。

朱杨答非所问，用柔情说事，自以为这样比较婉转。就拿柔情说事，也对得上，岑放曾经崴了脚，刘柳对他照顾有加，柔情无限。眼下呢？刘柳的柔情不见了，说明线已经开始老化，断掉是迟早的事。岑放给朱杨打电话的目的，换句话说，是问刘柳没有了柔情该怎么办？朱杨实在说不出该怎么办。

岑放的预感没错，刘柳已经有了和岑放分手的想法。她选了个晴天，邀请岑放去金龙亭公园划船，过上快乐的一天，然后心平气和地提出分手。俩人还是同学，还是朋友。

上船后，岑放坐在船尾划船。刘柳想起有歌里唱，妹妹你坐船头的词，觉得浪漫，也想给岑放留点好的记忆，便往船头走去，还没坐下来，由于两个人的重量严重失衡，船尾就翘起来了，岑放向前滑，慌了手脚，嘴里说，哎呀呀，船要沉了。话音刚落，刘柳还没有反应过来，船已经翻了。刘柳没有学过游泳，岑放呢，也只是小时候在村边的小溪里洗澡，会几下“狗爬式”，但他奋力营救刘柳，喝了一肚子的水，没等救援赶到，岑放已经把刘柳营救上岸。那天湖水冰冷，岑放嘴唇冻得发紫。

刘柳披上救援送来的毯子，对岑放说了声谢谢就离去了。

朱杨唱了《小妹》后，一直没有得到谢柳的评价，自认为这首歌的创作能够体现他的水平，而且演出效果也好，很是得意，想谢柳夸他，便忍不住去问她。她十分直接，说《小妹》不好，她不喜欢里面“我愿为你憔悴，我愿为你喝醉，我愿为你雪上追，我愿为你北风吹”的歌词，认为不够积极阳光，干吗要憔悴，要喝醉，要雪上追，要北风吹，是根本犯不着的事。朱杨被她说得心都凉了。

时间过得快，到了放寒假的日子，大多数同学欢天喜地，朱杨不一样，觉得还是在学校好。卢晓晴已经帮他买好回程票，俩人一同回家。朱杨不想回家，其中一个原因是吸烟，在家里，左一个妈，右一个卢晓晴，把他管得牢牢的，好像吸根烟就像犯了大错似的。

得知朱杨回家，那个人也赶过来了。不论怎么说他们还是父子。朱杨就搞不明白，他这么会算计，还会让妖女的阴谋诡计得逞，把自己搞得灰头土脸的。

当时，之所以中计，是她们答应给他生孩子，现在她们突然变卦，不肯生了。他说，要不是她答应生孩子，他绝对不会娶她。他生气，年夜饭不和她们在一起，跑回来吃。卢晓晴知道后，怕朱杨家里会产生不愉快，她在的话，可以打个圆场，就先在家吃一半，再过去陪朱杨，这样，她就算是过两家年了。

在家过年，热气腾腾的，鱼肉之外，还要吃意思，比如蒸花馍，意思是蒸蒸日上，比如炸油糕，意思是来年步步高。那个人血脂高，不吃炸油糕，但没办法，来年步步高还是必不可少的。

从妈让那个人回家过年来看，妈对他的态度有了转变，还和他碰杯。妈和他的态度缓和了，朱杨也跟着缓和。妈还同意那个人带朱杨出去玩儿，他们找个茶室，那个人就给他递烟，朱杨的吸烟是跟他学的，知根知底，他知道朱杨需要什么。他想了解朱杨的情况，朱杨不想和他说，毕竟他已经叛变了这么长时间，很多事情都中断了，能不能接回去，要看妈的态度。朱杨自己埋头玩儿着手机，自从放假后，朱杨给谢柳打电话，她不接，给她发微信，也不见回复，朱杨只是想和谢柳视频，看看她爷爷。就这点要求都不肯满足他，他想谢柳不应该是这样的。

寒假因为中断了和谢柳的联系，过得无聊，加上过年时节亲戚来来往往，拜年来，拜年去，朱杨觉得烦，便提前回到北京。

回到北京的那天，下了场大雪，很冷，气温零下 11 度，朱杨戴上帽子，系上围巾，去养老院看望李奶奶。从车窗往外看，路上车子不多，白茫茫的一片，有人在玩儿雪，把雪人堆得老高。

朱杨给李奶奶带去了家乡特产芮城麻片和祁县养胃糕，他的出现，让李奶奶很吃惊，她正在小心翼翼地擦拭镜框，说，你这么早就回来了？朱杨说，想李奶奶了。

回家几天嘴变甜了。

李奶奶，我的嘴本来就甜。朱杨说，我来帮您擦。

不用。

我来帮您挂。

都不用，我自己来。

朱杨走到李奶奶身边，扶她踩上小凳子，把镜框挂上，叫朱杨站在中间看看挂得正不正。朱杨明白了，帮李奶奶做其他事可以，这种事，她要自己做。朱杨的好奇心又上来了，谢柳不在，是个好时机。他说，李奶奶，您有没有去过杭州？

杭州对李奶奶来说，太敏感了，她把话题岔开，问他这次回家的情况。

李奶奶知道朱杨问的是什么，但她不会说，也不想说，因为那段日子，对她来说，不堪回首。

透过发黄了的岁月，她仍然清楚地记着，谢宗泽走的那个早晨，她一夜未眠，不到四点就起来，谢宗泽也醒着，两手指相插，垫在脑后，看着天花板发呆。她先烧开水，把开水倒在搪瓷杯里，盖上盖，用搪瓷杯底，把他那件新做的、已经平整的灰色中山装再熨烫一遍。

然后，为他擀面条。他最喜欢吃她做的手擀面，那时物资匮乏，攒点面粉，买鸡蛋买肉都不容易，但是她都做到了。她擀的面谢宗泽能吃一大碗。原先，她不会做手擀面，因为谢宗泽喜欢，她特地向邻居学的。这次的面粉不足，她在碗底放了两个荷包蛋，上面加了青菜梗炒肉丝，还不足一大碗。

但是，谢宗泽看着面不肯吃，拿出一只空碗，把面条分出一半，要她一起吃。他说，这么多年了，你把好吃的都省给我吃，结婚后，你人都明显瘦了，今天，你不要再推了，咱们好好地把面吃了。

平日，谢宗泽都是大口吃面，眼下却用筷子拨来拨去，细嚼慢咽。她问是不是烧得不好吃。他说，太好吃了，只是想让这个味道在嘴里多停留一会儿。她在他对面坐下来，把谢宗泽分给她的面推到他面前，说，不用这样，你好好吃吧，看你吃完了我才高兴。谢宗泽看了她一眼，这一眼看的时间有点长，他说，我走了以后，你一定要多保重，很多活都得你自己干，我帮不上了。

不是和你说好了吗，真的不用担心我。

我知道你好了，我才能好，我们大家都要好好的！

她笑笑，装出十分轻松地说，你放宽心吧，我会把自己照顾得好好的。

她再怎么装，都瞒不过谢宗泽的眼睛，他太了解她了，她是为了不让谢宗泽感到难受硬装的。谢宗泽说，我托过老张了，你以后买煤饼之类的体力活，和他说一声，他会帮你的。

你临走了还想这些事。

这些事不想好，叫我怎么能够放心啊。

她拉起谢宗泽的手说，回杭州后，你一定要好好地生活，快快乐乐地生活，只有这样才能对得住自己，对得住我。

谢宗泽把另一只手也放上去，说，你为什么一定要坚持不再相见，我要是很想你，很想你了，就让我再见见吧。

绝对不行！她把谢宗泽的手捏得紧紧地说。

你说的我也明白，但我真不知道以后的日子该怎么过。

相信自己，你这么好的人，也一定会遇上好人的，你会好，我也会好！

谢宗泽连半碗面都没有吃完，他找了张玻璃纸，从碗里选了根面条包好，放进行李袋。

临走前，她为他穿上新衣，扣上风纪扣，把衣服整得笔挺。她试图把自己的心变成钢铁一样冰冷和坚硬，说，从现在开始，你已经不属于我，我们就不再拥抱告别了。她提起为他准备好的灰色人造革行李包，谢宗泽接过去，说了声，老婆，我走了！谢宗泽说走了，人却站在门口不动，她推了他一把。

当时天下雨，他撑起黄色的油布伞，终于迈出家门。他走了，伞没撑好，雨水顺着伞骨流下来，湿了肩膀，她的心里感到丝丝的凉。她看他的背影渐渐远去，在转角处，谢宗泽停下来，扭过头来望着她，她摆摆手，意思是叫他快走。谢宗泽大叫了一声老婆，就消失了。这可是真真切切地消失了，她想到从今往后，他俩天各一方，各自过着各自的生活，远隔千里，再也不能一起说话，一起打太极拳，再也见不到面了。此前，正是她，亲手为谢宗泽穿上挺括的新衣，把他送走，送他去了千里之外，他将成为别人的新郎，不再回来，不再回来了。想到这里，她无法继续屏住嘴，不禁抱头号啕大哭。

原先，她是有思想准备的，预计心会痛，而且会很痛，但硬撑几天，相信自己能挺过去。没料到，这种痛会彻骨，让她长时间缓不过来。谢宗泽离开时的情景，如同电影一样，一遍又一遍地放着，那个雨天，那句“老婆，我走了”的话，那把油布伞，那只淋湿了的肩膀，那个渐渐远去的身影。再加上一遍又一遍地话外音：离开了……离开了……离开了……再也不回来了。她彻夜失眠，人家吃一粒安眠药能睡好，她吃4粒还难以入睡。精神状态愈来愈差，患上了抑郁症，加上她爸本来就多病，失去爱婿后，心痛至极，也去世了。在这个世界上，至亲都离她而去。

她常在湖边转，感到只有湖水才是“亲人”，她要投入“亲人”的怀抱。冬天的夜里，北风吹，杨柳枝条呜呜响，是风在哭泣，她坐在湖边的石头上，用脚踩碎冰块，脱去鞋袜，下到湖里，刺骨的冷，没有阻挡她向前进，每踩一脚，湖泥从她的脚趾缝里冒上来，平时，她踩到湖泥，会恶心想吐，此刻，她却感到快乐。再往前走，就能进入毫无牵挂的世界，那里晴空万里，泉水叮咚，万花齐放，百鸟争鸣。这时候，她突然感到有封信在眼前闪过，猛地记起，她还是有牵挂的，有牵挂的啊，一个云山千里之外的牵挂，这个牵挂就是谢宗泽的信啊，要是她不在了，就没人收信了，谢宗泽知道会难过，会很难过！这封信，像根丝线，很细很细，但坚不可摧，就是这根丝线在拉着她，把她从冰冷的湖水里拉上来。远方的来信啊，是她的牵挂。

每次接到信，尽管信封里面没有一个字，她都会反复看信封上的字迹，下笔有劲还是无力，都能看得明白。她还会用上鼻子，去闻他留下的气息，信封上的烟味，就是这样闻出来的，她知道他的心情不好。

几年下来，她骨瘦如柴，却被那根细丝线紧紧拉着，她坚持再坚持。再加上她有幸遇到了一个精神科的女医生，姓秦，40多岁，杭州人，个子矮矮的，人很热心，经常送医上门，陪她聊天，带她出去旅游、听音乐会、看电影；送过她檀香珠子，还有西湖藕粉、桂花糕、核桃酥、定胜糕等等在北京难得吃到的东西。有了秦医生的陪伴，她不再感到孤独。这样一直延续到1964年10月，我国自行研制的第一颗原子弹在新疆罗布泊爆炸成功，举国欢呼，她感受到了那种兴奋，病情奇迹般地好转了。

但是，那种思念仍然未灭，终有一天，思念变成了一匹脱缰的烈马，那么任性，那么强劲，甩开蹄子，不顾一切狂奔，哪怕前面是咆哮的江河，也义无反顾地奔去。她请了7天假，专程去杭州。她戴上帽子、口罩，装扮像电影里的女特务，还特意不擦雪花膏，这样，即使和谢宗泽面对面，也不会被认出来，目的是不想打扰他平静的生活。她天不亮就起来在西湖边转悠，希望能够遇见出来打太极拳的谢宗泽，只想看他一眼，真的就是只看一眼！

在西湖边转了几天，没见到谢宗泽踪影。要回京的前一天，是10月26日，那天有雾，她寻来孤山，看什么都朦朦胧胧，她隐隐约约望见湖面上有船摇过来，并听见摇橹和船体摩擦发出的“嘎吱”声，还看到了扩散到眼前的涟漪。这时的树，望出去，模糊成一蓬蓬，鸟飞进去就不见了踪影，只能听到它的鸣唱。那些晨练的人们，在她面前，像雾一样飘过去，这般景象，她从来没有见过。她在雾中寻找着，只要有人打太极拳的地方，都会去瞅。这时，她突然发现了一个身影，心跳“砰砰砰”地突然加快，那是个刻在她脑子里，融化在血液里的身影，没错，那就是谢宗泽！

谢宗泽在打太极拳，她靠近去，瞧见那套她再熟悉不过的白绸衫，又迅速往后退，与他拉开距离，在他背后，跟着他打太极拳，他们的动作，是那样的协调，那样的潇洒，瞬间，她已经分不清自己在天上还是在人间，她感到有股清气进入肺腑，暖流涌动，连手指都发热了，有股久违的舒畅，她做梦都不会想到，有朝一日，还能在这样的景象中，和谢宗泽在西湖边一起打太极拳，她感到，当年在杨柳树下打太极拳的那股精气神又回来了。这套太极拳尽管多年没有打了，可是她没有忘记，也不可能忘记，她希望谢宗泽打得慢些，慢些，再慢些，这样的时光，对她来说，确实太宝贵了，她跟随着他，舍不得落下一个动作。

时间的步子不会由于她的依恋而慢下来，谢宗泽打完太极拳，扩扩胸，拿下挂在树上的外衣披上，转身向她走来，此时，她在心里说了句“我的天哪”，因为她发现披着的衣服，正是他离开时，她为他穿上的那一件，现在旧了，皱了。她的心狂跳不止，把两手放在已经戴了口罩的脸上，她背过身，斜眼看着，他从她身边擦肩而过。她看清楚了，看清楚了！他戴着原先的细边眼镜，人比以前消瘦，两鬓有了白发，老了许多。就在他走过带出来的风里，她闻到了烟味，比信封上的要浓。她和他保持一段距离，跟在后面，她想，谢宗泽的烟要是能够戒掉就好了，但她又没法和他说。她望着他的背影，希望他走得慢些，慢些，再慢些，好让她多跟一会儿，可他走得很快，赶时间似的。他沿着湖边走，走过桃树柳树，经过断桥，往左拐入北山路，她又一次目送他的背影远去，止不住哭了，就坐在西湖边，埋着头，哭了很久。她的哭，更多的是幸运与满足，老天有眼，在西湖边，让她见到了原先以为这辈子再也见不到的人。

等她抬起头的时候，太阳已经升高，雾退尽了。有个小女孩一边吃着棒棒糖一边偷偷地看她，见她抬头，扭头跑开了。这时候，她发现面前是一湾枯萎了的残荷，别样的凄美，有人脖子上挂着120相机，半蹲着，拍了一张又一张。她再向前望，远处是逶迤起伏的青山，近处是游船摇动，整个西湖像个巨大的盆景。那一天，她的心好像被清澈的湖水洗涤过，情绪平缓了许多。

这一年，快过年的时候，有个老同学来看她，让她惊讶不已，这是她初恋恋人，大三时，突然消失，多方寻找未果，都以为他死了。他失踪前，给她送过蓝色的列宁装，一直没穿，在箱底压着。她根本没想到，他竟然还活着。原来，他偷渡去了美国。现在继承了爷爷的公司，当了董事长，专营咖啡，生意做得红火。他听说了她的事情，很内疚，认为她的遭遇和他的失踪有直接关系，要不是他失踪，她不会这样，为此特地回国。这些年，她都还在他的心里，一直未娶。他向她表白了思念之情，想重续旧好，表示已经和家里商量好了，要带她去美国，一切顺其自然，意思说得明白，没有想要孩子。她当面回绝，现在和以前不一样了，她心里已经有了谢宗泽。当年，他突然失踪，给她造成了伤害，而且一直没有音讯，他已经被淡忘，不可能再回来。她责怪他说，你当时突然离开，连一句话都没有留下来，在别人的眼神里，我都可以看到，自己从春天坠入寒冬腊月。

啊！当时我有信留给你的！

你哪来的信啊，我那时真的恨死你了。

你记得我给你送过一件列宁装。

是呀，现在还在。她从箱底翻出那件他送的列宁装，还给他。他看见熟悉的列宁装，那可是根据她的尺寸定做的，从扯布到选裁缝，都是他经的手。

这件衣服你没穿过？

没有！

你为什么不穿呀。我估计你没穿，你呀，为什么不穿呀。他蹬脚说，一副惋惜的模样。

你叫我怎么穿，你人失踪了，当时我难受的要命，要是穿着你送的衣服，我脑子里都是你的影子，日子还怎么过。

是的，我能理解。他边说边把衣服摊在桌子上，从右口袋掏出一封信，这信封的一角已经发黄，没有拆封。她没有穿这件衣服，就不可能发现这封信。他在信里是写清楚的，他们一家要去美国，叫她等着，他一定会回来娶她！他说，当时，事关全家人的安危，容不得走漏半点风声，我写这封信，已经是冒了极大的风险，因为我真的不想失去你，所以要告诉你，请你等我。到了美国后，我不能跟你联络，是因为怕露馅。没想到，你没穿这件衣服，没有发现这封信。说到此，他哽咽住了，眼泪落下来。他心里清楚，他们的良缘已经成为过去，再也没法修补，永远地错过了。他看着她的眼睛说，你是我最美好的初恋，是我永远的梦中恋人。临走前，他留下一万美元。她说，你做生意需要钱，我就一个人，不需要，我把爸爸留给我的四合院都捐给国家了，真的不需要钱，她硬是把钱退还给了他。

从那以后，还有人给她介绍对象，都被她谢绝，因为谢宗泽，他虽然离开，但他们的心不曾分开。

这样的往事，一旦想起来，就会让人感到心酸。李奶奶已经把它封存在心底，不想再说，对谁都不想说。朱杨完全明白，李奶奶不想说那些事，后悔自己没有听谢柳的话。他对李奶奶说，李奶奶，我求您一件事。

哦，你说好了。

您不要和谢柳说我又问您什么了。

你放心，我不会说。你怕她？

朱杨说，不是怕她，是搞不清楚她的想法。他趁机向李奶奶告状，说谢柳回杭州后，一点情面都不讲，给她打电话不接，发微信，也不理。

你在乎吗？李奶奶笑着问。

在乎。

很在乎吗？

她不理我，当然很在乎。

好的，李奶奶说，我知道了。朱杨不清楚李奶奶说她知道了是什么意思。他问起李奶奶的合唱团，讲起自己的摇滚乐队。李奶奶对摇滚乐队十分了解，颇有兴趣地问了些问题。他们聊得开心，没有明显代沟。朱杨问李奶奶，合唱团有没有唱过无伴奏的？李奶奶说，没有。朱杨说，可以试一试，很好玩儿的。

如果您有兴趣，我可以帮你们排练。李奶奶说，那太好了。

我想可以唱《鸿雁》，朱杨唱了一句：鸿雁，天空上……

这样好不好，先不定曲子，晚上听听大家的意见。

那也好，自己选的曲子，排练起来积极性就高。朱杨说，还是李奶奶想得周到。

结果晚上听大家的意见，没想到很一致，要唱贺绿汀的《游击队之歌》，还哼唱起来：我们都是神枪手，每一颗子弹消灭一个敌人，我们都是飞行军，哪怕那山高水又深……有个离休的团员，曾经当过游击队员，唱得热泪盈眶。那个晚上，合唱团精神饱满，唱得荡气回肠，朱杨把四个声部结合得轻重有度，唱出了游击队的风采。朱杨被感染了，这首歌，之前听过没唱过，没料到会让人如此鼓舞振奋。李奶奶说，今晚有人要失眠了。

排练9点结束，退场时，有个爷爷叫他朱老师。朱杨说，爷爷，我不是老师，我是学生。爷爷说，今天晚上你就是老师。这时，朱杨的电话响了，是卢晓晴，说她也回来了。李奶奶问谁回来了？朱杨说，不是谢柳，是爱管我的人回来了。

哦，你还有爱管你的人？

是托管，我妈托她管的。

你有福气，李奶奶说，你妈对你真好！

朱杨回到住处10点多了。李奶奶给他打电话，问他能不能带把吉他过来，有位中国科学院院士爷爷要在护理院走了，他想在最后的时刻，用歌声来感谢大家，唱着歌，离开这个世界。朱杨赶到后知道，院士爷爷是参加大合唱最积极的一个，每次活动都早到晚走，只是想多待一会儿。因为跑调，而且不是一般的跑，所以没能选入混声合唱团，但他喜欢。在去的路上，朱杨就在琢磨，唱什么歌，要好记，容易唱，他想到了《小芳》，觉得比较切题。他说给李奶奶听，李奶奶认为好。时间太紧了，他手忙脚乱地来到院士爷爷床前，他的儿子和亲属都在，他儿子已经准备好了录像设备，要把他爸的最后一刻留下来。朱杨已经无法和院士爷爷交流了。只能通过他儿子，俯在耳边说给他听，他爸会唱《小芳》，朱杨就把他略作修改的词说给他听，经过再次沟通，说是可以了。

院士爷爷微微张开眼睛，看着朱杨，他开口了，声音很轻，他说，我的亲朋好友们，我就要走了，最后……我要对你们说一声谢谢！

在朱杨吉他的伴奏下，院士爷爷睁大眼睛唱了起来：

谢谢你，给我的笑
几辈子也不忘怀
谢谢你，给我的宽容
陪我走过美好年代
谢谢你……

老爷爷的声音更弱了。朱杨忍不住接着唱，谢谢你……他见混声合唱团的人陆续走进房间，便放下吉他，指挥大家唱。

谢谢你……（混声）
谢谢你……（混声）
谢谢你……（男高音）
谢谢你……（女高音）
谢谢你，给我的笑（混声）
几辈子也不忘怀（混声）

谢谢你，给我的宽容（混声）
陪我走过美好年代（混声）
谢谢你……（女中音）
谢谢你……（男低音）

走廊上也站满了人，朱杨指挥大家唱。

谢谢你……在场所有人都在唱，男的女的，老的少的，朱杨还听到了口齿不清的童声。

谢谢你……声音慢慢放弱，一直到鸦雀无声。院士爷爷嘴边挂着笑容，安详地闭上了眼睛，他乘着歌的翅膀飞去……

这个场面，很多人哭了。院士爷爷的儿子送朱杨离开时说，我爸走在歌声里，走得很幸福，也很满足。原先，我要送他去医院，他说不用了，就提了这个要求，想用自己认为最美的声音告别这个世界，用最美的声音感谢大家。这件事情，临时作的决定，又是晚上，没想到会实现。

在陪李奶奶回去的路上，李奶奶一直在抹眼泪。朱杨猜测，或许，李奶奶在“谢谢你”的歌声里，联想起了什么。

这一夜，朱杨心绪难平。

寒假过得慢，特别慢，朱杨终于等到了同学们回校的那一天，他在学校里发现了新奇事，有几个女同学，变陌生了，能看出来，她们整过容，除了不像原来的自己以外，看不出有什么效果。变化最大的要数刘柳，不愿减肥的刘柳在寒假里奇迹般变苗条了，可以想到，正逢过年，要减肥，要抵抗多大的美食诱惑。一个寒假，满打满算，也就 30 来天，要取得减肥效果，不容易！她现在呈现出来的模样，令人耳目一新。是谁有这么大的魅力，让她痛下决心减肥。岑放绝对想不到，是因为他！

自岑放把她从湖里救上来后，又得知岑放把奖学金给了比他更困难的同学，想起那件衣服，让她自己感到惭愧。刘柳想明白要找什么样的朋友，一个能舍身救她的人，是有爱心的人，一个能在同学困难时倾囊相助的人，是有善心的人。一颗火热的心自然比一套衣服重要多了，她豁然开朗。不再说分手，愿意把自己变得更好。他们俩走在一起，感觉岑放胸脯都比以前挺。刘柳问岑放，要是我以后万一又胖了，你会怎么样？岑放说，和以前一样，你就是我的生命。

朱杨感到奇怪，他在学校等到晚上 10 点，还不见谢柳的踪影。谢柳是上午回学校的，她不想和朱杨说，把时间留给郑恺瑞，毕竟长时间没在一起，悄悄约会去了。朱杨知道后不高兴，他在图书馆门口碰到谢柳，他说，姐，你回来也不说一声。我给你提个醒，这些天你和郑恺瑞不要往外跑，听说公安局在抓流氓。谢柳生气了，她说，朱。她把这个朱字说得特别响，用手指着他的脑门说，你把我看成什么人了？我什么时候要过流氓？朱杨连忙解释说，姐，不是这个意思，我是好心，我不想你和郑恺瑞……

你打住吧，还说好心，你好心个头。朱，你以为我傻，我没你想的那么傻，你是存心气我是不是？

姐，别生气，我没有说你要流氓，我是担心别人要流氓。朱杨见旁人向他们看过来，朱杨说，我们去南园说。

南园在学校的南角，圆洞门进去，是一棵连理柏，树上钉着红牌，上面写着：古树（一级），署名是市园林绿化局 2017 年制，树的四周用石条护栏围着，这棵树，和故宫御花园的连理柏相像，但年份比御花园的还早。朱杨经常会来这里，沾沾古树仙气。此处来人不多，显得幽静。朱杨在前面走，走了一段，回头看，谢柳还站在原地。朱杨叫了声姐。谢柳板着脸跟上。

俩人进了圆洞门，站在连理柏旁，朱杨说，这里没有人，你想骂，就大声骂。

朱，你到底是什么意思。

姐，我坦白说，就是对你回校不和我说一声不满意，对你在杭州不理我不满意。

我跟你说，你的要求，我无法做到，叫我怎么理你。

我的要求很简单，只是想看一眼爷爷。我的要求高吗？

没有这种可能！

为什么？

爷爷去世都10年了！

啊，朱杨大吃一惊，嘴巴张着半天合不下来，爷爷给李奶奶的信就没有断过，怎么会呢？他问，那信呢？

是我奶奶写的。谢柳说，当时爷爷去爬宝俶山，在半山腰，突然脑溢血倒地，就没有救过来。爷爷去爬宝俶山前，写好给李奶奶的信，想回来后寄，结果出现了这样的突发事情。等奶奶料理了爷爷的后事，她代爷爷寄出了这封爷爷没来得及寄出的信。从那时候开始，奶奶模仿爷爷的笔迹，每年给李奶奶寄一封信。

谢柳把这些事和朱杨说后，立马又后悔了。李奶奶现在生活平静，过着津津有味的日子，除了那封信，她已经别无他求，就是那封信，让她有盼头有等待，有对远方的牵挂。她怕朱杨的嘴巴不牢，漏口风，弄不好会影响到李奶奶，她想着就感到后怕。她对朱杨说，这件事对李奶奶很重要，很重要，你要向我保证，绝对不能泄露半个字。朱杨说，姐，这件事情，我应该先向你道歉，我后悔了，不该故意惹你生气。我向你保证，你放心，我绝对会管好嘴巴。

他俩在小树林不到半小时，却被郑恺瑞知道了。他约朱杨谈话。意思是要朱杨走正道，言下之意是朱杨走偏了，而且是越走越偏。嘴上叫姐，叫姐夫，却在搞不可告人的勾当。这样发展下去，会把他们拆散。朱杨明确地和郑恺瑞说，我们只是一起去看李奶奶，光明正大的，我们姐弟交往，干干净净，没有互碰一个手指头。朱杨顿了会儿继续说，我问你，是不是在寒假里有了新欢，把想分手的想法转嫁到我头上来，说我插足，让我给你背黑锅？

又胡说八道了。

别以为我不知道，你寒假去哪儿了？

我去哪儿你管得着吗？

你去了莫斯科。

我是去莫斯科了，不能去吗？

你自己知道。朱杨说，你得想清楚，不要以为有人用鼓棒指你就是喜欢你，她是习惯性动作，看谁顺眼就指谁，不代表喜欢你。

这时，郑恺瑞把眼光从朱杨脸上移开。朱杨接着说，这个事情，我不会跟姐说。当下姐还不知道，不要再做出对不住她的事，或许还有救。

本来，朱杨不想说，是郑恺瑞自己撞上来的。那天维多利亚在电话里告诉朱杨，她回家的第 3 天，郑恺瑞就去了，送了一大堆东西，她把他当朋友，这么远的路跑过去看她，她也感动，尽地主之谊，陪他去红场，游克里姆林宫，结果他以为维多利亚收下了他一堆东西，又陪他玩儿，家里又用烧烤、香槟和大列巴招待他，以为她动心了，就非礼她。维多利亚是个厉害的女生，学过中国功夫，一脚就把郑恺瑞从她家里踢出去。维多利亚说你都已经有女朋友，还做这样的事。他骗维多利亚，说已经和女朋友分手。

这件事，郑恺瑞还存在幻想，以为只要他没有女朋友，维多利亚就会接受他。朱杨觉得郑恺瑞追维多利亚追傻了。

在要不要和谢柳说的问题上，他想了很久，觉得还是不要和谢柳说为好，否则，她会难以接受，气坏人。

纸是包不住火的，刘柳不知道从哪里得到消息，和谢柳很委婉地说了郑恺瑞寒假去了莫斯科的事情。谢柳不知道郑恺瑞去过莫斯科，之前一点信息都没有，觉得不可思议，去问郑恺瑞，郑恺瑞承认去过，但他闭嘴不谈维多利亚的事。谢柳想他去一趟莫斯科也没有什么不妥，事情就过去了。刘柳觉得奇怪，谢柳问过郑恺瑞了，怎么没反应，估计郑恺瑞没有提到去莫斯科的目的，她再一次找到谢柳，给她说郑恺瑞去莫斯科是为了打架子鼓的那个维多利亚，还被她踢出来。为了进一步证实，谢柳给朱杨打电话，问他知不知道郑恺瑞去莫斯科的事。朱杨吞吞吐吐地说知道一点。听得出来，谢柳生气了，她根本想不到郑恺瑞会玩儿出这么丢人的花样来。朱杨问，你准备怎么处理？谢柳没有回答，把电话摁了。

近段时间，谢柳忙于写论文，她的题目是《城市环境工程污水处理问题探讨》，心情受郑恺瑞事情的影响，她把这件事称为破事，但是，破事往往都是老赖，赖在脑子里，越想赶它走越赶不走，还经常“叮当”作响，搞得谢柳心里烦躁，论文写了一遍又一遍。刘柳和岑放的论文早已写好，已经开始为步入社会做准备。谢柳还觉得时间紧张，和朱杨说话也是匆匆忙忙的，有一天，她对朱杨说，吸烟对身体不好，能不能把它给戒了。朱杨想都没想说，姐，可以的，你安心写你的论文，我今天就开始戒。谢柳说，不用急，慢慢来，戒烟需要一个过程。谢柳叫他戒烟，他很高兴，说明谢柳关心他。朱杨说到做到，回到住处就把烟丢进垃圾桶。

戒烟并不像朱杨想象的那样容易，说要戒就能够戒了的。早上起来，朱杨做的第一件事就是去垃圾桶找烟，他捡回一包，抽出一根，除去一半，迫不及待地点上抽，抽了半根不过瘾，把除去的半根也点上吸了。想到谢柳说过，戒烟需要一个过程，又抽了一根。

郑恺瑞去莫斯科的事情已经过去一些时日，谢柳采用冷处理的办法，都要毕业了，没必要搞得那么僵，她不再和他见面，由他自己作了断。郑恺瑞有所察觉，给朱杨打电话，朱杨告诉他，姐已知道他去莫斯科的事情了，但不是他说的！郑恺瑞心里明白，自己做了傻得不能再傻的事。

晚上，卢晓晴来给朱杨送水果，在房间里转了转说，哥，你现在吸烟少了。

你怎么知道?

闻烟味。

烟味淡了?

好了很多，以前我在这里呛得慌，今天没有这个感觉。哥，你是知道的，我不反对你吸烟，反对的是你要吸很多烟。你不喜欢吃梨，为什么我每次送水果都有梨，是因为梨能润肺，吃点有好处。

但是，你不懂，吸烟的人不喜欢吃水果。我知道是我妈让你送的，你也没有办法。

你错了，你妈没有让我送水果，她知道你偶尔吸烟，不知道你有烟瘾，是你爸那个老烟枪叫我送的，他说吸烟害人不浅，他现在的肺，已经很差了。他怕你以后会和他一样。

谢谢你，卢晓晴。

哥，你谢我干什么呀，我就是你怎么高兴就怎么来的人，你高兴的事，我会跟你妈说，你不高兴的事，我不会说。

你怎么不早说，我还以为你是我妈派来的间谍。

根本不可能，要说当间谍，我只会当你的间谍，在你妈那里，该说什么不该说什么，我自有分寸。

他俩到北京上学以来，还没有这样敞开说过话，朱杨感到卢晓晴并不是他想象那样爱管他的闲事，而是出于真心。朱杨说，我会把烟戒掉的，但需要一个过程。卢晓晴听见朱杨说会把烟戒掉，很为他高兴，说，我相信你！哥。她叫声哥突然停住了。

你还有什么事情要说?

没想好要不要和你说。

在我这里还有不好说的话，你说吧。

维多利亚找到我，托我请你帮忙。

我能帮她什么忙?

她说郑恺瑞经常去她那里，躲都躲不掉，她说她已经有男朋友，郑恺瑞不信。

那她有男朋友了吗?

没有。如果有的话，就不必来找你了。

什么意思?

她想让你假扮男朋友。

不妥，这么老套的把戏，郑恺瑞也不是傻子，闭着眼睛都能看出来。朱杨说，这种事，随便找个人都能代替，为什么要来找我？

不知道。

你觉得呢，我做这个事情合适吗？

哥，我想了一下，合适的，她是你乐队队员，你不帮她谁帮她。

这个事情很别扭。朱杨慢吞吞地说，脑子里在想，如果这件事被别人知道了，别人会怎么想。

哥，你别想复杂了。

我得先和维多利亚碰个头。朱杨说。

那好，维多利亚就在车上坐着，我叫她上来。

维多利亚很快就上来了，对朱杨说，我也是没有办法，才请卢晓晴出面来找你，你就为我两肋插一次刀吧。

你这样做，会激怒他的，说不定会打人。朱杨这样说，目的是吓吓她，让她打消这个念头。

这个你放心，维多利亚说，他打人没有我打得好。

你这叫什么话呀。

普通话。

你打人打得好，之前打过多少人？

一个都没有，我是君子，动脚不动手，我对郑恺瑞就没有动过手。

你既然有这个本事，直接回绝就是。

我回绝过好几次了，没有用。除非我已经有男朋友，他才会死心。

他说会锲而不舍地追求。我开始听不懂这句话的意思，后来查了词典，知道有这样一句古语，叫作“锲而不舍，金石可镂”。他怎么不明白，我也不是金石，有什么可镂的。

我总觉得，现在的郑恺瑞，连起码的自尊都没有，完全被你搞晕了。

怎么说是我搞的，是他自己找的好不好。

你说得也没错。朱杨说。他根本不会想到，曾经的“姐夫”，多么帅气的一个人，会这样被人嫌弃。维多利亚没说错，的确是他自己找的。但是，他不想让郑恺瑞太难堪，便对维多利亚说，这件事，就交给我来处理。

怎么处理？

好聚好散。

这句话的意思我懂，我没有和他好聚过，也用不着好散。

那是我用词不当，我的意思是没必要让他下不来台。

在我这里，他根本都没有上过台，不用下台。

依我的想法，朱杨说，我就直接找郑恺瑞谈，让他以后不要再去打扰你。

能行吗？

试试吧。朱杨说。这时候，他已经拿定主意，说不定在这个时候，郑恺瑞也希望有人能和他聊聊维多利亚的事情。

星期六对朱杨和谢柳来说，是雷打不动的。到了养老院，下车时，有个坐轮椅的奶奶说，你们又来看望李沁了，她是你们什么人？

是我们的奶奶。谢柳回答说。

亲奶奶？

是“亲奶奶”。谢柳看了眼朱杨说，朱杨立马接上话说是“亲奶奶”。坐轮椅的奶奶，愣了会儿，大概还是想不明白。

上次来看李奶奶，朱杨听到她咳嗽，特意带上一瓶雪梨膏。

李奶奶坐在阳台上晒太阳，看手机，见到他们满脸的笑容，说，我猜想你们也差不多该到了。李奶奶观察人仔细，她发现谢柳和平时有点不一样，便问道，你是不是碰到烦心事了？是不是朱杨惹你了？

不是的，李奶奶，我这些天不会去惹她。朱杨解释说。

为什么说这些天不会去惹她？

因为她……朱杨刚要说，被谢柳打断说，你又要胡说八道了。

朱杨摊开双手，做了个鬼脸。李奶奶着急了，对朱杨说，没事，你说！朱杨说，她的感情出了点问题。李奶奶舒了口气说，我还以为是什么大不了的事，感情问题，你们都还年轻，还有一段很长的路要走，是你的，想甩都甩不掉，不是你的，想抓也抓不牢。别太在意，不值得。

李奶奶不用担心的，谢柳说，您说得对，我还年轻，也清楚，校园里的感情最后走到一起的凤毛麟角。李奶奶看看朱杨说，我觉得他这个人还不错，你们蛮般配。朱杨想不到李奶奶会为他们牵线，脸突然飞红。谢柳说，不不不，他比我小，不靠谱。

我看人不会错，他靠谱！李奶奶说。

我的问题比较多，朱杨说，比如我嘴里跑拖拉机。

何止跑拖拉机呀，你的嘴里会跑出什么来，还真没人知道。还有，李奶奶，他没有向您坦白交代，他有女朋友的。

那是我妹，我们从小一起长大。

青梅竹马，岂不更好。

李奶奶在一边笑弯了腰。

临走前，李奶奶和朱杨说，合唱团的团员要求你下次排练《弹起我心爱的土琵琶》。朱杨看着谢柳说，你看看，我很靠谱，对不对？

在回去的路上，朱杨看到谢柳愁眉不展，说，姐，我根本都配不上你，你就是我姐，我自己不会变的，不过有一点可以肯定，我不会花心，也比郑恺瑞要靠谱。你没有必要还为郑恺瑞感到难受，不值得。

你老实给我说，你是不是在李奶奶面前说什么了？

我向你保证，绝对没有！你想想就知道，我在你面前都没有提过，怎么会跟李奶奶说呢，这不是讨骂吗？

那李奶奶怎么会这样说。

李奶奶是什么人？她可是老牌大学生，这么多年过来，她唱过的歌，比我们说过的话都要多，我对你怎么样，你对我怎么样，她看得一清二楚，绝对不会乱点鸳鸯谱。朱杨接着说，姐，你放心吧，只要你没这个意思，我就不会有这个意思。

你还小，要安安静静多读点书，记得你跟我说过，你要考研的，那就朝那个方向努力。

好的，姐，我听你的，你觉得考研好，我就考研。

你记住了，你不能对我提出类似般配的事。

好，我不提，让你提。

又乱说了。

是是是，这下是有点乱，我检讨。

不和你嬉皮笑脸，我跟你说心里话，你要提那个事，我会觉得很可笑，很尴尬，好像手里牵着个孩子去结婚。

姐，我向你保证，我会长大的！假如有那么一天，我肯定不会让你有牵着孩子的感觉，我会让你有牵着马的感觉。

我现在没有心思和你乱扯。你还是没听明白，我是担心你，担心你会处理不好这样的事情。

眼下不必担心我。朱杨说，我再跟你说件事，我和卢晓晴，什么事都没有。

我和你有事了？

有啊！

什么事？

李奶奶的事。

你又绕来绕去地绕了。

我没绕，我想说的是，和卢晓晴在一起，没有和你在一起时的感觉。

你和卢晓晴有没有感觉不关我的事。

姐，你是绕不开的。

你闭嘴。

我不说就是。朱杨说，哎，姐，反正明天也休息，不如咱们现在就去怀柔，明天早上陪你去爬慕田峪长城，站在那里，四围青山，云雾缭绕，会让人忘掉烦恼的。

不去不去，谢谢你！我知道你是为了我，我的烦恼已经过去，用不着四围青山，云雾缭绕来解忧，只是以后吸取教训，不再相信郑恺瑞那样的山盟海誓。

天哪，还真有人相信山盟海誓的，我妈说过，男人的嘴，骗人的鬼。山盟海誓来得快，去得更快。朱杨看了谢柳一眼说，姐，说到郑恺瑞，我原来就想和你说他的事。

你别说了，不想再说他。

朱杨说，你容我说几句嘛。他说了维多利亚的意思和自己的想法，他想约郑恺瑞吃个饭，和他聊聊。谢柳沉默，过了好一会儿才说，和他见面的时候，说话客气点，不要老三老四。如果他喝红酒，控制在半瓶以内。

姐，我肯定会客气的，你又把我往差的地方想了。

那你就做件好事情。

姐，我经常做好事，不信可以问李奶奶，要不，她怎么会说我们般配，我靠谱。

好，相信你，会靠谱，行了吧。

别不信，姐，我跟你说件事，你叫我戒烟，我都戒得差不多了，完全靠自觉，没人监督，烟是很难戒的。你说过就不管了，也不问我戒烟的情况。

有什么好问的。

哦，我知道了，你是不是闻到我身上的烟味淡了，不用问了？

谁会闻你，臭烘烘的。

你怎么老是把不靠谱的，臭的都往我身上堆。

难道不是吗？

哦，是是是，姐英明。

别讽刺我，好好开车，你看你看，车都差点开到路的外面去了。

你也太夸张了，姐，那边都还能开辆货车，你就说我差点开到路外面去了，你说的差点也差的太多了吧，照你的说法，三分之二的车都已经开到路外面去了。

好了好了，我没有这么多力气和你废话。

是不是肚子饿了，我们找个地方吃饭。

不用，回学校吃多好。

回校起码还得半小时。

我先跟你说个正事，谢柳说，再过几天，我就要毕业回杭州了，李奶奶就拜托给你了。

你放心吧，李奶奶是你的“亲奶奶”，也是我的“亲奶奶”，我每个星期六都会去看她，她还指望我去给他们排练无伴奏合唱呢，我都记着的，要给他们排练《弹起我心爱的土琵琶》。

好吧，你有这个态度，我非常高兴。

现在可以吃饭了吧？

可以了，有合适的地方你想停就停吧，但先跟你说清楚，我们 AA 制，我不想欠你。

明白。朱杨说。结果一路过来，没有见到谢柳认为合适的地方，最后还是回了学校。下车时，谢柳说，我先走，吃饭时不要来找我。有件事，我得提醒你一下，郑恺瑞说了一些你我的事，在学校里有传闻，听到后不要辩解。朱杨说，我把耳朵捂住。

在食堂里，朱杨碰到了卢晓晴，想不到她星期六也在，朱杨心想，或许是特地等他的。结果没错。他俩打好饭，卢晓晴找了张角落的桌子坐下。朱杨说，吃饭的时候不要和我说事情。卢晓晴说，你说不说就不说，都听你的。她知道朱杨喜欢吃红烧肉，也买了一块，夹到他碗里，自己吃素为主，为保持好身材，基本上吃一两饭。朱杨吃好了，她还没吃好。朱杨坐着陪她，东瞧西望，他在找谢柳，没找到。

俩人吃好饭，卢晓晴说陪她去金龙亭公园转转。朱杨说，你有什么话就说吧，不用去公园。俩人就在校园里转，来到小树林的长亭里，这儿看书的人还不少。他们走到头，那里有假山和松树，还有跳来跳去的小松鼠。

看你的样子神神秘秘的，朱杨说，有什么事要这样说。

我听到了一些传闻，得跟你说。

哦，是不是关于我和谢柳的？

是！你自己有感觉了。

谁和你说的?

卢晓晴说，听同学们说的，说你经常和谢柳单独在一起，说你在谢柳和郑恺瑞中间插足，说你使用了阴谋诡计，坏了他们的事。我听了很难受,你能不能跟我讲实话,到底是怎么回事。

朱杨说，郑恺瑞寒假去莫斯科的事情，维多利亚应该都和你说了，这些传闻都出自郑恺瑞之口，他的目的，是要把分手的原因加到我这里来。卢晓晴听后，说郑恺瑞太不应该了，叫他不要放到心里去。

实话说，卢晓晴并不担心朱杨和谢柳在一起，只担心这种事传出去，会给人产生不好的印象，失朱杨的面子。卢晓晴认为，和谢柳比较，她更靓丽，更年轻，家境更好。所以和朱杨的关系，她是自信的，他们俩毕竟是青梅竹马，互相之间都很透明，曾经做过的傻事，在他们中间都是趣事。朱杨特别听妈妈的话，他妈已经认卢晓晴为媳妇，两家之间都已达成默契。再加上谢柳马上就毕业了，听说要回杭州。退一步说，即使朱杨和谢柳有传闻中的事，朱杨离毕业还有 3 年，俩人异地恋，是不会有结果的，时间就是块无情的橡皮，经历过的事情久了，再浓的痕迹都会被擦掉。她和谢柳不同，能和朱杨天天在一起，连放假都在一起，橡皮在他们这里不起作用。

对朱杨，他说什么卢晓晴都相信。她十分清楚，朱杨是个诚实的人，不会说谎，要是说谎，发红的脸会出卖他。以前，她把朱杨当成风筝，让他飞，现在还是一样，继续让他飞。

没有想到，电话约郑恺瑞吃饭还很难，约了几次没成。朱杨索性去找，郑恺瑞看朱杨这么诚心，也没有看出恶意，就答应了。

他们去了一家私房菜馆，老板是朱杨妈妈的闺蜜，她俩合资开的。菜馆门面不大，一进去，别有洞天，大包间，就放了张小桌，两条凳，郑恺瑞心里明白，这间包间是专门为他们准备的，把原先的圆桌都搬走了。

你带我到这里来吃饭得花多少钱啊？郑恺瑞边坐下边说。

今天老板请客，不花钱。这里的牛排做得好，咱们就吃牛排，是法国的夏洛莉牛排。

哦，我知道，夏洛莉多是纯白色的牛，顶级的，这么客气，不好意思。

你肯来，就是给我赏脸。

这时，服务员上了一瓶酒，郑恺瑞见了吓一跳，是“帕图斯”，此酒在法国波尔多八大酒庄里是最贵的，只知道有这个酒，没有喝过。他问，你这是什么意思，为谢柳？

不是。

那为谁？

是维多利亚。

她和你有什么关系？

咱们边吃边聊吧。朱杨端起酒杯装样子，他要开车，不能喝酒，他把维多利亚的想法说了。

维多利亚这件事，是我做过最傻的事，郑恺瑞闷了口酒说，她这个人，怎么说呢，她的套路和咱们不一样，她就像个迷宫，进去会迷路。

哦。

这人很奇怪，莫斯科是她叫我去的，几万元的东西是她收下的，拥抱也是她先拥抱的，我拥抱她一次，就说我非礼，还踢我。

你既然知道她是这样的人，为什么还去找她？

不瞒你说，现在，即使维多利亚想和我处朋友，我都不愿意，因为我了解她，谁和她在一起都会乱套，猜不透她心里想什么。我后来去找她，是因为感到还是有可能的，她这个人，怎么说呢，就好比踢你一脚，又帮你揉揉，一推一拉，时好时坏。她这个鬼东西，骗了我，把我骗得很惨，害得我和谢柳也掰了。

原来是这样。

现在想起来，我对不住你，当时自作聪明，把想和谢柳分手的原因加到你头上去。郑恺瑞举起酒杯说，我敬你一杯，请你原谅。郑恺瑞把酒喝了，自己倒上大半杯，又要喝，被朱杨劝住，知道他提起维多利亚心情不好，想借酒浇愁，便叫他不急，先吃点东西，慢慢喝。

慢慢喝，怎么喝，郑恺瑞红着脸说，既然你请我喝酒，就没必要劝。他拿起酒杯，一仰脖子就下去了，又要再倒。

已经喝了大半瓶，你不能再喝了。

难道我醉了？我清醒着呢，你给我一个理由，为什么不能再喝？

姐说的。

谁？谢柳？

是！朱杨把身体往前倾，拉近和郑恺瑞的距离说，姐知道我要请你吃饭，和我说了，红酒不要超过半瓶。

她真这么说的？

千真万确，否则，我哪会知道你喜欢红酒，半瓶的量。朱杨说完，郑恺瑞出乎意料地流泪了。

在朱杨的印象里，郑恺瑞是个男子汉，与眼泪，相差甚远。

此刻，他还真流泪了，不愿被朱杨看见，故意去洗手间，洗了脸，然后回来说，不好意思，刚才感动了，在和维多利亚的交往中，我最对不住的人是谢柳，让她受到伤害，没想到她还想着我。

姐真是个好人。

由于我的愚蠢，那段时间，跟中了邪似的，现在追悔莫及，我要向谢柳道歉。郑恺瑞说着，掏出手机给谢柳打电话，拨了几次，对方不接。他又拿了朱杨的手机继续拨，还是不接。

要不要我把你刚才说的意思转告给她？朱杨问。

不用，我自己当面向她赔礼道歉。郑恺瑞挺了挺身子说，你，接下去怎么办？

什么怎么办？

咱们今天打开天窗说亮话，我问的意思是你和谢柳。

我们能怎么办。

你是不是很矛盾，还有个卢晓晴，你得选。

朱杨低头不语。

别不好意思，我来给你分析一下好不好？

朱杨抱了抱拳。

谢柳和卢晓晴，完全是两个不同类型的人。谢柳，出生在高学历家庭，爸妈都博士，相对规矩多，要约束自己，比如走路有走样，吃饭有吃相，性格稳重内敛。而卢晓晴不同，她来自田野，浑身青草的芬芳，人单纯，放得开，不用瞻前顾后，怎么舒服怎么来。我要是你，在俩人里选的话，肯定会选合适的，那就是卢晓晴！我和她接触不多，都感觉出来了，她就是围绕你转的人，一切以你为中心，和小猫一样，安静地依偎在你身旁，你可以随心所欲地生活，做你自己爱做的事，享的是清福。这两个人吧，往简单里说，一个是你要听她的，另一个是她听你的。这就是我对她俩的看法，提供给你参考，你不需要告诉我喜欢谁。感情的事，最常见的就是阴差阳错，不到那一步，都是未知数。

真情实意的话不在多，朱杨觉得郑恺瑞这番话说得敞亮，是从他的角度去考虑的。他说，你说的话很受用，谢谢你的开导，我以后遇到问题还要再请教你。

没事的，我自己有时会糊涂，但看别人，不糊涂。郑恺瑞说完，顿了顿，说，维多利亚除外，她一点理路都没有，再不糊涂的人都要被她搞糊涂，像她的做法，没人敢和她交朋友。

也许，是酒起了点作用，这顿饭，俩人吃得愉快坦诚，朱杨说，要不要给你带两瓶酒回去？郑恺瑞说，不用，我没这习惯，在家里不喝酒。

朱杨把郑恺瑞送回学校后，给谢柳发微信，讲了和郑恺瑞吃饭的情况，谢柳回复3个大拇指。几乎同时，郑恺瑞也给谢柳发微信，感谢她还念旧情，记着他的嗜好和酒量，并向她认错，求她宽恕。

事情往往一波三折，要是郑恺瑞说的话属实，那维多利亚就太不地道了，她叫郑恺瑞去莫斯科，又收了他的东西，还先拥抱他，到头来还把他踢走，做人没有这个道理。他给维多利亚打电话，叫她到校门口等他。

在校门口，朱杨接上维多利亚，他们去了一家附近的茶馆。

老板，今天的费用怎么算？维多利亚说。以前，她从来不叫朱杨老板，今天叫老板了，估计不想AA制，有老板在，当然应该老板付钱。

今天是我找你，我请客。

那就好，维多利亚笑着说，她把服务员叫过来，点了很多东西。

你点这么多东西，怎么吃得了？

我不吃，全打包。我的那些同学，以为老外傻，经常要贪我的小便宜，我又没有其他来路，今天有这个机会，我不贪点，岂不傻帽。

我说呢，你怎么突然叫我老板。

没说错，我给你干活嘛，你就是我的老板。

你给我干什么活了？

打鼓。

这也算干活，那是玩儿。

好吧，你说玩儿就是玩儿，反正东西都点了，待会儿我就可以满载而归。

没想到你这么贪小便宜，你爸是石油商，在全世界做生意，家里钱多得是。

不一样的，能贪到小便宜，心里特别高兴。在你这里贪小便宜没什么意思，太大方了，碰上小气的，从他们那里贪到小便宜很不容易，结果贪到了，那真是开心死了，像捡到了金元宝。

冤了，在我这里贪小便宜还说没什么意思。

算我说错了，好不好？维多利亚说，你现在来找我，是不是和郑恺瑞见过面了？

是。朱杨看着她说，我有事情要问问你，必须如实回答。

问吧。

莫斯科是不是你叫郑恺瑞去的？

没错！

他送了很多东西你都收下了？

没错！

你先拥抱他，后来他也拥抱你，你就把他踢走了？

没错！

这怎么行呢，你一点理都沾不着。

是没有理，我也知道，但我是为了你。

维多利亚的话，让朱杨大吃一惊，看来郑恺瑞没说错，她确实像个迷宫。朱杨说，为了我？别乱说，我和你说正经的。

是正经的！

那你说说看，是怎么为我的？

你不是喜欢谢柳吗？

打住，谁和你说我喜欢谢柳？

没人和我说，是我自己发现的，我谈过好几个男朋友，有这方面的经验。我既然在你手下干活，就要为你两肋插刀。

你大错特错了，我和谢柳是姐弟关系。

不管你们是什么关系，我就知道你喜欢她，可以告诉你，我是个火眼金睛，你逃不过我的眼睛。维多利亚喝了口茶说，从第一次试演我就发现了，那首《小妹》大家都以为是唱给卢晓晴的，只有我知道是唱给谢柳的，你唱的时候，我一直在观察，你的眼光不在卢晓晴身上，而是在偷看谢柳。

就是因为那首歌，你就为了我，把他们拆散了。

对呀，就是为了你！

那你太搞笑了，骗鬼呀。

老板，什么都别说，就这件事，你觉得我做得漂亮不漂亮？你得给我发工资。

发什么工资，如果我真是你老板，要倒扣你工资。

这就不讲理，要是换成其他老板，除了工资以外，还要给我发奖金，而且是高额奖金。

你在做梦？

不是做梦，你实事求是地说，我的贡献大不大？

什么贡献，你是搞破坏，破坏别人的感情。

你不想想看，我不搞破坏，你哪有机会。

又绕到我这里来了，你搞破坏还有理。

当然了，这个破坏是合理破坏。

要是郑恺瑞知道你有意这样做，还不要气吐血。

让他吐点血，也好的，要是他不吐血，谢柳就得吐血。

什么意思？

你知道我为什么踢他，我是在教训他，他这个人吧，确实花心，我陪他在红场玩儿，他不看我，去看美女，而且美女也看他，他们眉来眼去，你说我气不气，你说我要不要踢他。郑恺瑞是特别容易出轨的，不是说他一定会出轨，他长得帅，有些事情由不得自己，别人会拉他出轨，你想想好了，如果他和谢柳结婚，他再出轨，谢柳是不是得吐血。

这样说来，你是在做好事。

当然。老板，按道理说，不止你要给我工资，谢柳也得给我工资。

想得美。

要不这样，郑恺瑞不是给我送了一堆东西嘛，反正你钱多，代我把钱还给他，就算是给我的工资，从此以后，咱们两清，再也不提这件事。

照你的说法，是不是郑恺瑞也得给你工资？

那还用说，以后，他的工资都是我的。维多利亚说，哦，说漏嘴了。

给你搞糊涂了，你到底是什么意思？朱杨用手指笃笃桌面说。

傻瓜，听不出来吗？我和你闹着玩儿呢。看在你的小便宜份上，和你说实话，你不用紧张，逗你玩儿的，这件事和你一点关系都没有，是我喜欢郑恺瑞。

啊，你唱的是哪出？朱杨的脑子转不过弯来，瞪大眼睛说。

我是在调教他，对这个人吧，谢柳没有手段，根本调教不了，只有我来，我能调教好，要是把他的花心去掉，他当丈夫还挺好，又帅又细心体贴。

要这样说，你就是第三者插足了。

无所谓第几者，我不在乎别人怎么说，他们没结婚，我喜欢，我追求，没有错！可是我不喜欢说我插足，我清楚，足，脚也，宁可说我插手而不是插脚。

那我明白了，就算你插手好了。你这样说，事情就明朗了，郑恺瑞去莫斯科的事，都是你放的风，是要拆散他们俩。

请你理解你的员工，说话好听点，你替我想一想，除了这样，我还能有什么办法？这是没有办法的办法。但是，我发现他们俩不像在处对象，没有给人那种热火通天的感觉。

不是热火通天，是热火朝天。

意思应该差不多吧。我这样和你说吧，即使我不插手，这一对迟早要散。

他们散，是他们的事，你去把他们拆散，就是你的事。

还不都是为了他们好，让他们找到自己的真心伴侣。维多利亚转头看看左右说，其实，我不是瞎插手，是经过分析的，考虑过可能性，我认为，牵走郑恺瑞没什么大问题，才下的手。

既然这样，你已稳操胜券，为什么还假惺惺地要我假扮男朋友？

就是要刺激刺激他，让他来争来追，那种感觉多好。维多利亚得意地说，我都看明白了，郑恺瑞这个人，绝对不能让他很容易就得到，容易得到的，他不会珍惜，认为只有经过艰辛得到的才珍贵。因为我怕他交个洋妞，是为了图新鲜，那样的话，我不是陪他白玩儿了。

恕我直言，你有你的道理，但你对郑恺瑞的判断有误，想简单了，你这么折腾他，知道他有多恨你吗？

恨我，恨我也好，起码我进到他心里去了。之前，我不同意和他交朋友，他恨我，现在，我同意了，还会恨，太过于小家子气了吧。

你不了解郑恺瑞，是他亲口说的，就是你要和他交朋友，他都不会同意。

是你不了解郑恺瑞，你看好了，他出不了我的手掌心。

不是说泄气的话，我告诉你，郑恺瑞很傲的，不可能再去你那里。

放心吧，他会去的，而且非去不可！

为什么？

因为他的身份证还有银行卡在我这里。

他知道吗？

不知道，那天我们在一起，看见这张身份证和银行卡就把它留下了。维多利亚一边把茶点装进塑料袋一边说，今天你在，我要拜托你，反正现在郑恺瑞和谢柳已经分手了，我的条件也已经成熟，到了已经可以下定单的时候。你就做做好事，如果我需要你的时候，帮我从中撮合一下。

首先，你要拿定主意，不要又变了。

不会变，我喜欢中国，毕业后就留在这里，交中国男朋友，做中国老公的媳妇。见到郑恺瑞的第一眼，我便认定他是我要嫁的人，如果有变，那就亏大了，之前的努力都白费。

这件事，要不要帮你，容我想好再告诉你，今天和你聊下来，我都怕你了，想不到你这么会算计，下面不知道你还会整出什么事来。

老板，我这叫没办法，在社会上混，手里不拿两把刷子怎么行，特别是像我这样外国来的女生。求求你了，行不行？这个忙，你一定得帮，以后打鼓，我会更起劲。

你打鼓已经够起劲儿了，要是再起劲儿，那几面鼓，会被你打破。

好吧，都听你的，你说怎么打我就怎么打。

朱杨还是没有当面答应。他想，维多利亚过于自信，很可能已经把事情搞砸了，郑恺瑞并不是叫走就走，叫来就来的人，他说不再去维多利亚那里，就不会再去，他身边不缺女生，犯不着再去维多利亚那里受奚落。他看手机，快11点了，赶紧把她送回学校。

在回住处的路上，他给谢柳打电话，把请郑恺瑞吃饭和维多利亚喝茶的事情细说了一遍。随后，又拨通郑恺瑞的手机，只告诉他，身份证和银行卡在维多利亚那里，有时间去拿回来。郑恺瑞说，不会再到维多利亚那里去，身份证和银行卡都不要了，已经挂失在补办。郑恺瑞的态度在朱杨预料之中，但他受维多利亚委托，要撮合，就说，要是维多利亚喜欢你呢？郑恺瑞说，吃饭的时候，我不是和你说得很清楚，就是她喜欢我，我也不去了，我和她到此为止。

由此看来，维多利亚和郑恺瑞的事情就这样了，刚开个头，便稀里哗啦地结束了。不知维多利亚还有什么高招，能够把郑恺瑞拉回来。朱杨想，这方面，维多利亚不缺谋略，但是，感情的事，靠谋略能行吗？特别像郑恺瑞这样的人，一旦发现，怎么可能还在里面待着。

凌晨，天刚麻麻亮，维多利亚给朱杨打电话，询问郑恺瑞的事。朱杨如实说了。维多利亚说，我料到会这样，他还摆架子，学会说气话了，没事，我会让他好好的。此时，朱杨想起郑恺瑞说的那句话，不到那一步，都是未知数。

临近毕业的时间过得特别快，谢柳已经从郑恺瑞的阴影里走出来。她的毕业论文得了优，圆满画上了句号。拍毕业照的那天，郑恺瑞没有了篮球场那种生龙活虎的帅气，他走到谢柳面前，伸出手去，谢柳转身避开，说，我不想与你握手，快把手缩回去，免得别人瞧见难看。听说你留北京，很好的，祝你幸福美满！咱们的事情都过去了，我原谅你。以后有机会去杭州，可以联系我。郑恺瑞深深地舒了口气，久久说不出话来。

刘柳和岑放在互相拍照，刘柳已经做好准备，去岑放所在的县城工作。他们拉谢柳合影，郑恺瑞站在一边看，谢柳向他招招手，让他过去，帮他们拍照。

拍好毕业照的第二天，招聘单位要面试，谢柳急于回杭州，朱杨开车送她去机场。在机场，朱杨送给谢柳一只首饰盒，里面装着一段杨柳树的枝叶，这段枝叶来自金龙亭公园，李奶奶和她爷爷就是在这棵树下一起打太极拳的。朱杨想：谢柳应该知晓其中意思，我是杨，你是柳，杨柳就是我们！这段枝叶过两天会干瘪，但我们的故事不会干瘪，看见它，会记起在一起的日子，我们说过的话，做过的事，还有最初的相见和今天的分别。朱杨说，姐，过些日子，我想去杭州看看你奶奶。

不要去！谢柳拒绝说。

为什么？

谢柳顿了好一会儿，说，奶奶前年已经去世了。

啊，朱杨愣了好一会儿问，那写给李奶奶的信呢？

后来的信，是我模仿爷爷笔迹写的。

姐，太不可思议了！朱杨张开双臂说，我真想抱抱你！说完，朱杨却向后退了一步，他把张开的双臂缩回，抱在胸前，突然觉得自己没有勇气上前去。他偏着头说，那么过些日子我去杭州看你。

不用的。谢柳说，你的心思我懂。我们可不可以这样，在你毕业之前，我们不联系，我刚参加工作需要有熟悉的时间，另外，还想考浙江大学本专业的研究生。你呢，要完成学业，要考研究生，还要照顾李奶奶，事情已经够多了。在这段时间里，你除了卢晓晴，肯定会再接触一些女生，你可以做些比较，感情可能会有变化，要是过了几年，你此时心里的丝线未断，还是觉得我合适。那么，咱们约定，3 年后的 11 月 10 日，那天是我 25 岁生日，你来杭州，下午 3 点，我在平湖秋月等你！如何？

朱杨目光迟疑，记得有次从李奶奶那儿回来，谢柳和他说过，世界上有一种爱，叫作离开不分开。很明显，说的是她爷爷和李奶奶的事，他们是无奈地分开。可是谢柳和他呢，完全不一样，对想见的人，现在有了手机，什么时候想见就能视频，明明有这样的条件，却不让见，为什么呢？他在心里琢磨，或许谢柳是要用时间让他冷静下来，用时间考验他，天哪，要用 3 年时间，那可是 1000 多个日日夜夜啊。

谢柳在朱杨眼前摆了摆手，说，你还愣着干吗，回去吧，好好想一想，我说得有没有道理。谢柳说完，看了朱杨一眼，见他眼睛红了，她禁不住要哭，便急着扭头，拉着行李箱向安检门走去，过了安检，她抹去泪，转过身，露出微笑，向朱杨挥手，再挥手。

丹青之门

班里的同学，开头像绵羊，还老实。第二年就不同了，像猴子，喜欢闹腾。

不知是谁打了一个喷嚏，让班里的同学们高兴得发狂，都在寻找打喷嚏的人。奇怪的是看谁谁都不像打过喷嚏的人，明明响声发自靠后的课桌，就是认定不了是谁打的。不得不承认，这个喷嚏打得够水平，一般人打喷嚏，总要闭起眼睛，弯下腰，从阿到嚏，有个时间段，且动作猛烈，喷嚏没打完，就被人认准了。可跟前的这个嚏特简练，嚏得一下，就没戏了，大家左找右找找不到。

班上有个不成文规矩，谁打喷嚏，谁就当人体模特，师生无欺。已经有段时间没有听见喷嚏声了，都期盼着喷嚏的出现。原先有几位爱打喷嚏的，学会了忍嚏的本领，上课前，在教室外打一回，下课后，又出去打一回，把喷嚏都打在了教室外。只有不常打喷嚏的人，不知道怎么忍，喷嚏什么时候要打，什么时候就出来了。

自从立了规矩以来，已有 4 位同学因为喷嚏被当了人体模特，男女比例正好对称。刚才的喷嚏特怪，就连最最起码的是男嚏还是女嚏都分不清楚。

我们决不能让打喷嚏的人溜掉！说话的是个女生，圆脸，短发，她叫苏眉，是定了规矩后第一个打喷嚏的人。现在班里已把喷嚏当作了一种资源，这种资源，属于稀缺资源，非常难得，只有在突发和不小心的情况下才会产生。苏眉打了喷嚏后，曾经提出过计划喷嚏，同学们轮着来，半个月一次，谁都不吃亏，但没有得到同意。苏眉喷嚏一打，就成了俏姑娘，最先对苏眉有感觉的是班里的雷杰，发现她身上的肌肤异常的细腻，有着缎子般的光亮，性感得令他着迷。

什么嚏都逃不出我的耳朵，我听出来了，这个嚏是个男嚏，罗景，是不是你打的？尼小婷一边说一边用两眼盯着罗景看，眼里放着光芒，和她平日暗淡无光的眼睛判若两人。

别胡说八道，罗景一脸的不高兴。近些时候，尼小婷黏上他了。有次在食堂用餐，中间突然大呼罗景，让女同学去帮她把罗景找来，坐在她对面陪她吃饭，罗景不在她吃不下饭。其实，罗景非常讨厌她，他爱慕的对象不是她，而是另外的一个她。

你竟说我胡说八道，你，是你打的，罗景。尼小婷伸出手指着他在发抖，不一会儿，见她嘴唇发白，一头扑在课桌上。

这个班的班主任，叫夏荷，是留校硕士，腰肢细而柔软，留着一头长发，盘在头顶，看样子，年纪与学生相仿，笑吟吟的，既温柔又体贴，不知情的人，在班里，分辨不出谁是老师，谁是学生。有些同学压根儿就没有把她当老师看，嬉皮笑脸的，她在上面讲，他们在下面也讲，她急得直想哭。不久后，在大家都毫无准备的情况下，她突然袭击，来了一次考试，结果没人及格，把学生们踌躇满志的傲气打入了谷底，给了他们个下马威，让他们感到了分数的重要，老师的重要。有同学提醒大家，老师笑里藏着刀，得小心谨慎，这种人捅起刀来眼都不会眨。自从那次考试后，同学们对她的态度有了改变，她才感到自己像老师，有了点威严。但是，捣蛋鬼依旧存在，办法由明转暗，就在夏荷认为学生们开始好转的时候，她的背后给人贴上了一张纸，上面画着乌龟，她不知晓，还贴着这张乌龟去食堂吃饭，害得许多人朝她指指点点，窃窃私语。直到脱掉衣服才被发现，夏荷心里烦，搞不清楚是什么时候被粘上去的，去了教室后才明白，原来这张纸是用胶粘在椅子背上的，她坐下来时粘上的。为此，她和大家讲，为什么要坐着，是因为前些时候摔了一跤，小腿骨裂，站久了会酸痛，所以备了椅子，请同学们谅解。希望以后不要再发生这样的事情。

事与愿违，夏荷这天身着白底带蓝碎花的短袖衫，结果呢，还是发现背上粘了纸，画的是妖怪。夏荷发现后，红着脸对大家说，希望这是最后一次，有人想让我出丑，说明我做得不好，考试的成绩让大家难堪了，对不？

老师，你也太好商量了，雷杰义愤填膺地站起来说，这个人的所作所为，丢的不仅仅是你个人的脸，丢的是全班的脸，我们会把这个人揪出来的。

同学们没有响应，你看看我，我看看你，有的笑笑，神神道道的，都不出声，好像事前大家统一过似的。说实话，要揪出这个人，说说容易做起来难，揪谁去？夏荷从衣服上揭下纸，立马知道为什么当时检查过椅背而没能发现的原因，也不得不佩服这个人的色彩伪装能力，其实，纸已经固定在椅背上了，只是用了和椅背一样的色调，不细心难以识破而已。从那之后，夏荷硬撑着，把椅子搬开了，老站着实在吃不消，就带来了一支拐杖，脚痛时，用拐杖支在腋下，让脚离地。

罗景是班里年龄最大的学生，和夏荷走得近。夏荷说不清为什么，有时也会想到他。罗景是个快热型的人，夏荷合他的眼缘，她看出了苗头，便告诉他自己有男朋友，是邻校姓吴的教授。这个吴教授，没见过。罗景心里闷闷不乐，他是学校里小有名气的帅哥，专业基础较差。他爸开海运公司，想让他学贸易，可他偏要去学自己并没有多少天赋的绘画。在班里，他时常会感到自卑。近些时候，出了尼小婷，一直在追他。说句心里话，尼小婷根本就不是他要做朋友的人，尽管她的专业水平高，常受到夸奖，成为系里的一块牌子，可他不喜欢她疯疯癫癫的性格，见她就躲避。有时碰面，没有旁人，他就骂她，她反而高兴，她说最爱看他骂人时的那副样子。

在班里，有一个会帮助他的女同学，叫男男，听她自己说，从来都没有留过长发，头发大多控制在 1 厘米长短，同学们把她的头喊成男男头。由于她的装扮比较男性化，个子也高，不知底细的人就十分容易把她当作男生。她自己感到很自然，这样的效果，不止是她想要，她的爸、妈更想要。她已有了姐姐，爸妈下定决心要生一个男的，好传宗接代，她的名字在她妈怀她不到 6 个月就取好了，叫男男，结果生下了她，从小家里就把她当男孩看待。在家里，她喜欢她妈和姐姐，不喜欢她爸和弟弟。为什么？不知道。

面对男男，在同学眼里，她没有知心朋友，行为独来独往，看她那张脸，棱角分明，且满脸的冷色，极少有同学见过她的笑容，从其脸上，很难看出她的喜怒哀乐。对罗景的心思，她知晓，包括罗景喜欢夏荷，她给罗景出主意说，你要得到夏荷，就必须让她身边的那个吴教授离开。

罗景沉默了一会儿，满脸无奈地摇了摇头。

我也不能说，只要能得到她的芳心可以不择手段之类的话。男男知道罗景很想让她出一个便于操作的点子，她认为，这种事只能提醒不宜具体说。

罗景耸了耸肩，两手一摊，露出苦恼的笑。这时，她看见了他有泛光的牙齿。

男男和罗景俩人较合得来，主要是同病相怜，刚进校时，班里的专业课基础就数他俩最差，男男的自尊心强，她忍受不了尼小婷那鄙视的目光，有一次，俩人在一条校园里的石子小道上相遇，小道只能走一人，避让的就要下到草地去，尼小婷迎面走过来，那副样子，好像道路是她家的，没有避让的意思，是男男给她让了道，尼小婷连看都没有看她一看，挺胸径直而去，这时候，男男强烈地感到了自己成绩差被人瞧不起的耻辱，她牢牢地记住了尼小婷的目光。一年后，男男的成绩已到了中等偏上，再后来，大有直逼尼小婷的势头。男男的快速进步，在班上成了谜，她和大家一样上课，一样作画，怎么她就能够出人头地，让人目瞪口呆。最有失落感的还是罗景，原先最差的有两个人，目前就剩他一人了，当然，罗景也想进步，努力过一阵子，效果就是不理想。他和男男开玩笑，问她吃了什么神丹妙药。男男毫无保留地告诉罗景，很简单，只要用心肯钻就行。罗景一笑了之，他没有想到光靠这几个字就能让人大踏步地前进。事也凑巧，又一次，男男和尼小婷在石子小道上相遇，男男不再像上次给尼小婷让路，她手捧着书，似乎看得很认真，站在道中央一动也不动，尼小婷和她对立了会儿，回过身去了，男男露出一丝得意的笑容。应该说，男男属于能够调度自己情感的人，自有主张，在学习期间，她不想对男生打开心扉，班里的男生都清楚，慢慢地对她敬而远之，这就给了她一个少有干扰的学习环境。当然，学校这么大，外班仍有不知情者，苦苦地在追求着她，比如，一个被称作咖啡豆的男生。

尼小婷在教室里突然发晕，是低血糖所致，在医院挂了盐水就好了。她回到自己在校外租用的画室，叫陪着她的苏眉回去。苏眉怕她会出意外，不愿走，说要再陪陪她。尼小婷砰地拍了一下画桌，吓了苏眉一大跳。她手一伸，指着苏眉，你给我出去，我不要你在，我要罗景，罗景这个狗东西他为什么不来。尼小婷那双在瓜子脸上的眼睛被撑得滚圆，让人生畏。见她这模样，苏眉连声说，好，好，好，我走我走。她退出画室，没有马上离去，她担心尼小婷出意外。没过多久，听见尼小婷歇斯底里大喊两声罗景，画室里传出砰砰啪啪的声响，苏眉正想进去，突然窗户被砸开，一幅已毁了的画被扔出来，苏眉一看，深深地吸了一口冷气，这时，她忽然想到了什么，猛地冲进画室，见尼小婷手上高高地举着一幅画正要往下砸，苏眉尖叫了一声住手！拿在尼小婷手上的这幅画，正是尼小婷的代表作，曾得过市里的金奖，原来讲好，这幅画要代表学校参加全国高校画作的评比。这是一幅陕北老人的头像，用散涂画法，一次完成的，对形体的概括力特别强，让人联想很多很多。要是这画被砸了，连学校都会着急的。

尼小婷听苏眉一叫，吓了一跳，可马上就回过神来，她对着苏眉一笑，用得着你来管吗，我自己的画，想怎么样就怎么样，苏眉额头上冒出了汗珠，她用手指刮掉前额的汗水，往下甩了甩，用颤抖的声音对尼小婷说，你听我说，把画轻轻地放在画桌上，她见她没有了行动，就慢慢地朝她靠过去，叫她把画递给她。尼小婷拿着画，一个平扫，差点打着苏眉的头，她又笑了一声，你要想我不砸这幅画，只有一个办法，在半小时里，你把罗景叫来，只要他一到，我就把画给你，他要是不来，我就把画砸了。

好，好，我去找罗景。苏眉想想也没有其他更好的办法，一边退一边安抚她说。在门口她猛地扭转身，撒脚就跑，来到男生寝室，大喊雷杰。寝室里无人应答，不一会儿钻出个脑袋来，她问他雷杰去哪儿了。他摇摇头，没回话就把头缩了回去，碰上这种人，可恶极了。

倒是另外寝室有人答应，告诉她雷杰去了图书馆。她又嗵嗵嗵地向图书馆跑去。此时，苏眉要寻找的雷杰是班长，在她看来，尼小婷要把代表学校去参评的画砸掉，是件大事，要是此画被砸，在短时间里画出一幅上品来几乎是不可想象的。她觉得她有责任找到雷杰，让雷杰再去做做罗景的工作，无论如何要把画保留下来再说。她找到雷杰时，身上的衣服都湿透了，她喘着粗气把尼小婷毁画的事告诉雷杰，雷杰也觉得此事非同一般，尼小婷这个人的性格他是知道的，她怎么说就会怎么做。他随即让苏眉回去稳住尼小婷，就去找到了罗景，把想法说了。罗景无论雷杰怎么劝都说不通，他根本不想见她，哪怕一秒钟都不愿意，见她的模样，他身上会起鸡皮疙瘩，叫雷杰能体谅他，不要强迫他去做他不乐意做的事情。雷杰见说不通，就上前去拖拉，可是，在一米八二高的罗景面前，雷杰显得矮小，自己也缺少信心，拉了两下，罗景一动也不动。

画室里十分安静，苏眉劝得口都干了，尼小婷什么都听不进去，只要罗景。她俩各站在画桌的一头，时间快要到了，外头一点动静都没有，只剩下 1 分钟了，尼小婷两眼盯着墙上的时钟，捏在画框外的手渐渐地用上了力，苏眉在心里直喊不妙，她想，眼前的唯一办法就是拖延时间，她装出一副轻轻松松的样子说，可能罗景正在来的路上，再延长一些时间吧，免得你正好把画砸掉的时候，罗景也到了，罗景不怪你才怪。

那就延长5分钟。尼小婷自言自语地说。刚说完，雷杰跑了过来，他先喘了几口气，两眼紧紧地盯在尼小婷的脸上，小心翼翼地对她说，罗景没有找到。

这不可能！尼小婷满脸地绝望，眼里含满了泪水。

你听我说，他为什么要这样对我，我是狗屎吗？就是碰到乞丐，在他绝望的时候，也应该给他一点希望。罗景，她哭着叫了一声，你太绝情了。说完把画使劲地砸在画桌上，顺手操起一把铲刀，疯狂地铲画。

这些天，连续高温，最热的几天达到了摄氏41度，在太阳下，皮肤有灼烧感，眼睛看出去，怪刺眼的，酸的直流泪水，校园道上的树叶，不到中午就垂头了。好不容易等到一场雨，并没带来多少凉意，直落下来的雨水似乎被加过热，淋在身上热热乎乎，有的同学在雨中淋雨消暑，过不了一会儿，就直顿脚往回跑，这时的整个大地，仿佛成了一只被烧红了的铁锅，雨落上去，滋滋地冒热气，地面上温度高，一片热浪，雨持续了片刻，就跟着云飘移到其他地方去了。眨眼间，地上的水干了，看不出下过雨的痕迹，只是树上仍会被风吹下几滴小雨珠。雨一过，大地又重新被燃烧起来。男男胸前抱几本书，迈着大步向校门走去。她身着一件褪了色的蓝色圆领T恤，看上去，让人感觉是个模特，她不戴胸罩，也不穿高跟鞋。有时候，T恤穿得紧身一点，特女性，有人就想尽办法要和她接触，就是打动不了她，连约会的机会都不给。有个巴西的富家子弟，同学们叫他咖啡豆。他每天给男男送玫瑰，送了两个月后，死心了，一气之下，回了巴西。可是没过几天又回来了，听说正在筹划开展第二轮的攻势。

每个周末，大约 5 点左右，男男都急匆匆地走出校门，站在被绑在电线杆上的校牌前（学校大门正好在修建），挥手拦出租车，上车之后，谁都不知道她去了哪里，曾有爱慕她的人跟踪过她，都是以白费力气而告终的。他们几个人就凑在一块儿分析，为什么她一到周末就往外跑，每次都是打车走的。每次都是朝着东走，东边有什么？几家高档的娱乐城都在这个方向，是不是缺钱花，跑到那里去赚钱了，如果她真的去，估计会火爆，她没有给他们交往的机会，要是在那里找到她，情况就会有所改变了。他们用两个周末，分头去找，结果没有找到，并认定她不在娱乐城范围；突然有人拍了一下脑门说，我问你们，东边还有什么？他说话带着神秘感，不等他们回答，他自己说了，有机场！难怪我们找不到她，她准是乘飞机去了另一座城市。说到这份上，谁都听出了意思。难怪她看不上我们，干这种事的人，心里冰凉的，也许他对男人充满着仇恨，可以理解，要是一个女人一天到晚被形形色色的男人围着，她能喜欢男人吗？

不要瞎猜了，我不相信她会做这种事。说话的人立马遭到了反击，相信不相信是你的事，做不做这种事是她的事。你想想看，还能想出她周末 5 点离校，直到周日晚上 10 点才回来，这段时间里她在干什么？如果不是乘班机，为什么总是非常准时地在这两个时间段里来去呢？尽管他们说得很肯定，毕竟还是猜疑，只不过认为这种可能性大一些罢了，她到底去干什么，还是弄不清楚。

尼小婷的毁画，惊动了院长，院长觉得此事应向校长报告，他把情况向校长说了，校长不吱声，把电话搁了，院长懵了会儿，大致悟出了校长不吱声的意思，就把夏荷找去，不容她细说，便要求她认真做好尼小婷的工作，让她再创作一幅能够拿到奖的作品，而且必须要拿奖。夏荷轻声问，尼小婷的画难道就这么重要？院长说，你问我，我问谁去，难道我好意思去问校长吗？夏荷明白了，这是一件非同小可的事，它关系到学校的荣誉。她立马叫雷杰去做尼小婷的工作，可是尼小婷不给面子，明确告诉他，除非罗景来说，否则一概不听，连校长来了也不听。雷杰没有办法，只有去请罗景帮忙，罗景的回答很干脆，就是杀他也不去。雷杰感到山穷水尽，只好把结果回复老师，夏荷想了半天，只有自己找罗景谈谈，要想尼小婷拿出得奖作品的全部希望已经都在此了。

罗景低头望着她的脚，听到了自己的心跳声。他刚洗过头，脑后扎成了一束马尾，不时地能闻到一股清淡的余香。俩人面对面坐着，沉默了好一会儿，估计夏荷也难以开口，罗景抬起头，望了她一眼，见她也在看着他，他的脸腾地一下红到了脖根，他用手搓了搓脸说，老师，你找我来，是不是为了尼小婷的事？

你觉得怎么样？

尼小婷十分疯狂，我不愿意接近她！

现在学校里碰到了难题，要不，我也不会为难你。

老师，你知道不知道我的心思。

夏荷没有回答他的这个问题，他的心思，她怎么会不明白，罗景不止一次地暗示过她，她假装没听懂，罗景就越讲越明了，她就干脆装成没有听到，她对罗景是有好感的，她是老师，觉得不适合，她叫了一声罗景，罗景两眼紧紧地盯着她看，等待她下面的话。她动了动嘴，用轻柔的口吻说，你也知道，我已经有男朋友了。

我不管。

今天我们不要谈论这个话题好不好，你看尼小婷的事情怎么办？

不用说都清楚，你想让我去干什么，但你必须回答我一个问题。罗景停顿了一下，使劲地咽了咽口水说，你喜欢我吗？

她没有想到他会如此直接地叫她表态，说，这样不太好，有做交易的感觉，你怎么样我就怎么样，你不怎么样我就不怎么样。

我不管，我就要你一个态度。

又是一阵子的沉默。罗景如同在等待着宣判一般，夏荷感到为难，不给他一个态度，罗景不会罢休，她的脑子在飞转着。一直以来，夏荷的上进心非常强，不甘平庸，总想出人头地。对眼前学院交代下来有关全校的事情，不做好行吗？她要把事情做好，眼下，唯一能依靠的就是罗景，现在，他向她要态度，态度是不能给的。罗景继续问道，你喜欢我吗？

你别为难我。

我要你回答。

她带着调皮的微笑说，不喜欢。

罗景根本都没有想到她会这样说，随即就说，这不是真的！

留给你去感悟吧，尼小婷的事你自己决定。说完便起身离开。罗景趁她不注意拉起她的手一吻。他感到夏荷没有一丝的反对，顿时又心花怒放起来，便一溜小跑离开。

望着罗景的背影，夏荷叹了一口气，说心里话，她也不情愿让罗景去接近尼小婷，可事到如今，没有其他路可走，她很清楚，尼小婷没有罗景，就不会有创作的欲望。也很清楚，如果不是她出面做工作，罗景也不会去接近尼小婷。

尼小婷喜欢罗景，最早知情的是夏荷，还是在入学不久的时候，尼小婷找到夏荷，提出要查阅一下罗景的档案，她肯定罗景是整过容的，怎么看都像她原先的男朋友。从那个时候起，尼小婷就一直爱着罗景。罗景感觉到之后，开始避她，他的心里没有她，也不可能有她。尼小婷说他的一举一动都像她已分手的男朋友，他就试图改变，尼小婷却说他越来越像她原先的男朋友了。其实，在尼小婷的精神世界里，罗景就是她的男友，有的时候，想到罗景，她就会闭起眼睛，罗景就渐渐地浮现出来，他含着微笑，在绿茵茵的草地上，俯下身来，不停地吻她，她心花怒放，无比愉悦。可是，这毕竟是幻觉。

尼小婷的成长和别人不一样，她的童年是和后妈一起度过的，她学画也与后妈有关。有一天，她用粉笔在门口的水泥地上画小鸡，后妈看到后说画得好，就要她去学画画，后妈很严厉，一见尼小婷偷懒就拧她，老是被拧得青一块紫一块。这时，她就想念她的亲生妈妈，妈妈走后没有回来，不知道她去了哪里，也不知道她是否还活在这个世上，她想她的妈妈是不会这样对待她的。在她的印象里，妈妈的身材很好，人也善良，常带她去公园，教她识别花草和她一起在阳光下的花丛中捉蝴蝶。这一切，都成了一去不复返的记忆，她真的好想念她的妈妈。在家里，妈妈的照片早已不见了，有一回，见爸爸在傻傻地看妈妈的照片，她要看，他不同意，又把照片藏起来了。到了11岁，有一个晚上，她不愿去学画，被后妈拧得很厉害，开始会躲，后来，便一动也不动地站着，从中，她体会到了一种从来没有过的快感，她就经常有意烦她，好让她去使劲地拧她。后妈拧了之后，坐在沙发上喘粗气，尼小婷便为了感激她，依在她身边，手里端杯水递给她喝。后妈看看她，紧紧地抱在一起哭了，她叫尼小婷不要恨她，她是为了让她有出息，她小时候也特别爱画画，家里穷，学不成。说尼小婷有这么好的条件和环境，不好好学就太可惜了。之后，后妈不再拧她，她就躲在被窝里自己拧自己。

一直到了尼小婷上大学前，她请求后妈再拧她，后妈听了放声大哭，要尼小婷原谅她的过失，永远不要记在心里。尼小婷给她解释，她不会有这种想法，只有感激，没有仇恨。后妈莫名其妙地愣在一边，她无论如何也不会知晓尼小婷的想法，因为，尼小婷没有和她说过。

雷杰来自江南水乡小镇，时不时会摸出指甲刀来修锉指甲，借此静下心来想事情。从幼儿园开始，他没有当过班长。这个学期，重新选举班长，谁想当都可以报名参加竞选，夏荷动员他去，他认为，可能是怕班里报名的人少了，太难看，再找几个凑凑热闹。他抱着这种心理去参加竞选，心想报个名，在竞选中自己主动退出来，这样，方方面面都说得过去。结果竞选名单一公布，他傻了眼，报名的就他一人，殊不知，夏荷有意选他当班长，意图被大家揣摩到了，他不用竞选就当上了班长。弄得他懊悔了许多天，他不是不想为同学们做事，问题是他不清楚自己是否有此种能力，在同学们故意喊他班长时，他就会出现一种被愚弄的感觉。实际上，雷杰同意报名参加竞选，完完全全看在夏荷的面上，不想说为什么，只觉得她是个好老师，值得为其努力工作。实践证明，雷杰当班长还是合适的，他十分注意与同学保持良好的关系，从不正面冲突，较多地使用非正式沟通的手段，该交给谁的就交给谁，哪怕是老师，他也会把问题交上去，请老师帮个忙，比如劝罗景，他认定，只要老师能出面和罗景讲，罗景就会同意。在平日，雷杰很注意同学之间的关系，谁和谁怎么样，他心里有本账，遇到问题，只要翻看心里的账，便心里有数。在同学中，有几个比较邪门儿的，前任班长就是不堪他们折腾，被迫辞职的。雷杰和这几个比较邪门儿的同学有染，他要是邪起来，比他们更邪，各位都信服他，班里变安静了，同学们尊重他，连前任班长都甘拜下风，说他当班长静悄悄的有水平。

班上，他有几个结盟弟兄，上回打喷嚏没找到的人就是他。打喷嚏要当人体模特的建议也是他首先提出来的，班上不止一个同学经常在上课时打喷嚏，左一个，右一个，也有人假装打喷嚏凑热闹，引得同学们哈哈大笑，影响听课，雷杰的建议一提出，有的同学认为刺激、好玩儿，热烈响应，其中最积极的是苏眉，令她万万没有想到的是，次日，老打喷嚏的同学在上课时出奇地安静，她这个从来不在班上打喷嚏的人，稀里糊涂地打了一个喷嚏，从而翻开了第一页，原本，苏眉完全可以避免，在她感到自己要打喷嚏时，就开始往教室外走，完全能坚持到教室外，没想到，雷杰伸脚绊了她一下，就在她跌倒在地的同时，喷嚏喷出，教室里响起了一片欢呼声。

雷杰打的喷嚏，尽管只有半声，还是被边上的同学发现，两个同学不约而同地站起身，把眼光投向四面八方，说是谁打的？雷杰见状，也站起来找人，声音喊得比谁都高。他们几个一闹腾，把大家都搞糊涂了。

尼小婷知道这个喷嚏是谁打的，她看出来了，有同伙为他打掩护，她不愿得罪他，得罪他一人，等于得罪好几人，不想管闲事。她独自去了购物中心，来到指甲油专柜，买了几支。

她用手机付了钱，看见了东张西望的罗景，心里不禁一阵高兴，估计是来找她的，学校里想让她画参展的画，肯定会叫罗景出面来做她的工作，要在平时，她早大喊大叫起来，此刻，她把眼光转到别处，就如同没有发现他，挺着胸，朝外走去。

罗景看见了，故意咳嗽一声，对他的声音，尼小婷十分敏感，可是，眼下的尼小婷听到了没有反应。看她走出购物中心。他叹了一口气。自从接受了夏荷的任务后，他想好好表现自己，把尼小婷的画定下来，好让夏荷开心。

方才的一声咳嗽，尼小婷听得清楚，她故意不予理睬。罗景隐隐约约感到，让她画画或许没有想象的那么容易，他喊了一声尼小婷，不见回答，猜想她已经远去。其实，尼小婷戴了一副墨镜，就在边上，见他远去，露出一丝微笑。她心里明白，罗景是非要找到她不可的，那就让他找吧，她买了一张地铁票，去了一个画廊老板的家。

画廊老板是个 19 岁的少女，人家都叫她阿杏，她已做了 2 年老板，赚了一些钱，尼小婷喜欢这里的环境，四周大块的草坪，院后的花阳伞，尼小婷常上这里来，她的画，都是通过阿杏销售的，她不仅做国内的市场，也做国外的市场。在画廊里，尼小婷的知名度不小，她的画好销。阿杏和尼小婷投缘，亲如姐妹。阿杏是个美人胚子，梳着一根大辫，身着一件蓝印花布裁成的短袖紧身竖领的上衣，整天含着笑，男买主舍得在这里掏钱。

尼小婷请了两天假，不见踪影，让夏荷十分着急，如果继续下去，学校里交待下来的事情会被拖延，她问了罗景一句，罗景也急了。

他去了尼小婷画室，见亮着灯，便进去了，尼小婷看了他一眼，不动声色。罗景叫她也不应答，只顾埋头作画。尼小婷的变化让罗景不好理解，完全变成了另外一个人，罗景来到她身边，见她乱涂乱画，有些生气地说，你还有闲工夫在乱画，你抓紧吧，把你的参赛画画出来。

你是谁呀，用这种口气对我说话，你越这样说我越不画。

不要以为你了不得，尾巴翘到天上去了。

给我滚出去！尼小婷把笔一丢，拍了下画桌，用手指着罗景说，怎么还不滚。

罗景满脸通红，料不着会在她面前受到如此大的污辱，猛地一转身就冲了出去。

身后，传来尼小婷的哭声，罗景站住了，闭着眼睛深深地呼了口气，他感到自己是有点过分，又重新回到尼小婷画室，站在埋头痛哭的她身边，在她肩上摇了摇，说对不起，刚才的态度不好，请你谅解。尼小婷哭得更伤心了，过了一会儿，她抬起头，用红肿的眼睛望着罗景，然后一把紧紧地抱住他，罗景木头般一动也不动地站着。尼小婷感觉到了罗景的冷漠，放开他说，你就不能给我一点的温暖吗？我是不是垃圾，罗景，我给你讲清楚，你想让我作画，必须得拥抱我，亲吻我，说完她尖叫了一声。

罗景没有回答，他的眼睛红了，他被她深爱着，体会不出半点幸福，方才的尖叫，倒使他有了一丝触动，说，以前有对不住的地方，请你原谅。

在尼小婷面前，罗景从来傲慢，她第一次听见他这样的言语，也动情了，说，谢谢你头一次说我爱听的话，我答应你明天开始画画。

罗景走了以后，尼小婷看见窗外的树上有只色彩斑斓的小鸟，这种鸟，尼小婷没有见过，叫不出它的名字，看它蹦蹦跳跳，无忧无虑，还转过身，对着她叫了一声，看样子对她不满，她脱下凉鞋砸过去，小鸟受到惊吓，飞走了。她光着双脚跑出来，找到被她扔出来的鞋子，又把鞋子从窗户中丢进去，然后光着脚走回屋里，一屁股坐在沙发上，腿一跷，头一仰，望着天花板出神，不久，便露出了得意的微笑，为她的点子有了进展而得意，如此的变化，完全都在她的意料之中，要不是为了得到罗景，她才不会这般不择手段耍花招，用惊动学校的做法来逼罗景，她认为，只要罗景来了，就难以从她身边溜走。

为了不耽误时间，罗景一早来到尼小婷的画室，尼小婷一手拿着一盒牛奶，一手捏着 3 片葱油饼干，一见罗景就放到一边去。她明白罗景的想法，一见面就说，我今天动手画。

罗景笑了笑。

见罗景笑，她也开心，说是帮她出出点子，画什么样的题材为好。

画什么你比我更有数。罗景不想参与意见，怕万一画不好要受累，他只能讲个大概，还是画你比较有把握的东西为好。

我一直在想，要找一个能激发我创作欲望和热情的题材。

找好了？

对呀，她用带着调皮的眼光望了罗景一眼，说，就看你配合不配合了。

我当然配合。

说话算数。

你怎么这样烦，说就是了，我不配合，你骂我小狗。

那我要画你的头像。尼小婷一字一字慢慢地吐出来。

你要画我，罗景大吃一惊，他把事情看得太简单了，认为只要尼小婷动手，他就可以松口气了，尼小婷的性格他了解，只要上手，就会像一架精益求精的机器，他当前的责任，就是要把尼小婷这架机器发动起来。没料到尼小婷会来这一手，怎么可能呢，要是让他当模特，他就得随叫随到。他说，这不妥！

口口声声说配合，又反悔了？尼小婷嚼着饼干说。

无论什么我都会配合你，这个不行，请你谅解我。

不行就算，我不勉强，只是我画不好不要怪我。

罗景一直耐着性子，听了这句明显要挟他的话，说了句随你的便吧，就走了。

罗景的离开，尼小婷不担心，她有把握，断定罗景会再来。罗景肯定去找夏荷了，夏荷是个上进心很强的人，为了完成好学校交给她的任务，她一定会动员罗景重新来到她身边，罗景不会不来。

其实，尼小婷猜错了，罗景没有去找夏荷，在路上碰到咖啡豆，他们经常在一起健身，他请罗景给他牵牵线，把男男约出来。罗景听说过他们的事情，不想给男男添乱，假装听不明白，就搪塞过去了。

这回，咖啡豆重返学校，还是为了男男，他带来了一枚3.7克拉的南非钻戒，要送给男男，求得一个好感。

夜深了，寝室里已经熄了灯。咖啡豆坐在亭子的暗处，时不时地望着校门，一直没有见到男男，他猜她出去了，便有了想等她回来的念头。四周早已安静了下来，风儿吹过，发出飕飕的声响，不远处，还有一些小虫在鸣叫。一辆出租车在校门口停下，车灯直射过来，他用手遮住眼睛，把身子往下俯，他不想让人看到，心中泛起一种类似在做坏事的感觉，三更半夜的，坐在黑处干吗呢，要是家里知道他此时的行为，肯定会笑话他。他自身条件不错，是个肌肉男，曾被评为学校的健美先生，他穿上黑色背心的时候，露出咖啡豆般颜色的身体，肌肉隆起，不乏追求者，他却不动心，鬼使神差地迷恋上了冷若冰霜的男男，走上了一条遥遥无望的求爱之路。

男男的形象老是出现在咖啡豆眼前，他暗恋她很久了，但始终没有机会和她单独相处。眼下，男男揣着几本书正向他迎面走来，她身着黑色套装，看上去柔软而富有质感，那件V型领子的无袖衫紧裹着她充满弹性的身体，面料上隐隐约约点缀其中的银色丝光，把她那象牙色的肌肤映得晶莹剔透，在阳光下散发着青春的气息，她穿白色皮拖鞋，迈着小步过来，咖啡豆看得有些醉了，慌里慌张地向身边同学借了一本书，假装翻看着，向她撞了上去。他见男男的书掉落在地，忙说对不起，就俯下身去拾起来送还她。男男看了他一眼，接过书，没吱声就走了。

这一撞，咖啡豆心花怒放，他蹲下身来捡书，把自己借的书也一并给了她。对男男，他一直都近不了身，这回有机会了，可以去要回自己的书，他突然发现路边的花儿特别鲜艳。咖啡豆望着她远去的背影，忽然，他看见有本书掉落在男男的脚后，他心里一紧，等男男远去，过去捡起来一看，原来就是那本他用来装模作样翻看的书，他一跺脚，把书掷在地上，良久才拾起来拍了拍，夹在腋下摇了摇头。

为了男男，咖啡豆花了许多心思，一直在关注男男的行踪，说她周末乘机到外地城市赚钱的猜测已经澄清。她平时去的较多的地方有两个，一个是夏荷的住处，主要是帮她打扫卫生，另外是一位老头家里，去干什么不知道。咖啡豆叫他们再作进一步了解，把老头的底细摸透，为什么男男一到周末就去他家，又在他家干什么，这个老头有什么地方能如此吸引她。据来报的人说，有个黄昏，她挽着老头散步，他俩贴得很近，老头的手臂就挨着她的胸脯。在小河边，俩人在凳子上坐下来，老头指手画脚地和她说话，看样子俩人都很愉快。在往回走的路上，俩人进了超市，买了两盒酸奶，一袋切片面包，几根香蕉，几只甜橙。

他们对所见到的情景进行了分析，一种可能性是认为她以老头为模特在进行创作，在一次散步中，曾见男男经常比画他的脸。另一种可能是认为老头认男男做干女儿，男男把他家看成是自己的家。还有一种可能是认为他俩不正常，老头独居，男男留在里面，一男一女的，会不出事情?

男男知道有人跟踪她，装作不知道。下午班里去美术馆参观吴冠中作品展，夏荷带着大家前往，她身着那件被粘过胶水的白底蓝碎花短袖衫，粘过胶的地方，被她剪掉了，找了块颜色接近的布缝上，看上去还是像块伤疤。同学们对她穿这件衬衫的目的是清楚的，那件事情早已过去，但是，肇事者始终没有露出水面，她有意让大家看见衣服的目的，也许是警示，因为像她这样爱美的人，不可能平白无故地穿“破”衣服。

雷杰从夏荷背后走过，来到苏眉身边，打了声招呼，苏眉没搭理他。自从她打过喷嚏后，他对她产生了好感，就在他苦思冥想，准备向苏眉表白时，麻杆悄悄地抢在他前头，如同摘取路边的小花一样，把她摘走了。弄得雷杰措手不及，他在总结自己失败的原因时对自己说，恋爱无章法，谁早谁得手的可能性就大。他把最好的时机用来思考，麻杆却把这个时机用来行动，他明显地吃了亏。表面上，他装作不在乎，夜深人静的时候，苏眉老是跑到他的眼前来，飘来飘去和他说话。他就喜欢她那种喋喋不休的样子，好像有千言万语要对他诉说。

别看雷杰在同学面前活灵活现，见到苏眉，却抬不起头来。原因是自己不够成熟，缺少实战经验，准备来准备去，反而被麻杆抢了先机。

雷杰失意后，经过一段时间的调整，心情刚开始平静下来。有天早上，他在食堂用餐，苏眉过来在他对面坐下，从碗里拿出一个咸鸭蛋给他。他顺手夹给她一块霉豆腐，他知道她喜欢。

看样子，你近段时间精神没以前振。苏眉用关心的口吻说。

一会儿是内蒙的风沙，一会儿又是热浪，你精神振吗，也许你振作得起来。

你别东拉西扯。苏眉瞪了他一眼说。

这时，麻杆来了，对苏眉说，原来你在这里呀。他一手端着白色的搪瓷碗，一手捏着馒头，挨着苏眉坐下来说，这食堂的稀饭真他妈的稀。

捉摸一下，他的话里是不是还有话，见苏眉鼻子吭气，一副懒得理他的表情。雷杰见此心中暗喜，估计苏眉有意要疏远麻杆了。他拿起咸鸭蛋敲了一下后，放在桌上搓了搓，再把蛋壳剥去，咬了一口问，这蛋是你从家里带来的？说完，他瞥了麻杆一眼，看看他有什么反应。

麻杆一脸的不高兴，对苏眉说，待会儿有事和你说。

雷杰也不是外人，有事你说好了。

是不是为了理论课的考试？雷杰有意这么说，他最怕文化课考试，每次考试，他的成绩都名列末几位。

你还没吃好呀？

好了，好了，这就走。雷杰乐得大方一些，起身离去，又买了一只馒头嚼起来，他觉得味道不错。

此时，罗景也在吃馒头，如嚼蜡。想到又要去尼小婷画室，提不起精神。眼下最开心的是尼小婷，不愁罗景不去她身边。对夏荷，她能够掌握她的心理，为了上进，出人头地，她会不惜以他人为代价的。从罗景这两天的态度变化来分析，夏荷也许为了能够让罗景来劝她作画而许过愿，要不罗景不会主动地来接触她，她有些可怜罗景，因为她明白，即使夏荷许过愿，也是出自某种需要。当夏荷在课堂上授课时，尼小婷无论怎么看她，都觉得她像一只老鼠，说话的嘴巴就像不停地在啃骨头。有时候见她朝罗景一笑，眼前出现的就是一个魔鬼，已经把魔掌高高地举起，准备扑向罗景。尼小婷想，她应该把走火入魔的罗景救出来。

在罗景进入尼小婷的画室时，尼小婷正在涂脚指甲油，见了他没向以往那般热情，她尽量控制住自己，不让罗景觉得她离不了他，她认为，男人都是犯贱的，你对他好，他就翘尾巴，你懒得理他，他反而会来巴结你。罗景站在边上看了一会儿，很不高兴地说，你疯了，把指甲涂成这么多种颜色。

你管得着吗？

我见了想吐。

那你不看就是了。

我在你这里能不见吗？

在这里看见，不在这里就看不见了。

罗景火气上涌，抬腿往外走，在门口却停了下来，又回到她身边，温柔地说，我都已经依了你，你能不能也听听我的话。

她想说，你不是依了我，而是依了别人。但她没有说出来，她问，你让我怎么做？

罗景见她涂了指甲油的脚趾，浑身不自在，他说，先把颜色擦掉。

你帮我擦。尼小婷带着撒娇的口吻说。刚说完，她感到罗景不可能帮她，便说自己会擦，然后去洗指甲。

几天来，罗景过得稀里糊涂，成了她的傀儡，弄得连自己都找不到北了。他在尼小婷面前低声下气，他真不想再这样干下去，但一想到夏荷，什么怨气都消得干干净净，夏荷就成了他非要把这件事做好的精神支柱。

尼小婷洗完脚指甲出来，手里提着一块画板，看上去，她已在底层色上用油稀释颜料薄薄地涂过，有了透明感。她放好画架，搬了条凳子让罗景坐下，由于画室没有天窗，她采用北面的窗户来采光，并遮住了窗口的下半部分，她想用集中的光造成较强的明暗对比，来表现他面孔的坚强果断。她选择了四分之三角度的右半侧来画，她最喜欢他的这个侧面，这样，更能显示他面部的特点。罗景只好随她摆布，她要怎么画就怎么画。这时，罗景看见尼小婷在调色板上用油稀释颜色时，提出了异议，他说应改为用松节油来稀释，这样干得快。尼小婷没理他。他不再多说，猜想尼小婷是故意的，她不想及早地完成这幅画。

眼看尼小婷就要开始作画了，罗景心里高兴，他想，要是夏荷得知尼小婷已经开始作画的消息，一定会开心。尼小婷调好颜色就进卧室去了，过了好一会儿才出来，她身上就系了一块真丝的方巾，分别在脖子和腰际打上了结，算是系住了，整个背都裸露在外面，罗景感到不是味道，就说，你怎么能这样装扮。

我热，我喜欢这样，你管得着吗？

那你干脆就别穿。

是你说的。尼小婷立即动手解结。

罗景连忙制止住她，他绝对不能让她名正言顺地把丝巾除去，在他面前光身子。

别以为我系丝巾是在勾引你，我才不会呢。这是我设计的时装，它不久会流行起来。

都依你了，可以动手了吧。罗景催道。

快了！尼小婷手里拿把剪刀来到他身边，他还没反应过来，就被她拉起衣服剪了一刀。

你干什么，给我住手。罗景看着T恤衫被她剪出的一个洞，大喊大叫起来。

我在寻找灵感。

你这个疯子，见鬼去吧，你的狗灵感。

随你说，要么给我灵感，要么就放弃。

她的后半句话点中了罗景的要害，他最怕尼小婷又放弃了，口气一下子软和下来许多，现在应该有灵感了吧。

还不够！

你说咋办？

还得再剪几个。

罗景没有办法，只有默许，尼小婷兴奋地扭动着身子，又剪了几个洞后，再次给罗景调整好角度，开始作画。

现在，尼小婷能够随时叫到罗景，罗景也愿意来，好监督她及早地把画交差掉，到那时，他就好彻底地摆脱她的纠缠。昨天，他和夏荷报告画的进展，夏荷听说进展顺利且质量上乘时，把他夸了一通，他就疯疯癫癫地偷吻了她一下，还提出夏荷也要吻他，夏荷没有同意。罗景为了尼小婷的画，受了好多委屈，尼小婷变着法子弄他，罗景把一些情况讲给夏荷听，让她心里有数。

罗景回到尼小婷的画室，阿杏和阿斌正在邀请尼小婷共进晚餐，尼小婷把罗景介绍给阿杏，把罗景的画夸奖了一通，要阿杏的画廊与罗景挂钩，让罗景提供一些画去卖。有这样的机会，罗景自然乐意。阿杏拉着罗景，叫他一道去。罗景推托有事不愿去，说完就脸红了，被阿杏看出有假，把他拉上了车。

他们一同来到椒江人开的海鲜城，要了一个小包厢。阿杏问罗景喜欢吃什么？罗景说，喜欢这里的点心食饼筒，其他随便，你点什么我吃什么。

说话算数，你自己说的，我点什么你吃什么。

反正你吃的我都吃。

阿杏说声那好，就点菜去了。对阿杏，罗景颇有好感，那双大眼睛，吧嗒一眨，流光溢彩的，能勾魂。阿斌呢，他不喜欢，不停地给尼小婷倒水献殷勤，如狗腿子。在他面前，尼小婷摆出一副高不可攀的样子。阿杏点菜回来，在罗景身边坐下，凳子向罗景移动，问道，你能喝多少酒？

喝酒？我不会。

刚才你说的，我吃什么你跟着吃什么。

那我没有说喝酒呀。

那你也没有说不包括酒呀。阿斌插嘴说。

放心吧，你喝不了我喝。尼小婷含情脉脉地望了罗景一眼说。

谢谢，罗景此时心里有股说不出的滋味，和她接触以来，都是持排斥态度的，此时有点不一样。

我们都随意，能喝多少算多少，平时，我不喝酒，今天高兴，再说，尼小婷酒量好，不喝点不尽兴。阿杏看了罗景一眼说，你不会喝就少喝点，放心吧，我会保护你的。

罗景微笑着向阿杏点了点头。

开头，酒喝得慢，一抿一抿的，不多时，阿杏的脸上泛出红晕，看上去像朵怒放的花。她提出要和罗景喝交杯酒，罗景乐意，一连喝了几杯。原先，罗景还能守，几杯下肚，防线被摧毁，他从来没有喝过这么多酒，喝到这个份上，已搞不清自己的深浅，自己倒酒继续和阿杏对喝，尼小婷怎么劝也劝不住，一劝就叫她滚，尼小婷心疼罗景，叫阿杏不要和他喝了，要喝就她俩对喝，阿杏不依，说和她喝没意思。

罗景已经趴在桌上不吱声了，阿杏离开座位，她叫服务员退出去，把上衣脱了，不管尼小婷和阿斌怎样劝都不肯穿上，说是太热了。她过去不停地拍打罗景，叫他睁开眼来看，罗景没有反应。

阿斌把尼小婷和罗景送回尼小婷画室已快 12 点了，阿斌坚持要把罗景送到他自己的住处，尼小婷不依，说这样送回去影响不好，她叫阿斌放心，她会负责送他回去的。她叫阿斌帮她一起把罗景架到床上，阿斌不情愿，但还是答应了。阿斌走后，尼小婷让罗景仰身躺在床上，自己褪去衣裳，冲了澡，光着脚走出来，把灯灭了。

等罗景苏醒过来已是次日的午后，他睁开眼睛，一下反应不过来，发现自己睡在尼小婷的床上，大吃一惊，很快记起了昨日的晚餐，他打开房门，估计尼小婷在画室，他叫了两声，不见回音。这时，他发觉掉落在床下的白床单上有一片红，很奇怪，提出来一看，在一片红的边上，还有点点类似从自己身体里出来的液迹。他好像被雷电给击中了，一屁股坐在了床上，他大吼了一声，发着疯，把床上的用品全都掷到地上，然后，不停地狂叫，把嗓子都弄哑了，也不见尼小婷影踪。他摊开手脚仰躺在床上，想到了夏荷，泪从眼角滚落下来，他忍不住哭出了声，嘴里不停地骂着大婊子。突然，他好像又想到了什么，一个鲤鱼打挺坐起来，抓过白床单，把染有的污迹凑到眼前来看，一遍又一遍，他在心里想，这不是真的。人生中最美丽最珍贵的一刻，怎么就这样糊里糊涂地了了呢，而且和自己根本不爱的人！对这件事罗景看得很重，不止一次地设计过，这一刻，他要与他爱慕的夏荷一起度过，他深信，只要自己真心地去追求，他们是能够走到一起的，想到那一时刻，他就热血沸腾，夏荷像仙女一般地飞落在他的眼前，身着洁白的婚纱礼服，他们手挽着手，缓缓地从草地步上鲜红的地毯，俩人深情地对视着，两边的鲜花怒放着，转眼间，他们置身在花的海洋中，雪白的和平鸽一群群地从头顶飞过，此刻的夏荷，被花的芬芳沐浴醉了，肌肤娇嫩透红，罗景不停地轻吻着半倒在他怀抱里的夏荷，夏荷嘴里喃喃细语，罗景控制不了自己奔腾的感情，抱起她来，她的手懒懒地搭在他的脖子上，罗景慢慢地旋转起来，对着天际喊道，我是世界上最幸福的人，远方传来了回音：最幸福的人……最幸福的人……最幸福的人。可是，这一切，已经被眼前的床单破灭了，要是尼小婷在跟前，他真恨不得咬她几块肉下来，她太可恶了，为了满足自己的欲望，竟不顾别人的感受。罗景拿着床单，想把它撕掉，但已经没有力气，只有愣愣地坐在床边上，两眼瞪着墙看，不久，发出了一阵狂笑。

此时，尼小婷躲在室外，当她看见罗景就要醒时，就避出来了。那块白床单，是她有意放的，意思要告诉罗景，他俩有了肉体关系，她预料，罗景要是见了床单，必然会大怒，但她不怕。罗景发疯了，把能砸的东西都砸光，一直到他渐渐地安静下来的时候，尼小婷走进画室，没等罗景反应过来，她上前给了罗景啪啪两记耳光，并用手指着他的鼻尖说，你这个畜生，你知道你干了什么吗？说完哭了起来，罗景懵了，她哭着说，我见你喝醉，怕送回去影响不好，就让你留在我这里，没想到你会做这种事。

你别造谣，我问你，一个烂醉的人还能干什么，你说！

自己做事自己清楚。尼小婷越发哭得伤心。

我绝不会饶你。

凶什么凶，再凶我就告你，告你强奸，要争我们到法庭上去争。

他想起了夏荷，眼泪夺眶而出。尼小婷见状，止住哭，拿张纸巾依偎在他身边为他揩泪，她说，罗景，我反正能给的都给你了，一切都随你的意，你想怎样就怎样，我不会埋怨你的。说完就拉起他的手，解开衣衫，把他的手放在她的胸前。此时，罗景在脑中出现的是夏荷，他闭着眼，抚摸着，它是夏荷的，不一会儿，他一把拉过尼小婷，紧紧地拥抱着，热烈地亲吻她，直到嘴里喃喃地说“夏荷我爱你”时，她心里发慌，知道罗景神经错乱了，她抱着他哭，不停地说对不起，并告诉他真相，说她欺骗了他，他们没有做过那种事情，罗景对她傻笑，无动于衷。尼小婷后悔了，罗景是她最爱的人，可是，她把他给逼疯了。

几天来，不用尼小婷招呼，罗景自觉来到画室，一见尼小婷就叫她夏荷，要吻她，她索性躺在床上，即使罗景把她当成夏荷，她也愿意。可是，罗景说他很忙，要回去剪衣服。

也许是命中注定，苏眉从那天早餐把鸭蛋给雷杰的同时，把一份好心情也给了他。麻杆初次恋爱，毫无章法，急于求成，结果败下阵来。他是个拿不起又放不下的人，苏眉情移他处，使麻杆日夜不得安宁，他分析原因，认为是没有摸准苏眉的想法，他认为能够脱光衣服当人体模特的人，肯定是个非常开放的人，就急于要和她做那种事情，哪知苏眉把婚前和婚后的行为区别得清清楚楚，他一次不行就想第二次，结果把苏眉给弄烦了，她最不喜欢只想干这种事而不去干其他事的男人，就在麻杆孜孜不倦地追求中，她来了个 180 度的大转弯，伤透了他的心。几天来，他感到了自己的变化，以往他学专业的兴趣很浓，眼前不行了，热情有所减退，一到晚上，他静静地躺在床上看其他书籍，不与人说话。有人看麻杆的样子太可怜了，就去找苏眉做工作，当时雷杰也在场，那人不知道苏眉和雷杰的事，以为雷杰是班长，也好与他一块儿做苏眉的工作，动员苏眉和麻杆重归于好，省得麻杆可怜兮兮地把头埋在书里。雷杰把他和苏眉正在处朋友的事告诉他，那人听后张着嘴半天没有合下来，懵懵懂懂的，好像刚从睡梦中醒来。雷杰觉得滑稽，他和苏眉的事，同学还有人不知道，要是真的不知道也就一笑了之，如果明明知道，再当着他俩的面来做所谓的好事的话，就太可恶了。

苏眉见那人吃惊的傻样，感到好笑。今天是苏眉来找雷杰的，要告诉他，尼小婷不想画了。雷杰感到了事情的严重，就急着和苏眉一起去找夏荷。

当夏荷听了他们的报告后，脸都青了，她叫雷杰找尼小婷好好谈一次。雷杰满口答应，叫她放心，会把事情处理好。俩人告别夏荷，从台阶上下来时，苏眉说，你现在已经成为老师的得力助手了。

尽力吧，夏荷老师给我的触动还是蛮大的，让我信服了。

起初，我恨过她，特别是那次考试，只得了 35 分。

算好了，我只有 33 分。

我从小学开始到大学，从来没有低于 80 分的，当时难以接受，面子下不来，好像受到了奇耻大辱。

现在想通了吗？

早想通了，说心里话，我得要感谢夏荷老师，那次考试给了我们学习的动力，让同学们重新认识了自己，摆正了位置。

苏眉脚下踢到石头，打了个趔趄，雷杰伸过手扶住了她，她飞过一个媚眼，说了声谢谢，用手捋了捋头发，尽量把心情平静下来。苏眉感到与雷杰在一起有感动，就连直直望过来的眼神也会令她心荡。但她十分注意分寸，不像有的年轻人，省掉了中间环节，登峰的时间缩短，节奏快。苏眉比较保守，不想随波逐流，如果用山来比喻的话，她觉得应该从下往上登为好，否则，上得快下得也快，苏眉不想这么做，她觉得这么做，对自己不负责任，明明是大事情怎么能当作小事对待呢，她认为那是腐败是没落是作贱自己。

作为女人，总有一天要把自己献给爱人，苏眉想等到那一天，这和雷杰的想法吻合。他知道了苏眉是个什么样的人，也就明白了为什么苏眉和麻杆在短期内就完成了同学—朋友—同学的过程。麻杆从先下手为强尝到甜头，想乘胜追击，肯定有过令苏眉十分反感的行为。要不，苏眉怎么会如此之快地弃他而去呢。也好，给麻杆留个记性，让他明白，现在的女生并不都是他想象的那样。昨天，雷杰发现麻杆约了一个外系的女生外出。在他和苏眉面前经过时，胸脯挺得老高，雷杰当时就想，这位仁兄要是急于去压迫她人的话，很可能会吃第二遍苦，凑个适当的时机，他想和麻杆聊聊。

幸好，尼小婷给苏眉说了她的去处，雷杰和苏眉很容易找到了尼小婷，说了几句关心的话后，雷杰就直截了当地催她的画。

尼小婷和他说，那幅画是不可能再画下去了。

为什么？

不为什么。

你听我说。

尼小婷不想听，扭头走了。雷杰耸了耸肩，朝苏眉做了个鬼脸。

雷杰清楚苏眉和尼小婷的关系不错，问她能不能再和尼小婷谈谈。苏眉犹豫了一下，便答应了，她认为也好，或许有用。

实际上，要纠正尼小婷的想法，可能性不大，苏眉也明白，再劝她，也是出于侥幸心理，她想，已经到了这个时候，不应该把所有希望都寄托在尼小婷身上。苏眉在沉思，被雷杰看了出来，问她在想什么。苏眉眨了一下眼睛说，我在想参展画的事情，从现在来看，把参展画全部希望寄托在尼小婷身上恐怕会误事。这时，她记起了孟子的一句话：西子蒙不洁，则人皆掩鼻而过之。如果学校知道她的情况，即使她的原画还在，估计都不会让她参展，她把想法和雷杰说了。

有什么其他办法呢？

办法是有，就看你能否想得到。

说出来听听，有好办法我奖励你喝茶。

你排一排，除了尼小婷，还有没有比较合适的人。

依我看，没人能够达到尼小婷的火候。

不知你是否对自己有信心。

我？

会行的，你不是在省里也得过优秀奖吗？我经常注意你的画，画得很精细，但色彩的处理欠缺，我呢，正好与你相反，在一定程度上可以作点弥补，如果你有信心，我给你当参谋。

经苏眉一点，雷杰立刻明白过来，也真是的，他最欠缺的正好是苏眉最强的，她对画中明暗色彩的处理，从来不孤立地再现某一色块，而是把一个色块置于总体的色彩关系之中，要是他和她合作的话，说不定会出个好作品，且也有意义。他的兴致一下子提起来了。他说，我俩合作起来，取长补短，可以一试，就是时间紧了一些。

抓紧一点，我想应该来得及，接下去马上选题材。

题材有现成的，不知你的意下如何，我想过，一直想画我们南江的水乡。雷杰从包里掏出几张照片给苏眉，并把照片上的廊街、拱桥和老屋给她讲解。

照片拍得不是很理想，但足以看清楚。这是一个古老的水乡，沿着河建的房子，拾阶而上，房子大都采用马头墙建筑，窗户不大，时间久远，都已变黑了，一溜老屋倒影在河里，有些扭曲，很有味道。苏眉看见在一座房里堆放的白色坛子，问雷杰是做什么用的。

雷杰告诉她是酒坛子，说他家乡酿的酒，是度数不高的米酒，很好喝，也补人，家乡的老寿星没有一个不喝酒的，你去的时候，我就给你喝这种酒。

我才不喝酒呢。

要喝的，都要喝的，家乡女人坐月子都要喝这种酒，加鸡蛋，加核桃，加红糖，甜蜜蜜的很好喝，养奶水。雷杰看苏眉脸红了，就不再说下去，他指着河边牛鼻孔样的石头问，你知道它是干什么用的吗？

拴船的。

你怎么知道?

傻想想就清楚了，在河边，不拴船还拴什么。

边上的那个小孔呢?

出水孔，家里的污水就是从这个孔里出来的，对不?

算你聪明。

不是算聪明，本来就聪明嘛。她眨了一下左眼说。

你看这个题材好不好?

不错的，河床上的大卵石和廊街以及高低不平的老石板都不错，我想你出生在此，生活在此，熟悉这里的一切，会把灵魂注入进去的。

谢谢鼓励，那咱俩就一言为定吧，共同把这幅画创作好。说完俩人击了一下掌，手和手就紧紧地握在了一起，他们漫步在湖边的小道上，一股电流在他们的身体里碰撞，雷杰鼻子一酸，打了个喷嚏，苏眉一听，开心地笑弯了腰，雷杰问她打个喷嚏有什么好笑的。

苏眉直起腰来，用手抹去笑出来的泪说，我听出来了，那天课堂上没找到的那个喷嚏原来是你打的。

你有什么根据?

就听声音，嚏的一下，不是你是谁，老实坦白吧，那个嚏是不是你打的?

是又怎么样。

当人体模特！我让你选择，你不想我说出去，就给我当模特。

什么时间?

到时间我会通知你的。

那就毕业以后吧？

等我想好了再告诉你。

他们在学校的门口看见了在张望的咖啡豆，苏眉眼尖，提醒雷杰靠边走，不要被他看见，要是被他看见，肯定又会说男男的事，这种事，他们无能为力，能躲则躲。

咖啡豆追男男毫无进展，他把男男周末外出的去向搞清了，当他得知男男每到周末都去一个著名画家家里当保姆时，他更喜欢男男了。可惜的是，他没有机会也难以找到机会去接触男男，原因是她对他存有戒备。前段时间，他怕自己难以承受单相思情感的折磨，经人介绍认识了一个本地较有名气的时装模特，想通过与她的交往来淡忘对男男的思念，他们几乎天天在一起，无论去哪里，时装模特总是小鸟依人地挽着他的手臂，可是他没感觉。

一天中午，有人明确告诉咖啡豆，说他的追求已经无望。他一只手捂在胸口问，是不是她已经有了男朋友？

不是的，她不会有男朋友，因为她不喜欢异性。

什么？你们发现了什么？

她的包里有几张她人的裸体相片，一张正面照，两张侧面照，一张背面照，一张被她撕掉，撕掉的那张碎片全被我们捡到了，是张正面照，被她撕的太碎，拼凑起来效果不好。

带来了吗？

带了。

给我。咖啡豆接过相片，看后，脸色有些苍白，再次瞥了一眼相片后，就把它撕了。他问，你们是怎么发现的？

我们摸清了她的大致规律，一般在6点钟左右，她大多会出现在树丛中。我们发现她的秘密那天是6点多，她来到树丛里，选择在最靠边的木条凳坐下，然后拿出一本书来读，开始，我们以为她真在读书，慢慢地发现她不像读书，终于揭开了她的看书之谜，原来，她把几张女性裸体照夹在书本里，她是以看书为幌子，实际上是在看相片，我们估计是在浴室中偷拍的，相片上的这个人，脸模糊，不敢肯定是谁。

凭这么几张相片，就能认定她喜欢同性？咖啡豆绝对难以接受，她喜欢看裸体女性相片就是喜欢同性？何况她是搞美术的，熟悉了解人体是她的专业需要。

我们对她喜欢同性的判断并不只是相片，在平日，不难发现，她对异性没有热情，很少有人与她接触。

咖啡豆的眼望在远处，在思索着什么。此刻，他脑子凌乱，好像事情已经到了尽头，但他仍不死心，问道，相片上的女性是谁能帮我认定下来吗？

其实，相片上的人是谁，对你来讲并不重要，如果你的确想知道……

不论怎样，相片上的人是谁，咖啡豆说，我还是想知道。

我们只能给你说个大概，不一定准确，看样子有点像她的班主任。

咖啡豆哦了一声，事情到了这个地步，他明白，对男男的暗中苦恋应该结束了，并不是他得不到她，别的男人也不会得到她。但是，对咖啡豆来说，男男深入到了他的心底，要弃掉很难，他不甘心，认为只要真心，石头终有被软化的一天，他想找男男面对面地谈一次。

咖啡豆在傍晚时分去了树丛，男男已经坐在树下的木条凳上看书。他走过去，故意咳嗽了一声，引起了男男的注意。男男抬起头望了他一眼，并对他淡淡一笑。咖啡豆第一次见到她的笑容，心情好了许多，他朝她走近，问她能不能坐下？男男挪了挪身子，待咖啡豆坐下，男男说，我知道你对我的那份情意，很感谢。

那你为什么就无动于衷呢？咖啡豆急急问道。

或许你对我还不够了解。男男说话的口气十分缓和，她想尽量不去增加他的烦恼，她接着说，到学校里来，主要的目的就是学习，听我这么说，你也许会觉得幼稚可笑，可我确实是这样认为的，要是不好好学习，就太可惜了。

我不认为在校有异性朋友就会影响学习，相反，会有促进作用。咖啡豆辩解说。

每个人的理解不一样，我不想在此期间为了这种事而分心。

男男。咖啡豆深情地叫了一声，你不知道，在我心里，你有多重的分量，真的难以想象，要是没有你，我不知道以后的日子怎样度过。

你千万不要把我想得太好，应该实际一些，还好我们没有交往，也就没有那种能够给人留下记忆的东西。我很抱歉，没有接受你的爱，但不只是对你，对其他人也一样。我认为你的各方面条件都很不错，一定会找到比我更好的女孩子。

除了你，我不相信会有更好的。

你太悲观了，年纪轻轻的不能这般给自己下定论，一段时间过去，你会转变的。男男把书装进包里，对咖啡豆说，每个人都有自己的追求，我现在看起来像个苦行僧，但我的最大乐趣就在这里，我还想在这条路上走下去，要读硕士，读博士，要成为名副其实的画家，这是我的理想，我无保留地告诉你，是让你理解。我曾听人背后讲，说我不近男生，是因为我喜欢同性，我不计较别人如何讲，现在，我最需要的就是静心，渐渐地抛弃杂念，把自己的事情做好。

男男，你的想法值得我敬佩，但是，作为女人，总不可能一辈子不嫁人，我愿意等你，哪怕 30 年 40 年，我都等你，只要你答应，我肯定不会来打扰你，你认为如何？

这样做，会使我不安的，你完全没有必要，你是一个堂堂的男子汉，应该有自己的生活，完全可以按照自己意愿去生活，何必为了我而苦苦等待呢，而且是无年无月的等待。你肯定会说我太自私，但我不想改变它，因为我有自己的目标，请原谅我吧，你会幸福的。

还能说什么呢，话已经说到这个份上，咖啡豆知道自己已经不存在任何希望了，他偷偷地透了一口长气，不想让男男看出来，他沉思一会儿，侧过脸去望着她说，我们不能成为伴侣，能否成为兄妹？

算了吧，这样对你我都有好处。

咖啡豆显得极其失望，脸涨得通红，手心发冷，他说，好吧，一切都听你的，但我有一个小小的要求。他从袋里掏出装着钻石的红色小盒递给她说，请你收下，这是我特意给你选的。另外，我想求你给我一张画作纪念，不久，我就要毕业离校了。

钻石我不要，她把红色小盒还给咖啡豆说，画我一定会寄给你的。这时，男男伸出手去，咖啡豆迟疑了一下，然后伸出手，一股伤感悄然涌上心头，这是他们的第一次握手，也是最后一次。从今往后，或许不会再见面，茫茫人海，今后各自都会在哪里呢？咖啡豆鼻子酸了，他竭力控制自己的感情，不让泪水淌下来，他说，我衷心地祝愿你事业有成。

祝你幸福美满！

咖啡豆舍不得放开她的手，他有个提议想说，又怕她拒绝，不便说，他想征得男男同意，每年来看她一次。

俩人的手，最终还是分开了。男男站在原地，见远去的咖啡豆转过身来向她摆摆手，她也渐渐地举起手，向他挥了挥。轻轻地说了一句，再见了，咖啡豆。

近来，课程排得紧。美术理论课是同学们最不喜欢的课，老师的授课教材和其他课程相比，总是滞后，老师姓秦，是个结巴，如果同学不认认真真地听，记笔记时就会把他的重复字记上，比如他说的照明光光线与画画面效果；油画画的发展历历史。考试时，要是写上这样的答案，他就要扣分，而且扣的不合理。有几位学生受过其害，其中包括班长雷杰。在夏荷眼里，雷杰是个乖巧之人，不像麻杆那样调皮捣蛋。这次，夏荷听说还有按照他说话写的人，还要扣分。夏荷去向秦教授求情，讲明学生不是故意的。他说，我没说学生是故意的，我是说他们上课不用心。秦教授在行内的知名度极高，提起校长许多人不知道，提起秦教授很少有人不知道。他听夏荷开口求情，心里烦，他说，就你会做好人是不是，你少废废废废话。夏荷没有办法，只好去找分管副院长反映，副院长把他找来谈话，他不敢说副院长少废话，他说，其实，我是吓吓他们，考卷到现在还没改呢，目的是让学生动脑子，我多说一个字，他也多写一个字，说明还不懂。事后，从表面上看，他对学生的感情加深了，但是，关键要看分数，分数决定感情。今天，这堂课他讲的是不同时间的色彩变化和不同季节的色彩变化，他把讲课的速度放慢了，磕磕碰碰的重复字少了许多，说明他是认真的，同学们的课堂纪律有了明显好转。

下课后，苏眉找到尼小婷，发觉她少了以往的放肆，眼睛里透出了平静的目光，在树荫下，苏眉问起参展画，尼小婷叫她放心，她一定会完成的，但不是罗景的肖像，是什么画暂时保密。她向苏眉打听罗景，在课堂上没有见到他，不知他这几天可好，她给他打过几个电话，他都没接。苏眉告诉她，罗景不知为什么，他的行为变怪异了。夏荷动员他回家休养一段时间。尼小婷听了，心里一阵紧缩，罗景为什么会这样，只有她清楚。她太想得到他了，想不到她的恶作剧把他给害苦了，当时，她完全可以肆无忌惮地来满足自己的欲望，但她以为，他们的结合，应该是天地合璧，不能没有排山倒海的激情，不能缺少他对她的爱，为了得到他，她设计生米煮成熟饭现场的目的，就是想让他回心转意，这般的后果，并不是她想得到的，她想去看看他，又担心会加重他的病情。

罗景的变化是夏荷没有料到的，她心里有愧，若不是她出面做工作，罗景不会愿意和尼小婷接触，她利用罗景对她的深情，把他推到了尼小婷身边。想到这里，不禁泪水溢出来，她靠在沙发上，用纸巾擦去泪，站起来对着镜子笑笑。想调剂一下自己的心情，可没有用，眼泪仍旧掉下来，她索性哭出了声。几天来，罗景的影子一直浮现在她的脑海里，他还是以前那般的整洁帅气，脑后扎着的马尾在风中扬，散发出一股淡淡的洗发水留下的清香，说心里话，夏荷喜欢罗景，她喜欢他修长匀称而健壮的体形，也喜欢他略带文雅的书生气，还喜欢他的纯真，但是，她毕竟是老师，如果她不是他的老师，他不是她的学生，这团火用不着被压抑。

罗景要回家治疗休养了，夏荷再一次见到他时，他剃了个光头，他告诉夏荷说，是尼小婷要他剃的。夏荷明白，尼小婷一定是看他的头发乱糟糟的难看，索性要他把头发给剃了，反倒干净利落。罗景见到夏荷很兴奋，给她讲从外面听来的故事。

他说，有个男人光着身子在洗澡，一群金丝猴在树上观望，它们觉得洗澡的人是个怪物，你知道它们为什么会认为洗澡的人是个怪物吗？你说！

是不是他没有尾巴？

不是。罗景一个劲儿地笑。

那是因为什么？

罗景好不容易止住笑，把身子挺直说，它们说他的尾巴长反了。

夏荷也笑了。

你说好笑不好笑？罗景一边擦泪一边问。

不好笑。

不好笑怎么笑了。

从他们身边走过的人，用异样的眼光看着他们。天，渐渐地暗下来了，喧闹声慢慢地远去，罗景硬拉着夏荷去木条凳坐，她没依他，她怕他会做出什么事来。罗景显得有些不高兴，突然抱住夏荷，在她脸上亲了一口，然后露出一副她会打他的害怕样子，嗖地跑了。夏荷愣愣地站在原地，用手摸了一下被他吻过的地方。

夏荷刚回到住处。男男就来了，她说，我看见你和罗景了。

夏荷的脸腾地红了起来，她问，你看见我们什么了。

什么都看见了，对待罗景这个问题，我劝你要慎之又慎，弄不好，会直接危害于你，我知道你的想法，可是，事情往往没有那么简单。

谢谢你的关心。夏荷并不是没有想过，但她喜欢罗景，也觉得她有责任帮助他，其他的事情，她就顾不了那么多了。

全国高校画展的日子临近了，尼小婷的画，除了苏眉上次提起过，就没有人再去催促。夏荷自罗景变化起，开始不那么看重代表全校参展的画了，她发现，尼小婷的灵气不如以前，创造性减少了一些，她不指望尼小婷会拿出高质量的画。但让她感觉到安慰的是有两幅画参与和尼小婷竞争，谁的画好谁代表学校去参展评比。这两幅画分别是雷杰与苏眉合作的《水乡》、男男的《秋天的山峦》，两幅画都即将完成，夏荷看过，《水乡》的合作非常成功，达到了较高的水准。可是，她更看好的是男男那幅《秋天的山峦》，她画的是北方山区晴朗浓郁的秋天风光。在阳光下，湛蓝的天空，红叶，金黄的稻田，山及远山，尽管景物复杂，但前中远几个层次仍然十分明显，画面气势宏大，构思个性突出，是一幅难得的好作品。想到这两幅画，她的心里就会出现莫名的兴奋。

自从罗景回去以后，夏荷一直念着他，经常与他通电话，通话的时候，罗景会哭，说要回到她的身边去，他没有病，只要和她在一起，什么都会好的。昨天，夏荷在电话里听罗景讲，他给父亲的海运公司谈妥了一大笔生意,她听了为他感到高兴，说明他已经恢复正常了，眼泪止不住地掉下来。她想去看望罗景，罗景在电话里告诉她，他的家乡很美丽，四季如春，到处盛开着鲜艳的花朵，是花的海洋，他等待她去。

晚饭之前，同学们陆续离开教室，尼小婷把一板用牛皮纸包住的物件给了夏荷，她在讲台把牛皮纸一层一层剥开，发现是幅画，定眼一看，她愣住了，这就是尼小婷的代表作，陕北老人头像！她问尼小婷，这幅画不是被你毁掉了吗？她左看右看，见不着尼小婷，知道尼小婷已经溜走。她顿时觉得自己被骗了，在心里骂了句，坏蛋！原来尼小婷毁掉的不是原画。这时，她看这幅画，感到没有原来好，想起孟子说过的话：西子蒙不洁，则人皆掩鼻而过之。令夏荷浑身起鸡皮疙瘩，不禁打了个冷战，止不住喷嚏涌出。没走的同学先是一怔，然后就吹呼了起来，要她答应做人体模特，原来约定好的，师生无欺，她没法推卸，只能同意。

时间越过越快，转眼间，即将毕业。同学们没有忘记夏荷的喷嚏，有人给她塞纸条提醒她。明天，大家都将走出校门，迈进社会现实生活的大门。她有意把下午留出来，兑现自己的诺言。

教室里拉上了窗帘，安静极了，连拿笔的声音都能听得清楚。夏荷身披一袭红花丝绸长衫，款款走上来，抖落盘在头顶的长发，褪去丝绸长衫，如同电影里的慢动作，缓缓地飘落，细腻似玉的肌肤展示出来时，大家都屏住了呼吸。她把身子面向学生，用手搭着头，坐在椅子上，两眼望着前方，露出了微笑。整整4年了，和学生们在一起，感情深了，真舍不得他们离开。此刻，她已褪去了身体上的遮掩，但还在问自己，我心里的遮掩呢，褪去了吗？我痛苦吗？我快乐吗？明天，一想到明天，伤感便悄悄爬上心头，即将分离之时，她心里难受。4年间，她看着学生们成熟起来，成长起来，让她感到欣慰，学生们自豪地来，也将自豪地迈出校门。在全国高校美展中，班里学生的作品喜获丰收，收到了校长发来的贺信，院长高兴地连说3个好，秦教授见了她也客气多了。出乎预料的是，男男的作品获得了金奖，她被市画院看中，将成为职业画家；雷杰和苏眉的作品获得银奖，俩人双双考上研究生；还有两位学生的国画获得优秀作品奖。尼小婷的作品，被自己撤回。夏荷问她为什么？她说，我不配！听了这句话，夏荷由衷地为她感到高兴，比她获得金奖还令人高兴。毕竟人比画更重要！之后，尼小婷将入驻画家村，去翻开她新的一页。

最令她欣喜的是罗景，他康复了，仍然是充满朝气的阳光男孩，在家乡，有了小鸟依人的女朋友。走出校门后，父亲要他接替家业。出乎夏荷意料的是麻杆，他考上了国家机关公务员，让她兴奋了一阵子。除了班里的学生之外，还有一个人从她脑子跳出来，那就是咖啡豆，他知道男男要毕业了，特地从巴西赶过来，男男被他的真情打动，正在考虑是否同意和他交朋友。想到这些事情，夏荷的心花开放，却不知道为什么，总伴着点点的失落。这时，她发现，罗景两眼盯着她看，俩人的眼光碰撞在了一起，他腼腆地低下头去。

结束后，夏荷来到罗景的画架跟前，发现他一笔都没画，问道，你怎么不画？他轻声说，老师，我画了，画在了这里。他用手指着胸口。夏荷感动得直想流泪。突然，教室里响起了喷嚏声，瞬间，喷嚏声连成了片，听得出来，没一个是真的，憋了几年的喷嚏全释放了，不打白不打，打了也不怕。

夏荷也凑热闹，和大家一起打假喷嚏，好像和大家是一伙的，是班里的同学。她告诉大家，明天早上她在学校大门口为大家送行。

同学们怕夏荷等，太阳刚出来，雷杰就带大家向校门口走去，没想到夏荷已经在了，朝阳映在她有些疲倦的脸上，两颊红红的，见到大家，举起手来挥舞，她想到，今天全班的集聚，说不定就是最后一次，就像她的老师和同学，几年了，都没聚过。她感到心里酸楚，当同学们把她围在中央的时候，她的眼圈红了。雷杰说，欢迎老师为我们作临别赠言。夏荷抬了下手，说，我什么都用不着说了，今天来送行的目的，就是陪大家走出这扇大门。

男男是个不轻易落泪的人，她边走边抹眼睛。走出了大门，就到了分别的时候，麻杆在5米开外望了苏眉一眼，被雷杰发现，他用指头在她后背捅了一下，苏眉明白是什么意思，便走向麻杆，俩人拥抱告别。苏眉说，祝你顺利，进步！麻杆说，谢谢你给我上了一堂难忘的课，要不是你的离去，不可能有动力去考公务员，我的激情，是你给予的，我感激你，把你留存在心里！

雷杰来到夏荷面前，神情有些凝重，说，老师，我有话对您说。结果等了片刻，还是没有说出来。他递给夏荷一只纸袋，里面是两件女式衬衣。这时候，夏荷明白了，原来在她衬衣上粘纸的是他！当时，班里的学生，几乎全被她怀疑过，就是没有怀疑他。她开玩笑地说，你要是去做卧底，很难被发现。

雷杰露出苦笑，向夏荷鞠躬说，真对不起！

事情早已过去，我都忘了，不必责怪自己，我相信你也看好你，继续努力吧，说不定我们以后是同行。

这时，苏眉来到雷杰身旁问，说了吗？雷杰看了她一眼，无语。苏眉不开心，转身即去。

大家互相拥抱着，从心底掏出了勉励的话，不舍的话。尼小婷站在边缘处，望着罗景，想他能够去与她告别。罗景明白她的意思，但没有过去，他想等到以后，他会去看望她，和她告别过去！罗景是最后一个与夏荷告别的，之前，他叫她老师，眼下，他紧紧地拥抱着她，轻轻在耳边说，夏荷，我爱你！祝你与吴教授幸福！夏荷含着热泪把他推开了，嘴角挂出了一丝不自然的笑。其实，吴教授是不存在的，吴即无。

太阳渐渐升高，把校门染得金碧辉煌。夏荷望着大家的背影远去，更远去。

名 单

后备干部一年一调整，年年如此。明年就要换届了，按理说，越接近换届，竞争就越激烈，可不知道为什么，今年的后备干部调整，表面上似乎就没有人关心。

吴龙个子不高，可很壮实，他是县矿产管理局局长，现正坐在去砩矿的老式北京吉普车里，他微微闭着眼睛，不晓得在思考什么问题。他身边的程志项用手触了触他，没等他睁开眼，志项就附在他耳边，很轻地说，这段时间，你的主要精力得做点微调，不能放在矿井里。吴龙问为什么。志项说还有更重要的。吴龙问他什么事，他不肯透底，并叫他好好地安排安排工作。吴龙心里明白，志项是为他好。吴龙是去年被列为副县长的后备干部，这对吴龙来说，是一种动力，近一年中，他深入实际拼命干，为矿区解决了许多难题，取得了很好的经济效益，成了省里本系统的一面红旗。

吉普车颠簸得厉害，把人掀得老高，志项想开口说什么，被车子一颠，话又落回去了。吴龙叫司机停车，便和志项一起来到路边坡下的一块草地上，志项从袋里摸出一块手帕，摊在草地上，请吴龙坐。吴龙一笑，盘腿坐在草地上，说，手帕你自己坐吧。志项也一笑，收起手帕，胡乱捏成一团，塞进裤袋，挨着吴龙坐下来。志项是局里的办公室主任，背有点弯，站在那里，无论怎样看，都是一副点头哈腰的样子，很讨吴龙喜欢。志项正好有一个亲戚在组织部的干部科工作，因此，对后备干部的事情很了解。

你刚才说的是什么意思，我听不懂，吴龙问道，你能不能讲清楚一些？

那我就没有办法了。

其实，吴龙心里是明白的，和志项已经相处两年多了，一些敏感问题上，他给过自己很多的启发，实践证明还是很有效果的，他体谅志项，有些话，他不好说，比如，志项刚才说的如果把话说成又要调整后备干部了，何不去跑跑，那多没意思。吴龙也不喜欢志项的这种含蓄，对志项说的一些关键性问题，吴龙在他面前好像从来没有听懂过，可心里从来没有不明白的。志项呢？十分清楚吴龙已经听懂了，但老说，你听不懂就算，就算我没有讲过，这几乎成了他俩之间说某些话的必需程序，好处是谁也抓不到谁的辫子，哪怕是到了反目成仇的时候，也休想抓到。

当晚，吴龙在矿里开完有关技术改造的会后刚到家，已是凌晨三点多了。可他怎么也睡不着，脑子异常地清醒，他索性起来，去办公室看些文件和资料，直到天亮时，他才感到有些睡意，便俯在桌上睡着了。

是邢那蹑手蹑脚地为他关了灯和门的。邢那是副局长，27岁，丰满的胸脯，纤细的腰，修长的双腿，颇吸引人。原先她和吴龙同在团县委。吴龙当书记，她当常委，分管工线。后来，她发展势头很猛，一年内，当了副书记，又当了书记，好在吴龙自己也不想在团委再待下去，就服从组织分配到了矿管局担任主持工作的副局长，没有想到，邢那也会到矿管局来，当时，吴龙曾经得到过她来当局长的信息，但在常委会上没有通过，有人提议，还是吴龙当局长为好，到底当过她的领导。邢那来了后，俩人相处得不错，在邢那 24 岁那年，他俩之间还有过一段事情，一切都是在暗地里进行的，除了他俩之外，没有人知道他们之间的程度，平时，俩人严肃认真，一副公事公办的样子，一点笑容也没有。在一次交谈中，她说，她不喜欢看见男人对她笑,他也说他不喜欢看见女人对他笑,她问他为什么？他说女笑必贱，他反问她如何认为，她说男笑必愚。不知道是不是叫有共同语言，他俩就是在严肃的气氛中交往过一阵。俩人没有结婚的根本原因是很想看到对方的笑容，但一个怕愚，一个怕贱，不能如愿。其实，这只是表面文章，俩人心里都还有另外一本账。

吴龙是被谷德叫醒的，谷德也是副局长，分管生产，44 岁，老在下面几个矿点转，吴龙来之前，谷德是局长的人选，因收过人家送的 500 元钱，被纪委调查过，事实清楚，本人也承认，马上把钱退还了，他说钱是送给他妻子的，他第二天才知道，可是，第三天，纪委就来查了，想退还都来不及。为此，他有点自悲，一副与世无争的样子，有时，在矿点现场办公半个月不回局里来，社会舆论搞得他好像自己就不配待在局里的这个位置上。

吴龙见是谷德，问他有什么急事，谷德说，没急事，只是和你说一声，我到矿点去了。吴龙摆了一下手，说，你去吧。谷德转身就走，吴龙叫住了他。你的头发太长了，该去理一理发。谷德道了谢，说，我有数，走着看吧。吴龙有些怀疑，难道他连理个发的时间都没有，还要走着看。

这几天，吴龙看不见邢那的影子，搞不清她在忙些啥。他去问志项。志项告诉吴龙，近几天，她曾和他说过，会特别多，至于什么内容的会，一点也没说。志项和他说了一句，现在的人，心眼特多。

你指的是什么？

没有什么，我说的只是一种现象。

一点都听不懂。

其实，我一点意思也没有，无所谓听不听得懂。

吴龙朝他点点头，等他走出办公室，点起一根烟，猛地吸了一口，然后仰起头，慢慢地吐出去，眼前一团烟蒙蒙的。志项刚才说有的人心眼特别多，他已听出是什么意思，难道邢那也在活动要上后备名单？这种可能完全存在，她的脑子特别好使，无论什么机遇都不会放过。吴龙一直认为她的上进心太强了，强得有时简直使人害怕，为了一件能够出名的工作，她会拼了命去干，而且不干好不罢休。到了矿管局后，她所表现的是处处想出头，权欲很重。但是，吴龙又不得不佩服她的工作思路和工作效率，她到局里时间不长，便在局里和矿点上有了很高的威信，一个女孩子，能下到几十多米深的矿井里去，和矿工们一起采矿，很不容易。在一次她作的报告会上，她一张嘴巴噼里啪啦地把矿工们鼓动得恨不得立即下井去采矿，一天刷新一个纪录。她到局里后，吴龙感到了一种威胁的存在，和在团委时，由于她的冒尖，他不得不移位一样，觉得自己的位子老在摇摆。他想，要是她也想挤到后备干部的名单中去，那他就有难度了，好在他是原来的后备干部，一般来说如果不犯什么错，就没有理由把他拿掉。不过，现在的事情也很难讲。

吴龙的猜测不错，邢那正在为能进入后备干部而努力。近段时间，她正在县委里，找几位正副书记汇报工作，县委书记姓汪，原来是市里的工商局局长。刚上任不久，正好在了解情况之中，他听了邢那的工作汇报，竟被她清晰的工作思路和可行的措施所怔住了，想不到一个姑娘，会有这般的能力。后来，他和几位副书记谈到她的工作汇报时，几位副书记也谈到了她向他们汇报后的感觉，他便知道了邢那找他汇报工作的某种意图。昨天，邢那打电话给汪书记，说要汇报工作，被汪以工作忙为由推掉了。她感到情况不妙，想办法去弥补一下，想来想去想不出来，她坐在电视机对面的沙发上，电视机开着，头却枕在沙发背上，两眼看着天花板。她听见有人敲门，打开来一看，是吴龙。

吴龙见她的会客室里乱糟糟的，不像以前来时看到的井井有条。茶几已蒙上了薄薄的灰尘，看得出来，已有好几天没有打扫了。吴龙说，怎么了，身体不舒服？一个人躲在家里。

没什么事情，在家看看电视。

看你忧心忡忡的，碰上不愉快的事了？

没有。你今天怎么不先打个电话就来了？

路过的，到这儿如不进来，被你知道，肯定要怪我的。

我才不怪你。

那好，以后我路过，就不进来了。

随你的便。

屋里还有其他人吗？吴龙问的很轻。

邢那一愣，说，你要干吗？

吴龙走过去，拉起她的手，想亲近她。

她退出被他拉着的手，说，我一点兴趣都没有。

那你对什么有兴趣?

什么兴趣都没有。

俩人保持着一定的距离，在沙发上坐下来，吴龙望了邢那一眼，问，几天没见到你了，在忙些啥?

还不是开会，东一个会，西一个会，把人开得烦死了。

唉，做行政工作就是这样，从长远来看，老是如此下去，总不是个办法，依我，还是直接从事经济活动为好。这样更能够反映一个人的能力，你认为呢?

邢那看了吴龙一眼，不说对也不说错。俩人都感觉到了，今天的气氛不行，谁都不愿多说话。不一会儿，吴龙便告辞了。

吴龙从邢那家出来，就去找志项。志项见了吴龙，就把他拉到了一边，告诉吴龙，后备干部局里肯定会有一人，是谁还没定。吴龙听了心里一阵紧张，是谁没定，说明这个后备干部还不一定是他。他觉得，关键性的时候已经到了，再不做点工作，机遇也就错过了，谁能帮他呢?志项的亲戚肯定不行，他没有决定权，仅仅只是经经手而已，这时，他想到了新来的县委汪书记。他曾到矿管局来过，人和和蔼蔼的，还一起开过玩笑。

邢那自给汪书记打电话要汇报工作，被汪书记推掉后，心里一直不痛快，毫无疑问，里头定有文章。听书记的口气，有点不耐烦。那天汇报时还是好好的，在汇报中，他好几次点头赞同她的说法和做法，还不停地为她添水，汇报完后，还起身送她到门口，给了她电话号码，说往后有事来找他好了。真的，她高兴过一阵子。她思来想去，找不出一点书记对她不耐烦的理由。但是，情况也还是明了的，世界上无缘无故的事情毕竟不多，那么，问题出在哪里?让她头痛死了，总不能在书记的脑子里留下不好的印象，如果是这样，她的仕途岂不完了。她是一个不达目的不罢休的人，不断地追求是她的乐趣，苦中有甜，从来不曾有过满足，很多人羡慕她，她的容貌，她的才华，她的职位，她的精神，可没人知道她的苦衷，她把它深深地埋葬在心底。此刻，她突然想到大学时一个姓汪的同学，在她的记忆中，好像和汪书记是同乡，不知那同学是否认识汪书记，要是带点亲戚关系的，那就更好了。姓汪的同学叫汪继荒，个子矮小，在学校里老犯事情，被学校警告处分过，他爱慕邢那，常偷偷地拿眼睛看她。有一天，他们在校园看书，他把书遮在眼前，目光却从书本上斜过去，看着邢那读书时的模样，连眼皮都没动一下，这般情景，不知被谁偷偷地拍了照片，冲洗出来后，被人用图书钉钉在了教室门口，成为班上的一大新闻，但照片是谁拍的，至今还是一个谜。毕业后，俩人一直没有联系过，听同学说，他现在在本市所在地的县委办公室当科长，干得还不错，发表过多篇论文，有点小名气。邢那恨不得马上找到他。她拨通了几个一直在联系的同学的电话，问他们继荒的电话号码，都说不知道，她叹了一口气，只好作罢。这时，她听见有人敲门，打开一看，见是吴龙。他一进来就说，电话怎么老是占线，打不进来，只好跑来了。

有什么着急的事情，值得你专程跑一趟。

刚接到通知，想及早告诉你，好早作准备。吴龙边说边把一纸文件递给她。

邢那细细看了一遍，这是省矿管厅发的一个文件，要求没有参加培训的县局领导参加培训，时间一个月。邢那把文件还给他，说培训是件好事情。她想，要是吴龙能去参加培训，再好不过了，特别是在这段时间里。

吴龙接过邢那的话：是件好事情，让谁去呢？

你定吧。

依我的想法，吴龙说了半句停顿了一会儿，依我的想法，是你去好。

谢谢你的关心，我看还是你自己带头先去吧。

我在你没来之前就培训过了，没有资格再去，要不，人家肯定会说我把好事情都占了。

邢那已经听出了吴龙的用意，邢那心里明白，他想把她支开。吴龙的做法不得不使她警觉起来是不是他也想进入后备干部（她不知道他是上一年的后备干部），要不，他怎么在这样关键性的时间里让她去参加培训。她想试探他一下，看他是不是想真的这样做，如果他坚持要她参加的话，那就清楚了。她面对吴龙，注意他的脸部表情，她说，参加培训的确是件好事情，我也很想去，但是我觉得现在去培训还不合适。

为什么？没等邢那说完，吴龙便打断了她的话，问道。

邢那有些不高兴了，可没有表现出来。她说，你问我为什么？道理很简单，去培训一次，总想多学一点，我到局里的时间不长，对情况的了解还不够多，像这种学习，要把实际的东西和书本上的知识结合起来，才会有效果，现在，我情况掌握得还不够，不能很好地结合起来学，就此急匆匆地去学，不是太可惜了？我想，我还是下次去好。

吴龙从邢那的口气中，也听出了另外的一番意思，危机感油然而生，他想再下番功夫，讲些道理，劝她去参加培训。他说，从实际出发完全正确，但是，你要看到你的实际在哪里，在去不去培训呢，还是能不能进步？我们都还年轻，已经走到这条路上，谁不想进步，我和你不同，我在这条路上走的时间比你长，有时想想真的厌烦了，也许今天在位，明天走了，这种可能性是很大的，我看你还是非常适合走这条路的，自身的条件都具备。但是，你知道不知道，你要在这个位子得到提拔，就必须参加过业务培训，省厅对干部的任用中就有这样一条要求。

谢谢你的好意，也许你是越来越不了解我了，我还有当年那种进取心吗？人是根据时代的变化而变化的，我现在想问题，实际多了，再也不会为得不到提拔发愁，我没有想过要坐到局长的位置上去，接替你的职务。说心里话，我有些厌倦情绪。邢那把眼光紧紧地盯在吴龙的脸上，她觉得自己有点激动起来了，她接着说，有时候我心里烦透了，觉得没什么意思，现在有的人，为了达到自己的目的，会不择手段地算计别人，骗死人不犯法，认为他是人，别人不是人，他上是天经地义的事情，别人要上是千刀万剐的事情，把人家骗下了地狱，还坐在家里等人家提着东西来感谢他。吴龙，你说说看，此种人可恶不可恶？

太可恶了，不仅如此，还把话说得很过头，认为自己是好人，别人都是土匪。

邢那一怔，但马上就复原了，她用手指掠过垂在前额的刘海，尽量把自己的那一阵子激动压下去，她放低了说话的声音：吴龙，我很怕你变坏掉。

什么意思？

我有一点隐隐的感觉，你这次让我去培训，有一种说不出口的用意，你应该正确地估量自己才对。

去培训是一件很正常的事情，你不要想得太多了。

那么我说不去呢？

搞得这么严肃干嘛，你不去，让谷德去就是了。

那好，我这一次不去。

没人说一定要叫你去，我只是来征求一下你的意见，去和不去，完全由你自己来定，你说不去，我也没说非你去不可。

我的性格，你应该是最了解的，在你面前，我真的什么话都说，要不，你会觉得那不是我。

俩人在这一次的接触之后，心里都有数了，各人的心思全都暴露无遗。有一点，令吴龙琢磨不透，便是邢那怎么会知道近段时间在调整后备干部的，既然她知道了，必定有消息的来路，不知从何来，吴龙非常想把这件事情搞清楚，觉得看不清对方的面目，会办出一些傻事来。他理不出给邢那通信息的路子，看来，这条路子实在是埋得太深了，连他这般了解她的人都没有一点点数。对于邢那，他最不喜欢的，就是那股要强的劲头。

吴龙去邢那家让她去参加培训，使她吃惊不小。他给她留下的印象是，他已经不是以前的他了，现在，他也学会了搞诡计，为了达到自己的目的，不惜想尽办法，设计阴谋，让人家开开心心地往里跳。不知道为什么，她感到一丝一缕的伤感，最让她不理解的是，他明明很不适应在机关工作，不可能提升，却非要往上挤不可，难道他认不清自己，就他的能力来讲，愈往上苦恼愈多，他是承受不了的，别人行，他不一定行。她觉得她有责任阻止他去做这种不符合他实际情况的努力。在县委和县政府班子里，目前仍然没有女性，如果她能进入后备，便有可能进到下一届的县委班子中去。可是，吴龙傻乎乎的，偏要在这时候与她一试高低，唉，人间的一大悲剧，就是有人不能正确地认识自己。

邢那的同学继荒，是在几天之后，打听了许多处才找到的，当她在电话里得知汪书记就是他的哥哥时，她由衷地高兴起来，她邀请他过来玩儿。对方说，他原来就准备要来。她搁下电话，心里怦怦地直跳，庆幸自己沟通了一条距离最近的渠道，使她看到了希望。不一会儿，电话铃响了，她拿起话筒，对方传来满怀热情的声音，电话是一家企业的厂长打来的，他约她去跳舞。邢那说身体不舒服，改天再去，请他谅解，对方说，听你的。俩人在电话里又聊了一会儿，邢那对他说的一些关心的话很反感，但她还是说谢谢。对方好像很满足。厂长在邢那面前百依百顺，总是讨她的好，很有一番想把邢那据为己有的味道。邢那不喜欢他那种女人化的性格，对他亲近，但不亲热，弄得厂长无所适从，不知如何是好，邢那和男人交往，较注意分寸，她的容貌出挑，有的男人便打她的主意，都不能如愿，经过接触，他们感到她并不是一般的女流之辈，便不敢欺负她。此时的邢那突然想到了吴龙，给他打了一个电话，叫他过来，说有事情和他商量。她和继荒联络上了，心情顿时开朗了起来，对于后备干都问题，她认为有必要和吴龙谈谈。

吴龙搞不清邢那叫他去的原因，当他赶到时，邢那已洗完澡，坐在沙发上等他。吴龙随手关门，闻到了一股淡淡的香味，他见邢那头发湿漉漉的，很随意地披在肩上。邢那见了吴龙，很热情，为他冲了一杯咖啡，吴龙问邢那有什么事。

邢那说，在电话里，我不是和你讲了吗？有事情和你商量。

什么事？吴龙的脑神经一下子就绷紧了。

邢那用手理了理头发，说，什么事？我不开口，你也肯定有数。

不可能，你不说我怎会有数，我又不是活神仙。

你有时候比活神仙还活神仙。

过奖了，我俩之间还有什么东西好隐瞒的。

你真的是这样认为的吗？

那还用说。

我告诉你，县里在排后备干部的名单，你知道了吗？

一点都不知道，哎，我问你，县里排后备干部名单和你有什么关系？

你真的一点都不知道？

你连我都不相信了，我可能会骗别人，但无论如何也不会骗你。

叫我怎么说呢，你会令我伤心又令我担心。你再这样待下去，真不知你会变成什么样子。

我听不懂你说的意思，能否再讲得明确一点，难道我又做错什么了？

已经说得够明确了，你还要让我怎么说？

随你说。邢那，近两年来，我们越来越不合拍了，一起的时间本来就不多，可在一起总是吵嘴。

你说，怪谁呢？

我不想再和你理论下去，毫无实质意义的东西。

你这样认为，那你错了。

我错了，就你对，好了吗？

俩人沉默了一段时间，夜，深了。窗外，有虫子在鸣叫。不知是谁家，还开着电视，声音不断传进来，这一夜，邢那没有把她想说的话说出来。

第二天，吴龙叫志项一同到矿点去，他想借此机会，听听志项是否有后备干部的消息，志项明白吴龙请他同行的目的，他犯难了，根据他了解到的信息，怎么说都不会讨好，因为还没有进入实质的阶段，哪些人是后备干部，谁也说不清，他只能在外围绕，现在的人哪，上进心都特别强，是好事情，但是，唉——志项说。吴龙搞不懂他这时说的“唉——”是什么意思。吴龙不语，想听他再讲下去，哪知志项再也没有开口。吴龙估计他说不出他需要的东西，也就不想引他开口。这时，他发现公路前面围了一大群人，上前一看，原来是出了车祸，两帮人在争吵，吴龙看见有一人坐在地上呻吟，脸色铁青，满地是血，知道他被车子撞上了，他大声说，你们还吵啥呀，快，还不赶紧救人！志项，快过来，我看这人不行了，快送他到医院去，他们掉转车头就往县城跑，送到医院，诊断是脾脏大出血，需要马上手术，吴龙为他付了押金，看那人推进了手术室，才松了一口气，陪伤者来的是个中年人，紧紧地拉着吴龙的手，连声道谢，他说，不管我的儿子能否获救，你都是我的恩人。他流着泪要吴龙告诉他姓名。吴龙说是应该做的，他没有把姓名告诉他就走了。的确，他想的只是救人，毫无其他的一点杂念。回到办公室，坐在桌前，望着窗外的柳枝，想起路上遇到的一幕，有种自豪的感觉，在他的头脑中一闪而过。

令吴龙没有料到的是，他们昨天救人的事情在县报上登出来了。志项拿着报纸给吴龙看，读了报吴龙才知道，伤者送医院还算及时，医生说如果再迟一刻钟，伤者就没命了，伤者的父亲拜托报社一定要帮助他找到救命恩人，吴龙放下报纸，对志项一笑：这种事情平常得很，不值一提。志项说，我有数，一定守口如瓶。

志项走后，吴龙拿起报纸又看了一遍，多少有点沾沾自喜的感觉。当天晚上，吴龙做了一个梦，梦见自己在后备干部的调整中，被刷下来了，梦做得仿佛跟真的一样，醒来后，心里好久平静不下来，他靠在床上，满脑子都是后备干部的事情，他进入得太深了，很难解脱自己。忽然，他想到了那天救人之事，瞬间在他的心头亮起了一盏灯。救人的事，实实在在，毫无半点虚假，为何不利用这件事来宣传一下自己呢？在关健的时候，对这件事的把握是一个非常有意义的契机，他想起昨天志项说的话，好像他早已察觉到了他以后会有的用心，故意把话说在前头了，他说他会守口如瓶的，这样一来，要经过志项的嘴去反映，已经是不可能的了。那么把事情点出去，就只能是驾驶员小武，如果让报社知道了，肯定还会有下一篇报道，比如说救命恩人找到了之类，或许电视台、广播电台还要采访，要是一宣传，估计后备干部不会被刷下。想到这里，吴龙从床上一跃而起。

小武是被吴龙叫到办公室里来的，小武以为要出车，问吴龙要到哪里去，吴龙告诉他不到哪里去，只是找他来坐坐。小武感到奇怪，吴龙从来都没有叫他来坐过。吴龙问他是否看过救人的报道，小武说看过的。

这点小事还值得报道，我倒觉得不好意思，吴龙说。

很正常的，人家感激嘛，特别是感激你。

现在报社正在找人，注意不要漏嘴。

你的意思我明白，放心好了，我一定不会说的。其实，小武并没有明白吴龙的意思，吴龙叫他不要漏嘴，实际上是从反面来提醒他。小武叫吴龙放心好了，使吴龙很失望。由此来看要通过小武的嘴去点破，也是不可能的了，他只能说到这个份上，一说白，在小武的眼里，他就掉价了。

吴龙不甘心让此事无声无息地过去。他见小武起身要走，给他递去一根烟，为他点上后再给自己点上，看小武重新坐定，他一边和小武扯些无关紧要的话，一边动脑子，想办法。有个想法终于出来了，他猛吸了一口烟后，便把手中的烟熄掉。他叹了一口气，说，不知道受伤的年轻人现在怎样了。

住在医院里，有医生护士在，不会有大问题。

我总有些不放心，想去看看他又不便露面。

那我去，看后再把情况告诉你。

听小武说出这句话，吴龙真的心花怒放了，但在表面一点也没有表现出来，反而皱起眉头，装出一副在考虑问题的样子，他对小武说，你帮我带几听罐头给他，小武满脸的难色。小武的想法已经让他摸着了，小武这个人很灵光，他担心小武会避开伤者，向医生了解一些情况回来告诉他，小武正是这么想的，对吴龙说叫他带罐头很为难。吴龙把几听罐头递给他，叫他去。

小武走到门口，又回过头来说，完成不好不要怪我。

不会的，你大胆去吧。吴龙看小武走远，做了几下扩胸运动，长长地舒了一口气，他走到隔壁邢那的办公室，邢那还在通电话，见了吴龙，用手示意他坐下，他摆摆手就出去了。此时邢那巴不得他出去，她正和汪继荒通话，继荒刚到，在县招待所给她打电话，他说到局里来，邢那说，不用，你地不熟，还是我过去。

邢那在招待所找到继荒，继荒上前握住她的手说，你怎么还是这样漂亮！邢那说，今不如昔了，到了这种年纪，只会越来越丑。邢那见继荒比以前读书时胖了不少，红光满面，读书时冒傻气的影子已经不见，他们一同回忆大学时的趣事，开开心心的，继荒问她还记得钉在教室门口的那张照片吗？邢那说怎么会忘记呢。

你知道那张照片是谁拍的吗？

不知道，你知道？

我当然知道。

你说是谁的恶作剧？

还没到说的时候，请允许我保密。

我最恨说了半句话就打住，让人瞎猜。

会告诉你的，但不是今天，拍照这个人，我说出来，你绝对不会想到。

你的关子不值钱，你说我想不到，我就不去想，哎，我问你，当时你为啥用那种眼光看我？

你问我为啥用那种眼光看你？喜欢嘛，为啥喜欢？爱嘛，为啥爱？你漂亮嘛。为啥漂亮？不知道嘛。

邢那觉得继荒变了，和在学校时不一样，变得有点油滑。在校时，在女同学面前他不敢直视，就像照片里的他一样，只是偷偷地看，一被女同学发现，就露出羞羞答答的模样，眼前的继荒不同了，他盯着邢那看，好像把人家肚子里的东西都要看个一清二楚，邢那让继荒到她家里去坐坐。继荒说下一次再去吧，这次来，只是路过，他马上就走，他们县里组织外出参观，叫他去打前站。邢那问他有没有见到他哥哥。他摇摇头说，不凑巧，哥早上去市里开会去了。你往后有用得着的地方，尽管吩咐就是，敝人一定照办。

太谢谢你了，就等你说这句话，我真的有件事要请你和你哥哥招呼一下，请他在不为难的情况下予以关照。

能为你效劳，我很荣幸。

近段时间里，我们县里正在调整市管后备干部，如果能上去，对我的前途比较有利，县里明年要换届，上面要求领导班子里应有一名女同志，可我们县里至今还没有，我想争取一下。

你的能力我了解，不会有大的问题，哥哥那里我给你保证，如上不去，你拿我是问好了。

老同学，即使上不去，我才不会拿你是问，你又代替不了你哥哥。我只托你尽到力就是了。

请放心，你对我如此信任，哪有不尽力之理。

邢那笑了，脸上美得像朵花。她对继荒说，打前站回来，最好能再来一次，和你哥哥当面说，效果会更好。

遵命。继荒说，我一定尽快赶回来，时间的重要性不会忘记。

我等着你的再次到来。

继荒握住邢那柔软的小手，说是道别，可握了好一会儿才放开。假如时光倒流，回到校园，继荒和邢那这样的握手，只能在梦里才会有。

邢那刚把继荒送走，看见局里的车子开过来，她招了下手，车就停了，小武探出头来，一脸的不高兴，邢那上车后，问他碰上什么不愉快的事情。他说吴局长叫他去办事情，结果没有办好，回去肯定要挨批评了。

对人家不愉快的事情，邢那便不再问。车子回到局里，小武看见吴龙站在窗前向外望，知道是在等他回来。他的心情很烦躁，没有马上去吴龙的办公室，而是装作车子坏了，躺到车下去东敲西敲，发出一些声响来。

吴龙见车子回来了，等了好一会儿，不见小武来，就寻了出来，发现小武躺在车底下修车。吴龙走过去，叫了一声小武，说你回来了。小武嗯了一声，回答道，我回来了。吴龙问，情况怎么样?

不好。

听小武说不好，吴龙暗暗地高兴了，猜测小武已完成了他的想法。

问题就出在你让我带去的几听罐头上。小武不想钻出来，继续躺在车底下和吴龙说话。

是罐头变质了？吴龙故意问。

不是这种问题。是我把罐头送去时，那伤者的父亲也在，他看见我，就拉着我不让走，一定要我说出那天为他儿子付押金的救命恩人的名字，我不肯说，我说我们局长不让我说，结果还是说漏了嘴，让他知道了你就是我们局长。他一定要我说出你的名字。我想反正他已知道你是我们局长。我不说他也会知道，一问就问出来了，后来，我还是把你的名字说了。

吴龙装出愤怒的样子，一拳砸在车上，车子都震动了。他的声音变粗了：你给我出来。他看小武抖颤颤地从车底下爬出来，靠在前轮边站着，他用手指着他：你就这样办事情吗？为啥你要把罐头送到病床前去，你就不会把它给医生，请他们转交。

我去和医生说过，医生说就在对面，让我自己送过去，他们不肯转交，我也没办法。开始你叫我带罐头的时候，我就感到这件事情不好办。

好了，不用辩解，这么简单的事情都被你弄糟了。原先是一件很有意义的事情，你看看，现在呢？

现在也还是很有意义。小武小心翼翼地说。

你不懂，你知道人家会怎样看我？

这回，小武是真的不懂了。他低着头，两眼看在脚尖上，没办好事情，让领导批评几句是应该，他有准备，等待着吴龙更严厉的批评。结果，吴龙没有再批评下去，他背着手，回办公室去了。小武更是不懂了，他立在原地想了好长时间，想不出个道理，没等下班就回家了。

吴龙救人埋名的事迹很快就见了报，好些人在谈论这件事，夸吴龙不愧是党教育出来的好干部。县委汪书记在机关干部大会上点名表扬了他，电视台记者去采访他，他说没做过什么，请求记者不要采访他，如要采访就去采访志项和小武好了，记者拗不过他，也只好去采访其他俩人。谁知俩人都说是吴龙叫他们这样做的。电视台在播出这条新闻时，记者在前面加了一句话，说是吴龙觉得自已做了一件很平常的事，不愿在银屏上露面。这更加大了大家对他的好感。

尽管吴龙满脑子的后备干部，但说不清为什么，他居然想到了邢那明天的生日，对邢那，他还是很有感情的，可是，她过分的上进心老是弄得他不舒服，俩人凑来凑去凑不到一块来，很头痛，他对邢那的不满，就是太要强，做女人缺乏女人味，不论她对他如何体贴，一想起她想上进的劲头，情绪一下子就没有了，对于后备干部的事情，她大有一马当先的味道，要是等她下了决心要上的话，无论怎样来讲，对吴龙都是一个很大的威胁。吴龙走进百货大楼，听见有人叫他，定眼一看，是柜台里面一个年纪和他相仿的人，左脸有一条长长的刀疤。吴龙朝他走过去，这个人很面熟，可他一下子叫不上来。那人说，当局长就不认人了，我是你的初中同学孟浩。一听是孟浩，吴龙真想一拳就砸过去，他恨死这个孟浩了，当时，孟浩的父亲是卫生局的副局长，他便觉得爸爸是当官的，很了不起，老是拿吴龙开心，有一天下课，他会了两个同学，把吴龙强按在课桌上，把他的裤子扒下，许多女同学捂起眼睛，惊叫着跑出教室。那一情景，吴龙不会忘记。

你现在还好吗？孟浩问道。

还过得去。

我就担心你过不去，孟浩微笑着，得意洋洋地说。

吴龙从他的面孔上感觉到了盛气凌人的架势，仿佛听见他在说：现在，你的职务比我父亲高，没啥好稀奇的，可我钱比你多，你有啥好威风的。吴龙的气上来了，他看看柜台里，都陈放着一些金器，就叫孟浩拿出来给他看看，孟浩一脸惊愕，用手指指金器，是拿这些吗？吴龙板起了面孔，你孟浩这么啰里啰唆的，叫你拿出来，你就拿出来不就得了。孟浩点头称是是是，按照吴龙的指点拿进拿出，吴龙挑来挑去挑不下手，孟浩见有几个想看看金器的人被吴龙挡着，因看不见就走了，他就开始怀疑吴龙是不是故意捉弄他的，害得他眼睁睁地看着生意跑掉，他忍不住了，说，你得快一点，要不我早上就甭想做生意了。吴龙眼也没抬，说，你卖我买，总得讲究一个称心如意才是，你说呢？孟浩叹了一口气，不停地拿出来给吴龙挑选，吴龙终于挑到了一副耳环，孟浩开了票叫吴龙去付钱。吴龙付了钱，一手交发票，一手接过金耳环，孟浩说，感谢光临，以后还请多多关照。吴龙没再说什么，挥了一下手就走了。

在县委大院门口，吴龙碰到汪书记，他提了一个包，不知从哪里回来，他握住吴龙的手，叫他到他办公室去坐坐。吴龙感到有些突然，摸不透汪书记的意思，其实，汪书记叫他去坐坐，并没有什么意思，只是路上碰见，和他随便聊聊，汪书记打开办公室的门，让吴龙进去，说，你上次救人，在群众中反响不错，如果我们每个党员干部，时时刻刻能把人民群众的利益放在心上，多为群众想想，我们做干部的，特别是领导干部的形象就会更好一些。吴龙在一边称是，说，我老是这样要求自己，但做起来，差距又很大。汪书记说，能看到差距是好事，才能促使自己去努力，为群众做好事，不是一件两件，也不是一天两天，是要长期做下去，不严格要求自己怎么行呀。吴龙频频点头，表示赞同。

我们有些同志，汪书记说，一心想往上爬，搞些歪门邪道，官位一到手，便私欲膨胀，以为有官位就有一切，为了能保住官位，拉帮结派，这种风气很不好。

吴龙听得很认真，汪书记和他说这些话，是否有用意，他得听出个音来，他说，现在下面最不满的就是这些现象。

你们这些年轻干部，千万要牢记自己的责任。

我记住了。

吴龙看汪书记朝他满意地点了点头，心里很舒畅，自我感觉特别好。后来，在闲聊中，吴龙不知为什么提到了自己是去年的后备干部。汪书记问他是谁告诉他的，吴龙的脸腾地红了，他知道自己说了一句错得不能再错的话,他满脑子的后备干部，不可能不流露。他当时说后备干部的本意，说到底，还是让汪书记对他这个后备干部引起注意，吴龙意识到在平坦的前进道路上，自己踢了自己一脚，跌倒在快速行驶的卡车前，不知不觉地在友好的气氛中闯下了大祸。吴龙此时才发觉，这个祸是迟早要闯的，因为后备干部的弦，在他脑子里实在是绷得太紧了，这种危险，是时时刻刻都存在的，如果不把这个弦放松掉，他就只能走一条道，那就是：自己把自己毁掉。吴龙不停地绞着指头，他恨死了自己，强压着不让一点怒色出现，想让自己尽快平静，尽最大的努力把出现的漏洞堵好，他偶然碰到了袋里的金耳环便拿出来，放在桌上，说，汪书记，给您的。汪书记说是什么呀，给我干吗？

一点小意思。

你这是何苦呢？花钱买东西送我。

表示一点敬意。

算了吧，快拿回去吧！

吴龙看汪书记很严肃，拿回东西就告辞了，吴龙此时更恨自己了，他觉得自已彻底完了。他长这么大，从来都没有做过像今天这样的蠢事，而且是一错再错，错到毫无挽回的余地，对于后备干部，原先是一件好好的事情，七弄八弄，被自己弄掉了，他真想给自己两个耳光，那个恨哪，简直没话说，明明自己已经是后备干部了，还要说来说去，说到人家觉得你不行为止。无论被谁知道，都会笑掉大牙的。在最难过的时候，吴龙往往会想到邢那，他给邢那家里打了许多个电话都没人接，一直到过了 10 点，才听到邢那气吁吁的说话声，他估计她刚刚回家，他在电话里说了一句，我就过来，便把电话搁掉了。

邢那的心情格外好，放下电话，去洗手间洗了脸，擦上一点护肤露，就靠在沙发上等吴龙来，今天，继荒来了，他把邢那托他的事情和哥哥说了。他哥哥没说好，也没说不好，看神色没有一点反感，继荒告诉邢那，他哥哥就是这么个人，无论什么都不急于表态，凭他的直觉，他认为邢那的事情不会有问题，他看邢那存有疑虑，说，我哥哥对我说的话总是放在心里，过几天，我再给哥哥打个电话，把此事拜托给他，请他一定帮忙，何况你也确实是个能用的人。邢那听了他的一番话，近些天一直缩紧的心开始松弛下来。

吴龙走进邢那家时的那副面孔，邢那从未见到过，难看死了，嘴巴紧闭着，眉头锁得铁实，邢那知道他一定是碰到了很不愉快的事情，就特别热情地招待他，在她的招待中，吴龙确实感觉到了一丝温暖。

邢那给吴龙倒了一杯茶，问，你有什么心事吗？

吴龙摇摇头。

我看你那副样子，准是，难道你还能瞒得了我？

吴龙叹了一口气，说，我真的没有什么事，只觉得心里不畅快。

能和我说说吗？让我也给你承担一点。

吴龙微微一苦笑，把邢那的话题错开，说，你知道我今晚到你这里的目的吗？

邢那想了想，说猜不着。

你还记得明天是什么日子？

明天？什么日子？邢那又想了想，说不知道。

你呀，脑子比我还昏。吴龙的脸色比刚才好看了一些。

你说我脑昏，不可能的，我要求自己始终保持清醒的头脑。

不见得吧，那你说出明天是什么日子？

邢那是真的想不起来了。

吴龙说，是你的生日。

邢那噢了一声，愣了会儿，说，果真是我的生日。谢谢你那么有心，记住我的生日，你看我把自己的生日都忘了。邢那对吴龙能记着她的生日很感动，眼睛都有些红了。她背过身去，望了一会儿窗外的远景，然后挨着吴龙坐下，说，非常感谢你对我的情谊。这可是邢那的真心话，他使她觉得自己并不孤单，还有人在关心她，爱护她。她在吴龙的眼睛上亲了一下，看吴龙无动于衷，露出的笑容也不自然，问他是不是碰到了什么不愉快的事情，吴龙摇摇头说没有，邢那对他的情堵了如指掌，对他的这种隐瞒显得不高兴。

吴龙拿出装着金耳环的小红袋递过去时，邢那装作没有看见，眼睛看向另一边去了。吴龙说，这是送给你的生日礼物，邢那问他是什么，吴龙说是金耳环。邢那对他的金耳环已经提不起兴趣了，拿在手上的时候，她的脸涨得通红，使劲儿地把小红袋掷在了地上，说，你怎么假情假意到了这个程度？吴龙大吃一惊，给邢那送这对金耳环，他对自己怀疑过，总好像此物的心意已经给送掉了，人家不要的东西再去送给邢那，心里一直都觉得不妥当，但是，这对耳环是为了她的生日才买的，本意就是送给她的，想不到她会发如此大的火，难道她知道了其中的插曲？吴龙劝她说，干吗呀，要发这么大的火，无论如何我还是一片好心嘛。

好心个屁，你说，你为什么要把这对耳环给我，还假情假意地讲是送给我的生日礼物。

吴龙一听，估计她已经知道这对耳环曾经送给过汪书记。感到很恐怖，这是他和汪书记两个人的事情，她都会知晓。从中反映出了汪书记和她的关系非同一般。眼前的这个女人实在是太厉害了，他整个人都颤抖起来，吴龙小心翼翼地问，你知道了那件事？

邢那一下子摸不准吴龙说的那件事是哪件事，她想里面肯定有缘故，就说，你有什么事情能瞒得过我呢？

吴龙低着头，满脸的扫兴，他说，金耳环我的确是为了你的生日才买的，我把它送给汪书记只是一瞬间的糊涂所至。

邢那反而听不明白了，她已经感觉到耳环里面必定有故事。她一言不发，两眼看着他，让他一直往下说。

你一定会问，你为啥要给汪书记送耳环呢？也许你也知道了，在我和汪书记的交谈中，我说了一句傻得不能再傻的傻话，我提到了后备干部，为了弥补汪书记对我的印象，我摸到了口袋里的金耳环，就送给他。当他拒绝接受的时候，我马上意识到，我又做了一件傻得不能再傻的事。

邢那笑了，她说，很感谢你对我说的这一番话，从中我体会到了你对我的信任。

信任啥呀？我说和不说你不是一样明白？

你刚才说的事情我一点都不明白。

你变得越来越假了，你说我假，其实你比我更假。

不要这么激动，我向你保证，真不知道你说的事情。邢那怕他在后备干部的问题上想得过多，把话引到了耳环上去。她说，汪书记没要你的耳环，我倒为你松了一口气，如果汪书记他接受了耳环的话，那你就彻底完了。

什么意思，我听不懂。

你听着，你送给我的金耳环是假的。

是假的？你别胡说，吴龙有些火了，你连看都没看就掷在地上了，怎么能说是假的？

我一拿在手上就感觉出来了，里面的耳环很轻，绝对不是金。

吴龙打开装耳环的小红袋一看，傻了眼，里面的耳环连样式都已经不同了。

毫无疑问是被谁调换过了。吴龙脱口而出，难道是汪书记？

邢那立刻用手挡住了吴龙的嘴，叫他不要乱说。

我没说一定是汪书记换的，只是怀疑，因为我买来后就给过汪书记，如果被换，就这一次是唯一的可能。

好了，不要多想，我不在乎金银，我在乎真心，你给我的耳环，我收下，在我看来，你今天给我的礼物，是最贵重的礼物，它虽不是真金，可它比真金还好，我非常感谢你。

吴龙被她说得感动了，近些日子，他感到处处都不顺。就为了一个后备干部，把他折腾得半死不活，满脑子的后备干部，连做梦也是，既要留意这人又要提防那人，累得要瘫倒似的，自从汪书记拒绝了他的耳环，他反而想开了，管他什么后备干部不后备干部，要是把心思都用到这上面去，不好好去抓工作，即使备上了也没用，干部的任用到底还是要工作业绩的，吴龙见邢那在他身旁坐下来，他拉过邢那柔软的小手，合在自己双手之间，轻轻地抚摸着，说，我想通了，为了后备干部，我不知花费了多少心思，即使能保住这个后备干部，我也会觉得是件不值得的事。

你说的都是真心话吗？

不相信我，还认为我假？

不不，没这个意思，我太高兴了，但不知你是否能从官欲中走出来。我看你活得太累了，请不要生气，我也不止一次地和你提到过，你的能力和你的求官欲望差距比较大，这没有半点看不起你的意思，在你看来，或许我的这种想法是我们没有结合的原因之一。

也许是吧，但我不承认我的能力和求官欲望的差距，我是自信的，是能够做好自己的工作的。

你有自信我不否认，但我总认为，最能施展你才干的地方，并不在行政机关中，而是在经济实体里，和你在一起，能够令我钦佩的，是你的一些经营思想，你知道不知道，你的一些策划是颇有社会效益和经济效益的，你把自己放到那个环境中去，一定会如鱼得水。

难道你比我还了解我自己？我已好些次听你提过，也真的做过考虑，可我一直都没有找到感觉。

你没有把自己放到那个环境里去，怎么能够找到感觉呢？我实话实说，你老在机关里，我就为你担心，怕你往高处走，越往高走给你造成的苦恼就越大，到了你这个位置，再往上，就那么个位置，但用眼睛紧盯着不放的，你知道有多少人，你走的路，太顺当了，没有经过磨炼，说心里话，我不是不让你上进，只觉得这个环境不适合你这种过于认真的人，往往一点小事情就缠得你难以自拔，看你这样下去，总有些于心不忍。

你认为我是这样的人，到哪还不是一样。

不一样的，那里的天地更宽。

好了，你的意思我早就明白了，让我再找找感觉吧。吴龙对邢那的这番话，已经听过好几遍了，这次才感觉到邢那说这些话的善意，他从来都没有承认过邢那对他的评价，他认为是贬低他，让他早些离开，好把位子腾出来给她，所以她讲一次，他的心就冷一截，想到官位之争，他会不寒而立。他有位大学时期的同学，是校学生会的副主席，很有才华，毕业后分配在一家保险公司工作，原作为最有希望的经理候选人，结果任命下来不是他，他想不通，就上了高楼往下跳，自杀身亡。吴龙老是用这个例子来提醒自己，为自己解宽心，可到了一定的程度，要解都解不开了，他弄不清别人是否也像他一样，看上去好像一点事也没有，非常坦然处之，他想，他在别人的眼里也许和他们一样，同样也看不出半点情绪。此时，他丢开了后备干部这个包袱，心情渐渐开朗起来，这般的心情已经是好久不曾有过了，他真搞不清楚，人怎么会傻成这个样子，自己和自己过不去，把自己折腾得鬼不鬼人不人的，多犯不着。

夜已很深了，邢那送吴龙到门口，告诉他明天要到市里去，问他有没有什么事情需要她代办，吴龙说没有事情。到了这个份上，什么事情都好像离他远去了。

送走吴龙后，邢那心里一阵紧似一阵，吴龙和汪书记有过的插曲，在非常微妙的人事关系上看来是致命的，吴龙的后备干部有可能调整下来，对她来说，是个很好的机遇，给她能上后备干部名单创造了条件.她想得兴奋起来，一晚上睡不着觉，早上起来，浑身都没有劲儿，人软绵绵的。

邢那是受到继荒的邀请，才拿定主意到市里去的，当时，邢那问他有什么事，继荒不肯说，只告诉她是件好事，来了就知道，邢那搞不请继荒说的好事是什么事，她想来想去，就是后备干部的事了，也许继荒和哥哥再次谈论起她的时候，有了更加明确的意思，她估计她的分析是准确的，要不，有啥必要让她这样去跑一趟。

继荒见到邢那很是热情，握住她柔软而带着温暖的小手许久没有放开，邢那打不起精神，带着疲倦的微笑应付他，悄悄地把被握着的手退出来。他把她带到一家已经安排好了的宾馆住下，见她脸色不好，问她是不是一路上太辛苦了，她说不是的，邢那现在关心的就是他在电话中提及的好事，可他像把那事给忘了，只字没有提起，她有点急躁，问他有什么事，他叫她猜，说对她来讲一定不困难。

是后备干部的事?

继荒摇摇头，笑着说不。

邢那很失望，提上来的精神一下子就没有了，整个人就瘫在沙发上，不想多说话，她的变化，继荒看在眼里，却装作一点也没察觉。他说，后备干部的事已和我哥讲好了，肯定不会有问题。我讲的好事，对你来讲，肯定是比后备干部还好的好事，真是奇怪了，你连这个都猜不着。

对她来说，不可能有比后备干部还好的事，她把后备干部看得比什么都重，既然已经走在这条道上，就得走好它。她要向上走的想法，与他人不尽一样，有的人捞位置，是为了提高工资的含金量，她呢，倒是想做一些工作，什么官位，对她个人来讲，她没有更多的讲究，但是，促使她会努力上攀的，是一种社会上的舆论，你上了，人家就给你一片赞扬，说此人不错。她的家人，亲戚不是真空的，还有那么多的朋友、熟人也都盼着她不断地进步，这对她来说，已经形成了一种压力，经常压得她难以喘息。

继荒见他的话没有奏效，只好把好事告诉她：今晚有俄罗斯国家芭蕾舞团演出的《天鹅湖》专场。

她哦了一声。

继荒很是吃惊，他想不到她会如此的冷摸，俄罗斯国家芭蕾舞团要来演出《天鹅湖》，新闻媒体已炒了好些天了，票子紧张得很，他托了好几个人才搞到两张票。他原想给她一个惊喜，他知道她在学校的时候，很喜欢看文艺演出，有一次，她得知有场业余舞蹈比赛，也赶去看，没有门票，只好在门外等到不收票的时候才进去，回来还说演得相当不错，可是，没几年过去她就把本该属于自己非常珍贵的那份活泼淹没掉了。他想，或许是她碰上了什么不顺心的事，使她对什么都没了心思，他想让她开心起来，和她回忆学校里的时光，讲自己那时候的傻样和恶作剧，邢那开始心不在焉，听什么都很烦，后来，继荒一边津津乐道地讲过去，还常问她一些事情，促使她去回忆。在他们的交谈中，她仿佛回到了从前，回到了那个天真烂漫的年代。当继荒问她是否已经知道教室门口那张照片是谁钉的时，她还真的来了兴趣。

你别哄我，你也不会知道，邢那激他说。

我不知道谁知道，那个人的情况我最了解。

那你说，是谁呀？

你猜猜。

老叫我猜，我怎么能猜得出来？

用脑子想想，再转两个弯就能猜到了。

我问你拍照片和钉照片的人是否是同一个人？

肯定是一个人，否则，其他人就知道了。

好，我试着猜猜看。邢那把班里的男同学都点了一遍，继荒说不是。邢那不解地问，难道是老师？他一笑，说怎么可能呢。她又问，难道是女同学？他说，我不能回答了，只要一说，你就什么都知道了。

我猜不着，真的猜不着，你就告诉我吧。

说出来后，你不能责怪那人。

不会的，都许多年过去了，那人在哪里也不知道，即使责怪也责怪不到。

正好相反，那人正是你最有条件责怪的，离你最近的。

对了，哎，我们有话说在前头。

不会是你吧？

反正我现在已经有了女朋友，向你坦白一下也无妨。那时候你根本想象不到，我是多么地喜欢你，但是，你从不注意我，我又无法向你表达我的爱慕之情，便想出了这个办法，照片是自动拍的，教室门口是我钉上去的，想表达的意思是想让你明白，我喜欢你，悄悄地看你。

哦，原来你还有这个坏心眼。

继荒哈哈笑，说回想起来蛮有趣的，在学校期间，连自己都弄不懂，总喜欢做些歪七歪八的事情。

喜欢做歪七歪八的事情的人大多聪明一些。

夸奖了，很难说聪明，拿我为例，笨蛋一个，错过了很多各式各样的机遇。

要求不能太高，有句老话叫作心凶命穷，我看还是蛮有道理的。

继荒一怔，特别是这句话从她嘴中说出来，他凭良心讲，心是不凶的，一切讲求随意，许多东西都不是能够通过强求所得到的。

当晚，俩人去看《天鹅湖》，台下气氛很热烈，掌声不断。

一群天鹅沿湖游过，王子惊奇地发现天鹅变成了少女。奥杰塔向王子诉说，她和伙伴们全都是被魔王罗特巴特施魔法变成天鹅的，只要有人真诚地爱她，并答应终生与她为伴的时候，才有可能破除魔法，还她以本来面目。王子对奥杰塔的美貌十分迷恋，决心要当她的拯救者，他立誓永远忠于对她的爱情。奥杰塔向王子告别，与伙伴们一起消失，湖面上又一次漂游着一群天鹅……

邢那说要先回去了，继荒对芭蕾舞一窍不通，但被周围的气氛感染了，还想看下去，见邢那要走，没办法，只好陪她出去。然后，又回到剧院继续看演出。

第二天一早，邢那就走了，她想到了吴龙，想见他和他谈谈有关后备干部的事，请他帮助出出点子，他毕竟是摸索过一阵子的人。她走进吴龙的办公室，有位少女看到她站起来就走了。邢那不知他俩在搞什么名堂，很奇怪。她问吴龙这少女是谁，吴龙想不作答。在邢那眼里，那少女鲜嫩、粉红色的两颊，加上生气时嘟起来的小红嘴，怪逗人喜爱的。邢那从少女脸上不难看出，俩人正在闹不愉快。吴龙越不作声，邢那就越想知道其中原因，逼着他问，吴龙没好气地告诉她，是亲戚。邢那感到纳闷：是亲戚？我怎么一点都不知道，她叫你什么？

我心里正烦着，你少啰嗦好不好。

你不告诉我，我就和你没完。

她叫我表哥，行了吗？

不行，还得告诉我名字。

太过分了，你是在审问我还是什么？

干吗激动成这个样子？我也没说你和她怎么样。

我和她就是怎么样，你管得着吗？

发神经病了，我问都问不得。

要问，也得看人家的情绪。

邢那满脸不高兴，转身就走，重重地带上了门，发出嘭的一声响。

吴龙倒了一杯茶，一口气就喝干了。他真是烦得很。上班就烦，且越来越烦，看到邢那更烦，真想狠狠地骂她一通，没想到，反被她讯问了一番，越发烦。上班时，志项来找他，从和他的谈话中，他隐隐约约听出，他仍列在调整后的后备干部中，吴龙对后备干部欲望已有个180度的大转变，从前怕被调整下来，想要。现在，上了却又不想要。他强烈地感觉到官位这个东西，是虚的，一个人的出息不完全在于官位高低，而在于做了什么事情。他实在不愿意自己苦恼自己，开始满足现状。听了志项绕来弯去告诉他的信息，心里没有半点激动。他想给汪书记写封信，老老实实地把自己原先的想法告诉他，并请求组织不要再把他列为后备干部，原因是他不配。信还没写好，刚才被邢那看见的那个少女来了，她叫姻姻，真的是吴龙的亲戚，想调工作单位，叫他无论如何要帮帮她。吴龙烦透了，说是没有这种能力，他还忙着，叫她改日再谈。姻姻不依，很不高兴。

是邢那的突然闯入中断了姻姻的纠缠。但她想不到吴龙会这般态度对她，使她原想谈的后备干部之事也就不了了之了。

邢那得知吴龙继续列为后备干部，是回到办公室后得到的消息，但她不知道她是否也被列入其中，和她通消息的人说只知道吴龙被列入而不知道她是否被列入。她给继荒挂电话，想请他打个电话给他哥哥问一下情况，可打了几个电话，都不在，办公室的同志也搞不清他究竟到哪里去了，她只得硬着头皮去吴龙办公室。

吴龙在看文件，见她进来，叫她坐。她见吴龙的神色比刚才好了，朝他一笑，吴龙显示出一份热情，合上文件夹，他的心情渐渐好转，他给汪书记写的信，已叫志项送去，大概会收到了，他长长地舒了一口气。

吴龙。是邢那在叫他。听说你仍列在后备干部之中。

我已经想开了，正叫志项去给汪书记送信，请求他不要再把我列入后备干部。

真的？邢那露出笑脸，说心里话，她不喜欢他拥挤在这条路上，人已被挤得精疲力尽了，还在向前拼命走。

哎。吴龙突然想到了什么，问，你怎么知道的？

邢那一怔，不语。

你对我还保密？

不，这种事乱说不得，我要对他人负责。

吴龙沉思一会儿，笑了笑，你不讲，我也知道。

她不相信他会知道是谁给她通消息的，她想：他说的知道，只是哄哄人而已，要是她不说，谁都不知晓。她说，我料你不会知道，你说你知道，那告诉我是谁？

我希望你亲口对我说出来。你不说我来说。

我不说，你说吧。

你不说，我也不说。

又赖了，说话不算数。

和你讲讲笑话，其实，你不说，我怎么会知道，我又不是你的影子。

邢那把凳子向办公桌前移动，好离吴龙近一点，她一只手支撑在桌上，脑袋搁在上面，两眼斜过去看着吴龙：你还知道后备干部的其他情况吗？吴龙背靠在藤椅上，摊了一下手，邢那吭了一声：我想争取一下，你能帮我出点主意吗？

你能听我一句劝吗？

讲好了。

我劝你不要去做这种事，还是顺其自然好。

这种话谁都会说。

是金子总会发光的。我以为，你是具备条件的，有工作能力，能左右逢源，不要愁没人来发现你，如一意强做，反而会给领导留下不好的印象，领导一有这种印象，你再有能力也白搭，能力越强也就印象越差。

现在，真正吃亏的，就是那些顺其自然的人。

我看不见得，我就没跑，不也当上了局长，我去跑了，不也是碰了一鼻子的灰。

这只能说明你没有用场，人家能跑通，你却跑不通，我说过，你不适合做此类工作，你心太好，老被人欺负，我就是受不了你老被人欺，才劝你离开的，许多事情，明明是你对的，可领导又老说你不对，你总认为领导是公正的、无私的，可领导也是人，你不跑，他人跑了，领导耳里听的只是他人的一面之词,你还有不吃亏的？就以你为例,你说是跑好还是不跑好？

我觉得哪位领导都对我很公平，这几年来，不是一直作为后备干部在培养我吗？

备而不用，年年把你备上去，你说有什么用？

领导对你已经够了解了，你若再跑去让他们继续了解，会适得其反的。

你到底愿不愿意帮我？

不帮你帮谁？不要以为，叫你跑就是帮你，不叫你跑就不帮你了，你要知道，不叫你跑才是真正地帮你，你现在的底子应该说是打得比较好的，不用急，自会有水到渠成的时候。

好，你的意思我懂。邢那说完便转身回到自己的办公室，她托着下巴，望着窗外的景色，已经到了深秋季节，法国梧桐的叶子被风吹落，一摇一晃的，树上，有只鸟在叫，却看不见它的影子，这时候，电话铃响了，给她打电话的是志项，他告诉她，吴龙有一封写给汪书记的信叫他送，问她要不要送去。邢那告诉他，里面的内容她已知道，就按他的意思送去好了，你送到后，就到我这里来回个话。志项应了一声就把电话搁了，志项骑了辆自行车，去县委办公大楼找汪书记，汪书记不在。他去问办公室的同志，得知汪书记下乡去了，只好把信留下，托他们一定要交到汪书记手里。志项回到局里便去找邢那，他把经过和她说了。邢那给他倒了一杯茶：谢谢你对我的支持，我们对吴龙的计划还是奏效的，不这样的话，他就不会自我解脱出来。志项说，我们还是为了他好，让他更好地施展才干。

我有一种预感，邢那说，吴龙好像已经猜出是你给我通的信息，要是他问你，你可明确地告诉他，有些话，我会跟他说的。

志项点了点头。正要走，又被邢那叫住：县里后备干部名单都排好了吗？

这我就不知道了，志项说，其实志项知道后备干部名单已经排定，名单中没有她，但他不想把不好的消息告诉她，她总有一天会知道的，如果不知道，那岂不更好？这件事，都怪他，第一把火是他点的，他听说邢那的上进心很强，为了讨好她，才点这把火的，哪知一点就着。他觉得自己做了一件不聪明的事，在帮助她去熄灭吴龙的那把火的同时，却点着了邢那的这把火。

邢那听他说不知道，也就不多问了。按她自己的估计，她是会被列入名单的，就凭继荒是汪书记的弟弟这一点，希望并不是没有。她所抱的态度比较乐观。无论怎么讲，局里一个后备干部名额是该有的，吴龙已经自己要求调整下来，总得有人上去。这的确是个再好不过的机会。

吴龙是接到汪书记的秘书打来的电话后，才去汪书记办公室的，电话打到邢那的办公室，她也知晓此事。吴龙一回来，邢那就问他和汪书记的谈话情况。吴龙避而不谈，只说是随便聊聊，看见吴龙高兴，她非常担心。她以为，吴龙不能正确地认识自己，看不到自己的长处，只是在社会舆论的引导下，盲目地在走钢丝。她同情他，迫使他清醒，去做她看来很适合于他干的事情。

今天是个阳光灿烂的日子，吴龙做什么都挺顺心。汪书记和他谈话时，显得很亲切，毫无责备的意思。当他提出不要把他列入后备干部时，汪书记一笑，没有作答，马上把话引到其他方面去了。吴龙看汪书记的表情，满脸的善意使他觉得很开心，此刻，他并不需要什么许诺，只要汪书记客气待他，他就感到满足了。

在回来的路上，吴龙见孟浩看了他一眼后就躲避开去，他觉得奇怪，孟浩为什么要避他呢？他叫了孟浩一声，孟浩没有反应，急着往前走。吴龙突然想到了那对金耳环，疑心骤起，大喊了一声孟浩，他才站住，转过身来像是刚刚见到吴龙，满脸笑容地朝吴龙过来，问，你都好吧？

好什么呀，我吃足了你的苦头。

孟浩一怔：我不懂你说的意思。

你总不会这么快就把卖给我的那对金耳环忘记吧？

孟浩又是一惊：我越发搞不清你说的意思了。

大丈夫敢做敢当，你怎好意思欺骗老同学？

孟浩的脸涨得通红：谁欺骗你了，你把话说清楚一点。

你不该在我去付钱时，把我挑的金耳环换掉。

吴龙，你竟敢血口喷人，我和你没完。

不要太狂，无论怎么说，我们还是同学，你能改正我放你一马。

闭上你的臭嘴，我用不着你来调教，你这个贪心的东西，我早就看破你了，你就是依仗权势，用这种方法来捡便宜，在别人那里可以，在我这里没门。

吴龙气得手心冰冷。

吴龙不想再和他说下去，他知道和孟浩说不出什么，转身就走，听见背后呸呸两声，就是这呸呸两声，迫使他去了商业局，他把情况和局长说了，局长就打电话把经理叫过来，经理一听此事，就说肯定是孟浩干的，他有过这种先例，公司已给他记大过，前些天还接到两起举报，你这是第三起了。

孟浩不适合在这个岗位上工作，吴龙说，建议尽早换掉。

公司经理说要开除他。

商业局局长叫他把情况摸清楚再定，先把他从柜台上撤下来，要他向顾客赔礼赔物。商业局局长问吴龙这样行吗？吴龙连说谢谢，商业局长握住吴龙的手说，应该谢你。

吴龙的气顿时消掉了。在他见到邢那时，说不清为什么，他心里特别高兴。他想告诉她，想了一想，还是没说出来。

按照时间来推算，后备干部名单已经排定了。邢那一直得不到自己是否在其中的信息，她叫志项打听一下，志项告诉她，他的亲戚外出学习去了。她知道志项不想去打听，故说去学习，她问道，我知道你不想去问，对吗？

对的。

为什么呢？

他说叫我不要老打听这种事。

你感到很为难？

是的。

那我收回，谢谢你把真实的原因告诉我。

真不好意思。

没关系的。反正你也知道，关键是吴龙。

我明白，要不，我也不会按你的想法去行事，据我了解，吴龙保留后备干部的可能性较大。志项想还是不说得十分肯定为好。

邢那的脸霎时就暗下来了，从志项的话里，她已经听出，吴龙还是被列入后备干部之中，她真弄不懂吴龙会这般的执迷不悟，官迷心窍，她转怨为恨，碰上吴龙爱理不理。一句话都懒得和他说。

许多天过去了，吴龙心里十分明白邢那不理他的原因，他感到委屈，上不上后备干部，是组织上的事，本人无能为力，她也不是不知道，他是为不上后备干部做过努力的，可到如今还有什么办法呢？总不能强迫组织上非把自己从后备干部中的名字划掉。邢那是有些过分了，为什么一定要按她想的路去走呢？她的想法有一定的道理，他有时也这么想过，不止一次地想过，可行起事来并不简单。有一天，他在办公室翻看报纸，翻到一份以前没看到过的报纸，他估计是办公室分送错了，出于好奇翻了一会儿，发现报上有条招聘的通栏广告，吴龙被吸引住了，他细细地把广告看了一遍，从广告上看，丰厚的年薪还是诱人的，这是一家省里有点名气的集团公司，要招聘一名副总经理和几名部门经理。

邢那进来，见他在看报，一反近来的态度，对他神秘一笑。

吴龙问她有什么好笑的。

邢那不语。

两天后，邢那得知吴龙要出差，很高兴，特地赶来送行。她悄悄地问驾驶员小武，知道去哪儿吗？小武说不知道，邢那告诉他是到省城去的，叫他慢慢开，到后给她打个电话，小武说记住了。

当车子动起来的时候，邢那上前去和吴龙握手道别，含情脉脉地望着他说，祝你成功！

吴龙一愣，说，你知道？

邢那点了点头：我理解你，也支持你。一个人走岔了路总是难免，回过头来走正它就行了。

谢谢你的鼓励。我会从头开始的。说完便钻进了车子，他对小武说，去硼矿一号井。

去硼矿一号井？

吴龙不再重复。

小武踩下了油门，见邢那不停地挥手，他想说，但没有说出来。

车子在加速。

吴龙微微地闭着眼睛，在思考着什么。

修渡

严寒的冬天是老爸用老旧的房车送走的。老爸望着萌发出绿芽的柳枝发呆。叶儿在一旁不断地打量眼前这位被她认作老爸的男人。他身材高大，留着斯大林式的胡子，戴一副墨镜，下身是一年四季都不变化的牛仔裤，就是他，在她轻生时，跃入水中救起了她。她跟着他浪迹天涯快五年了，他从哪里来，要到哪里去，她一无所知。在她看来，老爸是一个用坚实的外壳把自己包得严严实实的人，摸不着，看不透，神秘兮兮的，她想搞清他的真面目，一直没有如愿。老爸有两个手机，其中一个是老式的华为，银白色的，被老爸装在一只黑色天鹅绒制的袋子里，每次拿出来都是小心翼翼的，隔段时间就会开机看看。另一个手机也是华为，黑色的，平时都用这个。叶儿留意了几次，发现银白色的手机里连条信息都没有。

叶儿和老爸相依为命，她知道老爸有心思，这个心思来自银白色的手机。老爸不开心，她就会想法子逗他开心。老爸是她的恩人，是给了她第二次生命的人。那年她十八岁，面临高考，父亲是个酒鬼，喝醉了就回家打她，母亲在一边流泪，无力劝阻。父亲喝醉酒，以前回来打母亲，近来不知为什么老打她，她感觉自己好像不是他们亲生的，哪个父亲会舍得这样打亲生女儿。后来她了解到，他们不是她的亲生父母，感觉天都塌了，她选择了轻生。当时，老爸把她救了起来，要送她回家，她坚决不从，说，你要是把我送回家，我依然还会有第二次、第三次。老爸没有办法，想了半天，就带她去商场买了几件衣服，去饭店点了几个菜，要了一瓶矿泉水，倒在两只杯子里，轻轻一碰，老爸说，你以后就叫叶儿吧，和我一起随风飘荡。叶儿觉得这个名字好，便含羞叫了一声老爸。他乐了，从饭店出来就带着她踏上了新的旅程。

老爸的房车，行程已近十万公里，外面看着破旧，里面倒洁净有条，车厢里左右各一床，孤男寡女睡在一个空间里，叶儿难免会感到害怕，要是老爸是个色狼该怎么办？随身还带着折叠刀，晚上睡觉，中间挂块黄底的碎花布隔着，一直注意老爸的动向。过了多日，叶儿没有发现老爸有不轨行为，觉得老爸是个正人君子，让她放心，就把帘布去掉了。

冬去春来，就这样过了几年。在她的眼中，老爸是个健壮的男子汉，但今年以来，精神气明显不如从前。叶儿为他担心，老爸说没事的。他把衣袖拉上去，握紧拳头，让她看肌肉，她笑了。叶儿笑起来像水蜜桃一样甜，她是个美人胚子，露出白白的牙齿，一边一个酒窝，满胸蜂腰长腿，眨起眼来，里面有电。平时，梳着一根齐肩的大辫，是老爸要求她这样留的，说是她的最佳发型。以前梳一根辫子的人还不少，现在已经没有了，走到哪儿都找不出第二个，显得老派。老爸发现叶儿有副好嗓子，唱歌有韵味，声音有特点，就买了把吉他，教她弹奏，又让她登台演出，时间长了，叶儿名气见大，一些女孩子也效仿她梳大辫。大辫成了叶儿的标志。老爸要叶儿梳大辫，是因为老爸有大辫情结，他一直藏在心里。

那是一个几乎每天午后都下阵雨的夏天，凉爽的雨是新来的女大学生方菲带来的，她在老爸的厂里做秘书，也可以说是老爸的秘书，她身着白色的圆领T恤，脑后有根辫子，腕上带着一串犀牛角小珠手链，把嫩藕般的手腕衬得秀色无限。在老爸眼里，她清纯得没有瑕疵，就是一件无与伦比的艺术品。

在当地，老爸是厉害人物，只要和他有利益冲突，他就会想方设法把那人给挤掉。了解他的人都避他远远的，不敢惹他。办厂之初，没有钱，他有个同学在信用社当副主任，就提出借一百万，同学说借钱可以，但要给二十万的回扣，把老爸着着实实吓了一大跳，问同学回扣是否可以低点？同学说别人也一样。老爸听后，心里马上有了主意，很快就办了借钱手续。他回去后就向有关部门写了检举信，不久，同学被捕，还判了刑。直到刑满释放，同学也不清楚问题出在哪里，根本都不会想到是老爸，因为老爸的钱是他被捕后才提出来的，同学的罪行交代里也没有这一笔回扣。同学出狱后，老爸和同学说，以后有难处尽管讲，他会尽力而为的。同学受宠若惊，逢人便说老爸有良心，从此，给老爸留下了好口碑。通过这件事，老爸悟到，干“坏”事也能做好人，这让他兴奋有加。

老爸经常用小手段换取大项目。对老爸起家的传闻还有很多，越听越邪乎，方菲半信半疑，接触多了，方菲对老爸的印象还不错，后来，俩人恋爱了，老爸深深地爱着她。过了两年，老爸的企业成为市里第一利税大户，刚受到表彰回来。那是一个夕阳染红山头的日暮时分，方菲很认真地和他谈，要老爸停止生产主打产品。老爸毫无思想准备，只觉得突然，停止这个产品，就会严重影响效益，老爸一时接受不了。方菲给他留了一只手机便离他而去，说什么时候停了，什么时候来找她。老爸知道方菲深深地爱着他，肯定会回来找他的，结果大大出乎他的预料，方菲一直没有出现。随着时间的推移，老爸渐渐明白了方菲的意思，顿时觉悟，但方菲已无处可寻。老爸后悔不已，当时没听方菲的话，原因是产品供不应求，钱如江水一样涌入，要断掉，于心不忍。他总是想起他们手牵手，坐在草地上数星星的日子。方菲斜着的头枕在老爸肩上，给他讲星星的故事，回想起来，他还能感受到她曾有过的体温和味道。没有了方菲，也就没有了天上的星星。如果他再有一次选择，一边是企业，一边是方菲，他一定会毫不犹豫再加毫不犹豫地选择方菲。眼下，他两者都没有了。老爸悟到，人在有些时候，是自己的聪明遮挡了自己的视线，是自信让爱流失，是财富让人变穷，是远大目标滋生了冷漠。老爸在思念中沉思，在清晰与模糊的交叉中确定方向，他终于踏上了自以为能让方菲知道后会高兴的旅程。他给这次旅程起了个名，叫“修渡”。如此的点点滴滴，老爸从未提及，叶儿一无所知。

他们一起飘荡，车开一路，叶儿的歌声唱响一路。在一些夜总会、酒吧会听到嗓音沙沙的、磁性十足的歌声，这是叶儿的歌声，她和老爸走到哪儿唱到哪儿，受年轻人的喜欢。她在阳城一家名叫“飘”的夜总会唱到第三天的时候，有人给她送来了九百九十九朵玫瑰。送花的是一个戴着金丝眼镜的英俊男孩，朋友叫他阿敏，正在车旁与老爸交谈，见了叶儿说要送他们，被老爸谢绝了。阿敏伸出手来，叶儿用指尖碰了一下，道了声谢谢，她感到他的手发烫。

月亮在天上笑弯了腰，看着老爸和叶儿走到馄饨摊前。摊主胖乎乎的，是个光头，自称这样卫生。他的光头在灯下发光，像是在上面涂了一层猪油。老爸打量了几次，却还是分不清他的头发到底是剃掉的还是自己掉的。老爸问他如何称呼，他说姓金，死活不肯说名，猜想是姓和名连在一起不好听吧。后来，老爸再三追问，他老婆在一边看着不耐烦，干脆告诉老爸，她老公的名字叫金碗。老爸乐了，说金碗的名字不是挺好的吗，有什么好说不出口的。他上前问价，金碗告诉他十元一碗。老爸笑眯眯地说十九元两碗。金碗说馄饨全都一个价，还从来没有碰到过讨价还价的人。老爸说，现在都快深夜两点了，我问你，早上卖新鲜的桃子和晚上卖不新鲜的桃子价钱是不是一样？

这不能和卖桃子相比，卖桃子愿意下午便宜，但卖肉的不愿意，人家早晚一个价，你有啥办法？

那我懂，就算卖肉的不便宜，十九元两碗肯定比十元一碗赚得多，这叫薄利多销。

做生意的谁不懂，真不知道怎么跟你说好，我们馄饨行有规矩，如果我卖便宜了，就叫不正当竞争，你懂吗？哎，我问你，吃还是不吃？吃就坐下，不吃请走。

老爸吃过多处馄饨，就数这里的馄饨最好吃。和金碗抬抬杠，也有一些乐趣。他不会去其他摊位的。

在一边看热闹的叶儿，乐呵呵地靠近金碗，趁老爸不注意，把一元钱塞给他说，就十九元两碗吧，我们会经常到这里来吃的。

金碗立马点着头说，好的好的。

这就对了。老爸露出胜利的微笑，打开支付宝让他扫，叫他快点把馄饨下了。

讨价还价是老爸买东西的习惯，但总是讨不到便宜，其实老爸买东西讨价还价，不是为了钱，是他觉得有乐趣，哪怕便宜一元钱，也觉得划算，没吃亏。上次买香蕉，开价四元一斤，他还价三元，人家马上同意了。拿出一杆手提秤来，叫老爸把选好的香蕉挂上去。老爸说这种秤花头很足，称出来会超过五元一斤，还是用电子秤吧。人家随你怎么说就怎么做，拿只黑色的塑料袋把香蕉装进去，老爸说先把香蕉称好再放进去，人家也同意。把老爸乐得如同捡了一个大漏，结果回去一看，袋里多出了一根香蕉，而且是烂的，这下傻了，说他们的手脚也太快了。要是在以前，他肯定会找人去把香蕉摊给砸了。现在，他早已没有了此种想法。

回到房车，老爸点起一根蜡烛，各自坐进被窝，靠在床背上说话。老爸斜着头问道，你今晚高兴吗?

是说玫瑰花吗?还好啦，接到时激动了一下。

认为小伙子怎么样?

说不上来。

他和我说挺喜欢你的，希望和你交朋友。

哦，他喜欢我?叶儿显得有些不好意思，不停地揉着指头。

你在这里迷倒了一大批年轻人，我在台下听他们说你的大辫如何好看，眼睛如何水灵，歌声如何迷人。

哈，是您自己说的吧。她用食指对着他说，您还从来没有这样夸过我。

信不信由你，老爸说完倒头便睡了。

叶儿有点莫名地兴奋，睡不着，想阿敏。她的择偶标准是要找一个像老爸这样的人。重要的是人要善。跟随老爸，哪里的水源受到污染，他都会去勘察，并给当地主管部门写信反映，叶儿老是担心他会惹事生非。有一次，老爸和排污企业较劲，恨得那家想把老爸杀了。老爸顾人守住排污口，只要出污水就向环保部门报告，厂家花本钱把守排污口的人买通了，结果，只要有排污，老爸同样知道，他已经有所提防，在后面还设了一道关口，弄得排污企业没有办法，建污水处理系统投资大，算来算去不划算，只好关闭。高兴得老爸一晚上睡不着，说是干了件痛快的事。一路上，叶儿亲眼见他做过许多好事，光学校就资助了好几所。有一点她始终不明白，从来没有见他赚钱，钱却多得出奇，要多少有多少，跟用不完似的，成了她心里解不开的谜。

叶儿想来想去，难以入睡，直到快天亮的时候才睡去。一觉醒来，快中午十二点了，睁开眼，见老爸在床前望着她，像有事情要和她说。她从被窝里伸出温暖的手，叫老爸拉一把。老爸在床沿坐着，说，忘了和你说，阿敏下午想请你喝茶。叶儿立马反问，您去吗？老爸说不去。叶儿甩了下头，用手理着乱了的发说，您不去我也不去。

我下午还要去看花厅。

那我也去看花厅。

我看阿敏他人还不错，接触接触也无妨。老爸一本正经地说。

叶儿拿眼看了老爸一会儿，感到他是执意要她去的，勉强同意。

老爸说去花厅，没有骗她。他昨天去了，今天还要去。花厅位于城东。老爸站在花厅门口，闭起眼睛，静默了一会儿。当他睁开眼睛，见花厅门口有位女子对他笑得十分灿烂，并对他说，再次欢迎您。老爸知道，她是这家花厅主人的后代，姓金名玉。听她讲过，这个花厅叫金氏花厅，是她祖辈金光道的住宅，始建于清嘉庆庚辰年，落成于清道光庚寅年，其间整整十年。置身当中，老爸惊叹不已，做梦都没有想到，在这世上还能看到如此精美、如此规模的花厅。金氏花厅面阔三间，挟东西雪轩，厅堂之间由穿堂相连，形成“工”字形平面。所有的梁头、斗拱、牛腿、雀替、轩廊、门窗均采用木雕装饰。据说当时雇了八十位东阳最好的雕匠，前后用了十年才雕完。画面为戏曲、神话故事、花草动物，所雕刻的人物走兽形象，那个生动呀，那个细呀，连当今最顶尖的工艺大师都自叹不如。最让老爸着迷的是一组《高文举珍珠记》的连环花板，共一百零八块，讲述了书生高文举穷途落魄，员外王百万惜才而招赘为婿。高文举进京赶考，爱妻王金贞送至河桥，小两口海誓山盟，绝不变心。王金贞将一颗珍珠敲为两半，各藏半颗作恋念。高文举中得状元后，右相温阁逼其入赘为婿，暗把高文举家书改为休书。金贞见书心生疑窦，不辞艰辛赶到京都寻找丈夫。不幸被温阁发觉将金贞青丝剪下，严刑拷打后幽禁在后花园为婢。幸得老婢杜娘的同情和帮助，觅得高文举的音讯。中秋佳节，高文举命老杜娘做米糍，金贞将半颗珍珠放入米糍，高文举进食发觉，睹物思情，恋念前妻。王金贞遂在老杜娘指点下敲窗相会，互倾哀情，顿释前嫌，一同逃出相府前往包府告状，包文正秉公而断，刑赏无私，亦罚温氏剪发执浇花扫地之役。最后二女和解。雕刻这个戏曲故事的花板，全都用了樟木，虽然已百年过去，但仍能闻到那种淡淡的香味。花板基本不见破损，可惜的是少了其中的九块，而且缺在一头一尾上，开头缺了七块，最后缺了两块。金玉想过许多办法，想把花板补雕完整，都不尽人意，倒不如空着好。老爸把眼睛凑近，仿佛入了迷，他对这批花板的最后一道的细刻赞叹不断，对金玉说，如果不听你的讲解，我会以为是外星人干的，你看这细刻，线条流畅，好像在动一般，喏，水波多活，兽毛多细，眉目笑容多好，所有的线条粗细都均匀得好像出自一个人之手。这样的作品他走南闯北从来还没有看见过。一遍看下来，他突然感到刚才过去的时间是多么的美好。《高文举珍珠记》的花板是什么时候丢失的？老爸问道。大概是十六年前，金玉想了一会儿说，也只是听人家说，当时花厅还没列入保护，主人生病缺钱医治，咬咬牙卖了几块。

能找得回来吗？

估计有些难度，花板如果到了识货人的手里，就不太可能回头了。毕竟是留世的精品。

能不能出高价收购回来？

不会那么容易。金玉一笑，摇摇头说，不知道东西流到哪里去了，我们找到了买走花板的人，他说早已转手，便坦白地说每块从中只赚五千元。我们估计，这几块花板说不定已经去了国外。再说现在经费实在是太少，只能度度日子，谈不上维护，更谈不上恢复被拆被损坏的房子。

市里对花厅不肯多出钱？老爸有些不可思议地问道。

财政有财政的难处，拿不出更多的钱，倒是上面还经常给我们维修费用，但也不够，要把整个都修复，还得需要好几年。

你能不能把政府官员叫过来，或者是你陪我去找找他们。

不大有用，该说的话我们早说了。讲句心里话，我作为负责人，真想花厅能在自己手里得到保护和恢复。

是啊，怎么行呢？老爸像是这里的工作人员，也着急。你能和他们联系一下吗？就说有人要资助。

资助？真的？她见老爸朝她点头，露出了笑容问，电话打给谁？

打给有用的人。

分管市长？

她能有权给你们钱吗？

不一定，但经过她的努力，可能会要到。

有没有说了就算数的人？

听说给钱都是要经过集体讨论。

那就找分管市长好了。

金玉通过电话找到了分管的副市长，说有事情要汇报。分管副市长姓刘，和金玉沾亲，平时常有来往。电话那头说近来事情特别多，让她改日再约。金玉说，事情很急，要是改日就不用了。电话那头问是什么事非要今天。金玉说有人要资助花厅，想和她一见。刘市长问此人是否可靠，金玉说可靠。刘市长叫他们快点来。

刘市长是女性，四十岁不到，文质彬彬的，见到老爸很热情，又是倒水又是让座。老爸心里想，这倒像人民公仆。老爸显得有点严肃，他是来谈正事的。刘市长在老爸对面的单人沙发上坐下来，两只手平放在扶手上，两脚并拢，她说，我听说了，非常感谢您对金氏花厅的关心，怎么说呢，各级政府都很关心金氏花厅，国家文物局和省文物局多次拨过经费，市里就不要说了，但苦于花厅修缮的工程太大，经费又少，只能一点点来做。前段时间，市里已经讨论过了，要加大对花厅的投入。

能增加多少呢？老爸把重心移到左边，望着刘市长说。

每年八十万元吧。

整个修缮费用需要多少呢？

整个费用比较大，市里现在想分三期来做，大致匡算，第二期的资金缺口要一千万元。刘市长一边想一边说，她说话的时候，浑身上下纹丝不动，连个小手势都没有。

如果按八十万一年来计算，要完成两期工程起码要十多年的时间，太长了，我请教刘市长，这一千万元由我和市里各承担一半行不行。

金玉在一边听得目瞪口呆，她两眼望着刘市长，好像很怕刘市长会回绝似的。

刘市长不急于表态，她停顿了一会儿，说，这是对我们文物工作的莫大支持，我代表市政府对您的慷慨表示感谢。

别别，老爸拱了拱手说，我没讲完，我的意思是，市里应该把五百万元先给金氏花厅，等你们的钱到了，我才把钱给花厅，当然，不包括每年的八十万元。

这个你放心，花厅是文保单位，这笔经费我们肯定不会欠的。

我还是要坚持刚才的说法，市里先给我再给，我不是不放心，因为碰到过这种事，不说具体的地方，也是一家文保单位，也是经费不足，我和当地领导谈好，各出资一半，结果我把钱汇了，当地政府反而到现在还没有给。有人去催讨，领导还说，已经帮你们的忙了，不是我们帮助，你们连那一半也不会有。老爸说，我担心的就是这一点，因为金氏花厅真是太美妙了，我能为它的修缮出一点微薄之力，也是我的莫大荣幸。请市长能理解我。

十分理解，刘市长在片刻的沉思中缓过来说，你的资金什么时候汇入？

就看市长了，你们给，我随后就给。

市里明天就给他们。刘市长明显在试探。

我也明天就给。老爸顿了一下又说，钱给了金氏花厅就不能拿回去，先把丑话说在前头为好，要是你们不讲诚信，会很难堪的。

你好像对我不够信任，刘市长微微一笑说。

没有，我的表述方法可能有些问题，我认为这样说是信任的，我知道一个并不富裕的市，要额外再出五百万元也不容易，不是你说了就可以，你们还要集体研究，我的意思是在研究时，要把我的想法转达一下。刘市长，我们实实在在地说，市里的这笔钱大约几天能转给她们？

就一个星期之内吧。刘市长的脸泛起了红晕，她眨了眨眼说。

老爸说可以。

在金玉眼里，老爸是个十分节俭，斤斤计较的人，昨天小卖部的人告诉她，老爸买了一瓶矿泉水，九角钱，他给一元，应找他一角，可小卖部没有一角。老爸不依，说找不出钱可找其他东西，售货员给他一小块饼干，他说不行，应该按价钱称重量，结果老爸得到了一块半饼干。人家笑话他，他说这样才是买卖公平。就是这样一个人，金玉做梦也不会料到，会为了金氏花厅出资五百万元，而且还怕刘市长赖，把她可能要滑头的路给堵了。老爸给她的反差太大了。从刘市长办公室出来，金玉连声道谢。

你不怕我是骗子？

哪能呢，金玉瞟了他一眼说，要是怕你是个骗子，我就不会陪你去见刘市长了。你知道的，这样的事，对我来说，应该慎重，假如你是骗子，我不仅会被刘市长责怪，还会被人讥笑。

谢谢你的信任。我可以很负责地告诉你，我不是骗子。

不要再解释了，要不，我可真会把你当成骗子，因为骗子老是会说自己不是骗子。金玉心情好，说话也无忌讳，想到什么就说什么。

天要黑了，金玉把老爸拉进一家名叫“老神仙”的烤饺馆，说要请他。老爸显得很高兴。这家馆子的面积不大，生意不错。

俩人找了一张在角落的长桌，面对面坐着，金玉瞥了老爸一眼，把眼皮垂了下来。来这家烤饺馆的，大多是些回头客，被烤饺所吸引。烤饺大小不超过巴掌大，在锅中烤得金黄，外脆里糯，里头的馅料足，有肉、豆腐、粉丝等九种原料。让老爸对这家烤饺馆感到新奇的是定价，第一只五元，第二只要七元，第三只就要十元，吃三只二十二元，吃得越多，定价越高，而且高得离谱。老爸看着价单，兴趣上来了，他指着定价单问金玉说，这里的定价是按人定的还是按桌定的？金玉见老爸一副顽童模样，笑笑说，是按每人计算的。老爸说，这才对，但上面应该写清楚，也许当地的知道，像我从外地来的就不清楚了。金玉朝他点点头。

我要吃一只，老爸说完就哈哈地乐起来了，他说，吃完一只，如果还想吃，我就先出去，再来一次，就能吃到两只五元的了。

如果还想吃呢？

那么就再出去再回来。金玉看老爸的样子，觉得特别好玩儿。她明白老爸的意思。点了一只烤饺。她问道，是否来点酒？

老爸说，给你省点钱，来扎啤酒便可。其实，这里除了啤酒，什么酒都没有。

烤饺还没有上来，那股香味就已经飘过来了，当服务员把一只长方形的瓷盘摆在他面前时，他乐了，指着盘子对金玉说，你看你看。金玉明白她的意思，一只烤饺放在大盘中，只占了一角，显得很滑稽。她想或许是这个馆子有意用这种办法来讽刺专门吃一只烤饺的人。如果这样，就不够友好了。她朝一个脸颊似红苹果的服务员招了一下手，等她过来便起身凑在她耳边说，你们就没有小一点的盘子吗？服务员说没有再小的盘子了。金玉说，给你的老板说一下，让他多添几只小盘，用这种盘子盛一只烤饺，好像对客人不够尊重。

服务员眨了一下眼睛，有点想说又不便说的意味，顿了一会儿，她吸了一口气说，不好意思，您刚才说的，我会转告给老板的，但是，我来这里一年多了，吃正餐各买一只烤饺的，还是第一次碰上，我不知道老板是不是因为没人吃一只的，就不备小盘了。

金玉听了，脸腾地一下红透了，真不知道该怎么是好。

服务员见她脸红，有点急了，扯了一下金玉的袖子，又移开几步，说，真对不起，我没有半点的故意，你们过来时，我就留意了，你们完全是出于一种好奇，即使你们各点一只，也很自然。她说到后头，有点结巴了。

没事的，金玉看她着急，安慰她说，确实，我们是出于好奇才点一只的，咱俩都不用不好意思，待会儿你帮我跟他说一下，就说今天他吃的不论多少，全是五元一只。

服务员点点头，估计已经明白了。

见金玉回来，老爸对她竖起拇指，说这东西神了，真好吃，他长这么大从来都没有吃过这么好吃的烤饺。她见他要起身，便告诉他，她已经和经理商量好了，只要是他吃的，全是五元一只。老爸听后特开心，说真的吗？见她一本正经地朝他点头，他还是有些不信，金玉让那个服务员说了，他才信，开心地笑出了声，说我要吃一大盘，后来说只要五只。

金玉把自己的盘子推到他面前，让他吃。他连忙摆手说不行，叫她快吃，待凉了味道就变了，他教她，吃这饺，闭起眼睛慢慢往下咬，感觉外面的脆皮被咔咔咬开的同时，还要感觉那股被喷发开来的香味，这时，先停顿一会儿，再慢慢咬下去，便会有一股新鲜的浓汁滴落在舌头上，满嘴开始生津，再嚼起来，那个脆呀，那个鲜呀，嚼满嘴，美妙极了。来，你按我说的做，闭起眼睛。她没听他的，是她不愿意让他直勾勾地看她，她举起啤酒杯，和他碰了一下，叫他多喝点，因为她不会喝，只是作陪。老爸喝了一口后，感到吃了这种烤饺后，喝啤酒的味道大不一样，特别爽口，他一仰脖，一杯就下去了。她见他开心，暗喜选对了地方，她一口酒下去，脸就赛桃花了，他一杯酒下去，眼睛就发亮了，这时看她，秀色可餐，有另外一种味道。

吃了五只荞麦饺的老爸还想再要，突然间，他好像悟到了什么，说不能再吃了。老爸夸这家馆子很会做生意，说他知道这家馆子为什么要这样运作，又为什么只供应烤饺和啤酒。她让他道来听听，他用神秘的口吻说，他们做的是长生意，烤饺固然好吃，但他们不想让顾客一次就吃够，所以用定价来限定，让你自己舍不得再往下吃，每次都吃不够，吃了还想吃，这和让顾客吃够比较起来，当然现在的做法好。再加上除了啤酒不供应其他东西，是因为怕其他东西的味道影响到烤饺的味道，用啤酒漱漱口，可保证味觉更为纯正。你说对不对？

在老爸的鼓励下，金玉喝了满满一杯啤酒，人晕乎乎的，她一只手捂在脑门上，刚才他说什么，她没听清，听老爸问她对不对，她说，对对对。她的脑子不糊涂，仍记得那服务员说的话，她能判断得出，他们是这一年多来，吃正餐第一次各要一只饺子的顾客。这时，因为酒的缘故，她的身体起了一点变化。

吃完烤饺，老爸赶到“飘”去找叶儿，刚到那儿，场子里就停了电，一片漆黑，叶儿在台上清唱《思念》，台下用掌声为她打拍子，老爸也加入其中，当听她唱起“你从哪里来，我的朋友，好像一只蝴蝶飞进我的窗口”时，老爸的眼里含满了泪水。黑灯的效果不错，他不知道是什么原因，更不知道叶儿在出场时还摔过一跤。其实，这些都是一个叫田妞的女孩串通“飘”的老板所制造的。田妞爱慕阿敏，得知阿敏给叶儿送了九百九十九朵玫瑰，嫉妒得要命，发誓要让叶儿出丑，让她演不下去。“飘”的老板绰号狐狸，最乐意做这些事，认为见不得人的事最能见到钱。他从田妞处拿了一笔钱后，不满足，还想继续捞。

电一直到结束才来。狐狸趁叶儿卸妆时在一边吹捧她连摔倒的姿势都如此优美，连黑灯了都有如此好的效果。他见她没有反应，话锋一转，问她是否想知道为什么会摔倒，为什么会停电？

叶儿叫他说。

没那么容易，狐狸眼珠一转说，想知道拿小费来，最少一万。他见叶儿起身要走，就开始降价，最后降到一百元，还是没有得到回答，他便离开去找在门口等待叶儿的阿敏，指望能敲一笔钱出来，他的开价是三万。阿敏和他说，我正要找你，都是在你的场子里出的事情，叶儿摔坏你要赔，如果有人蓄意破坏，他还要去报警。把他吓得一愣一愣的，原来还想找老爸，不敢了。什么是没事找事，这就是！

天上的月亮不见了。夜深人静，老爸和叶儿走在铺满石子的弄堂里，路灯幽幽的，这是一条有些年头的弄堂，路面的石子镶嵌得平而规整，有的地方还用不同颜色的石子，拼凑成花卉的图案，人走多了，石子也被摩擦得油光铮亮，感觉比路灯还亮，闪着银光，走在上面会发出“噼里啪啦”的声音。叶儿的脸被春风吹得红扑扑的。俩人来到馄饨摊前，金碗冲他们喊了一句，新鲜馄饨十元一碗。老爸走到他跟前说，来两碗，还是十九元行吗？金碗问叶儿，今天行不行？叶儿说行。金碗笑眯眯地说，好吧，那就十九元两碗。老爸看不明白了，是他的摊，卖多少钱还得听叶儿的？以此推断，叶儿说一元两碗，他也会同意的。

金碗的老婆头上裹着头巾，后脑露出的头发翘着，她正在一边埋头包馄饨，动作极快。她用竹片刮肉馅涂在比纸还薄的面皮上，手心一窝，竹片一碰，馄饨就包好了，放在一只细竹丝编的竹盘上，横是横，竖是竖，整整齐齐，以前，她包出来的数字和金碗烧出来的数字经常对不上，特别是忙的时候，常出错，而且是往外错。老婆心疼，说他初中都毕业了，还不会数数。她就想了这个办法，把馄饨摆整齐了，方便数，差错就少了，偶尔有错，也是往里错，错得开心。老爸在一边看她包馄饨，说是让他也包一下。金碗说不行，老爸问为什么。

不卫生。金碗瞪了老爸一眼说。

我自己吃总行了吧。

也不行。

为什么？

你把我的整锅汤都搞脏了。

不让老爸包馄饨的原因，明摆是怕老爸包时把肉馅放多了，连叶儿都听出了其中的意思，在一边捂着嘴笑。

老爸兴致上来了，他把自认为饱满一点的馄饨拨到一块，让金碗下这些。叶儿在一旁说再加一只，金碗也觉得好玩儿，说，你看好了，我再给你加一只。老爸满心欢喜，馄饨端上来，香气钻鼻，馄饨里用的是大骨高汤加榨菜丁、猪油渣碎、紫菜、香葱。老爸吃馄饨总是先把汤喝干，让馄饨暴露无遗，哪怕是皮子缺了一只角都能看得清清楚楚，老爸数了数，真多了一只。金碗特别不喜欢他的吃法，就像脱了衣服被人看一样。金碗终于忍不住了，说，我看你喜欢吃馄饨，但不会吃馄饨，从没见过像你这样吃馄饨的，有好味道都吃不全。我告诉你，为什么吃馄饨不用筷子要用调羹，是有讲究的，调羹里要有汤有馄饨，一起吃进去，才叫吃馄饨，要是你先把汤喝了，剩下干巴巴的馄饨，不是和吃肉包子一样了？那你干脆去买个包子啃啃算了。金碗说话的时候，他老婆一直在朝他看，她觉得这个胖老公不止是初中毕业的，说起话来总能找到理由，听了解闷。她屁股左右摇摆了一下，继续包馄饨。对金碗说话的用意，老爸心里有数，他说，我就喜欢这么吃，吃法不同，味道也不同，不信你可以一试，味道愈吃愈浓，满嘴留香。金碗不作声了，他老婆停下手中的活，瞧着他，望他能说出几句有高中文化水平的话来，结果没有，她又开始干活了。老爸猜测，方才说的话，他听进去了，或许等他们离开，他和老婆都会按照他的吃法吃一遍，多种吃法，多种味道，对他们的生意也会有好处，他们会根据不同吃法改进不同的烧法和配料。要是他们吃不出老爸说的味道，嘿嘿，老爸早就想好了，他会提醒他们说，你们的吃法不正确。

今晚，老爸多吃了一只馄饨像是捡到了一个大便宜。他说，明天来，再加一只行不？金碗问叶儿。叶儿说好的。老爸更加搞不懂了，这是什么事呀。金碗看上去老老实实的，做起事来圆滑得很，你说加几只都可以，只是一碗多出来另一碗少下去而已。在他的摊上，无论你怎么精到，都算不过他，所有的主动权都在他的手里，你说馄饨里多放点肉，他一定说好的，你看见的那一只他会多放肉，一旦看不见，就要扣回去，变戏法似的，看似简单的工序，能够用来把握的关口有好几个，老爸外行，拿不到便宜还偷着乐。一个人有乐处，总是好的，叶儿密切配合他作乐，老爸乐了她也乐。

回房车的路上，叶儿挽着老爸。老爸是过来人，猜想她下午茶喝得比较开心，便问她情况。叶儿说，阿敏一个下午都在讲他的事情，目的是想让我喜欢他，感觉人还诚实，连他小时候生过脑膜炎也说了，还保证没有后遗症。去年从法国留学回来，学的是艺术品鉴赏。他父亲是城里最大的古董商。古董商？老爸的眼里冒出了光。叶儿没有察觉，接着说，他母亲去世后，父亲又找了一个，年纪比他还小一岁，叫岑倩，是学舞蹈的，他直呼其名，叫岑倩，父亲说他没大没小，应该叫妈，他难为情，一直没有叫过。他在外面有房，一个人住寂寞，很想找个女朋友。叶儿把阿敏说的意思都说了，但有一点没说，分开时，他们拥抱了，叶儿心里暖暖的。在她脑子里，他的模样开始清晰起来。

阿敏的父亲姓高名和祥，矮矮胖胖的，鼻梁上架着一副如李大钊戴过的老式眼镜，正和岑倩躺在沙发上看电视，接到狐狸打来的电话，狐狸把晚上发生的事情和他说了，他把所有责任推给了田妞，还说曾阻止过，田妞执意要这样做，他也没有办法。和祥云里雾里不知情，也不知阿敏谈过要报警的事，更不知道狐狸是争取主动来的。在和祥的印象中，田妞清纯，有能力，代理的意大利名牌服装做得不错，是他牵线让她和阿敏交往的。阿敏评价她路子野，迟早会有麻烦。和祥不以为然。接到狐狸的电话，他感到有点乱，给阿敏打电话询问，阿敏在电话里把和叶儿恋爱的事情原原本本地说了。和祥吓了一跳，手机滑落在沙发上。

岑倩捡起手机还给他，问干吗紧张。和祥对岑倩说，孩子大了不由爸，不爱田妞，却爱上一个唱歌的。

你这是什么话，岑倩突然不高兴了，说，唱歌的有什么不好，只要人好就是了。

和祥是聪明人，知道自己在不经意中犯了忌，唱歌和跳舞是一伙的，用轻蔑的口吻说话不应该。和祥朝岑倩靠过去，拍了一下她的肩说，你说的对，我也正在这样想。

有人要资助花厅的事，刘副市长向市长作了汇报，市长提醒她，一定要防止财政的钱到了，那人却找不到了。听市长点拨，刘副市长心里有点发毛。事情都透露出去了，要是出了岔，她不丢人丢到了家。她把金玉叫到办公室，当面交待，要她多和老爸联系，不要断线。金玉嘴上说好的，让她去联络老爸，她是十分乐意的。自己有辆车，跑跑也方便。对老爸，她的印象不错，是个可以信赖的人。那天吃好烤饺，老爸送她回去，不知道是不是啤酒的作用，她有了几年来所没有的冲动。但老爸没有，不是说烤饺就是说花厅，把她的兴致说得无影无踪，金玉曾经有过一次婚姻，前夫是中学老师，婚后俩人性格不合，离婚了。后来有人家来牵过线，她心里有障碍，都婉言谢绝。认识老爸后，她感到自己奇怪，怎么经常会想到老爸，到底为了什么，说不清楚，和他要资助花厅有关系，又好像没有关系。

当老爸又一次出现在她跟前时，她乐得像小孩子似的。老爸受宠若惊，他已是第三次来看花厅了，就担心人家嫌麻烦，给他冷冰冰的脸看。他说不好意思，我又来了，还没看够。金玉弄不懂他说的还没看够是不是双关语，说，巴不得呢，要请还请不到。老爸马上接着说，请得到，不请自到。他让她再介绍花厅的事。他问得很细，房子为什么要这样造，大门为什么不正开。金玉一一作答。他分辨不出对错，边听边思考。在看木雕件时，不时赞叹，还登梯看了颇有动感的人物牛腿。老爸从梯子上下来，拍了拍手说，好东西是看不厌的。金玉的自豪感顿生，说，那当然。她没有去琢磨，他提到的好东西包不包括人。她叫老爸不要一下子都看完，要细细看，分几次看。提议带他去自助茶馆喝茶。老爸说起喝茶也来劲，就不愿去自助茶馆，嫌不安静，猛吃东西没味道。金玉找了一家湖边水榭茶馆，要了一间面向湖的包房，犹在船上一般。宽阔的湖面皱皱的，被太阳映射得波光点点，有些船在划动。一角，见依依杨柳，绿了枝头，随风荡。茶姑娘一身中式装扮，穿对襟的花衣裳，脚蹬绣了花的布鞋，行无声，如飘。她受过专门培训，是茶馆的泡茶大师，轻声问点什么茶。老爸要龙井，叫她先把茶叶拿过来。他从袋里掏出一张粗纸，又厚又糙的那种，早时用来包红糖油枣之类的。他拿水把纸打湿，招金玉坐到他一边来，理由是方便观湖，也便于看他操作。老爸把湿了的粗纸平摊在茶桌上，从茶姑娘手里接过茶叶就倒在粗纸上，而后将半边翻上来，把茶叶像饺子馅裹在中间。茶姑娘说，她十八岁进茶馆，快十年了，没见过先摆弄摆弄再喝的，再好的茶都要被搞坏。老爸说，做什么事情都要有个讲究，喝茶也一样。喝葡萄酒要醒酒，喝龙井茶要醒茶，这个过程省略不得。好味道在此，想喝还没喝，想到快要喝了，会满嘴生津，一口一口咽下去，那才叫舒坦，是用心在喝茶。茶姑娘听不明白，心里责怪他把泡茶的程序给搞乱了，茶也泡不下去，只好立在一旁观摩。金玉见茶姑娘站着不自在，说我们自己动手，不有劳她。她嘴角一翘，飘走了。老爸也想支开她，俩人来喝茶，对面坐个大师，有些话还不方便说。茶姑娘一走，老爸翻开粗纸，里面的茶叶饱满起来了，像刚采摘下来一样鲜活。金玉捡了一芽放在手心看，拿到鼻前闻，正要放进嘴，被老爸阻止，说，这样不行，喝茶不能急，看我的。他把茶叶收拢，在杯里洗净，再分放到玻璃杯里，用凉了的开水泡，水倒进去时，杯里的茶叶在翻动，金玉把眼睛凑上去看，说蛮好玩儿的。老爸说，好玩儿不是目的，好喝才是关键。金玉不解地问，味道不一样吗？

我用没醒过的茶叶和滚水给你泡一杯，老爸说，你好好品尝一下，肯定不一样！

茶姑娘对老爸的喝法好奇，出来后一直站在门口许久没走。她进去问老爸是否需要服务，老爸说不需要。她仍不走，见老爸把茶递给金玉，她说，能不能给我尝一点。老爸同意后，她拿了一只喝功夫茶的小杯，用清水洗过，再用清水漱好口，倒了大半杯，一下入口，含着足有一分钟。金玉见她眼睛都发出了光亮。茶姑娘把茶水分几口咽下，张开嘴“哈”了一声，说，能不能再给我一杯？金玉给她倒上，她带着茶就走。不多时，她折回来，代表老板说，今天的茶水免单。老爸问她味道如何，她看着老爸说，我们交换一下好不好，我把品尝出来的感觉告诉你，你把泡茶的办法教给我。看老爸点头，她说，这杯茶，让很想得到但很难得到的清香回来了，闻着好像身置茶园当中。在味道中多了一丝甜，齿间中余味，下咽顺滑舒畅。淡黄的汤色柔和如绸缎。还有一点，感觉过程有趣。说完用眼看老爸，老爸说，这是南宋临安天一寺的喝法，讲的是鲜活，返老还新。最好的做法是，前一天的晚上，用浸湿的粗纸把茶叶夹盖起来，次日早上洗净，泡在凉水里，一小时后喝，味道纯真。茶姑娘鞠了个躬，如获至宝离去。

金玉对老爸另眼相看，让茶姑娘都佩服得五体投地，她也觉得有脸，热情似初升的太阳，她满面含笑，喝了一口，学着茶姑娘的模样，在嘴里停留片刻，还闭上双目，咽下去，咂咂嘴说，她点评得没错。金玉放下茶杯，想再增加点情趣，叫老爸把手伸过来，说是给他看手相。老爸把手伸过去让她握住，她一看，就立即把老爸的手提高到眼前，忽然整个人都傻了，老爸的手跌落在她的大腿上，老爸看她脸发白，问她哪里不舒服，她望着老爸说没事。她喝了两大口茶水，脸色有些好转。她对老爸说，你资助的钱，我不要了。老爸摸不着头脑，说，刚才还是好好的，怎么一下子就变了？金玉想了好一会儿说，估计市政府拨款会有问题，不能如约。老爸说，总会有办法的。老爸心里清楚，她的理由是推托之词，她是在他的手掌上看到了什么才转变的。他问，我的手告诉了你什么？金玉低头不语，眼睛都红了。老爸不再追问，他近来身体状况不好，也担心。从金玉的神色中看出病情会比较严重。金玉祖上三代都是名中医，相手看病是祖上秘传的绝招，一看一个准，她学的也是中医，因金氏花厅而改行。老爸的手告诉她，他是一个肺部出了问题的人。她心里着急，在想眼下应该怎样处理好。老爸从金玉的神情中猜想到他病的严重程度，强装出笑眯眯的样子对她说，我想托你一件事，能不能帮我了解一下阿敏，主要是人品。金玉答应。她心里已有底，老爸十分了解自己的现状，他让她了解阿敏，是想把叶儿托付给阿敏，把身后的事情做个了结。她起身去洗手间流了一会儿泪，又洗了一把脸，若无其事地进来，挨着老爸坐下，尽量不让老爸感到紧张。

了解阿敏的情况相当顺利，金玉中医班上的一个男同学，正好是阿敏所在街道办事处的副主任，把阿敏家里的情况详详细细作了介绍，还给了她一份长达十二页的书面材料。老爸看了材料乐呵呵地向金玉道谢。金玉说你见外了。晚餐，他俩去了一家名为“面面俱到”的面馆吃面条，金玉估计老爸会对这里的“绳面”有兴趣，面上来后，老爸果真赞口不绝。“绳面”有小指般粗细，由无数根细面合起来形成绳状，看起来一根，放进嘴里嚼，会变成无数条，汤汁都浸含在细缝中，咬时便会溢出来，满嘴流动。“绳面”可长吃，也可短吃，还可碎吃，长吃是一碗一根，短的吃法是一碗几根，碎的吃法是断成粒。老爸点的是长吃，金玉是碎吃。金玉把自己碗里的碎面给老爸添了两小勺，看他吃得津津有味，金玉恨不得把碗里的碎面都给他。她没有胃口，还装成很好吃的模样，不能让老爸察觉。

晚上，老爸没有去“飘”听歌，与金玉坐在湖边的长椅上，天上没有月亮，只有几颗小星星在闪烁，有对恋人手拉手在他们面前走过，男的还住脚看了看他们。

你认识他吗？老爸问道。

不认识，认识也没事。金玉向老爸靠拢说。

老爸看了金玉一眼，她的身体挨在他的手臂上，有她身上的暖意传递过去。老爸用征求意见的口吻说，你认为叶儿与阿敏般配吗？

还配的，郎才女貌，阿敏是个左邻右舍都公认的好孩子，要看叶儿是否有意了。

那天和她提起阿敏，她脸绯红，感觉有点意思。我想，如果他俩有好感，干脆早一点明确下来。

我也这么认为。金玉赞同说。为什么要早一点明确下来，金玉一清二楚，敏感的问题俩人都避而不谈，其实，谈和不谈都一样。金玉已经在考虑下一步该怎么办。金玉理解老爸的心情，不亲自把叶儿和阿敏的事牵好，他是不会安心的。

金玉从中张罗，把人凑拢了。地点按照老爸的意思，放在最好的五星级客来喜酒店，选择一间落地玻璃窗外是一大片园艺的包厢，叶儿挽着老爸进来，她身着银灰色的套装，领上系了一条粉红色的丝巾，把她衬托得更加娇嫩。和祥西装革履，雪白的衬衣上系着一根红色的领带，喜气洋洋。他和老爸握手时，略弯腰，用了两只手。和祥向叶儿点点头，他去看过叶儿的演出，结束时，他要阿敏陪他去向叶儿祝贺，他满脸笑容地对叶儿说，你又多了一个粉丝。

阿敏见到老爸有点拘束，他挂好短大衣和黑红相间的格子羊绒围巾，见老爸和他老爸握好手，也上去与老爸握了手。转身去寻找叶儿时，见叶儿拉着岑倩的手，亲热地在交谈，和家人一样。

晚宴由金玉负责，用餐的长形桌是她选的，上座，上菜都听她的。老爸、和祥分别坐在两边的中央，金玉对岑倩，叶儿对阿敏。酒是老爸选的，考虑阿敏在法国留过学，点了法国拉图城堡葡萄酒。金玉和老爸坐在一起有点不自在，当老爸跟和祥谈起金氏花厅的时候，她被他们的谈话吸引了，老爸说，他为花厅失缺的九块花板深感遗憾，想要弥补好，只是不知花板去了哪里。和祥是做古董生意的，老爸说这话的意思，是想通过他想想办法，把花板找回来。老爸一开始就提花厅的事，出乎和祥的预料。和祥心里没底，花板是几年前他出高价收下来的，连阿敏都不知道。老爸一来就提花板的事，难道他知道花板在他这里？他说了一句模棱两可的话：我找找看。他说我找找看，既可以在家里找，也可以在外面找。

那就拜托了，老爸高兴地说，如果能找到，不论花多少代价都行。

你不要老把花板的事放在心上。金玉说。

和祥在心里判断，老爸到底知不知道花板在他这里，知道了怎么办？不知道怎么办？他的脑子在飞转，像今天这样的场合，应该喜悦、亮堂才是。要是告诉老爸和金玉花板在他这里，他们一定会欣喜若狂的。何况花板到了他处之后，一点都不敢声张，有人出高价来买，他觉得把花板卖掉是罪过，一直没卖。眼下，一边是卖，一边是捐，哪个效果好？他毫不犹豫地选择捐。他说，我刚才说找找看，你们有没有听出弦外之音？如果我不知道下落就不会说找找看。

你知道下落？老爸激动地问。

当然，和祥得意洋洋地说，九块花板，一块不少，全在我这里。

太好了，卖给我！老爸拍了一下手脱口而出。

哪里话，我一分钱都不要，捐了。

老爸腾地一下站起来，拿着酒杯走过去敬酒。金玉立马跟上，和他说，你千万不能喝酒。老爸不听，与和祥碰杯，一仰脖，就把酒喝了。并叫金玉也喝，还一连道了多个谢谢。

酒后，老爸脸红了，酒兴上来，他问阿敏是否喜欢叶儿，阿敏响亮地回答，当然。老爸问叶儿是否喜欢阿敏，叶儿飞瞥了他一眼，害羞地勾下头。老爸说，也喜欢。哈哈哈，缘分到了，他问和祥对不对，和祥连忙说对对对。老爸举起酒杯，说为阿敏和叶儿的幸福干杯。金玉在旁边提醒他不能再喝了，他说这酒一定得喝，大家热热闹闹地把酒喝了。

在叶儿看来，老爸是个做事很细致的人，今晚却很反常，明显有立即把她嫁掉的意味，她想不出来老爸为什么会这样。好在她和阿敏情投意合彼此相爱，经老爸点明，他们心中的花朵就在和煦的春风里绽放了。

今天是个大日子，老爸很奇怪，要是以前，他不会叫叶儿在这样的场面唱歌，今天不一样了，他叫叶儿唱，而且是他定的歌，歌名是《少年》。

叶儿立马站起来说，好！不过只能是清唱了。说完，叶儿唱了起来：

换种生活
让自己变得快乐
放弃执着
天气就会变得不错
每次走过
都是一次收获
还等什么　做对的选择
过去的
就让它过去吧
别管那是一个玩笑还是谎话
路在脚下
其实并不复杂
只要记得你是你呀
…………

老爸听得热泪盈眶，泪水止不住地往下流，感觉这首歌好像是为他写的，每一句都敲打在他的心上，他起身去洗手间，老爸的举动被叶儿看在眼里，知道这首歌把他给触动了，但她不知道为什么。就在老爸起身的那一刻，她不唱了，心里有丝惆怅。等老爸回来，他面带笑容，说叶儿唱得好，声音的穿透力很强，把他给感动了。叶儿感觉到了，老爸今天的一举一动都反常，这种反常是从来没有见过的，不仅仅是舍不得把她嫁给阿敏，肯定还有其他原因，她想到了老爸的身体，近来人消瘦，脸色也不好，会不会身体出了问题，她的心一下子被提起来了。

用完餐，老爸分别和和祥、岑倩、阿敏拥抱，再与叶儿拥抱，他抱得很紧，时间也长，生怕叶儿会跑掉似的，他流泪了，泪水滴落在叶儿的衣服上，很快被吸收，留下颜色变深了的圆点。叶儿拿出纸巾为老爸擦泪，她说，您是我最敬爱的人，是我的恩人，无法形容我有多爱您，是您让我有了足够的信心，可以做自己想做的事情，我不会离开您，如果遇有不测，也不用担心，再难的关，咱们一起闯，一切都会好的！

老爸把叶儿拉到一边，没有去接她的话，他说，我的好叶儿，今晚我很想去看你的演出，但已和金玉约好，为金氏花厅的事要出一趟远门，我不在你身边，你要学会照顾自己，爱护自己。叶儿点点头，满眼泪水。老爸原想叫叶儿送送他，话到嘴边又收回来，她的演出时间快到了，得赶紧去，他拉起叶儿的手，放在手中抚摸着说，你快去吧，不要迟到。叶儿说声拜拜就走了。金玉等他们走了，转身擦了擦眼睛，安慰老爸说，像叶儿说得那样，一切都会好的！走吧，走吧。他俩走到酒店门口，见叶儿正好坐上车，关上车门。她也看见了老爸，摁下车窗，伸出手来挥了挥。老爸也抬起手挥动，一直到不见了车的踪影，俩人才上车离去。

离开阳城是老爸的想法，叶儿正在恋爱当中，他不想因为他而给叶儿带来不快。他和金玉商量好去邻城医治自己的病。

金玉已经乞求过他，让他越早越好，不论去哪都行。她的叔叔是国医大师，也是这个意思。时间就是生命，在医治上可采取中西医结合。他们住进的这家医院是医科大学的附属医院，医疗条件上乘。老爸检查出来的结果，出乎他的意料，他原先的问题出在胃里，动过手术，化疗后感觉还不错。这次 CT 检查出来的问题在肺里，医生也没说是不是扩散引起的。记不得有多长时间了，出虚汗，有时还发烧，他整个人有气无力，判断是癌细胞在作怪，每天早上醒来，他都会默默地在心里为自己依然活着欢呼。能看见蓝天白云，绿了枝头的柳树，和叶儿一起快乐地生活，他感到无比的幸福。在叶儿面前，他硬挺着，看样子能打死老虎。自打金玉从他手上看出问题的那一刻开始，他意识到了病的严重性，自己身体的变化自己清楚，他断定自己过不了这道坎，已经时日可数。

住进医院后，老爸的心反而安稳了，有了医生护士，用不着发慌，医院一项项化验检查，确定病情。金玉提出要告诉叶儿，被他给回绝了，叫她不要再提，什么时候与叶儿说，他心里有数。这几天，金玉明显感觉到老爸有意支开她，支开她以后，老爸总是偷偷摸摸地在写东西，有次被金玉撞见，老爸慌忙地把纸笔塞进枕头底下，装出一副若无其事的样子。老爸装，金玉也装，她装作什么都没看见。老爸到底在写什么，金玉颇想知晓，趁老爸上洗手间，故作整理床铺，翻开枕头，什么都没有，金玉猜测是被老爸随身带走了，这让金玉更加好奇，有点神秘兮兮的。

这里的医生护士都不错，特别有个护士，不说话，只干活，戴着护士帽和大口罩，没见她摘下过。老爸叫她小护士。在老爸要动手术前，刘市长专程赶来探望，她坐在床沿，握着老爸的手，说了一些安慰的话，叫老爸安心治疗，身体最要紧，资助的事先搁一搁，原因是市财政没有列入计划，拨款一下子还下不来，什么时候能下来，再和他商量。这也是刘市长来探望的目的之一，她和金玉真情实意地不想要他的资助，特别是在他目前的情况下，编了一个说法，想先拖着。老爸一听就明白她们的用意，他说，市财政一下子下不来就算了，那一半也由我出好了。刘市长和金玉一听就急了，连连摆手说不行。老爸微微一笑说，估计钱已经到账。刘市长说，即使到账也先退回去，我们按双方说定的执行。这回轮到老爸着急了，连连摆手说不行。刘市长叫老爸别着急，等治好病再说。老爸对自己的病没什么信心，为了不扫兴，对刘市长说，您放心，我一定会好起来的！说话间，一缕阳光透过树枝照射在老爸的前额，暖洋洋的。刘市长见了，说是好兆头，刘市长带着敬意，告别老爸，去了主治医生处了解病情，并拜托多多关照。刘市长一离开，老爸就把金玉招到床边，说，钱千万不要退回去。金玉说，晓得了。老爸说，你要向我保证。金玉说您放心吧。老爸并不是让他放心就放心的人，他和金玉说，这些钱是他的一块心病，只出不进，等账户里的钱用完了，他的心情才会平静下来。金玉不解。她的手机响了，是条信息，花厅的财务告知她，账户上已收到老爸壹仟贰佰伍拾陆万柒角陆分的资助款，不难看出，老爸已是倾其所有了，特别是最后的数字，那个柒角陆分，把金玉的心揉得很酸。

门口有个光头探进来，缩回去，再探进来，再缩回去，又渐渐地探出来。老爸见了，说，门口躲躲闪闪的那个光头好像是馄饨摊主金碗，金玉到门口一看，果然是他。老爸没戴墨镜，他在门口看了几次，又像又不像，见到金玉，高兴地说，终于找到了。他来到老爸床边说是来看望他的，还把馄饨摊给运来了，就在医院门口，他马上去烧。老爸见到金碗眼睛都亮了，亲切感油然而生，他正想吃馄饨，摊主就来了。不一会儿，金碗端了两碗馄饨进来，一股油渣味扑鼻而来，老爸脸上乐开了花。金碗先给老爸一碗，再给金玉一碗。金玉问，给我？金碗说，是的，给你，你辛苦了。

你好像多给我馄饨了。老爸碗拿到手就看出来了，他说道。金碗笑笑。老爸吃在嘴里，觉得肉馅特别足。老爸非常感谢他，在他手术的前一天，还能吃上他最爱吃的馄饨，是他的福分。明天，不知道会是一个什么样的明天，或许这碗馄饨就是他最后一碗馄饨。老爸吃完馄饨，趁金碗来收碗时握住了他的手，连声说，谢谢！谢谢！并让金玉付钱。金碗连忙摆摆手说不要钱，逃到门口转过身来说，只要你喜欢就好，这段日子，我都在这里，天天给你烧馄饨。老爸的脑袋一下子转不过来，一个点点计较的金碗，突然来了个大转变，让老爸感动不已，他向金碗招招手，让他过来，说，你放心，我不会给你钱，金碗走到床边，老爸摸出一块玉牌给他说，不值一碗馄饨钱，给你玩玩儿。金碗接过来看，一面是两条鱼，另一面是“吉庆有余”四个字。金碗十分高兴，他就喜欢大吉大利的东西，只有这样，馄饨才能卖得多。他把玉牌放入裤袋，道谢离开。金碗的出现，给了老爸精神支援，他不孤单，除了刘市长、金玉，还有金碗，有了他们，使他有了面对手术的勇气。他不清楚摊主怎么会知情，怎么会特地赶来，他脑子里闪了一下，曾怀疑是叶儿叫他来的，但叶儿肯定不会知道，他就想不下去了。他叫金玉去问问金碗。金玉在医院门口找到金碗，看他正在摊头上挂玉牌，见了金玉，连忙说，你别给我钱。金玉用小指头把头发捋到耳朵后说，你放心，我不给你钱。她问他事情，他说了。金玉回去把了解到的情况原原本本地告诉老爸。金碗是从其中一名女顾客嘴里听到老爸给金氏花厅资助了一千多万元，又听说老爸生病了。金碗问她，老爸是不是一天到晚戴墨镜的那个人。女顾客说是的。他向她打听老爸所在医院，她不说。他求她，并免了馄饨钱，她说了，但馄饨钱照给，叫他不要多说。金碗说，老爸对他们的金氏花厅奉献这么大，现在他病了，他就想为老爸做点小事。老爸听完，背过身去。

对老爸的病情，医院有两种不同的意见，金玉的叔叔看后认为没有金玉判断的那么严重，他建议先做了手术再说。金玉对叔叔的话有些怀疑，猜想是为了安慰她才这么说的。叔叔给病人看病，一般会往重里说，目的是想让病人引起重视。只是对病情重的人，叔叔会说一些安慰宽心的话，为他们鼓气。金玉的脑子里“叽里咕噜”不停地想，一晚上几乎没有入睡。天麻麻亮，她来到医院的花园里，已经有人在打太极拳了。她做扩胸运动，深呼吸。春天早晨的空气，凉丝丝的，掺杂着桃花的清香。她的脑子渐渐地从混沌中清醒过来。她找了一条石凳，正要坐下来，听得有人喊她，一看，原来是刘市长。刘市长一脸疲倦，头发有些凌乱，金玉说，您还来？刘市长说，今天更应该来，为他壮壮胆也好的。金玉说，您太辛苦了。刘市长一笑，拍了怕金玉的肩膀说，你比我更辛苦。她俩来到樟树下，谈论起老爸的事情。

她们回到病房的时候，老爸刚好醒来。昨晚，金玉怕老爸失眠，给他服了安定，尽管做了一晚的梦，但还是睡着了。老爸见到刘市长，连声说谢谢！别看他装得十分轻松，在心里，恐惧感一直在吞噬着他。静下心，他又在想：是不是问题很严重？要不，刘市长怎么还会来。他注意刘市长的举动，哪怕是很细微的都不放过，看刘市长笑眯眯的，没有一丝紧张的神态，他的心开始渐渐放下来。护士来推他进手术室时，他的心情还算平静。在手术室门口，金玉让护士停一下，对他说，我叔叔诊断，你不会有问题，一切都会好的！刘市长说，主治医生也是这么说的。就在刘市长说话时，一同护送的小护士拉起老爸的手，使劲一握，再盖上另只手，眼睛红了。

看老爸进了手术室，金玉一心惦记着老爸枕头下的事，就直奔病房，掀起枕头，见有一封信，上面写着金玉收，她一把抓在手里，放在胸口，让自己镇静片刻，再小心翼翼地打开信封，屏着气把信抽出来，见上端写着“金玉”两字，她的心在狂跳，真不知道老爸会对他说些什么。她一屁股坐在床沿上，两眼望着窗外，想让自己的心情尽快地平静下来，但是，没能如愿。直到刘市长进来，她把信塞进裤袋之后，她的心情仍然难以平静。

金碗原本想来送老爸进手术室的，结果来迟了。他来找金玉去吃馄饨。见了刘市长，他奇怪了，说，咦，你怎么在这里？金玉问，你认识？金碗看看笑眯眯的刘市长又望望金玉说，她就是告诉我老爸在这里的人。金玉指指刘市长与他说，她就是我们市的刘副市长。金碗听说是市长，把手放在衣服上，正反揩一下，伸过去和刘市长握手，一兴奋，劲使大了，痛得刘市长甩出手来抖了抖。金碗认识到自己太鲁莽了，耸了一下肩，露出难为情的样子。金碗把她们带到馄饨摊前，洗完手，抓了两大把馄饨丢下锅。

在等候之时，金玉想着裤袋里的信，伸进裤子口袋摸了一下，有些皱了，她把一只脚伸直，用手在信封上按了按，把信按平。金玉有些坐立不安，借口上洗手间，来到花园的角落，掏出信，展开时，她发现自己的手在抖动，她把信凑在眼前，默读着：

金玉：

近来，你为我奔波为我担心，辛苦了！我从心底感激你。

对于我的病情，我自己心里很清楚，得的是不愈之症，或许连手术台都下不来。人一走，曾经有过的记忆也走了，即使有留下，也会被人们渐渐地淡忘。我是一个罪人，有过不光彩的昨天，我不说，你们不会知道，起码在你们面前，我能光彩地离去。但是，在最后的时刻，我不想这样，我要让真心帮助我的人看清我的本来面目，哪怕再丑陋，可它是真的！只有这样，我才能对得住你——金玉。

我是一个孤儿，是个没有父母的孩子，从小就被人瞧不起。长大后，我发誓要出人头地，办起了一家化工厂，不断扩大生产，成了市里的重点企业，利税第一大户，得到了市里的重视和支持，还开设了分厂，市长为我授过奖牌，我是市里的第一个亿万富翁，也曾自我荣耀过。后来，我发现周围的一些庄稼树木死了，河水浑浊了，尽管我做过很多很多的补救，但是效果不明显。出现这样的后果，是我当初办厂时没有预料到的，设备旧了，跑冒滴漏在所难免，更为严重的是周边患癌症的人增加了，没想到的是连我也患上了，自己已经没有了信心。人要走了，静下心来想想，还有什么放不下的呢？趁我还活着，把企业给关闭了。在这场苦难中，我活过来了，有人却走了。是我在不经意中，无形地剥夺了他人的生存权利。在不幸中，我明白自己是一个制造了灾难的人，我了解他们的痛楚，我不能原谅自己，为了不让他人重新生产，我把设备也毁了，再也不做“小众受益，大众受难”的事了。身体恢复后，带着一颗忏悔之心，开始了我新的旅途，我要把我赚的所有钱用到好事情上去，来洗刷自己。但是，我清楚，即使钱用光了，也远远不能弥补我曾经的罪过，我没有受到法庭的审判，但受到了良心的审判。我是一个罪人，得到的却是宽恕，我生活在自己筑成的无形高墙内，还能呼吸着自由的空气。我满足。我感恩。

金玉，这是我对你的坦白，说出来，对我的心灵也是最后一次洗礼。金玉，遇到你，是我的福气，有你的陪伴，我有了依靠，是你，给了我许多的快乐，我都历历在目，那天在湖边的长椅上，我很想紧紧握住你的手不放，生怕你会离开。我还有过想拥抱你的念头，和你拥抱一定很温暖，可惜，我缺少足够的勇气，没有自信，阴影随时会把我笼罩起来。其实，我应该满足了，这样的结果也好。

下面想请你为我做最后几件事：

我是一个什么样的人，叶儿一无所知，请如实地告诉她。祝她和阿敏幸福甜蜜，干干净净地生活（我也给她留了一封信）。如果她因我悲伤，请劝劝她，任何人都不可能永远活在这个世界上，迟早都有走的一天。

感恩刘市长专程赶来探望，让我感到十分荣幸。

感恩和祥为花厅捐出的9块花板。

感恩金碗和他的老婆，馄饨真好吃。我是吃着他们的馄饨上路的，香味一直伴随着我。

感恩方菲。她是我的女友，也是最早提出要我停产的人。是她渐渐地让我明白了一些道理。自从她离开后，我就一直没有她的消息，我深信她的心里是有我的，知道我走了，她或许会来为我送行，见到她，请把床头柜抽屉里装在黑色天鹅绒袋里的手机给她，告诉她，这只手机我一直带在身边。

最后，我要感恩你，是你让我的最后一笔钱有了好的归宿。要是这些钱有知觉，它们也会很快乐的。好好地把这部分钱用起来，金氏花厅修好了，我的灵魂会回来的。好了，想和你说的还有很多很多，现在，我特别想最后地一次叫你——金玉。我们下辈子再见！再见！！再见！！！到那时，你会让我握手，让我拥抱吗？

老爸即日

看完信，想到老爸有过这样的一段经历，她心如刀割，有一股说不清的味道在翻腾。她的手一直在抖，信从她的指尖滑落，摇摆着下降，她想接住它，结果没如愿，信掉在地上，她捡起信，吹了又吹，生怕在信上沾了脏东西，她看看正面再看看反面，确定没有被污染，她按原折痕把信折好。出于好奇，金玉来到病房，在床头柜的抽屉里找到装在黑色天鹅绒袋里的手机，轻轻取出来，手机开着，里面有条信息，摁出来看，没有内容，信息是十分钟前收到的，金玉看不明白，也不知道其中有什么奥妙，便把手机装进口袋，放到原处。回到馄饨摊，馄饨已经烧好了。刘市长叫她趁热快吃，当她俩的目光相遇时，刘市长的目光停住了，金玉赶紧低下头去吃馄饨，还没有吃完，小护士嘴里哇哇叫，兴奋地朝她们跑过来，刘市长和金玉不知她在说什么。刘市长说，你别急，慢慢说。小护士摘下口罩，原来是叶儿，她高兴地叫着，良性的！老爸是良性的！金玉像弹簧一样蹦起来，先是一怔，随即眼泪喷涌而出，她急切地问道，老爸出手术室了？叶儿说，快了。刘市长说，那咱们赶快去迎接！说完，她们就手拉着手往手术室跑去。

后记

写了几十年小说，写得是心情，享受寂寞，再别无它求。回头望，一路平平淡淡。几年前，我接受采访，记者说他上大学的时候就看我的小说，许多年过去，问我哪篇小说最得意？他把我问住了，没有答上来。这一问，问得好，倒问出了个念想来，我乘兴而为，陆续在《江南》《上海文学》《中国作家》《收获》等杂志发了一些中短篇小说，但感觉总是欠那么一点。

之前，有人评论过我的小说，今年入秋以后，因为想出集子，翻开来重读，有茹志鹃、汪浙成、盛子潮、洪治纲、朱首献、俞世芬、马春光、吴艳梅等名家学者。读罢，幡然大悟，发现对我小说最不了解的竟然是自己，我写小说把自己给写糊涂了，远没有他们眼光独到，看得通透，他们把我的小说放进春风里、朝阳下，让小说生辉的同时，更使我发现了自己的距离，看到了可以弥补的空间。

出集子前，我对小说做过修改，但功力有限，仍不尽人意。在这个集子里，我原给出版社提供了9个类型基本相同的中篇，最后选定了6篇。

我为什么会想到出集子呢？之前，有过中短篇小说集《本色》和长篇小说《甜蜜季节》，那都是20多年前出的。其间10多年，因工作关系中断了。直到省作协后，才重拾旧爱，近些年写了一些小说，就想分别出几个集子，免得散了。

这样的时候，我不会忘记两位女性，我要向她们道谢。

一位是叶文玲先生，此书序是她写的。她的文学成就很高，1980年得过全国优秀短篇小说奖，作品字数超过千万，原任浙江省作家协会主席。因为写小说，与她认识很早，真正接触是1995年，我在浙江电影制片厂主持工作的时候，有著名作家根据先生的小说改编成电影剧本《烂漫黄昏》，我觉得题材非常好，几次交流后，也听取了一些专家意见，有意立项。结果不凑巧，因体制改革，电影公司和电影制片厂要分开，电影制片厂划归广电局，我留在了电影公司，与《烂漫黄昏》失之交臂。后来我到省作家协会任职，她是个有心人，序中提及我的小文，是1995年发在《东海》第5期上的小说《村长杨串》，多年过去，《东海》杂志早转刊，此小说已无处可觅，亏得先生寻出，让我有了留存。那时候，她的办公室和我相隔一间，我们经常走动，对她相关的活动，我都会争取参加。今年，叶文玲先生80岁了，思维清晰，说话有条有理。这次为小说集写序，她要自己看，自己写，因为有好些心里话想说，因此，她写的序，情真意切，令我动容。

另一位也是给我小说集写过序的人，她是我的妻子，和她一起生活了几十年，对我文学创作的影响比较大，我的小说或多或少都有她的想法。她祖辈以及她自己年少时的居住环境和生活，还有她的梦境，都会进入我的创作，有几个中短篇小说，就是和她一起散步时，在她给我讲的故事中得到启发而创作的。

对于小说，我们有共同的爱好，她从小就爱看，阅读量非常大，除了小说还有评论之类的文章，有自己的认识与见解，所以对我的小说经常有不同的看法。1999年，我出第一本小说集《本色》，因为她是我小说的第一读者，就请她作序，平时怎么想就怎么写。她写的序真实，我一字未改就交给了浙江文艺出版社，反映不错，真话总是有人爱听的！

除外，要道谢的还有为《看不见的线》辛勤付出的老师们和能够看到这里的——您！

赵和平